JAN DE LEEUW

BABEL

Aus dem Niederländischen
von Rolf Erdorf

VERLAG FREIES GEISTESLEBEN

«It’s a great huge game of chess that’s being played
– all over the world –
if this is the world at all, you know.»

Through the Looking-Glass, Lewis Carroll

Mein Sohn, ich sehe im Traum,
dass ich dich schlachten soll.

Siebenunddreißigste Sure

Setze mich wie ein Siegel auf dein Herz
und wie ein Siegel auf deinen Arm.
Denn Liebe ist stark wie der Tod.

Hoheslied 8,6

Wie ein schwarzes Messer glitt die Limousine durch den Verkehr. Die Insassen, geborgen in ihrer voll klimatisierten Welt, achteten kaum auf das Leben, das sich schwitzend durch die Straßen schob. Sie hatten andere Dinge im Kopf. Heute war ein freudiger Tag. Abraham Babel, der Patriarch, war gerade aus dem Krankenhaus entlassen werden. Er musste es ruhig angehen lassen, hatte die Herzattacke allerdings insgesamt gut überstanden. Seine Frau war stumm vor Glück. Denn sie hatte nicht nur ihren Mann wieder, sondern auch ihren verlorenen Sohn, ihren Joseph, der nach jahrelanger Verbannung wieder daheim war und jetzt neben ihr saß. Der kritische Zustand seines Vaters hatte ihn aus Afrika zurückgeholt, und er war nicht allein gekommen. Zwischen ihrer Schwiegertochter und einem Mann vom Sicherheitsdienst saß Alice, die Enkeltochter, die sie erst letzte Woche zum ersten Mal gesehen hatte. Sie war dankbar, dass ihr das nach all den Jahren des Hoffens vergönnt war. Der Tod hatte sie schon im Maul gehabt und doch wieder ausgespuckt. Heute war alles ein Wunder.

Als das Auto brüsk stoppte, drehte sich ihr Mann irritiert zu dem Fahrer um. Was war das Hindernis? Ein Unfall, der die ganze Straße blockierte? Er fluchte. Sie legte ihm ihre Hand aufs Knie. Was hatten die Ärzte gesagt? Er durfte sich nicht aufregen. Ihr Sohn lächelte bloß. Ihre Enkelin schaute durch die Panzerglasscheiben auf die für Neuankömmlinge so beeindruckende Stadt.

Eine Frau in einem Regenmantel und mit einem Kind auf dem Arm – eine der vielen hundert Bettelnden, die die Stadt zählte – kam auf sie zu. Breit lächelnd blieb sie neben dem Wagen stehen. Joseph öffnete das Seitenfenster. Sein Vater protestierte, doch es war schon zu spät. Die Frau, noch immer mit ihrem Lächeln auf den Lippen, warf das Kind durchs Fenster zu ihnen herein. Ihr Mantel öffnete sich. Sie sahen jetzt alle die um ihren Leib gebundenen Sprengkörper. Auch das Kind war voll davon.

Die Sicherheitsleute reagierten zu spät.

«Schießt! So schießt doch!», rief ihr Mann.

Das Letzte, was sie sah, war der ungläubige Blick auf dem Gesicht ihres Sohnes.

Feindschaft • Unheil • Zerfall

Als die Baupläne für den Turm bekannt wurden, brach ein Sturm von Protesten los. Anwohner sahen ihre Häuser schon unter Bulldozern verschwinden oder befürchteten, für immer im Schatten des immensen Monolithen leben zu müssen. Stadtplaner behaupteten, es gebe noch genügend Büroraum im Zentrum und somit keinerlei Grund, genau dort den höchsten Wolkenkratzer der Welt zu errichten. Architekten wiederum störte der Entwurf. In einer Stadt, die bekannt war für ihre strengen architektonischen Linien, fiel dieses gotische Monstrum mit seinen Wasserspeiern, seinen allegorischen Skulpturen und zinkverkleideten Gesimsen völlig aus dem Rahmen. Mittelständler sahen entgangene Chancen, Naturverbände befürchteten, ganze Vogelschwärme könnten sich an den für sie unsichtbaren Fenstern zu Tode fliegen, und religiöse Gruppierungen versicherten jedem, der es hören wollte, das Gebäude sei ein Dorn im Auge Gottes. Wichtiger noch war die Meinung der Investoren, die eventuelle Terroristen nicht auf katastrophale Gedanken bringen wollten und sich für unauffälligere Projekte entschieden. Bei so viel Gegenwehr schien das Gebäude nicht mehr als eine Fantasie auf Papier oder eine Welle aus Größenwahn zu sein, die an den Klippen des gesunden Menschenverstandes zerschellen musste.

Man vergaß dabei allerdings: Der Auftraggeber war Abraham Babel. Und Babels Wille war Gesetz. Seine Gegner hatten zwar recht und zudem die öffentliche Meinung auf ihrer Seite, aber Babel besaß die Mittel. Bevor sich die Stadt von dem Schock erholt hatte, dass die Baupläne genehmigt worden waren, hatten die Arbeiten bereits begonnen. Im ersten Jahr war es noch ein gigantisches Loch im Erdboden, als ob sich die Arbeiter einen Weg in die Hölle gruben; ein Jahr später bauten sie schon am dreißigsten Stockwerk. Ein derartiges Tempo konnte in dieser Stadt nur eines bedeuten: Geld. Geld, das für die nötigen

Genehmigungen sorgte und die Proteststimmen zum Verstummen brachte, Geld, das ganze Busse voll illegaler Arbeitnehmer herbeischaffte, die zwischen den Rippen aus Stahlbeton und unter riesigen Kränen ihr Leben aufs Spiel setzten – unter den Dinosauriern des einundzwanzigsten Jahrhunderts, die triumphierend ihre Herrschaft über die Stadt hinausschrien. Drei Jahre, nachdem der erste Protestmarsch vor das Rathaus gezogen war, um dieser Gotteslästerung Einhalt zu gebieten, war der Turm eine Tatsache. Dreihundertdreißig Stockwerke zählte dieser Gräuel offiziell, aber die Religiösen waren sich sicher, dass es dreihundertdreiunddreißig waren, hinauf und wieder herunter ergab das sechshundertsechsundsechzig Stopps, die Zahl des Tieres. Dies sei überdeutlich das Werk des Teufels, der hier dem Allerhöchsten einen arroganten Finger entgegenstreckte. Zum Glück werde Gott schnell reagieren. Katastrophen würden sich über der Stadt zusammenbrauen, und dann werde man ja sehen. Der Fall des Turms sei eine Frage von Monaten.

Zu ihrem Bedauern war das Gebäude, das offiziell *Global Business Building* hieß, im Volksmund aber unvermeidlich der *Turm von Babel* genannt wurde, nach fünf Jahren noch immer nicht vom Erdboden verschluckt. Im Gegenteil, es war zu einer Selbstverständlichkeit geworden. Der Schatten, den es an sonnigen Tagen über die Stadt warf, wurde zur Sehenswürdigkeit; zu etwas, das die wachsenden Touristenströme zum Staunen brachte und den Städtern, die es bereits gewohnt waren, von dieser riesigen Sonnenuhr zu profitieren, nur mehr ein Achselzucken entlockte. Alle großen Organisationen hatten dort ihren Sitz und die meisten Länder ihre Botschaften. Man fand dort die exklusivsten Geschäfte. Die Leute gönnten sich einen Film in einem der fünf Kinokomplexe des Turms, und zu besonderen Gelegenheiten dinierten sie im City View Restaurant mit der Stadt zu ihren Füßen. Der Handel nahm zu, die Mittelständler in der Umgebung machten goldene Geschäfte, zu vorsichtige Investoren fluchten, Vögel passten ihre Routen an, und die Rache des Allerhöchsten blieb aus. Gott hat alle Zeit der Welt, aber als nach fünf Jahren noch immer keine Risse in der Fassade auftauchten, als keiner der potthässlichen Wasserspeier sich löste, um einen Bus mit Schulkindern unter sich zu zermalmen, und auch nicht ein sich selbst respektierender Geschäftsmann schreiend aus dem Fenster gesprungen war, da wurden die Gegner des Turms ungeduldig.

Aus: Babel, ein Traum von Macht, Thomas Rosen & Aziz al-Kashani

Naomi starrte auf den Turm auf der anderen Straßenseite, der sie erwartete. Vielleicht war es ein Scherz, aber die Baumeister hatten die Fassade des Turms so entworfen, dass sie dem riesigen Kopf eines mythologischen Tieres glich. Die grün getönten Fenster im ersten Stock ergaben die Augen des Monsters, und die vergoldete Drehtür auf Straßenebene war das Maul, in dem die eine Beute nach der anderen verschwand. Manchmal spie das Monster eine verschmähte Beute wieder aus, die dann verstört hinaus ins Freie gewankt kam.

Sie durfte nicht länger zögern. Das Gebäude beobachtete sie. Wie ein Taucher, der sich zum Sprung bereitmacht, atmete sie tief ein, huschte zwischen Autos und Taxis hindurch und zwang sich hinein in das Maul.

Drinnen war alles gigantisch. Die Eingangshalle, gepflastert mit weißem Marmor, war größer als ein Fußballfeld. Eine Reihe identischer Frauen in identischen weißen Blusen mit identischen Mini-Headsets und Augen, die im Licht ihrer Laptops glänzten, gönnte ihr einen gelangweilten Blick, als sie zum Schalter ging. Gewohnt, die Berühmten und Mächtigen der Erde an ihrem Desk vorbeiflanieren zu sehen, zeigten sie sich von einem Mädchen mit einem billigen kleinen Koffer in der Hand nicht beeindruckt. Herrenloser Müll.

Naomi holte einen dünnen Papierstapel aus dem Koffer und legte ihn auf den Schalter. Eine der Frauen warf einen Blick auf die Dokumente.

«Personalangelegenheiten werden zwei Blocks weiter behandelt. Hast du das nicht gewusst?»

Naomi schüttelte den Kopf.

«Du kannst froh sein, dass ich heute so gut drauf bin.»

Die Frau tippte mehrere Nummern ein.

«Keine Ahnung. Knapp fünfzehn, vermute ich», redete sie

in ihr Headset. «Das Übliche. Waisenhauspapiere. Nein, sauber ist sie.»

Die Frau schob die Papiere zurück.

«Warte hier. Jemand kommt dich holen.»

Zehn Minuten später kam eine andere Frau auf Naomi zu. Alles an ihr war streng und gestrafft, angefangen vom weißen Hosenanzug, der ihren mageren Leib umschloss, bis hin zu ihrer Gesichtshaut – was ihren Augen etwas Orientalisches verlieh. Ihr Mund war ein giftiger roter Strich. «Papiere.» Sie spie das Wort förmlich aus.

Naomi überreichte ihr das Bündel.

Die Frau schaute von den Papieren zu Naomi und zurück.

«Komm mit», sagte sie und verschwand durch eine Tür hinter dem Schalter.

Naomi folgte ihr in einen dämmrigen Flur. Eine zweite Tür führte zu einer Treppe. In dem kahlen Neonlicht stiegen sie hinab. Es folgten weitere Flure und Treppen, tiefer und tiefer, weiter weg von dem Sonnenlicht und dem Leben, bis sie zuletzt in den Kellern des Turms ein fensterloses Büro betraten.

«Setzen!», sagte die Frau und glitt hinter ihren Schreibtisch. Das Zimmer sah genauso streng und beherrscht wie sie selbst aus.

«Woher kommst du?»

«Aus dem Waisenhaus.»

«Hat man dir da keine Manieren beigebracht? Man antwortet niemals ohne Anrede.»

«Ja, Frau … »

«Mein Name ist Prynne. Merk dir das. Was waren deine Eltern?»

«Meine Eltern sind tot, Frau Prynne.»

«Das ist mir klar, Kind, sonst kämst du nicht aus dem Waisenhaus. Ich will wissen, was sie waren, als sie noch lebten.»

«Mein Vater hat bei der Metro gearbeitet. Meine Mutter war Hausfrau.»

«Geschwister?»

Naomi zögerte etwas.

«Weißt du es nicht sicher?»

«Ich hatte eine kleine Schwester», sagte Naomi. «Aber sie ist auch tot.»

«Großeltern?»

Naomi schüttelte den Kopf.

«Ich hoffe, du gehst etwas weniger leichtsinnig mit deinem Leben um als der Rest deiner Familie. Immer wieder neues Personal abzurichten passt mir nicht.»

Sie besah die Papiere. «Du liebe Güte, derartige Banalitäten kann man sich nicht ausdenken. Ein Spüllappen hat ein spannenderes Leben.» Sie hob den Kopf. «Zum Glück für dich hat diese Alltäglichkeit jetzt ein Ende. Ab heute arbeitest du für einen ganz besonderen Arbeitgeber.»

«Sie, Frau Prynne?», fragte Naomi.

Einen Moment lang schien sich der rote Strich zu einem Lächeln verziehen zu wollen, aber Prynnes Augen blieben kalt.

«Ich spreche von Abraham Babel, Kind! Dem Finanzgenie, das diese Stadt vor dem Untergang gerettet hat, dem Mann, der dem erschöpften Kapital neues Leben eingehaucht und ganz allein die bereits in ihren Grundfesten erschütterten Banken gestützt hat.» Sie nagelte Naomi mit ihrem Blick fest. «Gestern warst du ein Niemand. Heute erhältst du Zutritt zu dem exklusivsten Ort des Landes. Ist dir eigentlich klar, welche Ehre das ist? Wenn du hart arbeitest, kannst du es weit bringen. Nicht sofort natürlich. Man steigt nicht mühelos die Leiter hinauf, und nicht jeder schafft es, denn viele sind berufen … Aber wenn du nicht aufgibst, hast du eine Chance. Ich hoffe, du bist dankbar für das, was das Schicksal dir zugedacht hat.»

Naomi nickte.

«Hier gilt lediglich eine Regel: Man macht keine Fehler. Niemals. Ich toleriere keine Entschuldigungen, verstanden? Es stehen genug Mädchen bereit, deinen Platz einzunehmen. Du bekommst zwei Nachmittage im Monat frei. Ansonsten ist es dir zu keinem Zeitpunkt gestattet, das Gebäude ohne Erlaubnis zu verlassen. Manche deiner Kolleginnen dachten, sie bräuchten sich um diese Regel nicht zu scheren. Sie haben falsch gedacht. Du erhältst keinen Besuch. Solange du unter mir arbeitest, sind Handys oder Laptops verboten. Freundschaften kannst du besser drangeben, solange du hier tätig bist.»

«Ich habe keine Freunde, Frau Prynne.»

«Sehr gut», sagte diese und schaute auf ihre Armbanduhr. «Dann bring ich dich jetzt zur Garderobe.»

Naomi folgte ihr abermals durch ein Gewirr von Fluren.

Die Garderobe erwies sich als riesige Lagerhalle, vollgestopft mit Kleiderregalen.

«Frau Hu!», rief Frau Prynne. «Haben Sie einen Moment für uns?»

Eine kleine Frau mit hervorstehenden Augen hinter dicken Brillengläsern tauchte zwischen den Regalen auf.

«Ein Neuzugang, Frau Prynne?»

«Eine Sub. Medium, schätze ich. Sie braucht die gesamte Ausstattung: Schuhe, Socken, Unterwäsche und natürlich Hosen und Hemden.»

Frau Hu griff nach dem Bandmaß, das sie um den Hals trug, und schlang es um Naomis Taille.

«Einatmen. Ja, so. Jetzt ausatmen. Sehr gut.»

Sie nahm Maß an Naomis Brust und Schultern und kniete sich anschließend hin, um Naomis Beine zu messen.

«Perfekte Figur. Sie könnte direkt auf den Laufsteg.»

Frau Prynne schnaubte.

«Dafür ist sie zu dick.»

«Zu dick?»

«Schauen Sie sich die Brüste an. So etwas sieht man auf keinem Catwalk.»

Frau Hu verschwand in der Dunkelheit der Regale.

«In diesem Gebäude herrscht eine strikte Ordnung», sagte Frau Prynne. «Du gehorchst Arbeitnehmern mit einem höheren Rang. In deinem Fall sind das alle.»

Frau Hu kam mit einem ganzen Kleiderstapel zurück. Alles war dunkelgrau, bis auf die weiße Unterwäsche. Frau Prynne nahm ein Shirt vom Stapel.

«Siehst du das hier?»

Auf dem Shirt war oben links die Abbildung eines schwarzen Turms zu sehen. Unter dem Turm waren mit rotem Garn die Buchstaben «Sub» in das graue Material gestickt.

«Das ist dein Rang. Du bist eine Sub. Direkt über dir sind die F5-er. Die putzen die Gemeinschaftsräume der unteren dreißig Etagen. Über ihnen stehen die F4-er. Was sind die noch mal, Hu? Die Fahrer?»

«Die Laufburschen, glaube ich.»

«Egal. F3 steht über F4, E5 über F1 und so weiter. Je höher der Rang, desto besser ausgebildet, desto mehr Erfahrung beziehungsweise Verantwortung.»

Sie knöpfte ihre Jacke auf.

«Ich selbst bin C1, und Frau Hu» – sie zeigte auf das dunkelgrüne Shirt von Frau Hu – «ist eine E2.»

«Wer sind die A-s?», fragte Naomi.

«Die Kleine ist ehrgeizig», sagte Frau Hu.

«Unwissend, wollten Sie sagen. Die A-s arbeiten oben im Turm, in den Räumlichkeiten von Abraham Babel oder besser in denen seiner Enkelin. Mach dir keine Sorgen, mit ihnen wirst du nichts zu tun haben.» Frau Prynne fischte einen Schlüssel aus ihrer Jackentasche. «Das hier ist der Schlüssel zu deinem Spind. Da hinein legst du deine restliche Kleidung. Frau Hu zeigt dir, wo es ist und wohin du mit deiner schmutzigen Wäsche musst. Keine Ahnung, was du aus dem Heim gewohnt bist, aber hier erscheinst du jeden Tag in frischen Sachen.»

Naomi nickte.

«Ab heute fängt dein neues Leben an. Es ist dir vielleicht nicht bewusst, aber falls du dir Mühe gibst, sind deine Nöte vorbei. Hier bei Babel kümmern wir uns um alles. Du bekommst eine Gratis-Zahnversorgung und einen zweimonatigen Gesundheitscheck bei den besten Ärzten. Kost, Logis und Kleidung hast du frei, und dein Lohn wird am ersten Tag des Monats auf dein Konto überwiesen.»

«Ich habe kein Konto, Frau Prynne», sagte Naomi.

«Dann bekommst du das Geld in einem Umschlag, bis du eins eröffnet hast. Wichtig ist, dir darüber klar zu sein, dass du in eine neue Familie aufgenommen bist, die für dich sorgt und die darauf achten wird, dass dir nichts zustößt. Im Tausch für diese Fürsorge erwartet Babel Loyalität.»

«Loyalität?»

«Treue, wenn du das Wort besser verstehst! Babel kommt an allererster Stelle. Er kommt vor deiner Mutter, vor deinem Gott und vor deinen Träumen. Wenn Babel etwas von dir will, dann gibst du ihm das. Verlangt er von dir zu springen, dann springst du, selbst wenn es vom Dach des Turms wäre. Und mit Babel meine ich nicht nur den Mann ganz oben an der Spitze. Wir alle sind Babel.» Sie zeigte auf den roten Buchstaben auf ihrer Bluse. «Ich bin Babel. Frau Hu ist Babel. Mach uns glücklich und du machst Abraham Babel glücklich. Aber wenn du uns unglücklich machst ...»

«Machen Sie der Kleinen keine Angst», sagte Frau Hu.

«Sie soll wissen, woran sie hier ist. Sie ist kein Model auf einem Catwalk, sondern eine Putzhilfe.»

Sie wandte sich wieder zu Naomi.

«Du arbeitest schnell. Du stellst keine Fragen. Du schaust niemandem in die Augen. Du redest nicht. Du atmest nicht. Du bist unsichtbar, verstanden?»

«Ja, Frau Prynne.»

«Enttäusche mich nicht. Nicht wie deine Vorgängerin.»

Naomi verkniff sich die Frage, was mit ihr geschehen war.

Frau Hu zeigte ihr die Duschen und die Spinde. Naomis Spindnummer war 1014.

«Arbeiten hier mehr als tausend Leute?»

«Kind! Hier arbeiten Tau-sen-de von Menschen! Natürlich übernachtet das Personal aus den Büros und Geschäften nicht im Turm. Diese Ehre ist nur Babels direkten Arbeitnehmern vorbehalten.»

Und sie musste diese Ehre mit jeder Menge anderer Menschen teilen, begriff Naomi, als sie ihren Schlafplatz sah. Dutzende von Betten waren in Reihen in einem großen unterirdischen Saal aufgestellt.

«Schlafe ich hier?»

«Du schläfst hinten, bei den anderen Subs», sagte Frau Hu. Sie gingen durch den Schlafsaal. Hier und da lagen Mädchen und Frauen auf ihren Betten. Manche schliefen oder lasen, andere schienen zu beten, starrten die Decke oder auch Naomi und Frau Hu an. Am Ende des Raums, abgesondert von den übrigen, standen zwölf Betten. Auf zwei davon lagen Mädchen. Frau Hu nickte ihnen zu, und beide nickten kurz zurück. Vor dem letzten Bett an der Wand blieben sie stehen.

«1014», sagte Frau Hu. «Hier schlief deine Vorgängerin.»

In einer Schublade unter ihrem Bett konnte Naomi ihren

Koffer verstauen. Sie legte die Kleidung, die sie auf Anraten von Frau Hu mit hierher genommen hatte, auf das Bett.

«Sonst musst du wieder den ganzen Weg zu den Spinden zurückgehen, um dich umzuziehen», sagte Frau Hu. «Hier hast du auch etwas mehr Privatsphäre.»

Sie deutete auf einen Vorhang, der um das Bett gezogen werden konnte.

«Frau Prynne kommt gleich, um dir deine ersten Aufgaben zu erläutern. Besser, du bist dann schon in Uniform.»

Naomi nickte.

«Neue Menschen, neue Regeln und neue Kleider. So ein erster Tag ist immer schwierig, aber das gibt sich. Am Anfang hast du vielleicht noch etwas Heimweh nach Hause ...»

«Ich habe kein Zuhause», sagte Naomi.

Frau Hu sagte nicht «sehr gut». Sie lächelte betrübt und ließ Naomi hinten im Saal zurück.

Kaum war Frau Hu fort, da wurde Naomi schon von dem Mädchen im Bett neben ihr angesprochen.

«Du musst die Neue sein! Ich bin Lisbeth.»

Mit ihren kurzen braunen Haaren wirkte sie zunächst wie sechzehn, aber der Blick in ihren kleinen Augen war älter. Wenn sie sprach, sah man eine Reihe kleiner, scharfer Zähne.

«Das ging schnell. Issa ist noch keine Woche verschwunden, und schon hat man sie wieder ersetzt.»

«Verschwunden?»

«Ui, habe ich das gesagt?»

Sie schaute zu dem Mädchen in dem anderen Bett, das sich schulterzuckend umdrehte und tat, als ob das Gespräch sie nicht interessierte.

«Achte nicht auf Deborah. Sie ist müde.»

«Müde von deinem Gelaber», maulte das Mädchen.

«Kann ich dir helfen?», fragte Lisbeth und hob Naomis Koffer vom Bett. «Du hast nicht viel mitgebracht von zu Hause. Ach ja, stimmt auch, du kommst sicher aus dem Heim wie deine Vorgängerin. Das tut mir so furchtbar leid für dich.»

«Nicht nötig», sagte Naomi. Sie nahm Lisbeth den Koffer aus der Hand und verstaute ihn in der Schublade unter dem Bett.

«Ich darf gar nicht daran denken», sagte Lisbeth. «Natürlich hoffst du manchmal heimlich, deine Eltern wären nicht deine wirklichen Eltern, sondern eines Tages würde ein schickes Auto in deiner Straße halten, aus dem deine richtige Mutter gerannt kommt, um dich mitzunehmen in dein neues Leben. Sie war früher arm, aber jetzt ist sie reich und mächtig und bereut es, dass sie dich jemals weggegeben hat. Und du weißt endlich, wer deine Eltern sind.»

«Ich kenne meine Eltern», sagte Naomi.

«Ach», sagte Lisbeth. «Und wie bist du dann im Waisenhaus gelandet?»

«Sie sind tot», sagte Naomi.

«Lisbeth», rief das Mädchen in dem anderen Bett, «halt endlich den Schnabel!»

Lisbeth redete auch dann noch weiter, als Naomi den Vorhang zuzog und in ihre neue Kleidung schlüpfte. Sie erzählte, wie sie spekuliert habe, wer wohl die Neue sei, aber dass sie nie so jemand Hübsches erwartet hätte. Fand Deborah nicht auch, dass die Neue hübsch sei? Natürlich sei Schönheit nicht immer ein Vorteil, erst recht nicht hier, in den Abgründen von Babel. Denn wenn die Männer einen einmal im Visier hätten ... Tiere seien sie, die immer nur an das Eine dachten. Selbst sie, Lisbeth, habe Mühe, sie sich vom Leib zu halten, und sie sei ein anständiges Mädchen, das ihre Ware nicht so sehr feilbot, falls Naomi verstand, was sie meinte.

Naomi kam hinter dem Vorhang hervor. Ihre Brüste passten

perfekt in das graue Shirt. Der erste Anblick machte, dass Lisbeth ihr Lächeln entglitt.

Ja, zu hübsch zu sein sei gefährlich. Die Mädchen seien nicht mehr an einer Hand abzuzählen, die, von ihrer Schönheit verraten, die Aufmerksamkeit eines der C-s oder B-s erregt und geglaubt hätten, auf diese Weise würden sie rasch befördert. Damit gewännen sie aber keinen Respekt. Sie würden benutzt und weggeworfen wie ein billiger Putzlappen. Das werde ihr nicht passieren. Sie riet Naomi, diesen Weg nicht einzuschlagen. Denn eine Frau, die gewarnt sei …

Lisbeths Redefluss endete erst, als die Tür am anderen Ende des Saals aufging und Frau Prynne eintrat. Lisbeth war nicht die Einzige, die verstummte. Die meisten Frauen zogen rasch ein Bettlaken glatt, wischten sich die Krümel vom Shirt oder ordneten ihr Haar, als Prynne durch den Saal schritt. Bei Naomi, die neben dem Bett bereitstand, blieb sie stehen. «Ich habe mir den Stundenplan angeschaut», sagte sie, «und halte es für das Beste, wenn du vorläufig die Aufgaben deiner Vorgängerin übernimmst.»

Sie zählte die Aufgaben auf. Naomi war zusammen mit einem Teil der anderen Subs für die Sauberkeit in den Schlafsälen, den Duschen und Toiletten sowie den Freizeiträumen und Dienstaufzügen zuständig. Gearbeitet wurde im Turnus. «Deine Kolleginnen werden dir erklären, wie das funktioniert.»

«Ich helfe ihr gern», sagte Lisbeth.

«Warum wundert mich das jetzt nicht?», sagte Frau Prynne. «Einen Tag in der Woche arbeitest du in der Wäscherei. Wie ich schon sagte, hast du zwei Nachmittage im Monat frei. Es wäre praktisch, wenn du mir möglichst schnell die gewünschten Tage durchgibst. Wann willst du nach draußen?»

Naomi schüttelte den Kopf.

«Ich brauche keine freien Tage.»

Lisbeth fiel der Unterkiefer herab. Selbst Deborah drehte sich um.

«Überleg dir, was du sagst», antwortete Frau Prynne.

Lisbeth packte Naomi am Arm.

«Das kann unmöglich dein Ernst sein. Wenn du die Tage nicht nimmst, dann …»

Sie warf einen kurzen Blick zu Frau Prynne.

«Natürlich ist es eine Riesen-Ehre, hier zu arbeiten, aber manchmal muss man mal raus, und wäre es nur, um frische Luft zu schnappen oder seine Freunde zu sehen.»

«Das ist nicht nötig», sagte Naomi.

«Wenn du deine freien Tage hergibst, sitzt du ununterbrochen in den Kellern, ohne jemals die Sonne zu sehen.»

«Ich brauche keine Sonne.»

«Du nimmst deine freien Tage, genau wie alle anderen», sagte Frau Prynne. «Ich will nicht, dass jemand behauptet, wir würden unser Personal ausbeuten. Wenn du keine Nachmittage wählst, Naomi, dann wähle ich sie für dich.»

«Vielen Dank», sagte Naomi.

«Komm mit, dann zeige ich dir, wo das Material liegt und wie du mit den Putzmaschinen umgehen musst.»

An diesem Nachmittag putzte sie zusammen mit Lisbeth und Maria und Rosario, zwei weiteren Subs, die zwölf Dienstaufzüge. Im Gegensatz zu den Fahrstühlen, die die Besucher und die Bewohner benutzten, fuhren diese Aufzüge bis in die Keller des Turms hinab. Sie mussten sich beeilen, denn jeder Lift stand nur zehn Minuten still.

«Du brauchst keine Angst zu haben, dass wir plötzlich nach oben rauschen», sagte Lisbeth, als sie sah, dass Naomi, den Lappen in der Hand, bei einer Tastatur zögerte. «Alles wird von der Überwachung kontrolliert. Es ist egal, worauf wir drücken.

Die Dinger fahren erst wieder, wenn die da oben es wollen.» Sie zeigte auf eine Kamera in der Ecke des Aufzugs. «Glaubst du mir nicht? In welches Stockwerk würdest du wollen?»

«Keine Ahnung.»

«Nein? Immer, wenn ich die Aufzüge putze, frage ich mich, wo ich wohl herauskommen würde, falls ich zufällig doch nach oben fahren würde. Ob ich wohl in einer Botschaft oder im Palast von einem dieser Ölscheichs lande? Oder vielleicht im Stadtmuseum?»

«Ein Museum? Hier im Turm?»

«Das hier ist nicht einfach irgendein Gebäude, Naomi! Es ist eine vertikale Stadt. Eine, aus der jeglicher Unrat ferngehalten wird. Hier findest du keine Besoffenen, die dich belästigen oder bespucken. Hier gibt es keine Staus oder Streitigkeiten oder offenen Geschwüre, sondern nur hübsche Menschen. Alle riechen hier nach Parfüm und Aftershave und Geld.» Lisbeth seufzte. «Am liebsten würde ich in den dreihundertfünfundfünfzigsten wollen.»

«Was gibt es da zu sehen?»

«Das City View Restaurant! Das höchste Restaurant der Welt. Es hat eine unvergessliche Aussicht, heißt es.»

«Du bist noch nie dagewesen?»

«Bei unserem Lohn?»

Lisbeth tippte drei Zahlen ein.

«Hier hat nicht jedes Stockwerk eine eigene Taste. Dreihundertdreißig Tasten, das wäre wohl etwas zu viel des Guten.»

Auf dem Bildschirm neben der Tastatur erschien in großen, grünen Ziffern 325, doch der Aufzug blieb brav stehen.

«Höher kann man nicht.»

«Ich dachte, es gäbe dreihundertdreißig Stockwerke?»

«Ja, aber dieser Aufzug geht nur bis zum dreihundertfünfundzwanzigsten. Wenn du noch höher willst, musst du in einen anderen Fahrstuhl umsteigen, der bis zu Babel hinaufführt, bis in den Himmel sozusagen. Aber in den steigt man nicht einfach so. Das geht nur mit Genehmigung.»

«Wenn man eine A ist?»

«Genau.»

«Babel wohnt im höchsten Stockwerk?»

«Ja, das weiß doch jeder.»

«Und wer wohnt in den vier Stockwerken darunter?»

«Seine Enkelin hat ihre eigenen Räumlichkeiten direkt unter seinen.»

«Und der Rest? Wer wohnt da?»

«Niemand.»

«Bekommen sie die Apartments nicht vermietet?»

«Bist du verrückt? Für die Apartments in Babel gibt es eine Warteliste von anderthalb Jahren. Du hast keine Ahnung, was die Leute dafür übrighaben, hier zu wohnen.»

«Warum steht dann so viel leer?», fragte Naomi.

«Herr Babel hat gern etwas Platz zwischen sich und den übrigen Bewohnern des Turms. Es ist eine Frage der Sicherheit. – Reine Wichtigtuerei, wenn du mich fragst», flüsterte Lisbeth. «Um zu zeigen, wie reich er ist.»

«Als ob jemand das bezweifeln würde», sagte Naomi.

«Du müsstest mal seine Räume sehen», sagte Lisbeth. «Überall Gold und Marmorbrunnen und Möbel, die aus alten Palästen zusammengeraubt sind, und die Flure vollgestopft mit teurer Kunst.»

«Hast du das selbst gesehen?»

«Pah!», kam es aus dem anderen Aufzug. «Lisbeth in Babels Räumlichkeiten? Glaub bloß nicht alles, was sie dir sagt, Neue. Sie redet einfach irgendwas daher. Nicht ein Sub kommt jemals da hinauf.»

«Ach wirklich, Rosario?», rief Lisbeth zurück. «Und was ist

mit Betty?» Sie wandte sich zu Naomi. «Betty ist eine Freundin von mir. Sie ist eine A.»

«Wenn Betty wirklich eine A wäre, wie sie behauptet, warum isst sie dann noch unten im Speisesaal?», rief Rosario.

«Weil sie noch in der Probezeit ist.»

«Probezeit? Weißt du, was ich von deiner Probezeit und deiner Freundin denke?»

Durch den Aufzug ging ein Ruck. Die Mädchen verstummten.

«Die Überwachung wird ungeduldig», sagte Lisbeth. «Wir sollten uns beeilen.»

Als sie mit den Aufzügen fertig waren, nahm Lisbeth Naomi mit zum Speisesaal. Naomi zögerte an der Tür, aber Lisbeth zog sie weiter.

«Es sieht kompliziert aus, aber ich zeige dir, wie es geht.»

Wie viele Menschen saßen hier an den niedrigen Tischen? Tausende? Die Stimmen, das Geschirr und scharrende Stühle machten einen solchen Lärm, dass Lisbeth Naomi anschreien musste.

«Hast du besondere Essgewohnheiten?»

«Was?», rief Naomi.

«Gibt es Dinge, die du nicht essen magst oder darfst? Die Reihe da ist halāl und dort in der anderen Ecke ist es koscher. Vernünftig, die beiden nicht zu nahe beieinander zu platzieren. Vegetarier und Veganer können links ihr Essen finden, und wenn du Laktose-, Gluten- oder Zuckerfreies suchst, musst du in die Allergiker-Ecke. Bist du gegen irgendwas allergisch?»

«Nein.»

«Keine religiösen Essenseinschränkungen?»

Naomi schüttelte den Kopf.

«Perfekt. Dann können wir uns bei der leckeren Reihe anstellen.»

Alle Kontinente waren hier vertreten und sämtliche Hautschattierungen, von Honiggelb bis hin zu einem so tiefen Schwarz, dass das Licht sich darin spiegelte. Naomi sah Reihen glänzender Zähne, Berge von eingeöltem Haar, Wälder von Henna und Meere von Schleiern. An Halsketten baumelten Kruzifixe, Sicheln, Sterne, goldene Hände, steinerne Augen, Haifischzähne und astrologische Symbole. Tätowierungen schlängelten sich in Nacken und verschwanden unter Ärmeln. Sie schritt durch eine Wolke blumig duftender Französinnen und zwängte sich an Deutschen mit kräftigen Masseurarmen vorbei. Thailändische Mädchen, zerbrechlich wie Lilien, aber mit stählernen Augen, schirmten sie gegen einen von Männern besetzten Tisch ab, die ihr mit zugekniffenen Augen folgten. Mit ihren breiten Kiefern, kohlschwarzen Augen und dicken Schnurrbärten ähnelten die Männer einer Räuberbande aus dem Märchen.

Als sie an der Reihe war, wusste Naomi kaum, was sie wollte. Lisbeth bemerkte ihre Verwirrung und übernahm die Regie. Sie wählte für sie beide Suppe, Püree und Huhn.

«Den Nachtisch und den Kaffee holen wir uns später», sagte sie.

Naomi steuerte einen freien Platz an einem Tisch an, aber Lisbeth hielt sie zurück.

«Nicht zu nah bei den Männern. Es ist nicht unwichtig, wohin und zu wem du dich hier setzt. Du musst die Augen offenhalten.»

Lisbeth drehte sich um und stieß mit ihrem Tablett gegen eine hinter ihr stehende Frau. Die Suppe spritzte in alle Richtungen.

«Dumme Kuh! Gib Acht, wohin du trittst!»

Naomi spürte Hunderte von brennenden Blicken auf sich.

«Meine Bluse! Meine Schuhe!», rief die Frau.

«Entschuldige, Betty, ich hatte dich nicht gesehen.»

«Was? Was nimmst du dir da heraus?»

«Entschuldigung, Frau Tarris.»

«Ich brauche deine Entschuldigung nicht, dumme Sub! Du hättest mich verbrennen können mit dieser heißen Suppe!»

«Es tut mir leid, Frau Tarris.»

«Und was ist mit den Flecken auf meinen Schuhen?»

Lisbeth ging in die Hocke, knöpfte ihre Bluse los und tupfte damit die Schuhe ab.

«Betty, lass gut sein!», rief jemand.

Die Frau drehte sich wütend um.

«Habt ihr keine Augen im Kopf? Oder könnt ihr es durch die Flecken vielleicht nicht mehr lesen?» Sie deutete auf ihre Brust. «Das hier ist ein A. Ein A!»

Lisbeths Tränen tropften auf die Schuhe.

«Genug, Sub! Du machst alles nur noch schlimmer.»

Die Frau zog ihren Fuß weg, sodass Lisbeth das Gleichgewicht verlor und in die verschüttete Suppe fiel.

«Es kostet mich zehn Minuten, mich umzuziehen. Wenn ich dadurch in Schwierigkeiten gerate, dann werde ich es dir heimzahlen!» Sie stieg über Lisbeth hinweg und verließ den Saal.

Naomi stellte ihr Tablett auf den Boden und half Lisbeth auf.

«Setz dich. Ich bringe dir einen neuen Teller.»

«Ich habe keinen rechten Appetit», sagte Lisbeth. «Ich denke, ich lasse das Essen ausfallen.» Sie rannte aus dem Saal.

Naomi nahm ihr Tablett. Die Köpfe wandten sich wieder ihren eigenen Tellern zu, und die Ränge schlossen sich, als sie an den Tischen entlangging. Schließlich fand sie am äußeren Ende eines Tischs noch einen leeren Platz.

Zwei Mädchen, das F3 deutlich lesbar auf ihren Shirts, wischten das verkleckerte Essen fachgerecht und schnell auf.

«Was habe ich gehört, Lisbeth?», fragte Deborah abends im Schlafsaal. «Du bist heute deiner guten Freundin Betty in die Arme gelaufen?»

Die anderen Mädchen kicherten in ihr Bettzeug.

«Hat sie dir schon Bescheid gegeben, wann du nach oben darfst? Sie wollte doch ein gutes Wort für dich einlegen, als beste Freundin?», setzte Glenda in dem Bett neben Deborah noch eins drauf.

«Wie schön, dass man auch befördert werden kann, ohne gleich auf die Knie zu sinken», sagte Deborah. «Ohne sich dafür erniedrigen zu müssen.»

So ging es noch eine Weile weiter.

Lisbeth biss in ihr Kissen, bis die Mädchen allmählich genug hatten.

«Naomi?», flüsterte sie, als leises Schnarchen ihren Teil des Saals erfüllte. «Bist du wach? Was heute im Speisesaal passiert ist ...»

«Ich habe es schon vergessen», sagte Naomi. «Das solltest du besser auch tun und jetzt schlafen.»

«Aber ich kann nicht schlafen, bevor ich dir erklärt habe, wie es zwischen Betty und mir ist.»

«Ich kenne Betty nicht», sagte Naomi.

«Du kennst mich», sagte Lisbeth.

«Ja», seufzte Naomi, «ich kenne dich.»

«Du musst wissen, dass Betty eine von uns war. Keine dumme Sub wie Deborah, die stolz ist, dass sie hier die Drecksarbeit tun darf, solange sie nur draußen erzählen kann, dass sie für Babel arbeitet. Betty hatte Ehrgeiz. Sie wollte aufsteigen. Wenn man sie sah, wusste man, sie würde es schaffen. Sie war passioniert. Sie konnte selbst Frau Prynne um den Finger wickeln. Die hat sogar einmal fallenlassen, Betty könnte irgendwann einmal vielleicht ihren Platz einnehmen, wenn sie sich weiter so ins Zeug legte. Und Frau Prynne ist ein C1! Betty hatte Frau Prynne gegenüber genickt und getan, als wäre es zu viel der Ehre, aber hinter ihrem Rücken war sie wütend. Dachte diese Prynne, sie, Betty, würde sich mit einem C zufriedengeben? Sie würde es noch sehr viel weiterbringen. Betty hat sich getraut, solche Sachen zu sagen, weil wir Freundinnen waren, verstehst du? Ich habe sie unter meine Fittiche genommen, als sie ganz neu war. Wir waren ein Team. Ich habe manchmal ihre Arbeit gemacht, damit sie versuchen konnte, eine obere Arbeit zu bekommen.»

«Eine obere Arbeit?»

«Eine Arbeit über der Erde. Ihrer Meinung nach war das die einzige Möglichkeit, befördert zu werden. Sie würde sich nicht in den Kellern von Babel begraben, bis sie alt und hässlich war, also verbarg sie ihr Sub-Shirt unter einer Jacke und nahm die Touristenaufzüge. Ich weiß nicht, wie sie sich das vorstellte, von jemandem bemerkt zu werden, aber ich wusste auch, dass sie recht hatte und dass Putzen und Bettenmachen nicht die beste Art war, etwas zu erreichen. In den fünf Jahren, die ich hier arbeite, habe ich es noch keinen Schritt weiter geschafft. Betty war meine Chance, höher hinaus zu kommen.»

«Ihr ist es gelungen. Sie ist jetzt eine A.»

«Ja, sie ist eine A. Sie selbst hätte nie anzunehmen gewagt, dass es so schnell gehen würde.»

«Ist sie irgendwem aufgefallen?»

«Nicht einfach irgendwem!»

«Babel etwa?»

«Babel?»

Lisbeth kicherte.

«Was soll ein Mann wie Herr Babel mit einer wie Betty? Er kann durchaus etwas Besseres kriegen. Übrigens, Herr Babel trauert noch um seine Frau. Und er ist alt.»

«Alte Männer haben auch Augen im Kopf.»

«Herr Babel würde nie etwas mit seinem Personal anfangen.»

«Du kennst ihn gut.»

«In diesem Gebäude geschieht nichts, was die Subs nicht wissen. Falls jemals etwas Derartiges passiert wäre, dann hätte ich es gehört.»

«Wem ist Betty denn aufgefallen?», fragte Naomi.

«Lichtenstern natürlich.»

«Wer ist das?»

«Was? Du hast noch nie von Lichtenstern gehört?»

Dass sie von Lichtenstern erzählen konnte, ließ Lisbeth die Demütigung des Nachmittags vergessen. Es war klar, dass sie viele Nächte dagelegen und an Lichtenstern gedacht hatte. Er war Babels Vertrauter, obwohl er noch nicht so lange in dessen Diensten stand. Das an sich war schon ein Wunder, wenn man wusste, wie misstrauisch der alte Mann war. Aber Lichtenstern hatte ihn verzaubert. Wo Babel ging und stand, sah man Lichtenstern. Sie nannten ihn Babels Schatten. Oder auch «den Vampir».

«Warum?»

«Warte, bis du ihn irgendwann einmal siehst. Dann wirst du es verstehen.»

«Ich brauche ihn nicht zu sehen», sagte Naomi.

«Auch nicht, wenn er aus dir vom einen auf den anderen Tag eine A machen kann? Glaube mir, seit Betty das hinbekommen hat, erliegen ihm die Frauen noch schneller.»

«Dass er aussieht wie ein Vampir, schreckt sie nicht ab?»

«Er sieht nicht aus wie ein Vampir. Er hat keine scharfen Eckzähne oder so, aber er ist sehr blass, und seine traurigen schwarzen Augen scheinen dich geradewegs zu durchleuchten.»

«Das klingt nicht so schlimm.»

«Lass dich durch sein Äußeres nicht irreführen. Er ist ein

berechnender und gnadenloser Mann. ‹Der mit den kalten Händen› wird er auch genannt.»

«Solange ich die nicht zu spüren brauche, bin ich zufrieden», sagte Naomi und drehte sich weg von Lisbeth.

«Du weißt nie, ob du sie nicht zu spüren bekommst», beeilte sich Lisbeth zu sagen. «Es heißt, er kommt manchmal hier herunter in die Schlafsäle. Er wartet, bis wir schlafen, und dann schleicht er sich ein. Kannst du dir vorstellen, wie es sich anfühlt, plötzlich seine kalten Hände auf deinem Körper zu spüren?»

«Ich versuche mir lediglich vorzustellen, wie es sich anfühlt zu schlafen», sagte Naomi.

Lisbeth schwieg.

«Na ja», sagte sie eine Weile später, «Betty ist ihm einfach im Foyer in die Arme gelaufen. Niemand weiß, was sie gesagt hat, aber vom einen auf den anderen Tag war sie eine A. Es ging so schnell, dass sie nicht mal mehr Zeit hatte, sich von mir zu verabschieden. Das ist jetzt zwei Monate her. Ich war nicht beunruhigt, als ich nicht sofort etwas von ihr hörte. Sie braucht Zeit, um sich einzuarbeiten. Sie würde mich nicht vergessen. Nach heute bin ich mir da nicht mehr sicher. Was meinst du, wie lange muss ich noch warten?»

Naomi antwortete nicht.

Am nächsten Morgen erkämpfte sich Naomi im Dampfnebel einen Weg zwischen den halbnackten Frauen hindurch zu den Spiegeln in den Waschräumen. Sie sah die verschlafenen Gesichter, die wieder mühsam in Fasson gebracht wurden; Knitterleinwände, die als Untergrund für neue Gesichter mit volleren Lippen, einer glatteren Haut und dichteren Wimpern herhalten mussten. Haare in allen möglichen Farben, Längen und Formen fanden ihren Weg in die Abflusslöcher der Duschen, aus denen

Naomi sie später herauszupfen durfte, um sie anschließend noch nass und klebrig in Plastiksäcke zu werfen, in denen auch Tampon-Verpackungen, leere Tuben, Kaugummi, Zahnseide, Deo-Sticks und Wattestäbchen landeten; die Überbleibsel der täglichen Schlacht gegen die Zeit.

Auch im Speisesaal herrschte Betrieb. Die Männer waren mit dem Trimmen und Rasieren schneller fertig als die Frauen und saßen schon beim Kaffee. Manche hoben die Köpfe, als sie hereinkamen, anderen beugten sich über ihre Zeitungen, ihre Karten, ihre Gebetbücher oder ihren letzten Toast. An den Frauen, die trotz der Vorbereitungen in der Dusche den Schlendrian der Nacht noch nicht ganz von sich abgestreift hatten, schienen sie morgens weniger interessiert zu sein.

Hier und da hatten sich Pärchen abgesondert. Manche passten vom Alter und der Hautfarbe gut zusammen, aber es gab auch weniger naheliegende Kombinationen. An dem Tisch, zu dem Lisbeth Naomi lotste, saß ein Mann mit einem riesigen gelben Turban und einem noch riesigeren schwarzen Bart. Seine Nachbarin war eine zierliche Asiatin. Die beiden schienen die Sprache des jeweils anderen kaum zu verstehen, doch das war nicht nötig; das Paar orientierte sich offensichtlich am Klang der Worte. Der Mann klang brüsk. Er schlug mit der Hand auf den Tisch. Die Frau nahm die Hand, drehte sie um und zeichnete etwas mit dem Finger auf seine Handfläche. War es eine Wegbeschreibung? Sie tippte auf ihre Armbanduhr und zeigte neun Finger. Er nickte und drückte ihre Hand an seine Lippen. Die weiße Hand verschwand fast in seinem schwarzen Barthaar.

«Sie starren dich an.»

«Wer?»

«Wer?», wiederholte Lisbeth. «Die Männer im Saal, merkst du das denn nicht?»

Naomi beugte sich über ihr Frühstück. Lisbeth besaß weniger Scheu und blickte schamlos um sich.

«Diese ersten Tage sind wichtig, Naomi. Sie haben Frischfleisch gerochen. Erscheinst du jetzt zu entgegenkommend, werden sie dich fortwährend belästigen. Schau sie nicht an.»

«Das tue ich nicht», sagte Naomi, «aber du.»

«Ach, mich kennen sie, ich laufe keine Gefahr. Solange ich in deiner Nähe bin, werden sie dich in Ruhe lassen. Jedenfalls, solange du sie nicht irgendwie ermunterst.»

«Ich ermuntere niemanden», sagte Naomi, «aber manche Leute drängen sich einem auf.»

Lisbeth schien sich nicht an Naomis wortkargen Antworten zu stören. Sie hatte immer etwas zu erzählen. Es gab Lieblingsthemen wie ihre Familie in der Stadt und natürlich ihre Meinung über die anderen Mädchen. Oder wie großartig es sei, für Babel zu arbeiten. Das merke sie, wenn sie an ihren freien Tagen durch die Stadt ging. Es war dem Personal verboten, in Arbeitskleidung nach draußen zu gehen, aber manchmal vergesse sie das, besonders an heißen Tagen, wenn man in seinem Dienstshirt auf einer Bank sitzen und die Reaktionen der Passanten beobachten konnte, sobald deren Auge auf den gestickten Turm fiel. Man sehe zuerst das Erstaunen, dann die Erkenntnis, dass sie es mit einer von Babels Arbeitnehmerinnen zu tun hatten. Naomi habe ja keine Ahnung, wie viele Männer sich ihr, Lisbeth, schon aufdrängen wollten, nachdem sie den magischen Turm gesehen hätten. Nicht dass sie auf diese Avancen eingegangen wäre. Sie sei doch nicht verrückt. Sie würde sich nicht an Männer verschwenden, die genug Zeit hatten, ihre Nachmittage im Park zu verbringen.

«Ich verstehe es nicht. Es ist doch nur ein Gebäude», sagte Naomi.

Lisbeth erschrak und schaute in die Luft, als könnten sie jeden Moment vom Blitz getroffen werden.

«Es ist nicht einfach nur ein Gebäude! Es ist eine Energie. Hast du das denn nicht gespürt, als du zum ersten Mal hier hereingekommen bist? Ich war so nervös, dass ich dachte, ich würde ohnmächtig werden.»

Babel sei das Zentrum der Welt. Hier passiere es. Hier drängten sich die Filmstars, die Medaillengewinner und die Banker, um dazuzugehören. Hier werde über das Leben von Millionen Menschen entschieden. Jedes Wort, das ein Minister oder auch nur eine Sekretärin womöglich fallen ließ, könne das Ende einer Regierung oder das Aufblühen einer Volkswirtschaft bedeuten. Eine sich öffnende Tür, ein herumliegender Brief oder eine Begegnung in einem der Aufzüge könne die Weltkarte neu zeichnen. Lieber werde sie ihr Leben feudelnd und schrubbend in den Kellern von Babel verbringen, als irgendwo anders einen gut bezahlten Bürojob anzunehmen. Manchmal lege sie ihre Hand an die Wände, und dann fühle sie es durch das Gebäude rasen.

«Was?»

«Elektrizität. Die Fäden des Lebens, die flimmern, die singen, die nach oben fliegen und wie Schnüre in den Händen von Abraham Babel zusammenkommen.»

«Du tust so, als wäre er ein Gott.»

«Ja, aber das ist er auch.»

«Ich habe einmal ein Foto von ihm gesehen», sagte Naomi. «Er ist nur ein alter Mann.»

«Genau», sagte Lisbeth. «Ein alter Mann, der trotz der ganzen harten Arbeit, trotz der vielen Entscheidungen und Sitzungen und Attentate weiterlebt und weiterarbeitet. Was denkst du: Wie alt ist er?»

«Siebzig?»

«Pah! Eher hundert. Oder zweihundert. Niemand kennt sein wahres Alter. Niemand weiß, woher er kommt. Er ist ein Mysterium, ein Unsterblicher. Es ist nicht normal, dass ein Mann so viel Geld und Macht hat. Das bekommt man nicht einfach so. Er muss einen Pakt geschlossen haben mit ...» Sie zeigte auf den Boden.

«Was meinst du?»

«... dem Teufel. Nein, Naomi, lach jetzt nicht. Es ist mein Ernst. Denk mal darüber nach. Wie sonst wird man so reich? Und jetzt läuft sein Vertrag bald aus. Darum ist Lichtenstern hier. Um ein Auge darauf zu haben, dass er nicht entwischt.»

«Lichtenstern ist der Teufel? Und der läuft hier herum?»

«Warte nur, bis du ihn siehst.»

«Prynne ist mir schon Teufel genug. Wir sollten besser weiterarbeiten, wenn wir nicht wollen, dass sie uns demnächst im Nacken sitzt.»

Neben dem Tratsch über Babel und die anderen Mädchen hatte Lisbeth ein unerschöpfliches Thema, und zwar, wie reich und erfolgreich sie später sein würde. Ihr jetziges Leben sei lediglich eine Probezeit. Irgendwann werde sie irgendwer aus diesem abstumpfenden Dasein pflücken. Einen Grund dafür, warum ausgerechnet sie und nicht eine der anderen Subs das verdient haben sollte, nannte sie nie. Nein, sie zweifle nicht daran, dass es so kommen werde. Sie kenne das Muster: Erst musste man wie ein modernes Aschenputtel in den Kellern arbeiten und die Demütigungen ertragen. Das Wichtigste sei, nicht in Zweifel zu verfallen, denn wenn man nicht fest genug daran glaube, dann konnte das Glück einem am Ende doch noch entwischen.

Lisbeth zweifelte nicht, das konnte sie sich nicht erlauben. Wie sollte sie ohne Hoffnung in den dunklen Tiefen überleben? Wenn man genug Entbehrungen ertragen hatte und nicht mehr tiefer sinken konnte, dann würde das Wunder geschehen. Meistens war es ein Mann, der ihr frisches kleines Gesicht unter den Rußflecken aufschimmern sähe. Manchmal war dieser Mann Lichtenstern, und dann vergaß sie einstweilen, dass sie ihn gerade noch als fleischgeworden Teufel abgestempelt hatte. Es gab Tage, an denen sie ihre Fantasien in eine praktischere Richtung dirigierte. Dann träumte sie, beim Putzen einmal ein Diamantarmband oder wichtige Papiere zu finden. Als ehrliche Finderin würde sie daraufhin nicht nur mit genügend Geld, sondern auch mit einer Stelle in einem der oberirdischen Büros belohnt. Einer Stelle, die sich zuletzt auch nur als eine Gelegenheit herausstellen würde, einen erfolgreichen Mann kennenzulernen. Darauf zu bauen, dass harte Arbeit ihr den Weg nach oben ebnen würde, hätte Verrat an ihren Träumen bedeutet. Lisbeths Haltung war «Alles oder nichts», und weil es jetzt schon fünf Jahre lang «nichts» gewesen war, bestärkte sie das nur noch in der Überzeugung, das «Alles» noch vor sich zu haben. Dass sie von Hunderten anderer Frauen umgeben war, die es auch nirgendwohin schafften, schien sie nicht zu entmutigen.

In der Zwischenzeit machten die anderen Subs ihr das Leben sauer. Deren Kommentare konnte sie ignorieren, aber die Schikanen nicht. Oft war abends ihr Kopfkissen oder ihre Bettdecke verschwunden. Sie wurde in den Duschen eingesperrt oder nachts unsanft geweckt, und auch Naomi als Lisbeths «Busenfreundin» wurde schon bald drangsaliert.

Es begann mit einer Haarbürste, die von ihrem Nachtschrank verschwand. Naomi fragte am nächsten Morgen, ob jemand wisse, wohin sie verschwunden sei, aber die Mädchen mimten die Ahnungslosen. Sie bekam von Frau Prynne eine neue Bürste und eine negative Beurteilung.

Seitdem packte sie ihre Sachen in ihren Spind, aber es gab andere Möglichkeiten der Schikane.

Als sie von einer Abendschicht zurückkehrten, waren ihr Bett und das von Lisbeth klatschnass. Jemand hatte einen Eimer Wasser über Bettzeug und Matratzen ausgekippt. Lisbeth versuchte zu tun, als ob nichts wäre, aber Naomi sah die Tränen in ihren Augen.

«Du!», rief Naomi Rosario zu. «Wer war das?»

Rosario saß auf ihrem Bett und kämmte sich die Haare.

«Wovon sprichst du?», sagte sie.

Zu diesem Zeitpunkt waren noch vier andere Mädchen im Saal: Maria, Deborah, Christel und Tu. Keine von ihnen hob den Kopf. Ihre Gleichgültigkeit verriet ihre Mitwisserschaft.

«Davon», sagte Naomi. Sie fasste Rosario am Arm und schleifte sie zu dem nassen Bett.

«Bist du verrückt geworden? Lass mich los!»

Sie warf Rosario auf das Bett und setzte sich auf sie.

«Was soll das, Neue? Lass sie los!»

Die anderen Mädchen sprangen von ihren Betten.

«Noch einen Schritt näher, und ich breche ihr den Arm», sagte Naomi.

Sie verdrehte Rosario den Arm, bis diese aufschrie.

«Was fühlst du?»

«Lass mich los!»

«Was fühlst du?»

«Es ist nass.»

«Wie kommt das?»

«Ich weiß es nicht.»

«Wenn du mir sagst, wer es war, lasse ich dich los. Sonst ...»

«Au! Das ist unfair! Ich war es nicht. Ich habe nichts damit zu tun!»

«So einfach kommst du nicht davon. Du kannst nicht die

Augen schließen und sagen, du wüsstest von nichts. Wenn du weißt, wer es war, und schweigst, dann bist du mitschuldig.»

«Es langt jetzt, Neue», sagte Deborah. «Lass sie los.» Sie kam auf Naomi zu.

«Wenn ich dir den Arm breche, Rosario, dann deshalb, weil Deborah es so will. Das verstehst du doch?»

Naomi drehte Rosarios Arm noch mehr zu ihrem Nacken hin. Rosario schrie aus Leibeskräften.

«Es war Deborah! Es war Deborah!»

Naomi ließ Rosario los und ging zu Deborahs Bett.

«Was hast du vor?»

«Na, was wohl? Ich gehe schlafen. Es war ein langer Tag.»

Naomi knotete ruhig die Ärmel ihrer Bluse auf.

«Geh von meinem Bett, bevor ein Unglück geschieht, Neue.»

«Wenn du Probleme mit meiner Bettwahl hast, kannst du das ja sofort Frau Prynne erzählen.» Naomi deutete mit einem Kopfnicken auf einen Schatten hinter Deborah.

Deborah war erstaunt, dass Frau Prynne zu dieser Zeit im Schlafsaal sein sollte, und drehte sich um.

Naomi fasste sie an den Haaren und knallte sie dreimal fest mit dem Kopf auf das Fußende des Betts. Als sie Deborah losließ, fiel diese stöhnend zu Boden. Maria und Tu rannten zu ihrer Freundin und versuchten, sie hochzuziehen.

«Du hast mir den Kiefer gebrochen, du Fotze! Ich gehe zu Prynne! Das kostet dich deinen Kopf!»

«Nur zu!», rief Naomi. «Und bitte sie auch gleich, den Reserveschlüssel zu deinem Spind mitzubringen. Ich kenne sie nicht so gut wie ihr, aber mir scheint, sie fasst einen Streit zwischen Subs nicht so schwer auf wie den Diebstahl von Babels Eigentum.»

«Du durchgeknallte Fotze!», rief Deborah.

«Schlaf gut», sagte Naomi. Sie stieg aus ihrem Rock, faltete ihn zusammen, legte ihn auf Deborahs Nachtschrank und kroch unter die Bettdecke. Deborah hielt sich den Kopf mit beiden Händen und machte sich im Saal auf die Suche nach einem trockenen Bett. Gefolgt von Lisbeth.

An ihren freien Nachmittagen saß Naomi meistens auf einer Bank in einem Park unweit des Turms. Sie kaufte Obst an einem Stand neben dem Eingang zum Park und beobachtete Frisbee-Fanatiker, Hundespaziergänger, Mütter mit klebrigen Kindern, schwänzende Schüler, Alkoholkranke und Baseballspieler. Sobald der Schatten des Turms auf ihre Bank fiel, wusste sie, dass es Zeit wurde zurückzukehren.

An einem dieser freien Tage wurde sie von Geschrei aufgeschreckt. Es kam von der anderen Seite des Parks. Über den Rasen, im Slalom zwischen ballspielenden Kindern, kam ein Jugendlicher in ihre Richtung gerannt. Er stolperte, rappelte sich wieder auf und rannte wie ein Besessener weiter.

Kurz darauf wurde klar, warum. Zwei Polizisten waren hinter ihm her. Alter und Donuts hatten ihren Tribut gefordert, aber sie gaben nicht auf, und das Meer der Parkbesucher teilte sich, als sie vorbeistolperten. Der Jugendliche rannte an Naomis Bank vorbei. Ihre Blicke kreuzten sich. Er zögerte und sprang dann in das Gebüsch hinter ihrer Bank.

Sofort darauf keuchten die Polizisten an ihr vorüber. Als sie merkten, dass sie den Jungen aus den Augen verloren hatten, blieben sie stehen. Der Ältere der beiden, rot angelaufen, die Hand auf seiner Pistolentasche, wandte sich zu ihr.

«Wohin ist er verschwunden?»

«Der Junge, der gerade hier vorbeigelaufen kam?», fragte Naomi.

«Wer sonst?»

«Er ist über die Hecke gesprungen. In diese Richtung.»

«Unmöglich. So schnell kann er nicht gewesen sein.»
Naomi zuckte mit den Schultern.
«Du musst doch gesehen haben, wohin er verschwunden ist!»
«Über die Hecke. Vielleicht können Sie ihn noch einholen, aber ich bezweifle es. Er war sehr schnell. Was hat er denn ausgefressen?»
«Das geht dich nichts an. Ich will von dir lediglich wissen, wo er ist.»
Sie stand auf. Ihre Jacke öffnete sich, und der Turm, der sich über ihre Brüste spannte, konnte dem Blick der Polizisten unmöglich entgehen.
«Du bist eine von Babel», sagte der Jüngere von ihnen. «Wie ist es denn da oben?»
«Harry!»
«Was denn? Es ist das erste Mal, dass ich eine von denen treffe. Ich bin neugierig!»
«Deswegen sind wir nicht hier.»
«Es tut mir leid», sagte Naomi, «aber er ist wirklich über die Hecke gesprungen. Weshalb sollte ich Sie anlügen?»
Die Männer tauschten einen Blick.
«Wo genau ist er denn rübergesprungen?»
Sie zeigte auf eine Senkung in der Hecke.
Der Jüngere tippte sich an die Mütze und rannte los. Der Ältere schaute sich noch einige Male um und folgte ihm dann.
Sie setzte sich wieder, nahm die Tüte mit Kirschen auf den Schoß und angelte sich seelenruhig eine heraus.
«Sind sie weg?»
«Sie sind auf die andere Straßenseite.»
«Danke.»
Sie hörte ein Rascheln. Dann saß er neben ihr.
«Naomi, nicht wahr?»
«Ja.»

«Ich bin's, Aziz.»

«Ich weiß, wer du bist», sagte sie und hielt ihm die Tüte hin.

«Vielen Dank.» Er nahm sich eine Faust voll Kirschen.

«Dann weißt du auch, warum ich abgehauen bin.»

«Ja», sagte sie.

«Und du bist nicht angeekelt von mir?»

«Es geht mich nichts an.»

«Erst ging es ja auch nur mich etwas an. Und dann plötzlich alle.»

«Nimm die ganze Tüte», sagte Naomi. «Ich habe genug.»

«Willst du nicht aus einer Tüte mit mir essen? Angst, ich könnte dich anstecken?»

Sie musterte ihn kurz, pflückte sich eine Kirsche, die zwischen seinen Fingern baumelte, und steckte sie sich in den Mund.

«Entschuldige. Du hast mir vorhin geholfen, also müsste ich es eigentlich besser wissen. Aber auf die Dauer ... Du bist immer anders gewesen als die anderen, Naomi. Still. Man konnte merken, dass du deinen eigenen Gedanken folgtest. Du bist keine Mitläuferin. Nicht wie ...»

«Meine Mutter?»

«Ich habe es gehört.»

«Die ganze Welt hat es gehört.»

«Entschuldige.»

Naomi zuckte mit den Schultern. Er zeigte auf ihr Shirt.

«Jetzt arbeitest du bei Babel.»

Sie zog ihre Jacke zu.

«Schon gut. Ich brauche nichts zu wissen. Ich habe andere Dinge um die Ohren.»

«Warum waren sie hinter dir her?»

Der Junge zog eine Jeanshose unter seinem Pulli hervor.

«Geklaut?»

«Ja, ich bin ein Dieb geworden. Warum nicht? Der Mensch muss leben, und Klauen ist die geringste meiner Sünden. Du bist nicht schockiert?»

Sie schüttelte den Kopf.

«Lass mich raten: Es geht dich nichts an.»

Sie lächelte.

«Was für eine interessante Art, das Leben zu betrachten. Hätte ich das früher gewusst, dann hätte ich dir mehr Aufmerksamkeit geschenkt. Aus uns hätte ein schönes Paar werden können.»

Sie runzelte die Stirn.

«Nein? Nein, du hast recht. Es hätte nicht funktioniert. Obwohl ich den Eindruck hatte, dass du nichts lieber wolltest, als den ganzen Kram hinter dir zu lassen.»

Er spuckte die Kerne vor sich aus.

«Hörst du manchmal noch etwas von ihnen?», fragte er, als die Tüte fast leer war. «Von der Familie? Meiner Mutter?»

Sie schüttelte den Kopf.

«Nichts? Niemand?»

«Und du?», fragte sie.

«Ich? Für sie bin ich tot. Und wenn ich so dumm wäre, zu ihnen zurückzugehen, dann würden sie dafür sorgen, dass ich echt draufgehe.»

«Das würden sie nie tun.»

«Egal. Ich habe jetzt ein neues Leben. Ich bin frei. Werde geliebt. Ja, ich, der dumme Aziz, werde geliebt. Wer hätte das gedacht?»

«Schön für dich.»

Er beugte sich zu ihr und küsste sie auf die Wange, noch bevor sie sich wegdrehen konnte.

«Kann ich irgendwas für dich tun? Gibt es etwas, das ich für dich stehlen kann?»

«Nein, vielen Dank.»

«Weißt du ...»

Er riss ein Stück von der Tüte und schrieb mit Kirschsaft eine Adresse darauf.

«Hier. Falls du mich mal brauchst, oder ...» Er zögerte. «Falls du irgendwas von meiner Mutter hören solltest. Man weiß ja nie. Dann gib mir Bescheid. Danke für die Kirschen.»

Er rannte davon.

Sie wartete nicht auf den Schatten des Turms, bevor sie den Park verließ.

Naomi arbeitete schon lange genug in Babel, um gleich beim Aufwachen zu wissen, dass etwas Ungewöhnliches in der Luft hing. An anderen Tagen stolperten alle gleichzeitig zu den Waschräumen, aber diesmal blieben die Mädchen in ihren Betten liegen. Lisbeth, die halb betäubt aus dem Bett gekrochen war, blieb mitten im Saal stehen und blickte um sich. Warum folgten die anderen Subs nicht?

Naomi schaute zu Deborah. Die war zu still, zu achtlos.

«Maria, was tust du, wenn du deine Familie vermisst?», fragte Deborah.

«Dann frage ich Prynne, ob ich sie anrufen darf.»

«Und du, Naomi, was tust du?»

Deborah sagte nicht «Neue», sondern «Naomi.» Zu freundlich.

Naomi warf die Bettdecke von sich ab.

«Ich kann mich erinnern, wie schwer ich es hatte, als ich gerade hier anfing», sagte Deborah zu niemanden im Besonderen. «Ich vermisste meine Familie enorm. Manchmal hatte ich Angst, ich könnte vergessen, wie sie aussahen. Zum Glück hatte ich Fotos von ihnen. Fotos können eine enorme Stütze sein, nicht wahr, Naomi?»

«Vielleicht», sagte Naomi.

«Natürlich hast du als Waise solche Probleme nicht. Du brauchst keine Fotos mit dir herumzuschleppen, denn sie sind ohnehin alle tot. Du bist eine der Glücklichen, hab' ich recht, Naomi?»

«Glücklich genug, keine Zeit mit offenbar endlosen Grübeleien zu verlieren.»

Sie ging an Lisbeth vorbei, die aus Angst vor dem, was kommen würde, noch wie erstarrt im Schlafsaal stand.

«So glücklich, nicht abhängig von Fotos wie diesem zu sein», sagte Deborah.

Naomi drehte sich um. Deborah hatte ein Foto in der Hand.

«Das habe ich in deinem Koffer gefunden. Im Futter versteckt. Vermutlich von einem früheren Besitzer des Koffers. Oder bedeutet dieses Foto dir etwas, Naomi?»

Deborah hielt das Foto in die Höhe und zeigte es den anderen Mädchen. Auf ihm war eine junge Frau zu sehen, die Haare unter einem stramm über die Stirn gebundenen Schal verborgen. Sie hatte die Armen um die Schultern von zwei Mädchen gelegt. Das jüngere Mädchen, ein Kind noch, war etwas dunkler als die Frau, aber dennoch deutlich ihre Tochter. Das andere Mädchen war ungefähr zwölf Jahre alt. Sie war blass, so als sähe sie selten die Sonne. Mutter und jüngere Tochter lachten. Die ältere Tochter schaute ernst. Es war unverkennbar eine junge Naomi.

«Das ist doch kein Foto von deiner Familie, Naomi? Nein? Arme Naomi. Die, ohne es zu wissen, ein Foto von einer glücklichen Familie mit sich herumschleppt. Nun, dafür habe ich eine Lösung.»

Deborah zog ein Feuerzeug hervor. «Oder hättest du das Foto gern wieder, Naomi? Dann komm und hol es dir.»

Naomi bewegte sich nicht. Es war Lisbeth, die zum Erstaunen aller auf Deborah zulief.

«Gib das Foto zurück, Deborah. Es gehört dir nicht.»

«Sieh an! Der Hund bellt.»

Die anderen Mädchen lachten.

«Pfeif sie zurück, Naomi, oder das Foto geht in Flammen auf.»

Alle schauten jetzt auf Naomi. Was würde sie tun? Ein Flämmchen flackerte über dem Feuerzeug, nah an einer Ecke des Fotos.

«Eine kleine Entschuldigung genügt, Naomi. Mehr nicht. Dann bekommst du es zurück.»

«Tu, was du nicht lassen kannst», sagte Naomi. Sie drehte sich um und ging zu den Duschen. Sie hatte den Saal noch nicht verlassen, da kroch ihr der Geruch von verbranntem Fotopapier schon in die Nase.

Sie blieb länger als sonst unter der Dusche. Sie fühlte, wie ihr die Tropfen über die Wangen rannen.

«Das zahlen wir ihr heim», sagte Lisbeth am Nachmittag, als sie die Aufzüge putzten, in sicherer Entfernung von Maria und Rosario, die mit den Aufzügen am anderen Ende des Flurs angefangen hatten.

«Lass gut sein», sagte Naomi, «sie hat mir einen Dienst erwiesen.»

Lisbeth schaute sie verwundert an.

«Ist doch egal, ob sie dir damit einen Dienst erwiesen hat. Sie wollte dir wehtun.»

«Ich kann ihr nicht immer mit Prynne drohen. Sie ist schlau genug, die Sachen, die sie uns gestohlen hat, nicht mehr in ihrem Spind aufzubewahren.»

«Ich kann mit Betty reden.»

«Mit Betty?»

Es war das erste Mal seit dem Zwischenfall mit der Suppe, dass Lisbeth diesen Namen fallenließ.

«Ja, sie ist wieder unten.»

«Sie ist kein A mehr?»

«Doch. Aber sie ist krank. Da oben ist eine Grippeepidemie ausgebrochen, und alle, die krank sind, werden sofort weggeschickt, damit sie den alten Mann und seine Enkelin nicht anstecken.»

«Steht Immunität vor der Grippe denn nicht in seinem Pakt mit dem Teufel?»

«Lach du nur; das kann unsere Chance sein, uns Betty zu nähern. Ihr Zimmer befindet sich in dem Stockwerk über uns. Wir können sie ganz einfach besuchen. Außer dem Arzt sieht sie nicht viele Leute. Sie hat sich nämlich nicht viele Freunde gemacht, seit sie eine A ist.»

«Wie könnte sie uns denn helfen?»

«Ein Wort von Lichtenstern zu Prynne, und Deborah wird entlassen.»

«Du würdest so weit gehen?»

«Du nicht? Auch nicht nach der Sache mit dem Foto?»

«Wird Betty sich nicht wundern, wenn wir vorbeikommen?»

«Sie wird sich über ein bekanntes Gesicht freuen.»

«Ich bin kein bekanntes Gesicht.»

«Wir sind ein Team», sagte Lisbeth und fasste Naomi am Arm. «Mitgefangen, mitgehangen.»

«Es wäre einen Versuch wert», sagte Naomi. Vorsichtig zog sie ihren Arm zurück. In diesem Moment schoss der Fahrstuhl nach oben.

«Merkwürdig», sagte Lisbeth. «Wir hatten noch ein paar Minuten.»

«Wenn er weg ist, brauchen wir ihn auch nicht zu putzen», sagte Naomi. «Wenn wir uns ranhalten, ist dieser Aufzug in fünf Minuten fertig, und wir können zu Betty.»

«Besser, wir bringen ihr etwas mit. Was hältst du von Weintrauben?»

«Glaubst du, Weintrauben funktionieren noch bei einer, die den Luxus von Babel gewohnt ist?»

«Was würdest du ihr mitbringen?»

«Ein paar Modemagazine?»

«Das ist eine bessere Idee. Ich freue mich, dass du jetzt hier arbeitest, Naomi. Ich habe das Gefühl, dass wir mehr als Freundinnen sind. Es ist, als wäre unser Schicksal miteinander verbunden, empfindest du das auch so? Wir werden große Dinge erleben, wenn wir zusammenbleiben.»

In diesem Augenblick kam der Fahrstuhl wieder nach unten. Die Mädchen erschraken, als ein Mann ausstieg. Er trug einen grauen Anzug. Auf seinem blütenweißen Hemd war kein Buchstabe oder Turm auszumachen. Er war hübsch, selbst für babelsche Maßstäbe. Sein dickes schwarzes Haar hatte er nach hinten gekämmt. Die Nase war groß und streng, und seine Augen – zwei dunkle Pfuhle in einem bleichen Gesicht – waren unmöglich zu ignorieren. Sie sogen einen auf und ließen einen nicht los. Sie versengten einen. Als er Naomi von Kopf bis Fuß musterte, errötete sie bis in den Nacken.

«Herr Lichtenstern!», rief Lisbeth und machte eine kleine Verbeugung. Maria und Rosario kamen angelaufen, um das Wunder mitanzusehen.

«Wenn Sie Betty suchen», sagte Lisbeth, «die liegt auf minus vier. Ich kann Ihnen zeigen, wo es ist. Ich hatte gerade vor, sie zu besuchen.»

«Weshalb sollte ich?», sagte Lichtenstern. Seine Stimme war tief und dunkel und wie ein anschmiegsames düsteres Tier.

«Sie ist krank», sagte Maria gedankenlos.

«In der Tat», sagte Lisbeth. «und Sie dürfen keine Ansteckung riskieren. Sehr vernünftig. Vielleicht sollte ich meinen Besuch auch noch etwas aufschieben.»

Lichtenstern schaute sie an, als fragte er sich, wer sich wohl darum scheren mochte, ob dieses Mädchen die Grippe bekam oder nicht.

«Ich suche einen zeitweiligen Ersatz für Betty», sagte er. «Normalerweise macht Prynne das, aber da ich ohnehin nach unten musste, schaue ich mich selbst einmal um.»

«Tenga mi! Tenga mi!», rief Rosario, die vor Aufregung in ihre Muttersprache verfiel.

Lichtensterns Blick glitt von ihrem begierigen Gesicht zu ihren Brüsten und zurück.

«Vielleicht jemand, der eine verständliche Sprache spricht», sagte er.

«Ich spreche!», sagte Maria.

«Tja, leider», sagte Lisbeth, die zwischen Lichtenstern und Naomi glitt. «Als Bettys beste Freundin wäre es mir eine Ehre, für eine Weile ihre Tätigkeit zu übernehmen, Herr Lichtenstern.»

Sie legte ihre Hand auf seinen Arm. «Nach fünf Jahren in Babel habe ich genügend Erfahrung, um befriedigende Arbeit zu liefern.»

Er schaute kurz auf die Hand und schüttelte diese dann von sich ab.

«Du da!» Er zeigte auf Naomi. «Komm her.»

«Sie ist noch neu, Herr Lichtenstern», sagte Lisbeth. «Sie weiß noch nicht richtig, wie es hier im Turm zugeht. Es mangelt ihr an der nötigen Erfahrung.»

Lichtenstern ignorierte sie.

«Wie heißt du?»

«Naomi.»

«Willst du nach oben, Naomi?»

«Was soll ich da tun?»

Er legte seinen Finger unter ihr Kinn und hob ihren Kopf an, sodass sie in seine traurigen Augen schaute.

«Pragmatisch, das liebe ich.»

Sie senkte ihren Blick als Erste.

«Such Prynne und sage ihr, dass du Betty ersetzt. Sie wird dir sagen, was du zu tun hast.»

Er stieg in den Aufzug.

«Meine Damen, ich wünsche Ihnen noch einen schönen Arbeitstag.»

Er lächelte, als ob er wüsste, dass er ihre gesamte Hoffnung auf ein besseres Leben mit sich nahm. Der Fahrstuhl schloss sich, und die Mädchen sahen sich in der Metalltür widergespiegelt, verzerrt mit langen Armen, kurzen Beinen und monströsen Köpfen. Lisbeth war die Erste, die sich umdrehte. Sie zwang sich zu einem Lächeln.

«Das sind großartige Neuigkeiten, Naomi. Ganz nach oben! Wer weiß, was für Chancen du dort bekommst! Und falls es noch mehr Kranke geben sollte, weißt du, dass ich nur zu gern für jemanden einspringe. Dann können wir wieder zusammenarbeiten. Wäre das nicht großartig?»

«Mitgefangen, mitgehangen», sagte Naomi.

Lisbeth nickte.

«Genau.»

«Leider weiß ich noch nicht richtig, wie es hier im Turm so zugeht. Ich halte es für besser, du arbeitest mit einer Person zusammen, die mehr Erfahrung hat», sagte Naomi.

«Das nimmst du mir doch nicht übel, Naomi, nach allem, was wir zusammen erlebt haben? Ich habe das nur gesagt, um dich zu beschützen. Wir sind doch Freundinnen!»

Naomi entfernte sich. Maria und Rosario, noch im Schock, witterten ihre Chance, als sie merkten, dass Lisbeth allein zurückblieb. Es dauerte nicht lange, bis jemand Naomis Namen schrie. Naomi schaute sich nicht um.

Der Fahrstuhl hielt im Erdgeschoss und verschluckte dort eine Gruppe von Touristen, die sich wenig um die missbilligenden Blicke von Frau Prynne kümmerten. Sie holten Bierdosen aus ihren Rucksäcken und tönten dann in irgendeiner osteuropäischen Sprache herum.

«Abschaum», murmelte Frau Prynne.

Naomi ignorierte die Touristen und starrte auf den Plasmabildschirm, der an der Fahrstuhlwand hing und in dem Frauen, die Hände voll mit Champagner und teuren Handtaschen, Männern mit perfekt rasierten Gesichtern, gekämmten Haaren, weißen Hemden, weißen Zähnen und einer weißen Haut zulächelten. Beide Arbeitnehmerinnen ignorierten den eindringlichen Geruch von Schweiß, Bier und Salami und holten erst wieder tief Luft, als der Aufzug im dreihundertfünfundzwanzigsten Stockwerk anhielt. Der Pulk ergoss sich hinaus und rannte johlend durch den Flur, prallte jedoch beim Eingang auf den «Maître d'» des City View Restaurants, der ihnen klarmachte, dass sie ohne Krawatte und mit Bierdosen nicht eingelassen würden. Die Gruppe hatte nicht vor, es dabei zu belassen, und umzingelte den Maître d', der ruhig blieb und Prynne zunickte, als sie und Naomi vorbeigingen. Naomi schaute durch die Glastür ins Restaurant. Es war noch vor halb zehn Uhr morgens, und doch saßen schon jede Menge Leute an den Tischen, versteckt hinter Zeitungen oder gelangweilt in ihren Tassen rührend. Niemand schien sich für die unbezahlbare Aussicht zu interessieren. Sie selbst sah vom Flur aus auch nichts durch die Außenfenster, ausgenommen das strahlende Blau des Himmels. Ein Streifen tieferes Blau ließ das Meer erahnen, aber es konnte auch eine Verfärbung der Fenster sein. Viel Zeit bekam sie nicht, das Restaurant zu bestaunen. Sie bogen links in einen Flur ein, aus dem ihnen sechs Männer mit gezückten Schlagstöcken und einem C2 auf der Uniform entgegengelaufen kamen.

«Bin gespannt, ob das Gesindel gleich auch noch so viel Spaß hat», sagte Prynne mit einem dünnen Lächeln. Sie bogen abermals nach links ab, bis sie vor einem zweiten Fahrstuhl standen.

Prynne legte ihre Hand auf eine Metallplatte in der Wand, und der Lift öffnete sich. Danach tippte sie eine Zahlenkombination ein, und der Buchstabe A flackerte grünlich auf dem Bildschirm.

«Gibt es keinen direkten Fahrstuhl von unten nach oben?», fragte Naomi.

«Doch», sagte Prynne, «aber der ist exklusiv für Abraham Babel.»

Auf dem kleinen Monitor folgten die Zahlen einander im Eiltempo: 326. 327. 328.

«Wer wohnt auf diesen Etagen?»

«Niemand.»

«Niemand?»

«Planst du, dich hier einzumieten?»

Der Fahrstuhl stoppte. Die Türen öffneten sich von selbst, aber der Ausgang wurde von einem großen Spiegel blockiert. Naomi sah sich in der neuen Kleidung, die zu ihrem zeitweiligen A-Dienstrang gehörte. Sie trug einen schwarzen Rock bis genau über die Knie, weiße Socken und weiße Filzschuhe. Im Gegensatz zu Frau Prynne, einem Muster der Restaurierungskunst, trug sie kein Make-up. Ihr dickes schwarzes Haar hatte sie zu einem Zopf geflochten, der neben ihrem Hals über das weiße Baumwollshirt fiel und das rote A auf ihrer rechten Brust fast bedeckte.

Ihre Finger glitten kurz über dieses A. Frau Prynne hatte ihr klargemacht, dass sie sich keine Illusionen zu machen brauche. Sie sei lediglich eine Vertretung und tue gut daran zu begreifen, dass sie jeden Moment wieder bei ihren Sub-Kolleginnen landen konnte. Je weniger sie ihren zeitweiligen Status missbrauche, desto weniger Problemen sei sie ausgesetzt, wenn sie wieder zur Putzhilfe werde.

Naomi hatte sich die Frage verkniffen, ob sie in ihrem zeitweiligen Status auch die Vorgesetzte von Frau Prynne mit «bloß» einem C war. Die A-s waren übrigens nicht der höchste Rang im Turm. Über ihnen standen unlogischerweise die B-s. Von B wie Babel. Nur sie gelangten in Abraham Babels Nähe.

Sie merkte, dass Frau Prynne sie beobachtete, und zog ihre Hand zurück.

«Knöpf dein Shirt zu.»

Naomi tat, was ihr befohlen war.

«Wie schade», tönte eine Stimme über ihnen. «Ich hätte gern etwas mehr gesehen.»

«Lass uns herein, Hans», sagte Prynne. «Wir haben zu arbeiten.»

Die Stimme fragte nach den Identifikationsdaten.

«Du weißt, wer ich bin», sagte Prynne.

«Das tut nichts zur Sache.»

Prynne seufzte.

«Bei jedem neuen Dienstmädchen immer dieselbe Routine. Du glaubst doch nicht, dass das sie beeindruckt, Hans? Diese Mädchen haben in ihrem kurzen Leben schon mehr gesehen und mehr ignoriert, als du ihnen bieten kannst.»

«Die Identifikation bitte», sagte die Stimme.

Prynne drückte ihre Hand auf die Metallplatte an der Spiegelwand. Ein grünes Licht leuchtete auf.

«Jetzt unsere neue A», sagte die Stimme.

Naomi folgte Prynnes Beispiel. Das Metall fühlte sich kalt an. Das Licht wurde rot.

«Und jetzt?», sagte Prynne. «Soll ich hier bis ans Ende der Zeiten stehen bleiben?»

«Keine Panik, Frau Prynne, das kann für Sie nicht mehr so lange dauern», sagte die Stimme.

Der Spiegel schob sich zur Seite, und fünf Männer in schwarzen Maßanzügen kamen auf sie zu. Naomi wurde gebeten, die Arme in die Höhe zu strecken, und wurde dann professionell abgetastet. Frau Prynne tippte ungeduldig mit ihren manikürten Nägeln gegen die Fahrstuhlwand. Einer der Männer, blond und breit und mit einer von seiner linken Schläfe bis zu seinem Mundwinkel verlaufenden Narbe, drehte sich zu ihr um.

«Sparen Sie sich dieses Gehabe, Frau Prynne. Ich tue meine Arbeit. Und Sie sollten das besser auch tun. Ich habe keine Formulare im Zusammenhang mit einer neuen Putzhilfe erhalten.»

«Sie ist eine zeitweilige Vertretung. Sie kommt aus dem Waisenhaus. Sie wurde gründlich durchleuchtet. Sie ist clean.»

«Behaupten Sie.»

«Willst du lieber selbst die Zimmer putzen, Hans?»

Sie starrten sich gegenseitig an.

«Also gut. Heute kann sie so hinein, aber bis morgen will ich alle Papiere auf meinem Schreibtisch haben, sonst wandert sie zurück nach unten.»

«Das werden wir ja sehen», sagte Prynne und schob Naomi weiter durch einen Metalldetektor und das Zimmer der Wachleute.

Da ging sie also, hinein in das höchste, teuerste, exklusivste Apartment der Welt. Nicht, dass sie viel von dem Luxus bemerkt hätte, denn die Flure, durch die Prynne sie führte, waren für das Personal gedacht und nicht für die Bewohner. Die Flure waren zwar nicht kahl und giftgrün wie unten, sondern breit und warm mit indirekter Beleuchtung und Drucken an den Wänden – es waren immerhin die Räumlichkeiten Babels –, aber dennoch lediglich Flure, die genau wie die Wasserleitungen oder die Strom- und Glasfaserkabel hinter dem wirklichen Leben in den Apartments entlangführten.

Prynne lotste sie in ein großes Zimmer, das nach Lavendel roch. Hier standen die Putzmittel, alle säuberlich angeordnet und etikettiert. Frau Prynne schnurrte die Etiketten herunter: B für Badezimmer, O für Orangerie, G2 für das zweite Gästezimmer, F3 für Flur drei, By für den Byzantinischen Saal und so weiter. Es war nicht sonderlich schwer. Im Zweifelsfall konnte sie die Räume immer auf dem Etagenplan finden, der an der Wand hing.

«Wo sind wir jetzt?», fragte Naomi.

«Hier.» Frau Prynne bohrte ihren spitzen Fingernagel in eines der kleinen Quadrate auf dem Plan.

«Ist dieses Apartment so groß, dass es einen Plan dafür braucht?»

Die kalten Lippen von Frau Prynne kräuselten sich zu einem Lächeln.

«Komm», sagte sie bloß, und wieder folgte Naomi ihr wie ein Hündchen. Etwa dreißig Meter weiter stieß Frau Prynne eine Tür auf.

«Nach dir.»

Naomi lugte in das Zimmer. Das Flurlicht drang lediglich einige Meter in den Raum hinein, und das Einzige, was Naomi dort sehen konnte, war ihr eigener zögerlicher Schatten auf den kleinen blauen Fliesen zu ihren Füßen.

«Los, wir haben nicht den ganzen Tag Zeit.»

Was war das für ein Geruch? Ihre Hände suchten vergeblich nach einem Lichtschalter.

Prynne klatschte in die Hände, und das Licht sprang an.

«Oh», sagte Naomi.

«Olympische Dimensionen natürlich», sagte Frau Prynne. «Nicht, dass hier jemals Wettkämpfe stattfinden würden, aber auch hier gilt das Prinzip: Wenn schon, dann lieber gleich anständig.»

Naomi erkannte den Geruch von Chlor. Sie stand am Rand eines immensen Schwimmbeckens. Sie schaute zu Frau Prynne, die sich keine Mühe gab zu verbergen, wie sehr sie Naomis Verwunderung genoss.

«Was willst du wissen? Wieso eine Schwimmhalle von diesen Ausmaßen wie selbstverständlich an der Spitze des höchsten Gebäudes der Welt zu finden ist? Ganz simpel, Mädchen. Mit Geld kann man alles. Hast du irgendeine Vorstellung, wie viel diese abertausend Liter Wasser wiegen?»

Naomi ging um das Schwimmbecken herum. Bei jedem Schritt, den sie machte, leuchteten nicht nur an den Wänden, sondern auch unten im Wasser Lichtspots auf. Der Boden war mit goldenen Mosaiken ausgelegt. Durch die Lichtwellen hindurch sah sie, wie schwarze Wale Schiffe verschlangen, und ein hölzernes Hausboot, durch dessen Dach Elefantenrüssel und Giraffenhälse ragten.

Noch außergewöhnlicher als die Ausmaße war die Leere der Schwimmhalle. Keine halbstarken Jungs, keine schreienden Babys und keine alten Frauen mit beblümten, an verdorrte Brautsträuße erinnernden Badekappen, wie sie jedes Schwimmbad bevölkerten. Hier war alles Ruhe, Luxus und Überfluss.

Naomi tauchte ihre Hand in das Wasser. Lichtkräusel wogten über die Wände. Wie wunderbar musste es sein, sich hier hineingleiten zu lassen, nicht in ein Wasser, das an diesem Tag schon von Hunderten anderen benutzt worden war, sondern in ein jungfräuliches Nass, über dem einem nahezu sichtbaren Jungfernhäutchen gleich die Stille schwebte.

«Du putzt das hier, sobald du mit den Badezimmern fertig bist. Schau auf den Zeitplan. Du beginnst keine Minute früher und keine Minute später, verstanden?»

Naomi nickte. Sie gingen zurück in den Flur.

Frau Prynne klatschte zweimal in die Hände, und alle Lichter gingen aus.

Naomis erste Aufgabe war das Putzen der Bäder in den Gästezimmern. Jedes einzelne davon war größer als der Schlafsaal der Subs. Goldgerahmte Spiegel zierten die Marmorwände. Die Schränke waren aus unbekannten Holzarten gefertigt, die Handtücher so dick und weich, dass man darin versank. Die Badewanne war eine Riesenmuschel aus Marmor.

«Du hast genau achtzig Minuten pro Badezimmer. Es sind insgesamt fünf, also du weißt, was du zu tun hast. Wenn du fertig bist, gehst du zur Schwimmhalle. Die brauchst du heute lediglich zu wischen. Du hast eine halbe Stunde, was mehr als ausreichend ist. Wenn du fertig bist, verstaust du die Putzsachen und kehrst zum Aufzug zurück. Hans wird Schwierigkeiten machen, dich zuletzt aber doch hinauslassen. Morgen früh wartest du um halb neun unten bei den Aufzügen auf die A-Mannschaft. Sie werden dich mit nach oben nehmen. Hast du noch Fragen? Dann steh nicht herum wie ein Ölgötze, sondern fang an!»

Nichts war schmutzig. Da war nicht ein Fleck auf den Spiegeln, nicht ein Streifen in den Waschbecken. Naomi legte sich auf den Boden des Badezimmers, presste eine Wange auf die Fliesen, sodass sie jede Unebenheit auf dem Fußboden bemerkt hätte, und immer noch sah sie nirgendwo eine Fluse oder ein Stäubchen.

Sie knotete ihre Schuhe auf und kroch barfuß in die Riesenmuschel. Der Marmor fühlte sich kühl an. Sie schrubbte, nicht weil sie plötzlich von Menschen hinterlassene Spuren gefunden hätte, sondern weil sie davon ausging, dass Prynne sie kontrollieren würde. Ihr wurde heiß. Sie zog ihr Shirt aus und hängte es auf einen Handtuchhalter. Nach einer halben Stunde war sie mit dem Badezimmer fertig. Fünfzig Minuten zu früh.

Sie betrachtete sich im Spiegel. Sie zog die Lippen hoch, klapperte mit den Zähnen und bedachte sich selbst mit einem Augenzwinkern. Naomi. Mitten im Turm von Babel.

Im Spiegel sah sie, wie sich die Türklinke bewegte. Die Tür ging auf. Es war nicht Prynne.

«Warum solche Angst?»

Lichtenstern glitt ins Zimmer, setzte sich auf die Marmorplatte des Waschtischs und besah sich im Spiegel.

«Ich bin ordentlich rasiert. Von meinen Zähnen tropft kein Blut. Ich sehe nicht ein, weshalb du dich erschrecken solltest.»

Er musterte sich weiter im Spiegel.

«Oder ist dieser Anzug zu förmlich? Besonders, wenn ich sehe, wie bequem du gekleidet bist.»

Über seine Schulter hinweg sah sie sich selbst im Spiegel, ohne Shirt, nur mit BH. Sie legte die Hand über ihre Brüste.

«Komm, nicht so bescheiden. Wie heißt es in der Bibel? Ein Mensch darf seine Talente nicht begraben.»

«Was kann ich für Sie tun, Herr Lichtenstern?»

«Setz dich. Du machst mich nervös mit diesem Blick wie von einem in die Enge getriebenen Stück Wild. Ich tue dir nichts. Ich brauche eine Frau nicht zu zwingen. Die Arbeitnehmerinnen von Babel stehen Schlange, um mir jede Annehmlichkeit zu bieten.»

«Dann würde ich sie nicht länger warten lassen», sagte Naomi.

Seine Augenbraue wanderte in die Höhe.

«Möchtest du denn nicht von dieser einmaligen Gelegenheit profitieren? Du brauchst keine Angst zu haben, Prynne könnte hier jeden Moment eindringen. Wir werden von niemandem gestört werden. Du kannst so laut schreien, wie du willst.»

Er fuhr sich mit beiden Zeigefingern über die Lippen.

«Nicht zu trocken. Nicht zu feucht. Genau richtig.»

Er drehte sich vom Spiegel weg und schaute sie an. Den einen

Arm noch immer vor ihren Brüsten, machte sie einen Schritt zurück, bis ihr Rücken die Badezimmerwand berührte. Mit ihrer freien Hand griff sie nach der Handbrause.

«Was hast du vor? Mich nass sprühen, bis ich schmelze?»

«Ich muss weiter mit meiner Arbeit, Herr Lichtenstern.»

Er kam auf sie zu. Der Duschkopf in ihrer Hand zitterte.

«Findest du mich denn nicht anziehend, Naomi? Nein? Du brichst mir das Herz.»

Er grinste.

«Etwas mehr Dankbarkeit hatte ich schon erwartet. Ohne mich wärst du gar nicht hier! Zugegeben, dieser Putzjob ist nur vorübergehend, aber wenn du freundlich zu mir bist, könnte ich für eine dauerhafte Beförderung sorgen. Nicht sofort als A natürlich. Aber alles ist besser, als eine Sub zu bleiben, nicht?»

«Mir gefällt es dort ausgezeichnet», sagte Naomi.

«Findest du mich so abstoßend? Was für ein Schlag für mein Ego! Oder willst du irgendeinem pickligen Teenager treu bleiben, der draußen auf dich wartet? Nein, da ist niemand, ich spüre es. Magst du keine Männer, Naomi? Hast du andere Interessen? Ich denke nicht. Aber du hast Angst vor uns. Warum? Schlechte Erfahrungen?»

Er stand jetzt am Rand der Badewannenmuschel.

«Ich könnte dir sagen, dass nicht alle Männer gleich sind, aber aus meinem Mund würde sich das merkwürdig anhören. Ich weiß, was über mich gesagt wird.»

«Alles gelogen natürlich», sagte Naomi.

«Nicht alles.»

Er setzte sich auf den Rand der Muschel.

«Weißt du, was das Problem ist? Frauen finden, dass ich zu schnell vorgehe. Ich bin genau wie du, Naomi. Direkt. Frauen wollen das nicht. Obwohl ich ihnen damit einen großen Dienst erweise. Ich verzichte gern auf diese ersten Dates, die

Verabredungen zum Essen oder fürs Kino, und erst recht auf die langen Gespräche, um sich gegenseitig besser kennenzulernen. Ich gönne Frauen die nötige Distanz. Sie können sein, wer sie sein wollen. Tausende von Frauenrollen können sie annehmen, die eine noch mysteriöser als die andere. Aber nein, mit jeder Frage nach meiner Lieblingsfarbe, mit jedem Aufstoßen ihrer unverdauten Vergangenheit, mit jeder schlechten Erfahrung im Job und mit jeder zutiefst persönlichen Meinung, die sie mit dem Rest der Weltbevölkerung teilen, schrumpfen sie, bis sie weiter nichts mehr sind als ein banales Stück Fleisch, aus dem sich sämtlicher Biss und Geschmack verflüchtigt hat. Ich gebe ihnen Unmengen an Gold und Glamour, und sie geben mir Nachbarschaftsstreitigkeiten und verschlissenes Bettzeug. Das ist kein fairer Tausch.»

Er streckte seine Hand nach ihr aus.

«Bist du eine von ihnen, Naomi? Will du mich auch mit deinen trivialen Träumen und deiner tristen Vergangenheit langweilen? Oder willst du im Hier und Jetzt leben? Den Augenblick genießen, der sich uns bietet?»

Sie berührte seine ausgestreckte Hand nicht.

«Hat diese Ansprache jemals funktioniert?», fragte sie ihn.

Er ließ seine Hand sinken.

«Öfter, als du dir vielleicht vorstellst.»

Er betrachtete seine Fingernägel.

«Du kannst die Brause ruhig zurückhängen. Es muss anstrengend sein, das Ding so lange zu umklammern. Und deinen anderen Arm darfst du auch sinken lassen.»

Naomi bewegte sich nicht.

«Auch gut. Misstrauen über allem.»

Er stand auf und entfernte sich. An der Badezimmertür drehte er sich um.

«Was erwartest du vom Leben, Naomi?»

«In Ruhe gelassen zu werden.»

Er lachte.

«Ein unmöglicher Wunsch. Das Leben lässt einen nicht in Ruhe. Es ist ein wilder Ritt, aus dem man nur auf eine Weise aussteigen kann, und die ist wiederum zu ruhig, selbst für dich.»

«Ich liebe die Ruhe.»

«Dann darfst du aber nicht so aussehen, wie du aussiehst, und nicht so aus den Augen schauen, wie du es tust.»

«Wie denn?»

«Schlummernd. Wie ein Vulkan oder ein Selbstmordterrorist auf dem Weg zu seinem Ziel. Oder wie eine Frau, kurz bevor sie sich über ihre letzten Bedenken hinwegsetzt.»

«Ich bin nichts von alledem.»

«Schade. Das war ein interessantes Gespräch, Naomi. Das Resultat war zwar nicht das, was ich mir erhofft hatte, aber ich freue mich auf unsere nächste Begegnung.»

Die Tür fiel ins Schloss.

Sie wartete eine Viertelstunde, öffnete dann vorsichtig die Badezimmertür und schaute hinaus in den Flur. Alles war ruhig. Keine Prynne und kein Lichtenstern zu sehen. Sie schlich hinaus, und keine maskierten Wachleute kamen auf sie zu gerannt. Vor einer der Türen blieb sie stehen und drückte auf die Klinke. Die Tür war nicht abgeschlossen. Leise schob sie sie einen Spaltbreit auf. Ein weißes Licht fiel auf den Flur. Es dauerte etwas, bis ihr bewusst wurde, was sie sah, und dann trat sie fasziniert in das Zimmer.

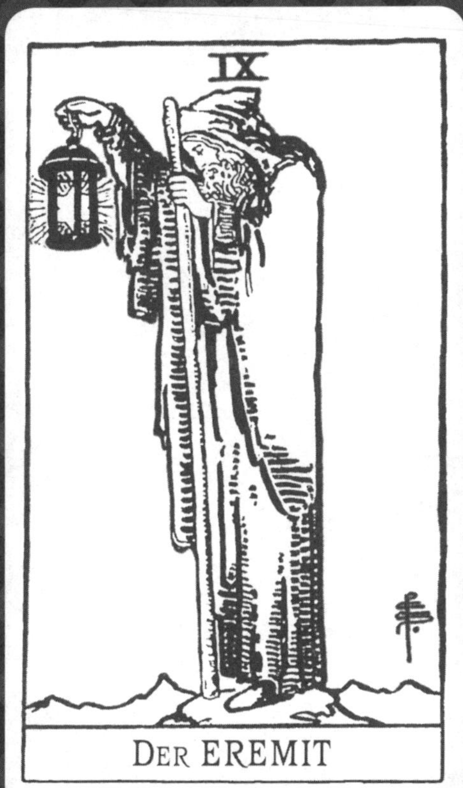

Isolation • Angst • unvernünftige Vorsicht

Sobald die Frau auftauchte, schwoll die Panik an. Alice wusste, was passieren würde. Sie wollte ihren Vater warnen, aber die Angst ließ sie gefrieren. Sie konnte sie alle retten. Sie brauchte nur ihre Hand auf seinen Arm zu legen, mehr nicht. Aber sie war erstarrt. Gelähmt. Sie wollte schreien, aber ihre Kiefer klemmten.

Sie sah, wie die Frau mit dem Kind in den Armen auf das Auto zukam, wie ihr Vater das Fenster hinunterließ und wie Großvater eine Warnung schrie. Ihr blieb genügend Zeit, alle noch ein letztes Mal anzusehen – die erstaunten Gesichter ihrer Mutter und Großmutter, als sich der Mantel der Frau öffnete. Danach weckte der Lärm der Explosion sie auf, so wie fast jeden Tag.

Meistens war sie erleichtert, wenn sie die vertraute Umgebung wiedererkannte. Aber heute fühlte sich das Zimmer fremd an. Bestimmt kam es daher, weil ihre Routine durcheinandergebracht war. An anderen Tagen blieb ihr morgens kaum Zeit, den letzten Zipfel ihres Croissants hinunterzuwürgen, bevor Betty und Anika bereitstanden, um sie zu waschen, schnellschnell, denn jeden Augenblick konnte die alte Frau Holtby mit einer neuen Ladung Unterrichtsstoff ins Zimmer treten, noch bevor Bert und Leonard sie für ihre Übungen holen kamen.

Aber Frau Holtby war krank. Das hatte sie gestern von einer überarbeiteten Anika vernommen, die nicht wusste, wo ihr der Kopf stand, nachdem die Grippe jetzt auch Betty und den Großteil des A-Personals niedergestreckt hatte. Keinen Unterricht? Das musste sie ausnutzen. Sie würde den ganzen Morgen im Bett bleiben.

Ihr Blick folgte einem dünnen Sonnenstrahl, der durch die Vorhänge gedrungen war und jetzt über das Parkett kroch; ein goldener Finger aus Licht und tanzendem Staub.

Die Routine, die sie wie eine eiserne Lunge umschloss, war

das Werk ihres Großvaters. Er wollte vermeiden, dass sie in düstere Gedanken verfiel. Als ob die sich zurückhalten ließen. Sie war gefangen in ihrem Körper, einem Klumpen Fleisch, der von anderen gewaschen und angekleidet werden musste.

Alle taten so, als ob sie noch eine Zukunft hätte. Holtby bereitete sie auf die Universität vor. Dachten sie denn wirklich, sie käme mitsamt ihrem Bett in den Hörsaal gefahren? Auf beiden Füßen oder gar nicht, Großvater!

Ja, ihren Großvater, den hatte sie noch. Sein Geld und seine Liebe hielten sie am Leben – und seine Trauer, die auch die ihre war und über die sie nie sprachen. Er war der letzte Faden, mit dem sie noch am Leben hing. Wenn er verschwand, dann würde sie zusammen mit dem herrenlosen Müll in den gleichgültigen Straßen verwehen. Er war der Grund, weshalb sie nicht aufgab, weshalb sie sich zusammen mit Holtby über die Broschüren der verschiedenen Universitäten beugte und Tag für Tag die Physiotherapeuten an ihrem Leib herummurksen ließ.

Aber heute genügte auch er nicht, um weiterzumachen. Sie hätte umkommen sollen, zusammen mit ihren Eltern. Dieses Leben war ein Aufschub. Die Monate der Rehabilitation, die Operationen, die Routine, der Anschein von Normalität, es war nichts mehr als Wassertreten. Es wurde Zeit, dass sie der Wahrheit ins Auge blickte.

Ihre Finger glitten über das Kontrollpanel auf der rechten Seite ihres Betts, und die Vorhänge schoben sich zur Seite. Die bleichen Gebeine des gigantischen Walskeletts, das die Hälfte des Zimmers füllte, schimmerten im Sonnenlicht. Wurde es nicht Zeit, dass sie es irgendeinem Museum schenkte? Es war eine Laune gewesen, und wie alle Launen hatte es seine Magie verloren, nachdem ihr stattgegeben worden war. Es stand im Weg und es irritierte Anika. Sie fuhr das Bett dorthin, bis sie wie ein fauler Jona im Bauch des Walfischs lag. Könnte er sie nur bis in die eiskalten Polarmeere mitnehmen, wo seltsame, fluoreszierende Wesen zur Seite hin wegschossen, während er bis zum Boden tauchte!

Es war ein Trost zu wissen, dass irgendwo auf der Welt derartige magische Wesen existierten, auch wenn sie sie nie mit eigenen Augen würde sehen können.

Nein, sie würde das Skelett noch eine Weile stehen lassen.

Sie fuhr weiter bis zu den Fenstern und blickte über die Stadt. Wenn man Großvater glauben konnte, dann war das da draußen ein Dschungel.

Sie sah kein Grün. Es war ein Wald aus Wolkenkratzern mit Hubschraubern wie exotischen Libellen und ganz unten im Schatten der Gebäude einem unablässigen Strom von Ameisen in sämtlichen Farben.

Babel war der Waldriese. Die anderen Bauten zitterten in seinem Schatten. Sie und ihr Bett befanden sich an der höchsten Stelle in dieser Stadt. Ihr Haar würde niemals den Fuß des Turmes berühren, und wenn sie es tausend Jahre hindurch wachsen ließ.

Falls überhaupt ein Prinz dort unten auf sie wartete – und mit einem, der sich mit einer gelähmten Prinzessin zufriedengab, wäre es wohl auch nicht weit her –, dann würde sie ihn nicht einmal sehen, denn aus dieser Höhe konnte man kaum eine Bewegung am Boden unterscheiden. Für die Bewohner des Turms war das ein Bonus. Sie brauchten den schlechten Atem und den Schweiß des Pöbels nicht zu riechen, die lahmenden Beine, die fingerlosen Hände, die Geschwüre und Beulen, die billige synthetische Kleidung, die Löcher in ihren Hosen und ihren Seelen nicht zu sehen. Die Apartments des Turms waren nicht deshalb begehrt, weil man näher bei den Göttern wohnte, sondern lediglich weiter weg von den anderen war, die das Unglück besaßen, nicht in Babel zu residieren.

Alice hätte mit jedem von ihnen tauschen mögen, sämtliche Beulen eingeschlossen. Die Eigentümer der Beine, die dort durch die Straßen gingen, machten sich nicht klar, wie glücklich sie waren.

Sie fuhr das Bett zurück zur Wand. Sie brauchte die Stadt nicht zu sehen. Der Glanz des Meeres in der Ferne genügte ihr. Von hier aus konnte man beobachten, dass der Horizont keine gerade Linie, sondern ein Bogen war. Die Erde war nicht flach, was immer die alten Bücher auch behaupteten. Kein Wunder, dass die religiösen Irren den Turm weghaben wollten. Er kratzte an ihrem Weltbild.

Ein Vogel schoss vor das Fenster. Ein Schatten, ein Bündel Federn, ein Auge, ein Schnabel; dann war er wieder weg. Sie sah ihn etwas weiter entfernt mühelos auf dem Wind gleiten. Die launischen Böen zwischen den Wolkenkratzern kümmerten ihn nicht. Er war eines der vielen wilden Tiere, die immer öfter in der Stadt auftauchten. Wohin sollten sie sonst, nachdem die Stadt die Natur verdrängt hatte? Hasen und Wildschweine suchten genau wie die anderen Wohnungslosen ihr Heil in den Straßen, Hirsche kauten an Müllsäcken, Füchse stritten sich mit zahnlosen Alkoholkranken um irgendwelche Hühnerknochenreste, Falken lebten von den verwilderten Tauben, Dachse gruben sich Burgen in Abwasserkanäle, und die Wölfe hatten schon bald gelernt, aufrecht zu gehen.

Der Vogel schwebte da immer noch. Sie wusste nicht, wie er das machte, aber plötzlich stand er still, eine Stecknadel in diesem blauen Himmel. Sie hielt den Atem an. Sie hätte ihn gern so festgehalten, reglos, die Nabe des Himmels. Solange er dort hing, stand die Zeit still.

Er blieb hängen, bis sie blinzeln musste und ein Zittern ihn durchfuhr. Er tauchte, riss einen Streif in den Himmel, und die Stadt kam in Bewegung. Autos schossen vorwärts, Lichter sprangen an, und irgendwo tief unten erklang der Schrei eines Hasen in Todesangst.

Da erst bemerkte sie das Mädchen, das in ihrem Zimmer stand. Es war unmöglich, dass eine Unbekannte bis in ihr Zimmer vordrang. Sie wurde besser bewacht als das Gold in der Nationalbank. Aber egal ob unmöglich oder nicht, da stand dennoch ein Mädchen, und außerdem auch noch in einem weißen BH, und starrte nach draußen, wo ihr die Stadt in all ihrer Herrlichkeit zu Füßen lag.

Das Mädchen hatte sie eindeutig noch nicht bemerkt, so fasziniert war sie von der Aussicht.

Alice griff nach dem Kontrollpanel, bereit, den Wachdienst zu alarmieren.

«Wie gefällt dir der Ausblick?», fragte sie.

Das Mädchen erschrak und drehte sich um.

«Kommst du, um mich umzubringen?»

Das Mädchen schüttelte den Kopf.

«Schön. Damit wäre das schon mal abgehakt.»

Das Mädchen schien etwas älter als sie selbst zu sein. Ihr langer, schwarzer Zopf lag ihr wie eine Schlange im Nacken.

«Was hast du hier zu suchen?»

Es klang unfreundlicher, als sie es beabsichtigt hatte. Sie wusste, was das Mädchen hier tat. Der Schwamm in ihrer Hand verriet einiges. Die Grippeepidemie erklärte den Rest. Dieses Mädchen war die Vertretung der Putzhilfe. Darauf hätte sie auch sofort kommen können, aber in ihrer Überraschung hatte sie nicht nachgedacht. Sie hatte keine Ahnung, warum das Mädchen hier in ihrem BH herumlief, aber vielleicht konnte Hans ihr das erklären. Er hatte so seine eigenen Methoden, das weibliche Personal zu kontrollieren. Wahrscheinlich war sie, des Putzens überdrüssig, auf Erkundung ausgegangen. Welches Mädchen konnte einer geschlossenen Tür widerstehen? Aber schlau war es nicht. Prynne war recht unsanft zu Personal, das Eigeninitiativen entwickelte.

«Wolltest du einmal aus dem Fenster schauen?»

«Es tut mir leid», sagte das Mädchen. «Ich bin neu hier. Würden Sie bitte niemandem sagen, dass ich hier war, Frau ...?»

Frau! Das war der Gipfel.

«Wie heißt du?»

«Naomi.»

Keine unnütze Anrede diesmal.

«Leg den Schwamm auf den Boden und hilf mir, mich hinzusetzen.»

Das Mädchen zog sie an den Armen nach vorn und schob ihr ein Kissen hinter den Rücken. Sie roch nach Lavendel.

«Wie gefällt dir die Aussicht?», fragte sie.

Genau in diesem Moment schoben sich dicke Wolken vor die Sonne. Ein goldener Balken spielte über der Stadt, ein Laser Gottes auf der Suche nach dem letzten Rechtschaffenen.

«Ich weiß es nicht», sagte das Mädchen.

«Du weißt es nicht?», fragte Alice. «Dann bist du die Erste. Hier ist noch nie jemand gewesen, der nicht sofort von der Aussicht angefangen hätte. Alle finden sie unbezahlbar. Diese Idioten. Natürlich ist sie bezahlbar. Woher sonst sollte Großvater sein Geld nehmen?» Sie redete zu viel, sie hörte es selbst. Das Mädchen starrte sie an.

«Was denkst du?»

«Es ist hoch», sagte das Mädchen.

«Nein, im Ernst? Du befindest dich an der Spitze der Welt, und alles, was dir dazu einfällt, ist, dass es hoch ist? Niemand auf der ganzen Welt befindet sich höher als wir. Ausgenommen natürlich die Passagiere in Flugzeugen.»

«Und Gott», sagte das Mädchen.

Da lag sie also und bekam ungebeten Gott ins Gesicht geschleudert. Sie wusste nicht, warum, aber diese Naomi irritierte sie. Sie gab sich nur wenig Mühe, sich zu entschuldigen, dass sie hier ungebeten stand, sie schämte sich nicht für die Tatsache, dass sie in ihrer Unterwäsche herumlief, sie war nicht beeindruckt von der Aussicht oder von der Situation und noch am wenigsten von dem armen, gelähmten Mädchen in dem Bett. War ihr denn nicht klar, dass Alice sie stehenden Fußes entlassen konnte? Sie brauchte nur mit den Fingern zu schnippen! Es wurde Zeit, dass jemand sie in ihre Schranken wies.

«Würdest du mir einen Gefallen tun, Naomi? Es juckt mich so am Fuß. Würdest du mich da kratzen?»

«Was?»

Sie zeigte auf die Stelle unter ihrer Bettdecke, wo sich ihre Füße befinden mussten.

«Mich juckt es am Fuß.»

Das Mädchen schaute sie an. Wenn Blicke töten könnten!

«Na los. Heb die Decke hoch.»

«Welcher Fuß ist es?»

«Kratz mich einfach an beiden.»

Naomi hob ihren linken Fuß hoch.

«Ist das gut so?»

«Fester», sagte Alice.

«Ist es so besser?»

«Fester!», rief Alice.

Sie betrachtete diesen störrischen Mund, diese Rehaugen, die vor Wut loderten. Ach, dieses Wesen hasste sie, das war klar. Wie schnell waren sie von zwei Mädchen in einem zu großen Zimmer zur Herrin und Dienerin hinabgesunken. Sie hat recht, wenn sie mich hasst, dachte Alice, und ich habe recht, wenn ich sie vor mir knien lasse. Sie hat ihren Gott, aber ich habe das Geld.

Dann ließ das Mädchen ihren Fuß fallen.
«Was ist?», fragte sie.
Naomi hatte Blut an den Händen. Sie hatte so fest gekratzt, dass sie die Haut der Fußsohle verletzt hatte. Das war nicht unnormal, ihre Haut dort war dünn wie Papier. Aber das konnte das Mädchen nicht wissen.
Sie drückte das Bettlaken gegen Alices Fußsohle, und das Blut färbte es sofort rot.
«Es hört nicht auf!»
Sie konnte Naomi beichten, dass sie ohnehin nichts davon spürte, dass sie es noch nicht einmal bemerken würde, wenn ihre Unterschenkel in Flammen stünden. Sie konnte Naomi beruhigen. Aber sie tat es nicht. Sie wusste selbst nicht, was in sie gefahren war.
«Leck es auf», sagte sie.
«Was?»
«Das Blut. Leck es auf!», sagte sie.
Nie im Leben würde sie erklären können, warum sie das verlangte. Warum wollte sie das Mädchen so demütigen? Was hatte die Kleine ihr angetan? Aber Naomi nahm ihren Fuß schon in beide Hände und ließ ohne Flehen oder sonstige Bemerkungen ihre Zunge über die Fußsohle gleiten.
Ein Schock durchfuhr Alice. Es war ein elektrischer Strom, der ihr Rückgrat entlangschoss und kribbelnd bis hinauf in ihre Fingerspitzen, bis in die Dunkelheit unter ihrem Schädel, wo sie für einen Moment kleine Sterne davonsausen sah. Naomi leckte ihr Blut – Blut, das rote Flecken auf ihren Lippen und ihrem Kinn zurückließ, und einen Moment lang dachte sie, was für Krankheiten bekomme ich von diesem Speichel, nein, das dachte sie nicht, das dachte sie erst später, jetzt versuchte sie nur, nicht laut aufzuschreien.
«Was ist denn das hier?»

Bert und Leonard standen im Zimmer. Alice hatte sie noch nie so groß und blond gesehen. Zwei Racheengel.

Naomi ließ ihren Fuß fallen. Die Männer starrten auf das Mädchen in ihrem BH, mit Blut auf den Lippen.

«Wo ist Frau Holtby?», fragte Bert.

«Die hat die Grippe», sagte Alice.

Sie versuchte, gleichgültig dreinzuschauen, aber dieser elektrische Strom wogte noch nach. Als wäre sie bis ins Tiefste ihres Körpers berührt worden. Als hätte Naomis Gott ihr mit Seinem Finger die Eingeweide durchwühlt.

«Ich habe gerade eine der Angestellten gebeten, mir aus dem Bett zu helfen, aber offenbar bluten meine Füße. Zum Glück seid ihr hier.»

Sie bedachte das Mädchen mit einem kurzen Kopfnicken.

«Das ist alles, Naomi. Du kannst gehen.»

Das Mädchen hob den Schwamm vom Boden auf und huschte davon.

Wer ist Abraham Babel?

Woher kam Abraham Babel? Die offizielle Biografie erwähnte eine wenig auffällige Jugend in einem der Stadtviertel, in dem hauptsächlich Beamte und kleine Selbstständige wohnten. Als einziger Sohn von Rebecca und Ezra Babel trug Abraham Babel sämtliche elterlichen Erwartungen auf seinen zarten Schultern. Er hatte sich angestrengt in der Schule, musste dann aber aufgrund einer schleppenden Krankheit, die ihn von seinem siebzehnten bis zu seinem zwanzigsten Lebensjahr ans Bett gefesselt hielt, auf weiteren Unterricht leider verzichten. Diese drei Jahre der erzwungenen Ruhe hatten seine Gier nach dem Leben verschärft, und als er endlich genesen war, beschloss er, keine weitere Zeit auf der Schule zu vergeuden. Er ging arbeiten, zunächst als Verkäufer in einem Geschäft, das hauptsächlich Radios und später die erste Generation von Fernsehgeräten verkaufte. Von seinem ersten Geld kaufte er sich nicht – wie die anderen jungen Männer seiner Umgebung – einen imposanten Buick, sondern Aktien einer großen Elektronikfirma. Nach dem plötzlichen Tod seiner Eltern beschloss er, das elterliche Haus zu vermieten, und landete so fast zufällig im Immobiliensektor, dem er später einen Großteil seines Vermögens zu verdanken haben sollte. Mit dreißig besaß er nicht nur drei Mietshäuser, sondern auch ein interessantes Aktienportefeuille. Nicht schlecht für jemanden, der mit so wenig angefangen hatte. Ein anderer Mann hätte ruhig den einmal eingeschlagenen Weg weiterverfolgt, aber Babel verkaufte seine Häuser und nahm einen großen Kredit auf, um damit ein paar verfallene Gebäude in Hafennähe aufzukaufen. Irgendwann einmal war von einer Hafenerweiterung die Rede gewesen, aber die meisten Spekulanten, die für zu viel Geld die alten Fabriken und bodenverseuchten Grundstücke in der Hoffnung aufgekauft hatten, sich an dem Projekt zu bereichern, waren nach zwanzig Jahren das Warten leid und verkauften ihr wertloses Eigentum nur zu gern an Babel. Er selbst, so ließ er verlauten, habe vor, dort ein Wohnviertel zu errichten. Alle wünschten ihm viel Erfolg. Niemand glaubte an die Zukunft eines Viertels, das mitten im kriminellen Herzen dieser Stadt lag, aber niemand fühlte sich verpflichtet, diese Zweifel mit dem naiven Babel zu teilen. Noch bevor die Vorbereitungen für das Wohnviertel starteten, beschloss ein neuer Bürgermeister, die alten, schon eingestaubten Pläne für die Hafenerweiterung wieder hervorzuholen. Kurzfristig würde das eine Stange Geld kosten, aber langfristig käme es der Stadt eindeutig zugute.

Die Spekulanten beeilten sich, ihre Vereinbarungen mit Babel aufzukündigen, aber die Verträge waren unterzeichnet, und nach all den Jahren fruchtlosen Wartens mussten sie zusehen, wie ein anderer ihre Gewinne einstrich. Sie setzten Himmel und Hölle in Bewegung, aber zu spät. Mit einem Schlag war Babel nicht mehr der armselige Besitzer einiger Häuser in den Außenvierteln, sondern ein wichtiger Player auf dem Immobilienmarkt. Wie Babel es einmal in einem Interview beschrieb: Er fühlte sich für sein soziales Engagement belohnt. Aus dem Wohnviertel würde zwar nichts mehr werden, aber es gebe andere Orte und andere Projekte, an denen er seine Menschenliebe ausleben könne. Die Tatsache, dass er mit einem Schlag zum Millionär geworden sei, habe nichts mit pfiffigen Entscheidungen oder Glück zu tun, nein, der Finger Gottes habe ihm gezeigt, welche Richtung er mit seinem Leben einschlagen sollte, und er, Babel, werde die Talente, die er besaß, nicht einfach begraben.

So weit die offiziellen Biografien. Die übrigens reißenden Absatz fanden. Wer wollte schließlich nicht von einem Burschen lesen, der durch harte Arbeit und kluge Investitionen zu einem der großen Akteure dieser Stadt aufgestiegen war? Babel war der fleischgewordene kapitalistische Traum. Und die Verlockung des Traums war simpel: Wenn er es fertiggebracht hatte, dann konnten sie es auch. Dass er sein Glück in religiöse Begrifflichkeiten übersetzte, damit konnten sie leben. Auch sie hielten ja irgendwo einen Gott in der Hinterhand.

Manche Journalisten hatten ihre Mühe mit dieser geradezu filmischen Biografie und machten sich daran, in der Vergangenheit des erfolgreichen Mannes zu graben. Sie fanden keine soliden Eltern in einem der ärmeren Viertel dieser Stadt, sondern das Grab einer gewissen Rebecca Babel, einer Waschfrau und unverheirateten Mutter eines Sohnes, den sie noch vor ihrer Flucht aus Polen auf den Namen Abraham hatte taufen lassen. Schulzeugnisse des guten Schülers Abraham Babel blieben unauffindbar; stattdessen stieß man auf das Strafregister eines Gleichnamigen, der von seinem siebzehnten bis zu seinem zwanzigsten Lebensjahr wegen Hehlerei im Gefängnis gesessen hatte.

Es war verführerisch, in diesem kriminellen Abraham den erfolgreichen Immobilienhändler auszumachen, aber letztendlich gab es zu wenig harte Beweise, die eine unumstößliche Identifizierung ermöglicht hätten. Klarer wurde die Rolle des neuen Bürgermeisters bei der Hafenerweiterung. Nach jahrelangen Untersuchungen stellte sich heraus, dass er einer von Babels Geldgebern gewesen war, als dieser die wertlosen Häuser aufgekauft hatte. Aber zu diesem Zeitpunkt war es schon zu spät und Babel bereits zu mächtig.

Das soziale Engagement, das er angekündigt hatte, nahm recht eigenwillige Formen an. Er kaufte tatsächlich Straßenzüge in fast nicht mehr bewohnbaren Vierteln auf, in die sich weder das Gesetz noch vornehme Bürger hineinwagten, aber anstelle von besseren Häusern kamen Bulldozer, Industrieparks, Überwachungskameras und Zwangsräumungen. Der kapitalistische Traum war eindeutig nicht jedem beschieden. Mit dreißig Jahren heiratete er Anna Glück, die Tochter eines Industriellen, der genau wie Babel ein Selfmademan war. Es wurde eine Märchenhochzeit, komplett mitsamt der bösen Fee in Form der Schwester der Braut. Myriam Glück, so wurde geflüstert, war offenbar Babels erste Wahl gewesen. Bis er dahinterkam, dass sie keine Kinder bekommen konnte. Woraufhin er sein amouröses Augenmerk mühelos auf die jüngere Schwester verlagert hatte.

Es war eine Entscheidung gewesen, die Früchte abwarf. Ein Jahr später wurde Joseph Babel geboren. Dieses ganze finanzielle und häusliche Glück hatte seine Auswirkungen auf Abraham Babel. Der Herr hatte ihm so viel geschenkt. Wie konnte er seine Zukunft absichern? Wie konnte er den Herrn so weit bringen, dass Dieser ihm das Glück nicht wieder nahm?

Er beschloss, den Herrn mit Opfern zufriedenzustellen. Es hatte bei Abel funktioniert, warum also nicht auch bei Babel? Großzügige Schenkungen aller Art fanden ihren Weg in religiöse sowie wohltätige Einrichtungen. Gute Aussichten für Abraham Babel also nicht nur in diesem, sondern auch für das nächste Leben.

Fast mühelos wurde er reicher und mächtiger.

Zum ersten Missklang in dem schönen Lied kam es, als der Sohnemann einen eigenen Willen an den Tag legte und nicht in die Fußspuren seines Vaters treten wollte. Der junge Bursche interessierte sich für die Wissenschaft. Was an und für sich nicht schlimm war, solange er dabei den wichtigsten Daseinsgrund, nämlich die Anhäufung von Geld, nicht aus dem Auge verlor. Joseph Babel sprach jedoch vom Promovieren. Von Ausgrabungen. Von einer wissenschaftlichen Laufbahn.

Abraham Babel ergriff sofort Maßnahmen und drehte ihm den Geldhahn zu. Dem Jungen musste klarwerden, dass die Zeit des Spiels vorbei war. Entweder er fügte sich den Wünschen seines Vaters, oder er würde keinen Cent des von Babel angehäuften immensen Vermögens mehr zu Gesicht bekommen.

Das Unglaubliche geschah. Joseph Babel – oder Joe, wie er sich selbst mittlerweile nannte – brauchte kein Vermögen. Ebenso wenig brauchte er die Bräute, die seine Mutter für ihn aussuchte. Er hatte eine Frau kennengelernt, die seine Leidenschaft für Archäologie teilte und sich ebenso wenig wie er vom Geld blenden ließ.

Abraham Babel regte sich nicht weiter auf. Niemand verschmäht ein Leben voll ungeahntem Luxus, um irgendwo im staubigen Afrika alte Gebeine auszugraben. Er gab seinem Sohn sechs Monate Zeit, um nachzudenken und das Rebellische abzulegen. Derweil war Joe mit seiner frisch gebackenen Braut nach Afrika gezogen, wo er fünfzehn Jahre lang bleiben sollte.

In all den Jahren hatte es keinen Kontakt zwischen Vater und Sohn gegeben. Sofern es Kontakte zwischen Mutter und Sohn gab, geschah dies ohne Abrahams Mitwissen. Joe Babel bekam eine Tochter, aber auch diese freudige Nachricht vermochte die Mauer des Schweigens zwischen beiden Männern nicht einzureißen.

Es war der Herzattacke des Vaters zu verdanken, dass sie sich am Krankenbett einer Abteilung wiedertrafen, die Abraham Babel dem Krankenhaus als Schenkung vermacht hatte.

Der Anblick des Todes tut wundersame Dinge mit einem Mann. Morphium tut noch wundersamere Dinge. Babel verstand gar nicht mehr, warum er diesem fremden, sonnengebräunten Mann, der jetzt mit Tränen in den Augen an seinem Bett stand, so lange böse gewesen war. Er hatte die Hand seines Sohnes schon ergriffen und eine Art von Vergebung gemurmelt, bevor ihm wieder einfiel, dass er keinen Ungehorsam duldete. Aber da war es schon zu spät gewesen. Da hatte seine Frau sich ihrem verlorenen Sohn bereits um den Hals geschlungen. Danach hatten sie alle seine Frau kennengelernt, und fataler als alles Vorangegangene: Dann hatten sie die Perle gesehen, die am Fußende des Bettes stand und alles mit großen Augen in sich aufnahm, ihr ureigenes Enkelkind, die mysteriöse Alice, zu intelligent für ihr Alter, zu fremdartig für ihre Herkunft mit ihren blonden Haaren und blauen Augen und einem Mund wie einer Wüstenrose. Abraham und seine Frau verliebten sich auf der Stelle in sie. Von Abtretung und Abschied konnte keine Rede mehr sein. Nach all den Jahren würden sie ihrem Sohn endlich das geben, was ihm zustand. Ach, natürlich konnte er wieder nach Afrika, wenn er das wirklich wollte. Aber war er es seiner Frau und Tochter nicht schuldig, ihnen das Allerbeste zu geben? Joseph und seine Familie konnten im Babel Tower wohnen. Sie bekamen ein ganzes Stockwerk für sich allein. Sie würden doch noch etwas bleiben? Konnte der Sohn dem Vater, der gerade dem Tod ins Auge geblickt hatte, diesen Wunsch versagen? Doch gewiss nicht.

Die jungen Babels ließen sich überreden.

An dem Tag, als Abraham Babel aus dem Krankenhaus entlassen wurde, saßen sie alle zusammen in der riesigen Limousine, die sie zum Babel Tower, jenem Wunder des einundzwanzigsten Jahrhunderts, bringen würde. Endlich, dachte Babel, während er sich an sein schmerzendes Herz fasste, waren sie wieder komplett. War er wieder komplett. Er konnte einfach nicht genug bekommen von den lachenden Gesichtern, den glänzenden Augen seiner Nachkommen. Er trank die Männlichkeit seines Sohnes und die Schönheit seiner Enkelin. Er saugte ihr Leben in sich auf. Sie waren im idealen Augenblick gekommen. Seine Kräfte waren beinahe versiegt, aber sie gaben ihm neue Vitalität. Für seinen Sohn, für Alice würde er den Himmel erobern. Er hatte noch so viele Pläne.

Sie waren keine drei Straßen mehr vom Turm entfernt – die Limousine brummte ungeduldig im Stau –, als die junge Frau auf sie zukam und Joe trotz des Protests seines Vaters das Fenster herunterließ.

Anna sah die Bombe an ihrem Körper als Erste und schrie.

Babel warf sich über Alice.

Joe verstand noch immer nicht, was Sache war, als die Explosion die Limousine in Stücke zerriss. Kurz darauf fielen die Körperteile aus dem Himmel.

Joe war tot. Seine Frau war tot. Anna war tot. Alice blieb gelähmt, nachdem sie aus dem Auto geschleudert worden und mit einem Knall auf dem Beton gelandet war. Und Babel, der Mann, der schon sein ganzes Leben lang den Finger Gottes auf sich hatte lasten fühlen, kam mit einigen blauen Flecken und einem zweiten Herzanfall davon.

Seine Strafe war es, das Attentat überleben und begreifen zu müssen, was er verloren hatte.

Er zog sich zurück in seinen Turm, legte sich eine kleine Privatarmee zu und verließ kaum mehr seine gesicherte Festung. Der Einsiedler des Turms von Babel war geboren.

Aus: Babel, ein Traum von Macht, Thomas Rosen & Aziz al-Kashani

Naomi war unterwegs zu einem weiteren Badezimmer, als sie jemanden schreien hörte. Es kam aus der Schwimmhalle. Sie ließ ihr Putzzeug fallen und rannte durch die Flure. Im Schwimmbecken sah sie zwei Männer im Wasser. Es waren dieselben, die eine halbe Stunde zuvor plötzlich im Schlafzimmer von Alice Babel gestanden hatten. Einer von ihnen schlug wie wild um sich, als würden Elektroschocks seinen Körper durchzucken. Der andere Mann versuchte, ihn über Wasser zu halten. Er war es, der schrie, der Naomi bemerkte und sie anflehte, ihm zu helfen, den Mann an den Rand zu ziehen, bevor es zu spät war. Aber etwas weiter im Becken strampelte Alice Babel. Sie hielt sich noch über Wasser, konnte aber jeden Moment untergehen.

Naomi sprang in das Becken und schwamm zu dem Mädchen, das in diesem Moment ganz unter Wasser geriet. Alice schlang in Panik beide Arme um Naomis Hals. Es war eine würgende Umarmung, ein totes Gewicht, das sie nach unten zog. Naomi versuchte, sie beide über Wasser zu halten, aber sie sanken, und das Geschrei des Mannes verschwand in der Unterwasserstille.

Naomi konnte sich nicht von den Armen befreien, wie sehr sie auch zerrte. «Lass los!», rief sie. Ein Vorhang aus Luftblasen schob sich zwischen sie. Sie berührten den Boden. Einen Augenblick lang blieben sie stehen – Partnerinnen in einem zu intimen Tanz. Dann sank Alice in die Knie und zog Naomi noch weiter hinab. Naomi biss so fest sie konnte in den Arm, der sie erstickte. Alice ließ los. Naomi schoss nach oben, brach durch die Wasseroberfläche und schlang die Luft in sich hinein. Das Schwimmbad hallte immer noch von dem Geschrei des Mannes wider. Sie saugte ihre Lungen voll und tauchte wieder hinab. Alice lag auf dem Boden, die Arme ausgestreckt und die Beine gekreuzt, als läge sie auf einer Wiese und würde zum Wolkenhimmel aufschauen. Ihre Augen waren geschlossen.

Naomi fasste sie bei den Haaren und zerrte sie nach oben. Mit allerletzter Kraft erreichte sie den Rand. Sie schlang ihren Arm um Alices Taille und zog sich Zentimeter für Zentimeter weiter am Rand entlang, bis sie zu der Treppe kam.

«Leg die Arme um mich», rief sie.

Aber das Mädchen bewegte sich nicht.

Naomi schürfte sich die Knie auf, während sie Stufe um Stufe weiterkroch. Sie schleppte Alice weiter, bis sie beide am Rand des Schwimmbeckens lagen. Auf der anderen Seite vollzog sich ein gleichartiges Ringen. Der Mann schrie noch immer um Hilfe, aber Naomi sah nur das kalte, weiße Gesicht von Alice. Atmete sie noch? Sie rappelte sich hoch und beugte sich über sie, aber in diesem Moment flogen die Türen zur Schwimmhalle auf. Vier Wachleute kamen auf sie zu gerannt und schubsten sie unsanft zur Seite.

Hans kniete neben dem Mädchen und drückte auf ihren Kiefer, bis sich ihr Mund öffnete. Seine nikotingelben Finger verschwanden zwischen ihren Lippen. Ein anderer Wachmann zog Naomi auf die Füße. Noch mehr Leute kamen ins Schwimmbad gerannt und sprachen in unsichtbare Mikrofone. Schon bald war Alice in einer Gruppe breitschultriger Männer verschwunden.

Jemand legte ihr eine Hand auf die Schulter. Prynne.

«Geh in eines der Gästezimmer und bleib dort. Los, wir können hier keinen zusätzlichen Trubel gebrauchen!»

Auf der anderen Seite des Schwimmbeckens hämmerte der Mann auf die breite Brust seines Kollegen. «Leonard! Leonard!», schrie er wieder und wieder. Naomi sah noch, wie die Lippen des einen Mannes die kalten Lippen des anderen fanden, dann wurde sie von Prynne aus der Schwimmhalle geschoben.

Sie stieg gerade aus ihrem nassen Rock, als Hans ins Zimmer trat. Schnell zog sie ein Bettlaken über sich.

«Du hast nichts gesehen und nichts gehört. Was du gerade gesehen hast, ist nicht passiert. Verstanden?»

«Lebt sie noch?»

«So besorgt um deine Arbeitgeberin. Das ehrt dich. Und was dich auch ziert, ist dieses Laken. Ich an deiner Stelle würde es nicht zu eng an mich ziehen. Dein nasser Leib lässt nicht mehr viel Platz für die Fantasie. Männer mit weniger Selbstdisziplin könnten dadurch auf dumme Gedanken kommen.»

Er kam auf sie zu. Sie schrak zurück, rutschte an der Wand entlang, bis ihr ein Schränkchen den Weg versperrte. Mit ihrer freien Hand ergriff sie einen Kerzenleuchter.

«Was hast du vor? Du wirst doch nicht den Wachdienst von Babel angreifen, Mädchen?»

«Hans!»

Frau Prynne stand in der Türöffnung.

«Was ist hier los?»

«Ich habe der neuen Putzhilfe gerade erzählt, dass sie besser nicht herumposaunt, was sie gesehen hat. Aus Sicherheitsgründen», sagte Hans.

«Der Putzdienst fällt unter meine Verantwortung. Deine Verantwortung ist es zu überprüfen, warum es so lange dauern musste, bis Hilfe aufgetaucht ist. Es gibt doch keinen faulen Apfel im Korb, Hans?»

«Ich habe die Männer des Wachdienstes eigenhändig ausgesucht und ausgebildet, Hilda.»

«Dann bleibt mir nur der Schluss, dass es irgendwo an der Auswahl oder Ausbildung hapert, Hans.»

Er wollte etwas sagen, verkniff es sich dann aber, knallte die Hacken zusammen, verbeugte sich andeutungsweise vor Naomi und Prynne und verließ das Zimmer.

Die Frauen schauten ihm kurz hinterher. Naomi stellte den Leuchter zurück auf einen Beistelltisch.

«Ist alles in Ordnung, Frau Prynne?», fragte sie. «Lebt sie noch?»

«Fräulein Alice lebt noch. Sie wird jetzt für weitere Untersuchungen ins Krankenhaus gebracht. Hans hat recht: Es ist besser, wenn möglichst wenig Leute wissen, dass sie nicht im Turm ist. Wir können sie im Krankenhaus nicht so gründlich bewachen wie hier, und wir wollen niemanden auf dumme Gedanken bringen.»

«Ich habe nichts gesehen», sagte Naomi.

«Sehr gut», sagte Frau Prynne. «Du lernst schnell. Ich freue mich, dass ich auf deine Diskretion zählen kann. Was hältst du davon, nach der Vertretung hier in der Logistik zu arbeiten? Jemand mit deinen Qualitäten und schnellen Reaktionen ist auf Sub-Niveau nicht an seinem Platz. Ich denke, du hast da unten schon alles gelernt, was es zu lernen gibt, und gehe davon aus, du wirst nicht traurig sein, die nassen Matratzen und Lisbeths hinter dir zu lassen. Was? Guck nicht so erstaunt. Glaubst du, ich weiß nicht, was sich in den Schlafsälen abspielt? Nicht dass es mich irgendwie kümmert, solange die Arbeit nicht darunter leidet.»

«Vielen Dank», sagte Naomi.

Das Fenster des Gästezimmers bebte. Ein Helikopter flog vorbei. Sie schauten der Maschine nach, bis sie über die Spitzen des Wolkenkratzers hinweg verschwand.

«Ich schicke Anika mit trockenen Sachen», sagte Prynne dann und verließ den Raum.

Naomi schaute noch immer durchs Fenster, als eine junge Frau mit einem Stapel trockener Kleidung hereinkam.

«Naomi?»

Naomi nickte.

«Ich bin Anika.»

«Du hast große Ähnlichkeit mit ...»

«Betty, ich weiß. Zwiddeldum und Zwiddeldei nennt uns Fräulein Alice. Wir sind allerdings nicht miteinander verwandt. Wenn man uns zusammen sieht, bemerkt man schon den Unterschied. Betty ist die Bitch.»

Sie warf die Anziehsachen auf einen Sessel.

«Prynne sagt, heute wäre dein erster Tag hier. Das ist schon was, nicht?» Anika deutete auf die atemberaubende Aussicht vom Gästezimmer, auf das spiegelglatte Parkett, in dem sich die weißledernen Sessel, die Kunstwerke und der enorme Kronleuchter widerspiegelten.

«Ja», sagte Naomi. Sie ließ das Bettlaken fallen und zog die trockenen Sachen an.

«Ich vermute, du hast Hans schon kennengelernt? Mach dir keine Illusionen. Falls er dir irgendwas versprochen hat ...»

«Das hat er nicht», sagte Naomi.

«Gut. Babel mag keine Techtelmechtel unter dem Personal. Hans wird seinen Job so schnell nicht verlieren, aber dich», sagte Anika, bevor sie das Zimmer verließ, «dich haben sie sofort ersetzt.»

Naomi sah sich in einem der Spiegel. Ihr nasser Zopf tropfte noch nach auf ihr Shirt. Das A brannte auf ihrer Brust.

Abends wartete Lisbeth schon auf sie.

«Na, wie war's?»

«Arbeit», sagte Naomi.

«Los, erzähl!»

Auch die anderen Mädchen starrten Naomi an, als wäre sie gerade aus dem Himmel herabgestiegen.

«Ich habe Badezimmer geputzt. Mehr nicht.»

«Du musst doch etwas gesehen haben?»

«Lass sie doch, Lisbeth. Verstehst du denn nicht? Seit sie eine A ist, sind wir ihr doch zu gering.»

Aber Lisbeth gab nicht auf.

«Hast du Babel gesehen? Oder Lichtenstern?»

«Ich habe niemanden gesehen», sagte Naomi.

Mit dem Fortschreiten des Abends sickerten die ersten Gerüchte in den Schlafsaal. Irgendetwas war in den Räumen von Alice Babel geschehen. Was, das wusste niemand so genau, aber die plötzliche Hektik verriet, dass es etwas Ungewöhnliches gewesen sein musste, und die mürrischen Mienen der Sicherheitsleute verstärkten die Vermutungen.

Prynne, die sich noch am selben Abend im Schlafsaal zeigte, wurde entsprechend mit Fragen bestürmt. Die neugierigen Reinigungsfrauen tanzten um sie herum. Prynnes Zunge, schärfer als ein Stachel, teilte gnadenlos aus. Nein, Herr Babel habe keine Herzattacke erlitten. Wie kamen sie bloß auf diesen Unsinn? Herr Babel sei gesund und wohlauf. Sie überzeugte niemanden, und als sie weg war, überschlug sich die kollektive Fantasie. Babel sei tot, aber das werde aus finanziellen Erwägungen noch geheim gehalten. Alice Babel habe sich in einen ihrer Physiotherapeuten verliebt und angekündigt, ihn heiraten zu wollen. Daher der Herzanfall des alten Mannes. Einer der Wachleute sei Mitglied einer Terrororganisation, und ein Mordversuch sei in letzter Sekunde vereitelt worden. Die Krankheit von Alices Hauslehrerin sei kein Zufall. In der Fassade der Räumlichkeiten seien Risse aufgetaucht. Das ganze Gebäude befinde sich kurz vor dem Einsturz und bedrohe die Stadt.

Naomi wurde von den anderen Subs belagert. Sie kam von oben. Sie musste doch wissen, was los war.

«Ich habe nichts gesehen», sagte sie noch im Bett, aber ihr glaubte man ebenso wenig wie Prynne.

«Vielleicht hat es etwas mit ihr zu tun», sagte Deborah. «Es kann doch kein Zufall sein, dass gleich am ersten Tag, wenn sie dort arbeitet, alles Mögliche schiefläuft. Vielleicht hat sie den alten Babel ja umgebracht.»

«Glaubst du wirklich, sie wäre noch hier, wenn sie irgendwas ausgefressen hätte?», fragte Christel.

Das stimmte. Aber trotzdem. Deborah hatte sich nun mal in den Kopf gesetzt, dass Naomi etwas mit den Schockwellen zu tun hatte, die das Gebäude durchzuckten, und war wenig geneigt, diese Ansicht so bald aufzugeben.

«Falls du morgen wieder nach oben darfst, dann will ich noch glauben, dass es ein Zufall ist. Aber sonst ...»

Sie schwieg. Denn was sollte sonst sein? Letztendlich gab ihre Fantasie es auf; und eine Sub nach der anderen schlief ein. Naomi hatte mehr Mühe, ihren Schlaf zu finden.

«A3 Unterdienstmädchen Naomi», sagte sie am nächsten Morgen zu ihrem Spiegelbild im Fahrstuhl. Sie presste ihre Hand auf die Metallplatte, das Licht sprang auf Grün, und der Spiegel glitt zur Seite.

«Du kennst den Weg», sagte eine Stimme irgendwo über ihr.

Im Badezimmer war alles unverändert. Seit sie am vorigen Tag hier geputzt hatte, war niemand mehr in dem Raum gewesen. Sie ignorierte den Zeitplan und ging mit Eimer und Wischmopp zur Schwimmhalle. Ein paar eiförmige Lämpchen unten im Becken erleuchteten matt den Raum, und die kleinen Wellen schrieben unbekannte Melodielinien auf die Wände.

Sie klatschte in die Hände, und das Licht sprang an. Sie ging zu der Stelle, an der sie Alice zurückgelassen hatte. Nirgends eine Spur von dem, was sich tags zuvor hier abgespielt hatte. Als hätte es sich nie zugetragen.

Sie wischte um das Schwimmbecken herum. Ab und zu

spritzten ein paar Tropfen ins Wasser, und durch die Wellen schien das Mosaik zum Leben zu erwachen. Eine Frau mit einem Apfel in der Hand teilte ihre Aufmerksamkeit zwischen einer Schlange, die wie ein weggeworfener Fahrradschlauch an einem Ast baumelte, und einer nur langsam vorankommenden Naomi. Auch die Bauarbeiter auf dem großen Turm in der Mitte des Mosaiks unterbrachen ihre Arbeit, richteten sich auf und schauten zu, wie abwechslungshalber einmal jemand anders hier in Schweiß geriet.

«Was hast du vor?»

Es war Anika.

«Sie ist nicht da. Wir brauchen uns nicht totzuarbeiten. Komm.»

Naomi folgte ihr in Alices Schlafzimmer.

«Es lässt mich nach wie vor nicht kalt.»

Mit einer schwungvollen Geste zeigte sie auf die Stadt vor den großen Fenstern, als wäre sie persönlich für die atemberaubende Aussicht verantwortlich.

«Siehst du, wie die Menschen da unten herumwuseln wie die Ameisen, während wir hier oben in den Wolken schweben? Wir haben es gut getroffen.»

Naomi nickte.

«Von hier oben sieht es aus, als könnte man sie mit einem Daumendruck zermalmen. Als könnte man mit den Fingern jedes dieser Mini-Autos wegschnippen, wie man einen Krümel vom Tisch fegt.»

Sie berührte die Scheibe beinahe, war aber vorsichtig genug, keine Fingerabdrücke zu hinterlassen.

«Wie schön muss es sein, sie vor sich knien zu lassen, sie für ihre Blicke und Beleidigungen zu bestrafen, für die Bemerkungen über deine Kleidung und dass du nur ein Dienstmädchen bist und froh sein darfst, dass sie ...»

Sie hielt inne, drehte sich um. «Wir haben Glück heute. Ihre Majestät ist immer noch nicht zurück.»

Sie ließ sich in einen der Sessel fallen.

«Ist die Katze aus dem Haus ...»

«Wie geht es ihr?», fragte Naomi.

«Du glaubst doch nicht, dass uns einer das erzählt? Das Einzige, was wir tun müssen, ist, Befehle zu befolgen.»

Sie legte ihre Füße auf den Tisch.

«Du kannst Hans fragen, wenn du dir solche Sorgen machst, aber der wird nichts rausrücken. Der Mann ist beinhart. Nicht mein Ding, aber manche Mädchen mögen solche schweigsamen Typen.»

«Du interessierst dich nicht für Hans?», fragte Naomi.

«Ich mich für Hans? Pah! In seinen Träumen vielleicht. Und selbst dann kann er es in den Wind schreiben. Er ist viel zu sehr von sich eingenommen. Muskeln, Waffen und Großtuerei, so lässt sich dieser ganze Hans zusammenfassen. Auf solche Machos kann ich verzichten!»

«Gut zu wissen», sagte eine Stimme hinter ihnen.

Anika sprang auf.

Hans stand im Zimmer, mit einem plüschigen kleinen Hund an der Leine. «Das hier ist deine Verantwortung, dachte ich.»

«Lucy, du böser Hund!» Anika kniete vor dem Hund, damit Hans ihr rotes Gesicht nicht sah. «Wo hast du nur gesteckt?»

Das Tier leckte ihr die Hände.

«Ich habe ihn in einem der Gästezimmer gefunden», sagte Hans. «Und zwar angeleint an den Esstisch. Irgendwann einmal erwischen sie dich, Anika. Prynne hat auch im Rücken Augen.»

«Ach was. Wenn sie mich kriegen will, muss sie früher aufstehen und erst mal ihre Erfrischungspausen sein lassen.»

Anika führte ein imaginäres Glas zum Mund.

«Ein intelligentes Mädchen wie du hat wahrscheinlich schon genau darüber nachgedacht, was sie tun wird, wenn man sie hier ohne Referenzen entlässt.»

«Welchen Unterschied macht es, was wir tun? Die Prinzessin ist nicht da. Wie geht es ihr übrigens? Wir machen uns Sorgen um unser gelähmtes Vögelchen. Ist doch das erste Mal, oder, dass sie das Gebäude verlässt, seit ihre Familie - puff - in die Luft geflogen ist?»

«Deine Zunge, Anika, wird dich noch mal in Schwierigkeiten stürzen.»

«*Du* willst dich über meine Zunge beklagen?», fragte Anika.

«Wie lang bleibt Fräulein Babel weg?», fragte Naomi.

«Ja, Hans», sagte Anika, «wie lange wird unser schönes Leben hier noch dauern?»

«Keine Ahnung.»

«Sie ist doch nicht ...?»

«Es geht ihr gut.»

«Ja, natürlich», sagte Anika. «Die Kleine besitzt einen vollständigen Hofstaat. Was hat sie zu klagen? Sie hat sogar Personal, um ihren Hund auszuführen.»

Alle drei schauten sie auf das kleine Tier, das durch die plötzliche Aufmerksamkeit auf einmal wie verrückt im Kreis sprang.

«Weil Betty nicht da ist, darf ich dreimal am Tag mit dem Vieh nach unten», sagte Anika zu Naomi.

«Etwas körperliche Bewegung tut dir gut», sagte Hans, während er sich umdrehte.

Anika warf die Hundeleine nach ihm, verfehlte ihn aber, und er ging lachend zur Tür hinaus.

«Es kommt ein Tag, da werde ich ...»

«... ihn wie eine Ameise zermalmen?»

«So in der Art. Dieser arrogante Arsch. Er hält sich für unverzichtbar, weil er sich über den alten Mann geworfen hat, als das Auto explodierte.»

«Hans war bei dem Attentat dabei? Hat er auch gesehen, wer es getan hat?»

Anika antwortete nicht. Sie raffte die Leine vom Boden, und der Hund sprang an ihr hoch, weil er dachte, sie gingen jetzt spazieren.

«Lass mich in Ruhe, du dummes Vieh.»

Anika schob ihn von sich.

«Dieses Attentat hat sie alle getroffen. Die Kleine ist lahm, der Alte hat sich hier oben eingesperrt, und Hans ...»

Sie tippte sich an die Stirn.

«Verrückt?», fragte Naomi.

«Er sieht überall Gefahren. Er vertraut niemandem, selbst Prynne nicht.»

Sie ließ sich wieder in den Sessel fallen.

«Wir können es vorläufig ruhig angehen lassen. Solange die Prinzessin hier nicht schläft, brauchen wir ihr Bett auch nicht zu machen. Das Frühstück muss nicht weggeräumt werden, und das Zimmer kann durchaus mal ein paar Tage lang Staub ansetzen. Deine Badezimmer kommen auch eine Weile ohne deinen Putzeifer aus. Genieße die Ruhe, denn sie wird nicht lange dauern. Prynne wird bald mit einem angepassten Arbeitsplan ankommen.»

Prynnes neu zu vergebende Aufgaben blieben jedoch aus, Betty blieb krank, und die Prinzessin, wie Anika sie nannte, kehrte nicht aus dem Krankenhaus zurück. Ihnen blieb also wenig zu tun. Anika hatte damit kein Problem. Sie zeigte Naomi die Zimmer, stolz auf den Luxus und Naomis Verwunderung genießend.

Die Schwimmhalle, die Bäder und die Gästezimmer hatte

Naomi schon gesehen. Alices riesiges Schlafzimmer hatte sie sich kaum anschauen können, aber jetzt konnten sie ungestört darin herumstöbern. Naomis Blick fiel auf ein großes Gemälde, das bis zum Boden reichte. Es war irgendwas Abstraktes; kaum mehr als drei schwarze Balken auf einem roten Hintergrund.

«Das ist ein Rothko. Frag nicht, wie viel sie für diesen Quatsch bezahlt haben.»

«Und was ist das hier?»

Naomi zeigte auf das immense Skelett, das einen großen Teil des Schlafzimmers mit Beschlag belegte.

«Das da? Wer weiß. Irgendein prähistorisches Tier, denke ich. Wenn mich ein Milliardär fragen würde, was ich mir zum Geburtstag wünsche, dann würde ich mir etwas anderes aussuchen als einen Haufen alter Knochen. Die Kleine ist eigenartig, und das ist noch gelinde gesagt.»

«Ich hatte es mir hier anders vorgestellt.»

«Wie denn?»

«Mehr Gold. Mehr Marmor.»

«Fußböden aus Diamant und Brunnen, aus denen Wein sprudelt?»

«So in etwa.»

«Sie brauchen keine goldenen Wasserhähne und keine zimmerbreiten Fernsehbildschirme, um zu zeigen, wie reich sie sind. Sie zeigen es mit den riesigen Räumen, der Schwimmhalle und Alices Schlafzimmer, falls man das noch als Zimmer bezeichnen kann. Und mit dem hier. Hörst du das?»

«Ich höre nichts.»

«Genau. Das ist Stille. Unbezahlbar. Sie kommt nicht nur durch die Teppiche und das dicke Glas. Das hier ist die Ruhe von Menschen, die sich nicht zu beeilen brauchen, weil die Welt auf sie wartet.»

Lucy hatte ihr eigenes Zimmer mit Schränken voller Spielzeug und in der Mitte des Raums einen kleinen Park, in dem das Tier herumtoben konnte, wenn es draußen zu kalt war.

«Zum Glück keine Hundekleidung. Die Prinzessin findet es lächerlich, Tiere so anzuziehen, als wären sie Menschen.»

Umso beeindruckender dagegen war Alices Kleiderschrank. Es war weniger ein Schrank als vielmehr ein Flur – breit genug, um mit einem Bett hindurchzufahren – mit Schränken links und rechts, voll mit Shirts und Sweatern und Schüben, die vor feiner Unterwäsche überquollen, sowie Stangen um Stangen voll Kleider, manche in Kleiderhüllen. Das Ende des Flurs führte in ein eigenes kleineres Zimmer mit einem großen Spiegel an der Wand sowie Schränkchen, in denen die Gürtel, Handtaschen, Kettchen und Haarnadeln lagen. Anika strich mit dem Finger über den Rand des Spiegels, der daraufhin aufschwang. Dahinter verbarg sich eine kleine Metalltür.

«Ich konnte selbst noch nicht in diesen Safe hineinschauen, aber Betty zufolge lohnt es sich. Juwelen so groß wie Taubeneier.»

«Ich habe keine Ahnung, wie groß ein Taubenei ist», sagte Naomi.

«Es wird in jedem Fall dicker sein als dieser Plunder hier», sagte Anika und zeigte Naomi den Diamantring an ihrem kleinen Finger. «Den hat sie mir mal geschenkt, als sie gut gelaunt war. Er passte ihr ohnehin nicht, und sie dachte wohl, ich würde mich über ihre ausrangierten Sachen freuen.»

«Und hast du dich gefreut?»

«Warum sollte ich dankbar sein müssen? Ein Ring mehr oder weniger bedeutet für sie doch gar nichts. Hier drinnen», Anikas Fingern glitten über die Tresortür, «liegt so viel Schmuck, dass sie kaum mehr weiß, was sie besitzt. Dieser Ring ist doch nur ein Krümel für sie.»

Sie spielte mit dem Zahlenschloss.

«Ich denke, wir lassen besser die Finger von allem», sagte Naomi.

Anika drehte ein paarmal an dem Knopf, doch nichts geschah.

«Ich brauche es nicht zu sehen. Es würde mich doch nur unglücklich machen.»

«Komm, wir hören auf», sagte Naomi. «Ich habe mittlerweile alles gesehen.»

«Noch nicht», sagte Anika.

Sie schob die Wand weg, auf der die Taschen ausgestellt waren. Dahinter, im Schein einer indirekten Beleuchtung, standen ganze Regale voller Schuhe.

«Hierher komme ich ab und zu, wenn es mir zu viel wird», sagte Anika.

«Magst du Schuhe denn so sehr?»

«Nein. Dafür aber die Tatsache, dass ich darin laufen kann und sie nicht.»

Sie zeigte Naomi die Sauna, die Turnhalle, in der Alice ihre physiotherapeutischen Übungen bekam, und als letzte Überraschung zeigte sie ihr das Puppenzimmer. In dessen Mitte stand ein enormes Puppenhaus, und Hunderte von Puppen starrten sie von den Regalen an den Wänden aus an.

«Das war nicht ihre Idee. Opa Babel wollte, dass sie sich wie zu Hause fühlt, als sie nach dem Attentat hier eingezogen ist. Warum er dachte, dass sich eine fast Vierzehnjährige in einem Zimmer voll mit diesen verfluchten Puppen wohlfühlen würde, ist mir schleierhaft. Geschäftlich mag er ja ein großes Genie sein, aber von jungen Mädchen hat er keine Ahnung.»

«Fräulein Alice war mit dem Zimmer nicht zufrieden?»

«Sie nennt es ihr Gruselkabinett. Sie findet es allerdings lustig, denke ich, also lässt sie es einfach so. Übrigens würde sie nie etwas tun, was den alten Mann verletzen könnte. Obwohl er meiner Meinung nach inzwischen weiß, dass sie andere Interessen hat. Als er sie fragte, was sie sich zu ihrem fünfzehnten Geburtstag wünschte, hat sie sich für dieses Monster in ihrem Schlafzimmer entschieden.»

«Das Skelett?»

«Ja. Mein Ding wäre es nicht, aber jedenfalls hat es Babel klargemacht, dass er nicht noch mehr Puppen anschleppen sollte.»

Sie schloss die Tür des Puppenzimmers.

«Ich bin froh, dass ich hier nicht abstauben muss. Die ganzen Augen würden mich verrückt machen.»

Anika schien jeden Tag etwas mehr von ihrer Kühle zu verlieren. Offenbar war Hans ihr doch nicht so gleichgültig, wie sie es zunächst vorgegeben hatte. Auch sie war an ihm interessiert. Also war dies für Anika genau der geeignete Moment, seine Nähe zu suchen. Keine Arbeit und keine Betty. Die Aufgaben, um die sie nicht herumkam, wälzte sie ganz einfach auf Naomi ab, deren Belohnung aus immer mehr Zugang zu Alices Räumlichkeiten bestand. Sie nahm Naomi mit in Alices Privatkino, komplett mit Popcornmaschine. Sie zeigte ihr die versteckten Zimmer im Herzen des Stockwerks, ein Zimmer, das auf den ersten Blick nichts Mysteriöses hatte, mit einem glatten Parkettfußboden, großen, goldgerahmten Spiegeln an den Wänden und einer Decke, die mit lachenden, hinter Wolken hervorlugenden kleinen Engeln bemalt war. Eine Reihe von immer kleiner werdenden Naomis schob sich mit ihr mit, als sie sich über das Parkett bewegte.

«Das hier ist der Tanzsaal. Nicht das Lieblingszimmer unserer Prinzessin. Für sie keine Bälle und keine Prinzen. Daher ist er auch meistens abgeschlossen.»

Als Naomi meinte, alles gesehen zu haben, nahm Anika sie

eines Tages mit in die Orangerie. Es war ein kleiner Raum, der sich an Alices Schlafzimmer anschloss und somit auch eine Glaswand mit Blick über die Stadt besaß. Der Raum war leer. Nur in der Decke war ein Loch, durch das Luft gesaugt wurde.

«Einen Augenblick», sagte Anika, als sie Naomis fragenden Blick bemerkte. «Das hier ist lediglich die Schleuse.»

Die Tür zwischen dem kleinen Raum und Alices Schlafzimmer klickte zu, und im selben Moment öffnete sich die Wand vor ihnen. Eine plötzliche Hitze schlug Naomi entgegen.

Anika schob sie weiter in einen Saal, der kein Saal mehr war, sondern ein Urwald. Sie liefen über einen breiten Pfad zwischen Bäumen, Sträuchern, Lianen und Blumen hindurch. Naomi bückte sich, als eine grüne Wolke auf sie zugeflogen kam. Es war ein Schwarm von Sittichen, der mit viel Gezwitscher auf den Ästen über ihrem Kopf landete. Die beiden gingen weiter. Rote und gelbe Flecken in den Büschen streckten sich aus, bekamen Flügel oder baumelten kopfüber von den Zweigen und pfiffen, als ginge es um ihr Leben. In dem, was vermutlich die Mitte des Saals war, obwohl man hier keine Wände sehen konnte und der Wald sich endlos weit fortzusetzen schien, stand ein langer Holztisch. Anika holte einen Lappen aus einer Schublade des Tischs und rieb damit die Stühle ab.

«Bei den vielen Vögeln, die hier herumfliegen, sieht man sich besser vor.»

Sie nahmen Platz. «Na, was sagst du dazu? Hiermit war unsere Prinzessin wohl zufrieden. So zufrieden, dass sie oft zum Frühstücken hierherkommt. Mehr Arbeit für uns, aber was kümmert das sie?»

«Und was ist das?»

«Noch so ein Geschenk von Babel. Seine Vorstellung von Afrika. Zum Glück hat er sich auf Vögel beschränkt und nicht auch noch Elefanten hier heraufhieven lassen.»

Sie lauschten dem Krächzen und Pfeifen der gefiederten Exoten.

«Schließ die Augen.»

Naomi gehorchte.

«Ist es nicht so, als wärst du in einem anderen Land oder auf Expedition in einem dunklen Kontinent, nur ohne die Schlangen und fiesen Insekten? Ich sage dir: Reiche Leute, die verstehen es zu leben.»

Naomi öffnete die Augen, als sie Schritte hörte. Eine junge Frau tauchte aus den Büschen auf.

«Du!»

Sie zeigte auf Naomi. Die erkannte Betty, die Frau aus dem Speisesaal, die Lisbeth so zusammengefaltet hatte.

«Ich bin wieder da. Du darfst gehen.»

Naomi schaute zu Anika. Die beiden waren sich tatsächlich zum Verwechseln ähnlich, das gleiche braune Haar und der gleiche arrogante Zug um den Mund.

Anika zuckte mit den Schultern.

«Tja, dein schönes Leben ist vorbei, Mädel.»

«Und grüß Lisbeth von mir», sagte Betty. «Sag ihr, ein Stapel alter Zeitschriften wäre nicht genug, um mich zu bestechen. Und zieh sofort das Shirt aus, wenn du unten bist. Ich will nicht, dass meine Kleidung in dem dreckigen kleinen Sub-Saal herumliegt.»

Naomi folgte dem Pfad zurück zu der Schleuse. Die Wand schloss sich hinter ihr. Ein kleiner blauer Vogel, der zusammen mit ihr in dem Schleusenraum gelandet war, flatterte gegen das Fenster, geblendet von dem plötzlichen Licht. Eine Pumpe sprang an, und der kleine Vogel verschwand durch ein Loch in der Decke. Er wurde wieder in die Orangerie gesaugt. Eine winzige blaue Feder wirbelte herab. Naomi pflückte sie aus der Luft.

Am nächsten Tag sprang sie vor den anderen unter die Dusche. Als sie zu ihrem Spind ging, stand sie einen Augenblick mit dem Shirt vom vorigen Tag da. Schließlich warf sie es in einen der großen Wäschekörbe und zog sich ein Sub-Shirt über.

Als sie zurückkehrte, lag ein Brief auf ihrem Bett. Sie schaute zu den anderen Mädchen. Die wichen ihrem Blick aus, verfolgten jedoch jede ihrer Bewegungen. Sie riss den Umschlag auf und strich den Brief glatt.

«Wirst du uns verlassen, Naomi?»

Sie hatten natürlich gesehen, dass sie kein A-Shirt mehr trug, und als Naomi ihren Koffer packte, konnte Deborah sich nicht mehr beherrschen.

«Wirst du jetzt gleich ganz an die Spitze sausen? Sind die da oben so zufrieden mit deiner Arbeit? Ach nein, du bist offenbar keine A mehr, sehe ich. Bist du etwa wieder eine arme Sub? Wieder eine von uns? Wer hoch hinauswill, kann tief fallen.»

Naomi reagierte nicht auf sie.

«Oder waren sie doch nicht so zufrieden mit ihrer Vertretung, und du stehst wieder auf der Straße? Zurück zu deiner Familie? Ach richtig, stimmt, die hast du ja nicht.»

Naomi warf einen Blick zu Lisbeth, aber die schien sie zu ignorieren. Eine nach der andern verließen sie den Schlafsaal.

Naomi setzte sich auf ihr Bett. Sie wartete eine Stunde. Dann stand Prynne neben ihr.

«Bist du so weit?»

Naomi nickte. Sie war bereit.

Schicksal • Vermögen • Glück • Freude

Alice riss ein großes Stück Brot in Stücke und warf die Krümel auf den Tisch. Sofort stießen die Vögel darauf nieder.

«Nicht auf den Tisch, Alice, das ist unhygienisch.»

Alice antwortete ihrem Großvater mit einem Lächeln, streute aber weiter ihre Krümel aus. Es war ihre Lieblingsbeschäftigung, wenn sie mit dem Essen fertig war. Sie wusste nicht, warum ihr das so gefiel. Vielleicht, weil es nicht zu ihrem Alter passte. Nur Kinder und alte Frauen fütterten so die Vögel. Die Kinder, halb ängstlich und halb hysterisch, genossen diesen magischen Moment, in dem sie die Natur zu befehligen schienen, und die Frauen taten es, um ihr altbackenes Brot nicht in den Müll werfen zu müssen. Und vielleicht auch, weil ihre eigene Brut das Nest längst verlassen hatte und sie doch irgendwohin mussten mit ihrer Liebe. Schon bald war der Tisch unter bunten Vögeln begraben, kleinen Nickmaschinen, die hastig die Krümel aufpickten, als hinge ihr Leben davon ab. Manche wagten sich auf die Teller, ihre zerbrechlichen Füßchen mitten in der Soße. Einer saß oben auf einem Holzkästchen, das vor Alice auf dem Tisch stand, und behielt von dort aus alles im Blick.

«Sieh mal, wie nah der sich herantraut!» Alice zeigte auf einen afrikanischen Star, der auf den größten Brotklumpen zugelaufen war, obwohl dieser direkt neben ihrem Wasserglas lag. «Er hat kaum Angst.»

Der Kopf des Vogels verschwamm, als er hinter dem Glas verschwand, wurde zu einem Wischer aus Tusche, dem Kopf aus einem Albtraum mit einem plötzlich riesigen Auge, das sie durch das Wasser hindurch anstarrte. Der schwarze, pupillenlose Kreis war ein leeres Auge, das kein Licht hereinließ. Was ging in diesem Kopf vor? Der Vogel bewohnte eine andere Welt, die sie niemals besuchen konnte.

«Keine Angst?», fragte ihr Großvater. Er wedelte mit der Hand, und die Vogelwolke verschwand unter großem Lärm in den Sträuchern der Orangerie.

«Wenn du sie verjagst, sind sie natürlich weg.»

«Sie haben immer Angst, Alice. Sonst würden sie nicht überleben.»

«Sie müssten nach all der Zeit doch wissen, dass das nicht mehr nötig ist. Hier haben sie keine natürlichen Feinde.»

«Vögel folgen ihrem Instinkt. Nur der Mensch ist so dumm, sich im Vertrauen auf die Güte seiner Umgebung zu weit vorzuwagen.»

«Müssen wir wirklich immer auf der Hut sein?»

«Du nicht, Kindchen. Warum? Was ist? Machst du dir Sorgen um deine Sicherheit?»

«Nein. Ich weiß, ich bin in guten Händen.»

Sie brauchte ihn nicht anzuschauen, um zu wissen, wie sein strenges Antlitz sich bei diesen Worten für einen Moment entspannte. Er war stolz auf die Sicherung des Turms. Und er mochte Komplimente. Es waren nicht nur die Vögel, die sie mit solchen Krümeln erfreuen konnte. Aber seine Fröhlichkeit dauerte nie lange. Ganz gleich, wie gut gesichert alles war, immer konnten unvorhergesehene Umstände eintreten.

«Wie geht es dir jetzt?»

«Gut. Genauso gut wie vor fünf Minuten.»

«Es tut mir leid, wenn meine Sorge dich ärgert.»

«Natürlich tut sie das nicht. Aber du musst mir glauben, wenn ich sage, dass nichts ist. Ich bin vollkommen in Ordnung. Der gesamte Krankenhausaufenthalt war überflüssig.»

«Du warst eine Minute lang bewusstlos.»

«Das war lediglich ein Versuch, einen Wachmann zur Mund-zu-Mund-Beatmung zu verführen.»

«Alice!»

«Entschuldige, Großvater.»

Sie wusste, dass er derartige Bemerkungen nicht gern hörte. Er liebte sie, das bezweifelte sie nicht, aber er liebte besonders sein Bild von ihr, und in seinem Kopf blieb sie ein unschuldiges zwölfjähriges Mädchen. Dass sie älter wurde, bereitete ihm Schwierigkeiten. Wenn es nach ihm ginge, würde er die Zeit anhalten und sie unter lauter Puppen begraben. Leider stand ihr der Sinn nicht mehr nach Puppen, sondern eher danach, warmes Fleisch zu spüren.

«Mädchen sollten nicht so unfein daherreden. Als ich jung war ...»

«Warst du jemals jung, Großvater?», scherzte sie.

«Ist das so schwer zu glauben?»

«Ich kann mir nicht vorstellen, dass du jemals schüchtern gewesen bist. Oder hoffnungslos verliebt. Hast du jemals todtraurige Gedichte geschrieben oder nächtelang vor dem Fenster deiner Auserkorenen verharrt?»

Er legte seine Hand neben ihre auf den Tisch.

«Sieh nur. Man kann es kaum noch eine Hand nennen. Eine Klaue wäre das bessere Wort. Altersflecken, dicke blaue Adern, krumme Finger, Falten über Falten. Kein Wunder, dass du nicht glauben kannst, dass diese Hand einmal so makellos und weich wie deine gewesen ist.»

Sie ergriff seine Hand und hielt sie an ihre Wange. So blieben sie eine Weile sitzen.

Die Vögel, angelockt von der plötzlichen Stille, landeten einer nach dem anderen wieder auf dem Tisch.

«Wenn ich dich auch noch verliere ...»

«Du wirst mich nicht verlieren.»

Alice ließ seine Hand los und tippte auf die Armlehne ihres Rollstuhls.

«Wohin sollte ich gehen?»

«Manchmal brauchen Menschen nicht fortzugehen, um zu verschwinden», sagte er.

«Manchmal brauchen Menschen nicht dazubleiben, um einem doch nahe zu sein.»

«Willst du fort?»

«Manchmal.»

«Außer dir habe ich niemanden mehr, Kindchen.»

«Ich weiß.»

Sie pulte an dem Brot, um ihn nicht ansehen zu müssen. «Ich will nicht fort von dir, Babu. Ich will nur einfach fort. Verstehst du das?»

«Das ist unmöglich. Jedenfalls bisher. Es ist zu gefährlich.»

«Und wann wird es möglich sein?»

Er schüttelte den Kopf.

Es hatte keinen Sinn, die Diskussion fortzusetzen. Er würde sie niemals gehen lassen. Er war zu ängstlich und sie zu feige. Außerdem, wo sollte sie hin? Vielleicht hatte er recht. Vielleicht lagen sie da draußen wirklich auf der Lauer. Aber nachdem sie ihn wieder daran erinnert hatte, dass er ihr nicht alles geben konnte, würde er ihrer letzten Bitte hoffentlich leichter nachgeben.

«Was das Mädchen angeht …», sagte sie deshalb.

«Bist du dir sicher?», fragte er.

«Nein. Darum möchte ich, dass du sie dir ansiehst. Du durchschaust die Menschen.»

Anika trat in die Orangerie, verscheuchte irritiert die Vögel, die schon wieder über die Teller spazierten, und räumte den Tisch ab.

«Die Gläser lass bitte stehen», sagte Babel.

«Gewiss, Herr Babel.»

«Und den Käsekuchen», sagte Alice.

«Bist du noch nicht satt?»

«Es ist nicht für mich», sagte Alice. «Nicht nur.»

«Anika!», rief Babel.

Anika drehte sich um.

«Ist sie schon hier?»

«Sie wartet im Byzantinischen Zimmer.»

«Sie soll hereinkommen.»

Anika ging über den Pfad zur Türschleuse. Alice schaute ihr nach.

«Kann ich es wagen, sie zu bitten, dass sie sich ein Tablett auf den Kopf setzt, um das Dschungelgefühl noch etwas zu verstärken?»

Er lächelte matt.

«Du wirkst angespannt, Kindchen.»

«Ich bin überhaupt nicht angespannt», log Alice.

«Wenn dir die Regelung nicht gefällt, brauchst du es nur zu sagen.»

Was, wenn *ihr* die Regelung nicht gefällt?, dachte Alice.

«Prynne hat einen Reserveposten für sie geschaffen. D6.»

«D6, was ist das?»

«Logistische Unterstützung. Eine Aufgabe mit wenig Verantwortung, aber ziemlich gut bezahlt und ein gutes Sprungbrett für bessere Positionen. Sie ist schließlich noch jung.»

«D6», wiederholte Alice.

Dann standen Anika und Naomi vor dem Tisch.

«Hier ist sie», sagte Anika.

Mit einer Handbewegung scheuchte Babel Anika fort.

«Soso! Du bist Naomi.»

Naomi nickte.

«Nimm Platz. Du brauchst keine Angst zu haben. Wir beißen nicht.»

Vorsichtig setzte sich Naomi mit an den Tisch.

«Möchtest du ein Stück Käsekuchen?», fragte Alice.

«Nein, vielen Dank.»

War das dasselbe Mädchen? Die Naomi, die in ihrem Zimmer gestanden hatte, in ihrem weißen BH und mit diesem Hass in den Augen, hatte ein Stück größer gewirkt. Die Naomi, die aus dem Nichts aufgetaucht und ohne zu zögern ins Wasserbecken gesprungen war, war ein flammender Engel gewesen, der sie dem Maul des Todes entrissen hatte. Und hier saß sie jetzt und glich einer grauen Maus in ihrer farblosen Sub-Kleidung, mit dem niedergeschlagenen Blick und den in den Schoß gelegten Händen.

Sie erschien so banal. Eine Sub. Hatte Alice sich geirrt? War es dumm von ihr gewesen, dieses so gewöhnliche Mädchen ungefragt hierher in den Himmel zu katapultieren?

Sie schaute zu Großvater. Der zuckte mit den Schultern. Er bemerkte ebenfalls wenig Besonderes an dem Mädchen, aber für ihn war das eher eine gute Nachricht. Er misstraute dem Besonderen.

«Naomi», sagte Alice leise. Jetzt wagte das Mädchen, sie anzusehen. Dieses Gesicht, nein, wirklich schön war es nicht. Charaktervoll war noch das Beste, was man dazu sagen konnte. Aber man konnte es sich lange anschauen. Man hatte nicht sogleich alles gesehen. Und diese Augen. Gerade noch hatte sie solche Augen erblickt, hinter ihrem Wasserglas, das gleiche unergründliche Schwarz, das alles beobachtete, aber nichts preisgab.

«Möchtest du etwas trinken? Ein Glas Wein?»

Naomi schüttelte den Kopf.

«Vernünftig.» Der alte Mann schenkte sich ein und bewegte sein Glas so, dass sich der Wein darin drehte.

Naomi schaute verstohlen zu Babel.

«Man nennt das Schwenken», sagte Alice, um überhaupt etwas zu sagen.

«Man tut es, um dem Wein sein Bukett zu entlocken.»

«Oder um sich wichtig zu machen», sagte Alice.

«Lass einem alten Mann seine kleinen Marotten. Dieses Schwenken ist die einzige Form von Tanz, die mir noch bleibt.»

Er hielt seine Nase in das Glas und schnupperte.

«Ich dagegen gehe morgen auf einen Ball», sagte Alice. «Wenn du willst, reserviere ich dir ein Plätzchen auf meiner Tanzkarte.»

«Alice, bitte», sagte der alte Mann.

Alice berührte seinen Arm.

«Entschuldige, Babu», sagte sie. «Falls es jemals so weit kommt, dann gehört dir der erste Tanz.»

«Darauf trinke ich», sagte er und setzte das Glas an die Lippen.

Naomi hatte bisher geschwiegen. Was nicht überraschend war. Schließlich befand sie sich in der Nähe des mächtigsten Mannes im Land. Aber sie hatte auch kaum um sich geblickt. Sie hatte kaum zu Alice selbst geblickt. Man sollte doch meinen, dass sie neugierig war zu erfahren, wie es Alice jetzt ging, nach ihrem Beinahe-Tod durch Ertrinken im Schwimmbad, dem Bad der Tränen.

«Wie gefällt dir die Orangerie?», fragte sie Naomi. «Sie war Großvaters Idee. Natürlich hat das hier kaum Ähnlichkeit mit dem echten Afrika, aber das sagen wir ihm natürlich nicht.»

Sie zwinkerte Naomi zu, die aufschrak, als hätte sie das Gesagte kaum mitverfolgt. Hatte sie eine solche Angst? Dabei versuchte Großvater durchaus, freundlich, fast menschlich zu sein.

«Das nächste Mal gebe ich mir mehr Mühe, es realistisch hinzubekommen», hörte sie ihn sagen. «Ich kann es kaum erwarten, meinen Lunch inmitten von hungergeplagten Dörfern, unerträglicher Hitze und Malaria einzunehmen.»

Ein paar Vögel waren auf dem Tisch gelandet und schauten mit ihren kalten Augen auf den Käsekuchen. Ein Kakadu lief frech um den Teller herum. Alice verjagte ihn, aber während die anderen Vögel davonflogen, hüpfte er lediglich einige Sprünge hinter das Kästchen und beobachtete von dort aus weiter den Teller. «Bist du sicher, dass du kein Stück möchtest, Naomi? Oder du, Großvater?»

«Nein, der Mensch lebt nicht vom Käsekuchen allein.»

«Ich bin jederzeit bereit, das auszutesten.»

Alice zog den Teller zu sich.

Ihr Großvater stellte sein Glas hin, und Naomi wäre beinahe von ihrem Stuhl aufgesprungen.

«Weißt du, wer ich bin, Naomi?»

«Babel!»

«Du sagst es, als wäre es eine magische Formel, die versteckte Felsentore aufschwenken lässt», scherzte Alice. «Dabei heißen noch mehr Leute so. Wir sind vermutlich verwandt mit Isaak Babel, dem Schriftsteller. Sagt dir nichts? Nein? *Sic transit gloria mundi.*»

Sie teilte mit ihrer Gabel einen Bissen von ihrem Kuchenstück ab.

«Das wird übrigens irgendwann mein Deckname, wenn ich eines Tages untertauche. Dann nenne ich mich Gloria Mundy, und niemand kann mich mehr finden.»

«Du hast gerade deinen Decknamen preisgegeben.»

«Nur euch gegenüber», sagte Alice mit vollem Mund, «und ihr werdet mich nicht verraten.»

Der Vogel kreischte aus vollem Hals.

«Ehe der Kakadu dreimal kräht», meinte Alice lachend. Sie scheuchte den Vogel vom Tisch, aber der wich abermals ihrer Hand aus und verschwand erst dann laut lärmend im Blätterdach, als sie ihre Kuchengabel nach ihm warf.

«Stimmt das?», fragte der alte Mann. «Hat Alice recht? Wirst du sie nicht verraten, Naomi?»

Naomi schlug die Augen auf. Alice lächelte, aber Naomi erwiderte ihr Lächeln nicht. Es dauerte etwas, bevor sie antwortete. Als ob sie hin und her überlegte und erst nach einer ganzen Weile zu einem Entschluss kam. Sie hatte noch kaum ein Wort gesagt. Hatte sie eine solche Angst, dass sie nichts hervorbrachte? Aber dann kam mit viel Mühe doch ein Wort aus ihrem Mund.

«Nein.»

«Sehr gut», sagte Großvater. «Dann können wir jetzt zur Tagesordnung übergehen. Du hast meiner Enkelin das Leben gerettet, und das muss belohnt werden. Du weißt, wer ich bin, also weißt du auch, dass es mein Ernst ist, wenn ich sage, du darfst dir ausbitten, was immer du willst. Womit kann ich dir eine Freude machen?»

«Ich habe nichts Besonderes getan», sagte Naomi.

«Nichts Besonderes? Ohne dich säße Alice nicht mehr hier. Du hast nicht nur ihr, sondern auch mir das Leben gerettet.»

«Ich brauche nichts», sagte Naomi.

«Denk nach, Naomi», sagte Alice. «Es muss doch etwas geben, das du dir wünschst. Du würdest erstaunt sein, welche verrückten Wünsche Großvater verwirklichen kann.»

«Eine Chance wie diese bekommst du kein zweites Mal, Mädchen», sagte Großvater.

«Was wünschst du dir am allermeisten?», fragte Alice.

Naomi biss sich auf die Lippen. Die Frage schien ihr wehzutun. Als würde sie Erinnerungen aufwühlen.

So hatte Alice es sich nicht vorgestellt. Sie hatte sich auf Naomis staunende Miene gefreut. Ihr selbst blieb nichts mehr zu wünschen. Großvater hatte ihr alles geschenkt, was in seiner Macht lag. Darum war es doppelt so schön zu sehen, wie glücklich sein Geld andere Menschen machen konnte. Sie hatte sich ein Lächeln in diesem ernsten Gesicht erhofft. Und Dankbarkeit. Und heimlich hatte sie gehofft, so ihre Schuld ablösen zu können, denn es war nicht schön, jemandem sein Leben zu verdanken. Aber dieses Mädchen wirkte alles andere als entzückt.

«Ich habe einige Sachen mitgebracht», sagte Alice. «Vielleicht kannst du dir etwas davon aussuchen, wenn du nicht auf Anhieb weißt, was du willst.»

Babel nahm das Köfferchen und kippte es auf dem Tisch aus. Ihr teuerster Schmuck befand sich im Tresor, aber hier auf dem Tisch lagen durchaus auch Werte: Zwischen den Ohrringen und Armbändern befand sich eine Kette mit Perlen dick wie Murmeln, und daneben lag ein Kettchen mit so delikat gearbeiteten goldenen Buchenblättchen, dass es Alice in den Fingern juckte, es aus dem restlichen Schmuckhaufen zu pflücken. Ein Ring mit kleinen Diamanten rollte vom Tisch und landete zwischen den Pflanzen, wo ein kleiner Goldfink enttäuscht danach pickte.

«Sie sind echt, falls du das bezweifeln solltest.»

Naomi starrte auf den Schmuck zwischen den Kuchenkrümeln und den Exkrementen der Vögel.

«Kann Schmuck dich nicht betören? Du kannst Geld bekommen, wenn du das möchtest, obwohl ich das ziemlich unpersönlich finde.»

Naomi schüttelte den Kopf und steckte ihre Hände unter die Achseln. «Vielen Dank. Ich brauche wirklich nichts.»

Großvater schaute erstaunt zu Alice.

«Wenn du nichts für dich selbst magst, dann hast du doch vielleicht Verwandte oder Freunde, denen du helfen möchtest?»

«Ich habe niemanden», sagte sie.

«Dann kauf dir doch Freunde», sagte Babel.

«Ich brauche keine.»

«Alice, hilf mir doch mal. Ich bin noch nie jemandem begegnet, der nichts von mir will.»

«Das lasse ich schön bleiben. Es gefällt mir, dich auch einmal hilflos zu erleben. Auf dem eigenen Platz von einem jungen Mädchen geschlagen.»

«Das lasse ich mir nicht nachsagen. Komm mit, Naomi.»

Mühsam erhob er sich von seinem Stuhl und ging den Pfad entlang, tiefer in den Urwald hinein. Naomi schaute Alice an. Las sie Angst in diesen Augen? Es sah eher wie Wut aus. War die Naomi, auf die sie gehofft hatte, endlich aufgetaucht?

«Geh ihm nach», flüsterte sie.

Naomi folgte Babel über den gewundenen Pfad zwischen den Sträuchern hindurch. Der Pfad war so angelegt, dass er endlos erschien, aber natürlich endete er schon bald an den Fenstern. Zwischen dem ganzen Grün stand eine Bank, von wo aus man die Stadt überblicken konnte. Der alte Mann setzte sich ächzend und tippte mit der Handfläche auf den Platz neben sich. Naomi blieb stehen.

Ja, dachte Alice, die sie durch die Sträucher beobachtete, da war die dickköpfige Naomi, die sie die Zeit ganze Zeit hindurch gesucht und nicht gefunden hatte. Sie erwartete, dass Großvater seine Geste ärgerlich wiederholen oder zumindest eine Bemerkung machen würde. Schließlich war er Naomis Chef und konnte sie mit einem Fingerschnippen auf die Straße setzen. Er aber beschloss, über ihren Ungehorsam hinwegzusehen.

«Was siehst du?», fragte er.

«Die Stadt», sagte Naomi.

«Ja, die Stadt. Das Zentrum der Diplomatie. Das Mekka von Kunst und Kultur, die Ansammlung des Besten, was der Mensch hervorgebracht hat. Ein Leuchtfeuer, das die Zukunft erhellt. Ist es das, was du siehst?»

«Von hier oben vielleicht.»

«Weißt du, was ich sehe?»

Naomi schüttelte den Kopf.

«Ich sehe Menschen, die ums Überleben kämpfen oder dafür, höher aufzusteigen. Da draußen gilt nur das Gesetz des Stärkeren, und das ist heutzutage nicht mehr derjenige mit der meisten Kraft, sondern der mit dem meisten Geld, dem stärksten Willen, den schlauesten Plänen und dem härtesten Herzen. Der echte Urwald befindet sich nicht in Afrika, sondern hier zu unseren Füßen. Und weißt du, wer hier der König ist? Ich! Wenn ich brülle, dann erbeben sie. Diese Stadt gehört mir, Naomi. Ich sage es selten laut, aber umso wahrer ist es. Ich besitze alles und jeden von Bedeutung. Verstehst du das? Ich kann dir alles geben. Ob ich das will, ist eine andere Sache. Ich bin kein König aus irgendeinem orientalischen Märchen, der die Hälfte seines Reiches an den erstbesten Bettler verschenkt, der seine Tochter zum Lachen bringt. Aber ich könnte es. Probier mich aus, Mädchen.»

Naomi schüttelte den Kopf.

«Niemand geht ohne Wünsche durchs Leben. Du hast klargemacht, dass du keine materiellen Dinge wünschst. Das ehrt dich, obwohl ich nie so recht verstanden habe, was manche Leute gegen Geld haben. Aber wenn es keinen gibt, den du glücklich machen willst, möchtest du dann vielleicht jemandem etwas heimzahlen? Ich kann mir vorstellen, dass nicht jeder gleichermaßen freundlich zu einer Sub ist. Willst du, dass ich jemanden entlasse?»

«Nein.»

«Stell meine Geduld nicht auf die Probe, Mädchen. Jeder will irgendwas. Was willst du?»

«Was ich will, kann niemand mir geben.»

«Bitte darum.»

«Sie sind nicht Gott.»

«Was sagst du?»

«Können Sie die Toten zum Leben erwecken?»

«Nein.»

«Dann haben Sie nichts, was ich will.»

Alice saß wieder hübsch am Tisch, als Großvater zwischen den Sträuchern auftauchte. Sie war erstaunt, dass Naomi ihn stützte. Das ließ er selten zu.

«Sie ist eine von uns», sagte er.

«Ich verstehe dich nicht.»

«Sie ist eine der Trauernden. Ich kann vorläufig nichts für sie tun. Aber du vielleicht schon.»

Er legte seine Hand auf Naomis Schulter.

«Du hast einem Menschen das Leben gerettet, Naomi. Das ist eine große Verantwortung.»

Dann verschwand er zwischen den Bäumen.

Alice versuchte, seine Worte mit einem Lachen zu vertreiben.

«Ich hatte gehofft, du würdest mit einem großartigen Wunsch ankommen. Diamantene Tanzschuhe, ein essbares Segelflugzeug oder den Scheiterhaufen für Prynne. Du hast deine Chance vergeigt. Warum hast du ihn um nichts gebeten?»

«Mir fiel nicht gleich etwas ein.»

Nachdem Babel fort war, schien sich Naomi endlich zu entspannen. Sie hatte natürlich nicht gewusst, was ihr bevorstand, als sie nach oben gerufen wurde. Vielleicht würde man sie entlassen. Oder Schlimmeres. Nachdem es offenbar um eine Belohnung gegangen war und sie diese Prüfung hinter sich gebracht hatte, konnte sie erleichtert durchatmen. Sie wollte jetzt sogar ein Stück von dem Käsekuchen. Sie hatte eindeutig keine Ahnung, dass ihr die große Neuigkeit noch bevorstand.

«Was würden Sie sich wünschen?»

«Ich? Auch wenn es total unvernünftig oder unmöglich wäre? Das ist einfach.»

Alice fegte den Schmuck wieder in das Kästchen.

«Schon seit meinem vierten Lebensjahr warte ich auf eine gute Fee, die aus dem Himmel herabschweben wird und mir genau einen Wunsch gönnt. Ich bin vorbereitet.»

«Und was genau war Ihr Wunsch?»

«Mein Wunsch mit vier? Idiotische Sachen: Dass ich die Sprache der Tiere spräche oder dass ich bildschön werden würde, solchen Unsinn.»

«Und jetzt?»

«Jetzt?»

Alice drückte mit einem Finger in ihr Bein.

«Was meinst du? Aber selbst Babu kann keine Wunder vollbringen. Was nicht heißt, dass du keine schöne Belohnung hättest haben können.»

«Alle hätten dasselbe getan.»

«Das stimmt so nicht ganz. Bert hatte beschlossen, Leonard zu retten und mich meinem Schicksal zu überlassen.»

«Das war die Panik.»

«Nein, das war Liebe.»

«Liebe?»

«Ja. Wen würdest du retten, wenn du die Wahl hättest: die Liebe deines Lebens oder ein verwöhntes, gelähmtes junges Ding, das es ja doch nie zu etwas bringen wird?»

«Die beiden Männer waren ...»

Alice nickte.

«Ich darf gar nicht daran denken, wie es sein muss, den eigenen Partner vor seinen Augen sterben zu sehen.»

«Der Mann ist tot?»

«Leonard? Er wird heute begraben. Ich durfte nicht mit dabei sein. Es wäre nicht sicher, meint Großvater. Er meint übrigens auch, ich hätte dort nichts zu suchen. Es hat mich alle Mühe der Welt gekostet, dafür zu sorgen, dass er Bert nicht für das bestraft, was im Schwimmbad passiert ist.»

«Bert ist der andere Mann im Schwimmbad, oder? Sie haben Mitleid mit ihm, obwohl er Sie hätte ertrinken lassen?»

«Du hörst dich genauso an wie Großvater», sagte Alice. «Was hätte er denn tun sollen? Dieses Kind reicher Leute retten und seinen Partner sterben lassen? In solchen Momenten denkt man nicht nach. Das Herz handelt, nicht das Gehirn.»

«Er hat seinen Freund nicht retten können.»

«Nein. Offenbar muss man nicht alt oder dick sein, um einen Herzschlag zu bekommen. Großvater lässt prüfen, ob es Sinn macht, alle Räume mit Defibrillatoren auszustatten, aber für Leonard kommt das zu spät. Und auf Prynne wartet eine neue Herausforderung. Sie wird untersuchen müssen, inwieweit Beziehungen zwischen den Arbeitnehmern möglicherweise ihrer Loyalität im Wege stehen. Ich bin gespannt, wie sie das angehen wird. Wird sie Pärchen den Umgang miteinander verbieten oder wird sie sie an andere Stellen versetzen?»

Sie verjagte einen gar zu furchtlosen Vogel, der auf ihren Teller gehüpft war.

«Das fehlt uns noch, dass sie demnächst die Liebe aus dem Turm verbannen.»

«Sind Sie wieder gesund?», fragte Naomi.

«So gut wie neu», sagte Alice. «Ich war schon an dem Tag selbst wieder in Ordnung, aber Großvater wollte ganz sichergehen. Als ob ich nicht schon genug in Krankenhäusern gelegen hätte. Manchmal denke ich, ich könnte mich mit dem Bett und dem Rollstuhl versöhnen, wenn es bedeuten würde, dass ich niemals mehr einen Arzt sehen muss, der mir mit so einem künstlichen Lächeln erzählt, es würde nur ganz kurz wehtun.»

Betty kam durch die Türschleuse und erschrak, als sie Naomi sah.

«Was machst du hier? Du hast hier nichts mehr verloren. Du ...»

Dann erst sah sie Alice dasitzen.

«Fräulein Babel! Ich wusste nicht, dass Sie noch in der Orangerie sind.»

«Ich habe heute Nachmittag keine Reha, Betty. Mein einer Physiotherapeut ist tot, und der andere ist zu seiner Beerdigung.»

«Ich hoffe, Sie verzeihen dieser Sub hier», sagte Betty und zog Naomi am Kragen von ihrem Stuhl, «ihr aufdringliches Benehmen. Ihr ist offenbar nicht klar, dass sie nur eine zeitweilige Vertretung war. Ich verstehe nicht, wie sie hier heraufgekommen ist.»

«Sie ist auf meine Einladung hin hier, Betty.»

«Ach.»

Betty ließ Naomi los.

«Wir sprachen gerade darüber, wie gut sie und Lucy es hatten, als sie dich vertreten hat.»

Alice zwinkerte Naomi zu.

«Der Hund?», fragte Betty und schaute von dem einen Mädchen zum anderen.

«Ja. Naomi erzählte mir gerade, was für eine gute Beziehung sie in dieser kurzen Zeit zu Lucy aufgebaut hat.»

«Der Hund mag jeden, der mit ihm Gassi geht», entgegnete Betty knapp.

«Wer würde nicht ab und zu aus diesem Turm hinaus ins wahre Leben wollen? Schade, dass das so selten geschieht.»

«Selten geschieht?»

«Ich fürchte, Lucy wird nicht wie vereinbart dreimal am Tag spazieren geführt.»

«Jetzt verstehe ich, was hier gespielt wird, Fräulein Babel. Diese Sub da will mich bei Ihnen anschwärzen, um so meinen Job zu übernehmen. Wenn sie behauptet, ich würde nicht genug mit dem Hund spazieren gehen, dann ist das eine Lüge.»

«Nicht Naomi behauptet das, sondern ich. Du vergisst, dass ich etwas von den Nomaden in Afrika gelernt habe, und die

Spuren, die Lucy im Gästezimmer hinterlässt, sind einfacher zu lesen als die Fährten der wilden Tiere in der Savanne.»

«Fräulein Babel, diese Sub ...»

«Diese Sub hat einen Namen. Genau wie der Hund übrigens.»

«Ich wollte nur ...»

«... den Käsekuchen mitnehmen und uns allein lassen.»

Betty biss sich fest auf die Unterlippe. Sie nahm den Teller, bedachte Naomi mit einem wütenden Blick und verschwand dann hoch erhobenen Hauptes zur Türschleuse.

«Und gib Acht mit dem Teller, Betty!», rief Alice ihr noch nach. «Du bist in letzter Zeit so ungeschickt. Ich habe gehört, du bist unten in der Personalkantine auch schon mit Leuten zusammengestoßen, und wir wollen doch hier keine Scherben sehen!»

Alice kicherte, als Betty fort war.

«Das wollte ich schon längst einmal machen, aber ich habe nie den Mut dazu gehabt. Sie denkt, als eine von Lichtensterns Spioninnen wäre sie unbesiegbar.»

Sie sah Naomis fragenden Blick.

«Wie sonst soll man das nennen? Er hat ihr diese Stellung besorgt, damit sie mich beobachtet. Nicht, dass es da viel zu spionieren gäbe. Ich kann nirgendwohin, und mein Leben hier verläuft streng nach Plan.»

«Was will Herr Lichtenstern von Ihnen?»

«Nichts Besonderes, hoffe ich. Er weiß einfach gern Bescheid über alles. Ich bin wichtig für Großvater, also bin ich auch wichtig für Lichtenstern.»

«Wer ist er?»

«Keine Ahnung. Er und Großvater arbeiten zusammen an einem Projekt, aber was genau das ist, ist mir nach wie vor unklar.»

«Manche Mädchen unten finden ihn attraktiv.»

«Manche Menschen finden auch Skorpione attraktiv.»

Sie schaute Naomi an.

«Es ist verrückt. Ich habe das Gefühl, dass ich dich kenne. Obwohl ich nichts von dir weiß.»

Was nicht ganz der Wahrheit entsprach. Sie hatte Naomis Akte angefordert, aber die war wirklich mager. Sie wusste, dass Naomi ein halbes Jahr älter war als sie selbst, dass ihre Eltern bei einem Verkehrsunfall ums Leben gekommen waren und sie vor ihrer Zeit im Turm vier Jahre in einem Heim verbracht hatte. Die Zeugnisse aus dem Heim waren vorsichtig lobend. Naomi sei freundlich und umgänglich, nicht wirklich gut in der Schule, aber wiederum auch nicht so katastrophal schlecht, dass sie zusätzliche Hilfe gebraucht hätte. Der Besuch einer weiterführenden Schule sei nicht anzuraten. Naomis Wunsch sei es, möglichst schnell eine Arbeit anzunehmen. Lehrer, Counseling, Direktion, alle sahen in Naomi einhellig nichts Besonderes, sondern nur die zahme, graue Maus, die hier erst am Tisch gesessen hatte, den Blick gesenkt, ängstlich nickend, kaum ein Wort herausbringend. Hatten sie denn nie einen Hauch von der wütenden, der arroganten Naomi mitbekommen? Hatte Alice sich das nur eingebildet? Aber nein, die Naomi, die jetzt die letzten Krümel des Käsekuchens mit ihrer Gabel zerdrückte und sich gierig in Mund schob, ließ sich nur schwer mit dem dösigen Mädchen in Einklang bringen, das aus den Akten auftauchte. Entweder war Naomi eine großartige Schauspielerin, oder es handelte sich hier um zwei verschiedene Menschen. Oder, und das erschien ihr letztlich am logischsten, die Akten logen. Die im Heim wussten ja genau, welchen Anforderungen das Personal von Babel zu genügen hatte, und sie würden die Zukunft ihrer Waisen nicht mit einem zu vollständigen Bericht über diese belasten. Es hätte Alice nicht gewundert, wenn jede Akte aus dem Heim so etwas wie ein Durchschlag von der Akte Naomis wäre. Wem sollte das denn schon auffallen?

Aber damit wusste sie noch immer nicht viel von diesem Mädchen, das hier vor ihr saß.

«Woher kommst du? Ich weiß, man darf das in dieser Stadt nicht fragen. Alle behaupten, ihre Familie wäre schon seit Generationen hier ansässig, dabei wurde die Stadt erst vor knapp hundert Jahren gegründet. Oder sehe ich das falsch?»

«Ich komme aus einem der Außenviertel», sagte Naomi.

«Was hat dich hierher verschlagen?»

«Als meine Eltern starben, gab es niemanden mehr, der sich um mich kümmern konnte.»

«Deine Eltern sind tot?»

Naomi nickte.

«Es ist hart, nicht? Ohne Mutter.»

Naomi starrte auf den Tisch. Offenbar hatte Alice einen empfindlichen Punkt getroffen. Sie nahm Naomis Hand. Die erschrak von der Berührung. Alice spürte, wie sie ihre Hand wegziehen wollte, sich jedoch bezwang.

«Entschuldige», sagte sie, «ich hätte das nicht ansprechen sollen.»

«Es ist in Ordnung», sagte Naomi.

«Du darfst ruhig traurig sein», sagte Alice. «Wir sind Waisen. Wir müssen ein trauriges Gesicht machen, sonst kauft keiner unsere Schwefelhölzchen, und wir erfrieren.»

«Die Chance, in diesem Dschungel zu erfrieren, ist gering.»

Alice ließ ihre Hand los.

«Hast du lange in dem Waisenhaus gewohnt?»

«Drei Jahre.»

Vier Jahre, sagten die Akten. Alice wischte es beiseite.

«Ich kann mir nicht vorstellen, wie es ist, in einem Waisenhaus zu leben.»

Sie wartete, aber Naomi schwieg, und Alice fragte nicht weiter, um keine schmerzhaften Erinnerungen zu wecken.

Sie wusste nicht mehr, was sie so enttäuscht hatte sein lassen, als Naomi in die Orangerie gekommen war. Wenn man sie genau betrachtete, besaß sie etwas Interessanteres als die sehr viel offenkundigere Schönheit von Anika und Betty. Die hatten ihre sämtlichen Attribute sozusagen in der Vitrine ausgestellt. Was man sah, war vor allem eine triumphale Verpackung. Bei Naomi war alles noch im Fluss. Man wusste nicht sicher, was nun ihr wahres Gesicht war. Manchmal machte ein Zug um den Mundwinkel sie distanziert und hässlich, aber dann ließ ein Lichteinfall oder der Bogen einer Augenbraue ihr Gesicht aufleben und verkehrte den Eindruck in sein Gegenteil. Sie war ein Rätsel, und Rätsel waren das, was Alice brauchte.

«Bist du zufrieden da unten als Sub?»

Naomi zuckte mit den Schultern.

«Würdest du lieber etwas anderes tun?»

«Ich kann nichts anderes», sagte Naomi.

«Da bin ich mir nicht so sicher. Kannst du plaudern?»

«Nicht so gut wie manche anderen.»

«Kannst du zuhören?»

Naomi nickte.

«Gut. Das wäre dann geregelt.»

«Ich verstehe Sie nicht.»

«Großvater ist davon überzeugt, dass ich zu viel allein bin. Ich muss jemanden in meiner Nähe haben, dem ich vertrauen kann. Und wer wäre da besser geeignet als das Mädchen, das mir das Leben gerettet hat? Du wirst meine offizielle Gesellschaftsdame. Du schläfst ab heute in einem der Gästezimmer.»

«Ich? Hier?»

«Ja. Macht es dir Schwierigkeiten, dass du von einer Sub plötzlich zu einer A wirst?»

«Warum ich?»

«All die anderen um mich her machen mich noch verrückt.»

«Wer sagt, dass ich Sie nicht auch verrückt mache?»

«Ja, das kann natürlich sein. Das Risiko müssen wir eingehen. Was meinst du?»

«Dass ich Sie auch verrückt mache?»

«Nein. Der Job. Wäre das etwas für dich?»

Naomi antwortete nicht.

«Die meisten Mädchen würden für dieses Angebot einen Mord begehen.»

«Ich weiß. Und ich bin dankbar.»

«So siehst du ehrlich gesagt aber nicht aus. Ist der Gedanke, jeden Tag in meiner Nähe zu sein, derart fürchterlich? Du kennst mich doch gar nicht. Gib mir wenigstens eine Chance, dir auf die Nerven zu gehen, bevor du mich abweist.»

«Das ist es nicht.»

«Was ist es dann?»

«Ich denke einfach, dass es keine gute Idee ist.»

«Warum nicht?»

«Ich …»

Naomi zögerte.

«Ich habe keine Erfahrung.»

«Erfahrung in was? Im Plaudern und etwas Gesellschaft leisten? Das ist so ungefähr das Einzige, was du tun musst. Du wirst dir eine glaubwürdigere Ausrede ausdenken müssen, wenn du mich überzeugen willst.»

«Wenn Sie es wirklich wissen wollen … ich bringe Unglück.»

«Was bedeutet das?»

«Was ich sage. Ich habe noch nie jemandem Glück gebracht. Mit Menschen in meiner Umgebung geschehen Dinge. Und zwar keine schönen.»

«Was kann mir sonst noch zustoßen? Ich habe doch wohl so ungefähr alles erlebt.»

«Ich habe Sie gewarnt.»

«Gut, ist notiert. Naomi bedeutet Unglück. Ich trage die volle Verantwortung für das Unheil, das über mich kommt. Zufrieden?»

«Wer bin ich, dass ich mich gegen mein Schicksal wenden könnte?»

«Das ist es. Höre auf das Schicksal. Habe ich dir übrigens schon erzählt, dass dein tristes Los auch seinen Preis hat? Du wirst ab jetzt ungefähr fünfmal mehr verdienen als bisher als Sub.»

«Das ist mir egal.»

«Du arbeitest in Babel, und es ist dir egal, was du verdienst? Du bist ein seltsames Mädchen, Naomi.» Alice lachte. «Das wäre also geregelt. Komm, dann zeige ich dir den Rosengarten und den Pavillon. Die Orangerie ist zum einen Teil Afrika und zum anderen ein englisches Landgut des neunzehnten Jahrhunderts. Frag mich nicht, weshalb. Großvater hat so seine Launen.»

Babel war davon überzeugt, dass seine Mauern zu hoch und zu dick für eine Erstürmung waren, aber seine Verteidigung war nicht perfekt. Es gab eine Bresche, durch die sich ein junges Mädchen hereingezwängt hatte, ein unansehnliches Ding. Aber liegt im Kleinen nicht immer der Keim des Zerfalls? Auch die größten Gebäude stützen sich letztlich auf nichts als Kies und Sand. Man entferne den Kiesel, und das ganze Gebäude wird schwanken.

Es ist einfach, den Zufall oder das Schicksal hervorzukramen, aber für das, was geschah, ließen sich logische Gründe finden. Naomi wäre ohne Erfolg geblieben, wenn sie nicht Naomi gewesen wäre, diese eigenartige Mischung aus Fatalismus und Frechheit, mit dem kalten Äußeren, das ihre Sehnsüchte und Schmerzen kaum verbergen konnte. Und Naomi wäre nie so weit gekommen, wenn Alice sie nicht hereingelassen hätte.

Denn Alice war die Bresche, das Tor, das den Barbaren offenstand. Babel ließ sie gut bewachen, aber gerade diese Überwachung machte sie für Naomi empfänglich. Wie konnte es anders sein? Ein Mädchen, das es gewohnt war, durch die Savanne zu laufen, lag jetzt an ein Bett gefesselt da, gefangen in einem Turm, ohne jeden echten Kontakt. Wäre sie in der Welt des Geldes geboren, dann hätte sie dieses Leben vielleicht ertragen, aber jetzt ging sie an Einsamkeit zugrunde.

Als sie im Schwimmbecken lag und fühlte, wie sie sank, hatte sie schnell aufgegeben. Sie war es satt, gegen die Einsamkeit und gegen ihren eigenen Körper anzukämpfen, der doch nie mehr so funktionieren würde, wie es sich gehörte. Satt, gegen die Verzweiflung anzukämpfen, die sie in der Nacht überfiel, wenn sich eine pechschwarze Zukunft vor ihr auftat: eine älter werdende Frau in einem Bett, hoch oben in einem Turm mit einem Großvater, der nicht das ewige Leben besaß. Nach seinem Tod würde sie von Menschen umgeben sein, die sie um das beneideten, was sie am allerliebsten loswerden wollte. Nie zu leben, nie zu lieben.

Dann hatte Naomi sie zurück ins Licht gezerrt.

Alice hatte im Krankenhaus genug Zeit zum Nachdenken gehabt, während sie sich von ihrem Beinahe-Tod durch Ertrinken erholte. Sie hatte die Unvorhersagbarkeit des Lebens unterschätzt. Genau dann, als sie nicht mehr weiterwusste, hatte das Schicksal ein unbekanntes Mädchen zu ihr geschickt. Sie war fasziniert von Naomi. War es bloß die Anziehungskraft eines neuen Gesichts, oder steckte mehr dahinter? Sie wusste es nicht. Sie wusste nur, dass sie wieder auf etwas neugierig war, und zwar zum ersten Mal seit langer Zeit. Sie fragte Großvater, ob sie Naomi bekommen konnte. Wie hätte er ihr in ihrem Zustand so ein unbedeutendes Spielzeug verweigern können?

Er dachte, er hätte ihr ein neues Hündchen geschenkt, aber Naomi, so vermutete Alice, war eine Wildkatze, die noch sämtliche Krallen besaß. Sie musste es vorsichtig angehen, wenn sie Naomi zähmen wollte. Keine unvorhergesehenen Bewegungen. Zum Glück hatte die Lähmung sie Geduld gelehrt. Es lief jedoch nicht so, wie Alice es sich erhofft hatte. Bei jedem Schritt auf Naomi zu machte diese einen Schritt zurück.

Alice wollte nicht mit einem höflichen «Sie» angesprochen werden. Das war idiotisch. Sie waren zwei junge Mädchen. Naomi nickte gehorsam, schien es jedoch nicht fertigzubringen, sie ihrem Befehl entsprechend zu duzen, und nach einem tagelangen Kampf voller Korrekturen und Frustrationen beließ Alice es dabei. Es war klar, dass Naomi die nötige Distanz wahren wollte, und alle Versuche, das zu verhindern, entfernten sie nur noch mehr von ihr.

Auch Geschenke halfen nicht. Alice zwang sie in den ersten Wochen, sich neue Kleider zu kaufen sowie Bettwäsche, Schuhe und Parfüm. Die Babels hatten in den besseren Geschäften eine laufende Rechnung, und Alice war erst zufrieden, als Naomi vollbeladen von ihren Einkaufszügen zurückkehrte und die Päckchen auf dem Bett ausstreute. Alice schien die ganzen Einkäufe mehr zu genießen als Naomi, die heimlich auf das Preisschild schaute. Falls es ein solches gab. Denn Alice schickte sie in die Geschäfte, in denen so etwas Gewöhnliches wie ein Preisetikett gar nicht existierte; Orte, an denen man nicht darüber nachdachte, was etwas kostete, sondern einfach kaufte, was man wollte.

Es war Anika, die Alice «ganz nebenbei» zu berichten wusste, dass alle Kleider und Accessoires, die Naomi bekommen hatte, in den Originalkartons und -tüten in ihrem Schrank standen. Offenbar fühlte sich Naomi nur in der Babeluniform wohl.

Alice zeigte ihr Missfallen nicht, sondern ging es listiger an.

Aus: Babel, ein Traum von Macht, Thomas Rosen & Aziz al-Kashani

Naomi war noch keine zwei Wochen in Alices Diensten, als sie in einem der Gästezimmer auf Lichtenstern stieß.

«Ich suche Lucy», sagte sie. «Haben Sie sie gesehen?»

Er lag ruhig rauchend in einem der Ledersessel und schien nicht vorzuhaben, ihr zu antworten. Die seltenen Male, an denen sie ihm in Alices Räumlichkeiten begegnet war, hatte er sie keines Wortes gewürdigt.

«Hier darf nicht geraucht werden», sagte sie.

Er blies eine Serie von O-s durchs Zimmer, kleine Kringel, die sich zitternd in den Schatten auflösten.

«Wer bist du?», fragte er dann.

«Ich bin die neue Gesellschaftsdame von Fräulein Alice.»

«Du kannst schwerlich die neue Gesellschaftsdame sein, wenn Fräulein Alice vor dir nie eine solche besessen hat.»

«Dann bin ich eben die erste Gesellschaftsdame von Fräulein Alice.»

«Was impliziert, dass auf dich noch weitere folgen werden. Bist du den Job schon leid?»

«Nein», sagte Naomi.

Sie starrten sich gegenseitig an. In der Dämmerung konnte sie seine Gesichtszüge nicht recht ausmachen, sie sah nur seine Augen, die immer, wenn seine Zigarette glühte, rot aufleuchteten.

«Wer bist du, Naomi?»

«Ich bin die Gesellschaftsdame von ...»

«Wer bist du, Naomi?»

«Ich bin geboren in ...»

«Ich kenne deine Akte. Die hat mich nicht viel schlauer gemacht. Wer bist du? Wie bist du hierhergekommen, hier ins Zentrum der Macht?»

«Sie haben mich ausgewählt.»

Wieder schien er sich ausschließlich für seine Zigarette zu interessieren.

«Falls Sie Lucy sehen ...»

Sie wollte sich entfernen.

«Warum habe ich das getan?»

Sie drehte sich um.

«Das müsste ich Sie fragen, Herr Lichtenstern.»

«Rate mal.»

«Keine Ahnung. Um den anderen eins auszuwischen?»

«Was bedeuten mir die anderen? Ich sah dich. Ich wollte dich. Warum?»

«Sie haben gesehen, dass ich gute Arbeit liefern würde. Ich bin gehorsam.»

«Pah!» Er drückte den Zigarettenstummel auf dem gläsernen Couchtisch aus. «Das bezweifle ich stark.»

«Vielleicht waren es meine schönen Augen.»

«Deine Augen?»

«Der Grund, warum Sie mich ausgesucht haben.»

Er ging auf sie zu. Sie machte einen Schritt zurück, stand schon fast im Flur.

«Waren wir uns nicht darin einig, dass ich alle Frauen in diesem Turm bekommen kann? Frauen, so schön und so perfekt, dass es einen fast zum Weinen bringt. Warum sollte ich mich um ein Waisenmädchen scheren, das kaum über den Durchschnitt herausragt?»

«Ich glaube, ich höre Lucy.»

Sie wollte weghuschen, aber er fasste sie am Arm.

«Wer bist du?»

«Wer sind Sie, Herr Lichtenstern?»

«Ich bin der Teufel in der Dunkelheit.»

Er beugte sich so nah über sie, dass sie seine Glut auf ihren Wangen spürte, sein Mund so nah an ihrem, dass sie sich fast berührten. Keiner von beiden sagte ein Wort. Zuletzt richtete er sich wieder auf, fischte eine neue Zigarette aus seiner Tasche und zündete sie an.

«Irgendwas ist mit dir. Aber was? Ich beobachte dich jetzt schon einige Wochen lang, aber ich kann immer noch nicht genau sagen, was.»

Er strich ihr mit der Hand über die Wange. Sie hüstelte, als ihr der Rauch in die Nase stieg.

«Plötzlich tauchst du hier auf. Dafür muss es einen Grund geben. Nichts geschieht ohne Grund. Du wurdest geschickt. Aber von wem oder was?»

Die Hand fuhr in ihren Nacken.

«Für dich ist in meinen Plänen kein Platz. Das Beste wäre, ich rechne schnell mit dir ab.»

Sie spürte seine Hand an ihrer Kehle.

«Der kurze Schmerz.»

Sie versuchte, nicht zu schreien.

«Aber dann denke ich, es wäre schade, ein Ende zu machen, bevor wir uns besser kennengelernt haben. Dann fange ich an zu zweifeln. Merkwürdig, denn ich zweifle nie. Du machst mich schwach, Naomi. Und das, obwohl ich hart bin.»

Er lehnte sich an sie, sodass sie spüren konnte, wie hart er war.

«Bist du mein Untergang, Naomi?»

Er ließ ihren Hals los. Sie schluckte.

«Fräulein Alice ...», sagte sie.

Er drückte sein Gesicht in ihre Halsbeuge, rieb sich an ihr und flüsterte ihr ins Ohr: «Dann geh zu deinem Fräulein Alice. Sie wird sich schon fragen, wo du bleibst.»

Er hatte sie nicht mehr umfasst. Sie konnte gehen. Sie zögerte. Blieb zu lange stehen, mit seiner Stimme in den Ohren und seinem Körper warm an ihren gedrückt. Endlich riss sie sich los und rannte durch die Flure.

«Ich verstehe es nicht, Alice. Du hast da nichts verloren. Unser Koch bereitet dir alles zu, was du willst, und zwar besser als die Köche vom City View Restaurant. Die Gäste dort kommen nicht wegen der kulinarischen Höchstleistungen. Sie kommen, um gesehen zu werden.»

«Vielleicht will ich das ja auch.»

Alice saß bei Großvater und Lichtenstern am Tisch, nicht in dem großen Speisesaal, in dem Babel diejenigen Gäste empfing, denen er imponieren wollte, sondern in dem kleinen Salon, wo er meistens saß, wenn er allein speiste, gehetzt und neben sich Telefon, Laptop und Papiere.

Alice sah die Hand ihrer Großmutter in diesem Zimmer; es war atmosphärisch und warm mit seinem Holzfußboden, den dicken Orientteppichen und bequemen Stühlen um einen kleinen Rosenholztisch. Die Gemälde an der Wand waren nicht als Investition gekauft worden, sondern wegen der Unschuld und Ruhe, die die Frauen mit ihren Sonnenschirmen in den Feldern voller Klatschmohn verströmten.

Großvater war weniger ruhig.

«Es ist gefährlich draußen, das weißt du doch.»

«Was ist daran so gefährlich, in einem Restaurant zu essen? Es ist nur vier Stockwerke unter uns.»

«Warum, Alice? Warum willst du plötzlich dorthin? Nenne mir einen triftigen Grund!»

«Warum? Weil ich hier ersticke.»

«Aber du hast jetzt doch … wie heißt sie noch mal?»

«Naomi», sagte Samuel Lichtenstern, der ruhig sein Brot schmierte.

«Bist du sie schon leid?»

«Nein, das bin ich nicht», sagte Alice. «Das hier hat nichts mit Naomi zu tun.» Was natürlich eine Lüge war. «Ich will unter

Menschen kommen. Ich will mit meinen eigenen Augen sehen, dass es noch so etwas gibt wie ein Leben außerhalb meiner Zimmer.»

«Schau aus dem Fenster, dann weißt du es», sagte Babel schroff.

«Aus dem Fenster, ja. Hinter Glas. Ich komme mir vor wie ein Goldfisch. Wenn du mich nicht ab und zu hinauslässt, Babu, dann springe ich eines Tages hinunter!»

«Dann stirbst du, Kindchen.»

Sie schaute ihn an, bis er seine Augen niederschlug.

«Sammy, sag doch auch mal was. Sag ihr, sie soll besser drinnen bleiben.»

«Du bleibst ja auch nicht drinnen», sagte Alice. «Und sie wollen dich, nicht mich.»

«Da liegst du falsch. Sie können mich nicht mehr verletzen, als wenn sie dir etwas antun. Wenn du schon keine Rücksicht auf dich nimmst, dann nimm wenigstens Rücksicht auf mich. Ich bin ein alter Mann, Alice, ich ertrage nicht noch mehr Schmerz.»

«Diese Art von Erpressung funktioniert nicht mehr, Babu. Ich bin nicht eines der seltenen Bücher oder Gemälde, die du schön im Tresor aufbewahren kannst. Ich habe mein eigenes Leben. Ich bin mehr als die Enkelin von Abraham Babel.»

«Sammy, was soll ich mit so einem undankbaren Ding bloß anfangen?»

«Lassen Sie sie gehen.»

«Was?»

«Wenn sie hinauswill, dann lassen Sie sie gehen.»

«Seid ihr beide verrückt geworden?», rief Babel.

Alice war nicht weniger erstaunt als ihr Großvater. Samuel Lichtenstern, der den Wünschen seines Chefs widersprach und für sie Partei ergriff, das war unerhört. Auf einen ablehnenden

Großvater war sie vorbereitet gewesen, aber nicht auf einen hilfreichen Lichtenstern.

«Wenn Fräulein Alice darauf brennt, einmal im City View Restaurant zu lunchen, dann spricht meines Erachtens nichts dagegen. Es ist so ungewöhnlich, dass niemand es erwarten wird. Ich sehe da keine Probleme. Natürlich nur, solange sie gut bewacht wird.»

Alice, die nicht vorgehabt hatte, irgendwelche Wachleute mitzunehmen, warf ihm einen wütenden Blick zu, den er allerdings ignorierte.

«Nach ihrem unglücklichen Schwimmbadbesuch und der Aufnahme ins Krankenhaus machen verschiedene Gerüchte die Runde. Fräulein Alice habe es nicht überlebt, oder sie sei mental nicht mehr so klar wie zuvor.»

«Was? Ich?»

«Viele Leute sind davon überzeugt, dass sie gegen ihren Willen hier festgehalten wird. Diese ganzen Gerüchte schädigen das Bild, das die Leute von Ihnen haben, Herr Babel.»

«Gerüchte», sagte Babel.

«Ja, Gerüchte», sagte Lichtenstern. «Unkontrollierbar und darum so gefährlich, wie jeder an der Börse Ihnen erzählen kann.»

«Das ist mir gleich», sagte Babel. «Ich will es nicht.»

«Was halten Sie von Dienstag nächster Woche, Fräulein Alice?», fragte Lichtenstern, als hätte Babel die Idee nicht soeben vom Tisch gewischt.

«Dienstag nächster Woche?», sagte dieser. «Kommt nicht in Frage. Dann ist Vollmond. Dann ...»

Er schwieg plötzlich.

«Fräulein Alice, gestatten Sie mir, dass Ihr Großvater und ich die Möglichkeit Ihres Besuchs noch kurz unter vier Augen erörtern. Ich verspreche Ihnen, dass ich mir Mühe geben werde, ihn zu überzeugen, dass Sie tatsächlich nicht die ganze Zeit nur Runden in Ihrem … Goldfischglas schwimmen wollen.»

Alice blieb nichts anderes, als sich bei Lichtenstern zu bedanken und sich zurückzuziehen.

«Natürlich kommst du mit. Du bist meine Gesellschaftsdame, und ich will Gesellschaft, wenn ich auswärts essen gehe.»

«Und Herr Babel ist einverstanden?»

«Warum sollte er nicht?»

Alice schaute Naomi so unschuldig an, als wäre Großvaters Zustimmung lediglich eine Formsache.

Naomi schwieg. Zum ersten Mal trug sie etwas, das Alice ihr geschenkt hatte. Es war eine silberne Haarnadel, ein Eisvogel mit zwei Diamanten als Augen, den sie sich in ihr dickes, schwarzes Haar gesteckt hatte.

«Ich fühle, dass ich einen neuen Weg eingeschlagen habe. Schluss mit dem passiven Herumliegen im Bett. Ich muss das Leben ergreifen. Wenn ich nicht aufpasse, entgleitet es mir.»

«Wenn Sie es sagen.»

«Wenn ich schon mal dabei bin, meinen Willen durchzusetzen: Es gibt noch so einige Dinge, die ich gern anders hätte. Zunächst einmal langt mir deine Geheimniskrämerei, Naomi.»

«Ich verstehe Sie nicht.»

«Du verstehst mich nur zu gut. Du bist hier schon mehr als einen Monat und weißt mittlerweile alles von mir. Kein Wunder: Ich bin viel zu lang allein gewesen, und wenn ich dann endlich einen normalen Menschen um mich habe, dann schnattere ich in einem fort. Aber jetzt bist du an der Reihe.»

«Es gibt nichts zu erzählen.»

«Du glaubst doch nicht, dass ich dir das abnehme?»

«Trotzdem ist es so. Ich habe nichts erlebt.»

«Nein? Du hast deine Eltern verloren und ein Waisenhaus überlebt. Du hast mehr durchgemacht als ein durchschnittlicher Dickens-Held.»

«Was wollen Sie wissen?»

«Alles.»

Das war offenbar ein zu großer Wunsch, denn Naomis Mund klappte zu.

«Was ist deine erste Erinnerung?»

«Das weiß ich nicht mehr. Und Ihre?»

«Nein, darauf falle ich nicht mehr herein. Du hast meine Eitelkeit genug ausgenutzt. Was ist deine erste Erinnerung?»

Naomi zu beobachten war immer lohnend. Ihr Durchschnittsgesicht war der reine Ernst, so als trüge sie eine Holzmaske. Das einzige Lebendige darin waren ihre Augen, die hinter dieser Maske alles beobachteten, die aber auch gefrieren konnten, wenn sie zu viel Aufmerksamkeit bekam. Sie konnte den Schimmer darin, das letzte Lebenszeichen, auf Befehl auslöschen, konnte sich zwingen, ein Niemand zu sein, ein Körper lediglich oder ein Möbelstück. War das eine Folge dessen, was sie im Waisenhaus durchlitten hatte? Oder steckte noch mehr dahinter?

Und dann gab es Momente, an denen sie dachte, dass niemand sie bemerkte, an denen die Maske fiel. Die Naomi, die man dann zu sehen bekam, war ein anderes Wesen. Alles war in Bewegung. Ihre Augenbrauen, ihre Lippen und sogar ihre Nase verschwammen. Es war weniger ein Gesicht als vielmehr die Widerspiegelung dieses Gesichts in sich kräuselndem Wasser. Man konnte sie dann buchstäblich nachdenken sehen. So wie jetzt wieder. Ihre Augen drehten sich, als würde sie versuchen, in ihren eigenen Hinterkopf zu schauen.

«Ich sitze auf einer Schaukel», sagte sie.

Alice nickte.

«Ich lache. Der ganze Garten tanzt.»

Sie schaute zu Alice.

«Das war's.»

«Das war's?»

«Ja.»

«Wer hat dich angestoßen?»

«Das weiß ich nicht mehr.»

«War es Sommer? Herbst?»

«Keine Ahnung.»

Alice war kurz davor, es aufzugeben. Die erste Erinnerung war nicht erfunden, denn sie hatte Naomis Anstrengung gesehen. Aber mehr würde sie nicht aus ihr herausbekommen. Naomi hatte ihre Vergangenheit abgeriegelt. Es war eine andere Welt, zu der es sie nicht mehr hinzog. Aber man konnte nicht einfach die Tür hinter sich schließen und vor seiner Vergangenheit davonlaufen. Man schleppte sie mit sich, ob man wollte oder nicht. Was auch geschehen war – und Alice vermutete, dass es mehr war als der Tod ihrer Eltern oder die Geschehnisse im Waisenhaus –, Naomi würde sich ihren Dämonen irgendwann stellen müssen.

Sie konnte Naomi nicht zum Reden zwingen, selbst wenn sie ihr eine Pistole an die Schläfe hielt. Aber es gab noch andere Wege.

«Wenn du mir nichts erzählen willst, dann muss ich halt einen Umweg nehmen. Gehst du bitte mal zum Bücherregal?»

Sah sie jetzt doch Angst in Naomis Augen?

«Das dritte Fach. Da, wo die Fotobände über die Savanne stehen. Ja, das. Dahinter. Fühlst du es?»

«Ich fühle etwas.»

«Es ist ein Kästchen. Es ist in ein Stück Stoff gewickelt. Magst du es mir bringen?»

«Was ist es?», fragte Naomi.

«Eines der wenigen Geheimnisse, die ich an diesem Ort voller Augen noch habe.»

Sie öffnete das Kästchen.

«Es sind Spielkarten», sagte Naomi.

«Du klingst enttäuscht.»

Alice breitete die Karten auf ihrer Bettdecke aus.

«Ich habe sie gestohlen, musst du wissen.»

Sie genoss Naomis erstaunten Blick.

«Von Großvater. Sie kommen aus seiner Bibliothek, die ich dir übrigens noch zeigen will. Du machst dir keine Vorstellung, was er da alles gesammelt hat.»

«Ich bin keine große Leserin.»

Alice fuhr mit den Fingern über die Karten.

«Als ich sie sah, wollte ich sie haben, aber ich bekam sie nicht.»

«Also haben Sie sie einfach genommen?»

«Warum nicht? Ich besitze sie schon drei Monate, und er hat sie in der ganzen Zeit noch nicht vermisst.»

«Warum kaufen Sie sich nicht selbst ein Spiel?»

«Sie sind einzigartig. Ich denke nicht, dass ich genug Geld dafür habe.»

«Um ein paar Karten zu kaufen?»

Naomi hob eine Karte hoch.

«Sie sind alt, sie sind voller Kaffeeflecken.»

«Das ist kein Kaffee. Den kannte man noch nicht, als die Karten gemacht wurden. Es ist vermutlich Blut.»

Naomi ließ die Karte fallen, und sie trudelte aufs Bett.

«Es sind die ältesten in Europa. Das älteste vollständige Spiel jedenfalls.»

«Sie sehen nicht aus wie die Karten, die ich kenne.»

Naomi zeigte auf eine Karte mit einem Mann, der mit einem Knüppel auf einen Löwen eindreschen wollte.

«Es sind Tarotkarten. Sie erzählen einem die Zukunft. Oder die Vergangenheit. Nicht, dass viele Menschen daran interessiert wären. Die Vergangenheit ist einem so enttäuschend vertraut. Die Zukunft dagegen, die ist noch voller Verheißungen.»

«Aber Sie glauben doch nicht etwa daran?»

«Du hast kein Vertrauen in die Karten?»

Naomi schüttelte den Kopf.

«Dann findest du es sicher nicht schlimm, wenn ich sie dir einmal lege?»

In diesem Moment kam Betty ins Zimmer. Alice warf zu spät die Bettdecke über das Spiel.

«Die Kleider sind gekommen, Fräulein Alice.»

«Ich schaue sie mir nachher an.»

Betty starrte auf eine Karte, die unter der Decke hervor auf den Boden rutschte, drehte sich um und verschwand aus dem Zimmer.

«Ob sie etwas gemerkt hat?», fragte Alice.

«Fragen Sie die Karten», sagte Naomi.

«So sarkastisch, Naomi?»

Alice warf die Bettdecke wieder zurück.

«Los, wir fangen an. Was willst du von den Karten wissen? Nichts natürlich. Naomi hat kein Interesse an der Zukunft. Aber stell dir doch mal vor, du wärst ein normales Mädchen. Welche Frage hättest du dann an die Karten? Du brauchst sie mir nicht zu sagen, sondern dich lediglich auf die Frage zu konzentrieren. Würdest du das für mich tun?»

Naomi nickte.

«Hast du eine Frage parat?»

«Ja.»

«Gut. Dann wähle ich eine Karte, die dich repräsentiert. Was hältst du von der hier? Die Königin der Kelche.»

Naomi zuckte mit den Schultern.

«Gut, misch die Karten, während du die Frage in Gedanken wiederholst. Die Karte, die ich aufdecke, ist der Zustand, in dem du dich jetzt befindest. Mal sehen. Aha. Es ist die Königin der Pentakel.»

«Bedeutet das etwas Schlechtes?», fragte Naomi.

«Jedenfalls nichts Gutes. Es bedeutet Spannung, Angst und Misstrauen.»

Sie schaute Naomi eindringlich an.

«Stimmt das?»

Sie durfte nicht so durchschaubar sein. Sie musste Naomi erst mit den Karten locken und ihr etwas neutralen Unsinn verkaufen, aber sie konnte sich kaum bezwingen. Sie wollte zu schnell zu viel.

«Stimmt das?», wiederholte sie nochmals.

Naomi nickte.

Also doch Misstrauen, dachte Alice. Sie vertraut mir immer noch nicht, nach allem, was ich für sie getan habe. Sie ist wie ein Hund aus dem Tierheim. Was hat ihr voriges Herrchen wohl mit ihr angestellt? Wie lange wird es dauern, bis sie sich wieder traut, an andere Menschen zu glauben?

«Die nächste Karte steht für die Hindernisse, die dir auf deinem Weg begegnen werden. Es ist … mal sehen … der König der Schwerter. Das bedeutet einen Mangel an Glauben.»

Sie sah, wie Naomi schluckte.

«Die nächste Karte wird die Krönung sein; dasjenige, wonach du strebst.»

Alice drehte die Karte um. Es waren die Liebenden. Sie spürte, wie sie errötete.

«Das ist eine gute Karte», sagte sie. «Sie bedeutet, dass du deine Schwierigkeiten meistern wirst.»

Sie war zu verwirrt, um noch klar denken zu können. Rasch zur nächsten Karte, dachte sie.

«Das hier wird die Karte, auf die du dich stützen kannst.»

Es war die Kraft. Sie wusste übrigens, was die Karte bedeutete. Die Erläuterung zu den Kleinen Arkana ersann sie aus dem Stegreif, aber die Trumpfkarten mit den speziellen Sinnbildern kannte sie besser. Diese hier bedeutete Mut. Ein großes Herz. Demnächst glaubte sie selbst noch daran. Aber nein, die Dinge waren so allgemein und nichtssagend, dass man sie in jede Richtung interpretieren konnte. Naomi war fasziniert, das war das Wichtigste.

«Und diese Karte», sagte sie und zögerte etwas, bevor sie sie hinlegte, denn um sie ging es ihr eigentlich, «zeigt, was hinter dir liegt.»

Sie deckte die Karte auf. Es war die Sechs der Kelche. Ein Kind reichte einem noch jüngeren Kind einen Strauß Blumen.

«Die Sechs der Kelche …», sagte sie.

Naomis Hand ging zu der Karte.

«Sie mochte Blumen», sagte sie und zog dann schnell ihre Hand zurück.

«Wer?», fragte Alice.

«Meine kleine Schwester.»

«Du hast eine Schwester?»

Wow. Das war etwas Neues. Sie war also doch nicht ganz ohne Familie. Davon stand nichts in ihrer Akte. Befand sich ihre Schwester noch im Waisenhaus? Es war eine gute Idee gewesen, die Karten zu benutzen.

«Ich habe keine Schwester mehr. Sie ist tot.»

Natürlich, dachte Alice, das hätten wir uns denken können. So war Naomi. Alle sind tot.

«Das tut mir leid.»

«Mir auch», sagte Naomi.

«Wie hieß sie?»

«Ayesha.»

«Ein schöner Name.»

«Sie war sehr schön. Alle sagten das.»

Naomi schaute aus dem Fenster, aber es war klar, dass sie nicht die Stadt sah. Was sah sie stattdessen? Vielleicht irgendwo ein Kinderzimmer oder einen Stadtpark mit einer Schaukel?

«Sie wollte immer nur von mir ins Bett gebracht werden. Ich habe ihr Geschichten erzählt. Oder etwas vorgesungen.»

«Was hast du gesungen?», fragte Alice leise.

«Unsinn. Kinderlieder. Rock-a-bye baby. Sachen in der Art.»

«Das kenne ich», sagte Alice. «The cradle will fall. And down will come baby, cradle and all.»

«Down will come baby.»

«Wie ist sie gestorben?»

«Zusammen mit meiner Mutter», sagte Naomi.

«War es ein Verkehrsunfall?»

«Ein Auto ...»

Alice fasste Naomis Hand.

«Entschuldige», sagte sie.

Sie fühlte, wie die Hand sich ihrem Griff entziehen wollte.

«Es ist vorbei», sagte Naomi. «Es lässt sich nicht mehr ändern.»

«Wäre es nur so leicht, das zu glauben», sagte Alice. «Wie oft habe ich nicht wachgelegen und mir einen anderen Ausgang ausgedacht.»

«Oder mich gefragt, warum», sagte Naomi.

«Ja», sagte Alice.

Sie schaute auf die Karten.

«Vermisst du sie sehr?»

Wie dumm diese Frage gewesen war, wurde ihr erst klar, als Naomi ihre Hand zurückzog. Die Holzmaske war wieder da. Der Moment war vorbei.

«Wie du sagst: Es lässt sich nicht mehr ändern», fasste Alice sich wieder. «Man muss nach vorn schauen, in die Zukunft.»

«Die Zukunft», sagte Naomi in einem Ton, der verdeutlichte, dass sie davon nicht viel erwartete.

«Die Zukunft», sagte Alice mit Nachdruck und legte die nächste Karte hin.

«Was ist das?», sagte Naomi. «Ist das meine Zukunft?»

Alice hatte keine Ahnung, was sie sich jetzt einfallen lassen sollte.

«Das As der Kelche», sagte sie, um Zeit zu gewinnen. «Das ist gut. Ja, das ist eine gute Karte.»

Aber was bedeutete sie? Gute Sachen natürlich. Was konnte sie anders bedeuten?

«Das bedeutet Glück. Spaß. Überfluss an allen guten Dingen.»

«Jetzt weiß ich sicher, dass das Unsinn ist», sagte Naomi.

Alice legte schnell die nächsten Karten hin. Die Zwei der Stäbe, dann passenderweise den Turm und zuletzt die Mäßigkeit auf dem Kopf. Was bedeutete das noch gleich? Irgendwas mit Kirchen und Sekten. Egal. Es interessierte sie nicht mehr. Das Spiel hatte seinen Zweck erfüllt.

«Die letzte Karte», sagte sie, «die sagt dir, was im Anzug ist.»

Sie drehte die Karte um. Es war der Teufel.

«Ist der im Anzug?», fragte Naomi.

«Den Karten zufolge schon», sagte Alice.

«Und wann darf ich ihn erwarten?»

«Ich erwarte ihn jeden Augenblick. Aha, da ist er. Genau pünktlich.»

Sie hörten Schritte im Flur und Stimmen an der Tür.

«Ich sehe nach, ob Sie sie empfangen kann, Herr Lichtenstern.»

«Danke, Betty.»

Betty steckte den Kopf ins Zimmer.

«Fräulein Alice, Herr Lichtenstern möchte wissen ...»

«Ja, schon gut. Lass ihn herein.»

Naomi wollte die Bettdecke schon über die Karten werfen.

«Lass gut sein. Er weiß, dass ich das Kartenspiel habe. Was glaubst du, weshalb er hier ist? Betty hat keine Zeit verloren.»

Lichtenstern trat ins Zimmer und verbeugte sich.

«Meine Damen, welch ein Vergnügen. Ich hoffe, ich störe nicht gerade ein wichtiges Tête-à-Tête.»

Er bückte sich und hob die Karte auf, die noch am Boden lag.

«Der Magier», las er laut. «Die Karte der Diplomatie, wenn ich mich nicht irre. Sehr passend. Ich komme als Abgesandter mit guten Nachrichten.»

Er warf die Karte zu den restlichen auf das Bett.

«Ich wusste nicht, dass du dich für Tarot interessierst, Lichtenstern.»

«Sie kennen meine Vorliebe für alte Bücher, Fräulein Alice.»

«Das hier ist kein Buch.»

«Das sehe ich anders. Diese Karten sind die losen Seiten eines Buches, das jedes Mal wieder anders gelesen wird. Die Menschen benutzen es, um die Zukunft vorherzusagen. Zigeunertricks. Aber es ist so viel mehr.»

«Und wie liest du es? Denkst du dir immer neue Geschichten zu den Bildern aus?»

«So in etwa», sagte Lichtenstern. «Fräulein Alice, darf ich Sie bitten, die Karten vorsichtig in das Kästchen zurückzulegen?»

«Du siehst blass aus, Lichtenstern.»

«Wenn ich mich nicht irre, dann sind das die authentischen Sforza-Karten. Ganz unabhängig von ihrem finanziellen Wert fällt es mir schwer zuzusehen, wie ein so empfindliches Material, das Kriege und Feuersbrunsten überlebt hat, so achtlos behandelt wird.»

«Wie hoch ist denn in etwa ihr Wert?»

«Das ist schwer zu sagen. Sie sind einzigartig.»

«Wie viel hat Großvater dafür bezahlt?»

«Genug.»

«Mehr als für die Gutenberg?»

Sie sah Lichtenstern zögern.

«Das ist nicht dein Ernst. So viel Geld für ein paar alte Spielkarten?»

Sie nahm einige in die Hand, ordnete sie zu einem Fächer und wedelte sich etwas Kühlung zu.

«Davon muss ich mich erst erholen.»

Sie genoss Lichtensterns ängstliches Gesicht, erschrak aber selbst, als sich eine der Karten löste und durchs Zimmer flog. Naomi beeilte sich, sie aufzuheben.

«Die Karten liegen normalerweise sicher im Tresor, Fräulein Alice. Ich verstehe nicht ganz, wie sie hierhergekommen sind.»

«Tja, die Magie des Tarots», sagte Alice.

«Das muss es sein», sagte Lichtenstern. Er streckte die Hand nach dem Kästchen aus. «Soll ich sie wieder in den Tresor legen?»

«Nicht nötig», sagte Alice. «Wenn sie so viel wert sind, ist es vielleicht besser, ich übergebe sie Großvater eigenhändig. Damit sie unterwegs nicht verlorengehen.»

«Wie Sie wünschen. Darf ich Ihnen derweil ein anderes Spiel besorgen lassen, die Rider-Waite-Version zum Beispiel? Angenehmer als diese alten Karten. Natürlich nur, falls Sie noch Interesse haben.»

«Ach, aber ja!», sagte Alice. «Wir haben gerade eine sehr lehrreiche Kartenbefragung hinter uns, nicht wahr, Naomi?»

«Schöne Aussichten, hoffe ich?»

«Den Teufel», sagte Naomi.

Sie und Lichtenstern starrten sich gegenseitig an.

Was genau geht hier vor?, dachte Alice, als sie die Blicke der beiden sah. Kannten sie sich besser, als sie dachte? Aber Lichtenstern hatte noch nie etwas zu Naomi gesagt. Das an sich war schon merkwürdig, wenn sie darüber nachdachte. Er achtete immer auf Freundlichkeit gegenüber dem Personal, besonders wenn es um attraktive Mädchen ging. Warum hatte er sie erst angeschaut, nachdem sie das Wort «Teufel» hatte fallenlassen? War Naomi ein Schutzengel, ausgeschickt, um Alice vor den Machenschaften Lichtensterns zu behüten?

Hier liege ich also, dachte Alice, wie in einem alten Bilderbuch mit Naomi an meiner rechten Seite und Lichtenstern an meiner linken. Werden sie sich gleich um meine Seele streiten?

«Ich dachte, du kennst meine Gesellschaftsdame Naomi, Lichtenstern. Hast du sie nicht vor einiger Zeit als Vertretung für Betty ausgesucht?»

«Du bist gewachsen, Naomi. Du kommst mir einen ganzen Kopf größer vor als damals im Keller.»

Es war nicht ihr Gesicht, das er anstarrte.

«Du hattest gute Neuigkeiten, Lichtenstern?»

«In der Tat, Fräulein Alice. Ihr Großvater hat beschlossen, dass Sie ins City View Restaurant dürfen.»

«Ich dachte, dass wäre schon ...», begann Naomi, hielt dann aber wohlweislich den Mund.

«Das sind in der Tat gute Neuigkeiten. Bist du nur deshalb gekommen, um mir das mitzuteilen?»

«Sie wissen doch, dass ich jede Gelegenheit ergreife, in Ihrer Gesellschaft zu verweilen.»

«Hast du das gehört, Naomi? Du bekommst Konkurrenz. Lichtenstern will ebenfalls meine Gesellschaftsdame sein, und ihn brauche ich noch nicht mal dafür zu bezahlen.»

Zu spät. Die Worte waren ihr entschlüpft. Sie sah, wie Naomi zurückfuhr. Nach all den Wochen der Geduld und des behutsamen Anbietens ihrer Freundschaft hatte sie Naomi mit einem einzigen dummen Satz wieder zu Personal degradiert. Es war

Lichtensterns Schuld. Er sorgte dafür, dass sie nicht klar nachdenken konnte.

«Tut mir leid, Lichtenstern. Ich habe schon eine Gesellschaftsdame. Und zwar eine unbezahlbare», versuchte sie, die Scharte wieder auszuwetzen.

«Was mich daran erinnert, dass ich auch gute Nachrichten für Fräulein Naomi habe.»

Er zog einen Briefumschlag aus seiner Innentasche.

«Post für mich?»

«Dein Name steht jedenfalls drauf.»

Naomis Hände zitterten, als sie den Umschlag aus Lichtensterns Händen entgegennahm.

Wovor hat sie eine solche Angst?, dachte Alice. Und wer war der Absender? Ein entfernter Verwandter? Ein Verehrer? Zu einem anderen Zeitpunkt hätte sie versucht, mehr über den Inhalt des Briefs herauszubekommen, aber jetzt hatte sie etwas gutzumachen.

«Naomi, würdest du Lucy holen? Ich habe keine Ahnung, wo das Tier sich die ganze Zeit herumtreibt.»

«Ich habe Gebell gehört, als ich aus dem Aufzug kam», sagte Lichtenstern. «Es kam aus dem Gästebereich.»

«Betty will sich mal wieder vor ihrer Arbeit drücken. Schaust du bitte rasch nach, Naomi?»

Naomi verließ das Zimmer.

«Stand ein Absender auf dem Umschlag?», fragte sie, als Naomi gegangen war.

«Nein. Und ich habe ihn auch nicht über Dampf geöffnet. Hätte ich das tun sollen, Alice?»

«Fräulein Alice.»

«Entschuldigen Sie, Fräulein Alice. Ich dachte, es ginge auch etwas weniger förmlich, wenn wir allein sind.»

«Dann hast du falsch gedacht. Natürlich brauche ich nicht

zu wissen, was in ihren Briefen steht. Ich bin besorgt, das ist alles.»

«Alle Post wird streng kontrolliert. Der Umschlag wird nicht explodieren.»

«Das weiß ich doch. Aber sie wirkte so verängstigt, als sie hörte, dass sie Post bekommen hat.»

«Vielleicht befürchtet sie, es könnten schlechte Nachrichten sein.»

«Sie kennt niemanden.»

«Sie muss doch irgendwo herkommen. Oder haben Sie sie aus einem Klumpen Lehm geformt?»

«Eher aus Granit gehauen.»

«Sie ist nicht so hart, wie sie aussieht. Sie hat ihre Schwächen.»

«Was denn?»

«Sie, Fräulein Alice.»

«Ach», sagte Alice und verstummte.

«Wie kommst du denn darauf? Du kennst sie nicht.»

«Ich bin nicht blind. Sie haben sie verletzt.»

Natürlich hatte er das bemerkt.

«Das war nicht meine Absicht.»

«Sie wird es überleben. Was ich von diesen Karten nicht unbedingt sagen kann. Gestatten Sie mir, dass ich sie zurück nach oben bringe. Es ist kein Spielzeug.»

«Aber genau das ist es doch. Fünf Minuten Gruselei und Fantasieren.»

«Es sind historische Artefakte, die nur mit äußerster Sorgfalt behandelt werden dürfen. Ich würde sie auch nie ohne Handschuhe anfassen. Der Säuregrad meiner Finger könnte sie beschädigen.»

«Du hast gerade eine vom Boden aufgehoben.»

«Sollte ich sie denn liegenlassen, bis der Hund hereinkommt?»

«Was kümmert es dich, was mit den Karten passiert? Selbst wenn ich sie in Stücke reiße, bist du noch keinen Cent ärmer.»

«Abraham Babel dagegen schon, und er würde sich deswegen an mich halten. Ich bin für die Bibliothek verantwortlich.»

Alice zögerte. Hatte es Sinn, ihn offen danach zu fragen?

«Warum hat er die Karten gekauft? Ist es eine Geldanlage? Meistens investiert er in alte Meister.»

«Die Interessen Ihres Großvaters sind breit gefächert.»

«Und beziehen sich auch auf Spielkarten?»

«Auf diese jedenfalls.»

«Hier steckt mehr dahinter, nicht wahr?»

«Ich bin nur der Bibliothekar, Fräulein Alice.»

«Sehe ich aus wie eine dumme Gans? Großvater ist in letzter Zeit so merkwürdig.» Seit du aufgetaucht bist, dachte sie.

«Ihr Großvater tut genau das, was er will.»

«War es seine Idee, die Karten zu kaufen? Er glaubt doch nicht an diesen Unsinn, oder?»

Lichtenstern schwieg.

«Großvater? Er ist der vernunftbetonteste Mann, den ich kenne.»

«Leute, die viel haben, haben auch viel zu verlieren. Ihr Großvater möchte gern wissen, was ihn erwartet.»

«Ich glaube dir kein Wort. Großvater, der sich von einem Kartenspiel leiten lässt? Wenn das die Runde macht, dann verliert er seine sämtlichen Investoren.»

«Nicht, solange er erfolgreich ist.»

«Das hier», sagte Alice und deutete auf das Kästchen mit den Karten, «regiert die Welt?»

«Nicht die Karten, Fräulein Alice. Darf ich?»

Er zog ein Paar Latexhandschuhe aus seiner Innentasche. Er hatte also genau gewusst, dass er die Karten hier finden würde. Es war ihm offenbar gleich, dass sie damit die Gewissheit besaß, dass Betty für ihn spionierte. Denn was änderte das letztlich? Sie hatte Betty auch weiter am Hals.

Seine langen Finger fischten schon bald eine Karte heraus.

«Das Rad des Schicksals», sagte sie.

«Je höher man ist, desto tiefer kann man fallen. Und das Rad ist unwiderruflich.»

«Ich kann dir nicht folgen.»

«Menschen, die schnell reich werden, stellen sich die Frage, ob sie Auserkorene sind. Und wenn ja, wollen sie wissen, ob sie Auserkorene bleiben. Können sie das Rad anhalten? Dem Schicksal entrinnen? Ihr Großvater kontrolliert so viele Dinge. Wundert es da, wenn er auch das wenige, das er nicht im Griff hat, kontrollieren will? Oder doch wenigstens wissen möchte, was auf ihn zukommt?»

«Das sind doch alles nur Worte, Lichtenstern. Du glaubst doch selbst nicht, dass ein Stapel alter Karten einem sagen kann, was demnächst geschieht?»

«Was ich denke, ist nicht relevant.»

Sie hatte inzwischen genug Übung mit Naomi und deren ausweichenden Antworten, um darauf nicht hereinzufallen.

«Trotzdem bin ich neugierig. Glaubst du an solche Dinge, ja oder nein?»

«Ich glaube nicht, dass sie die Zukunft vorhersagen können. Aber ich glaube schon, dass sie imstande sind, eine Zukunft zu machen.»

«Du hast mich abgehängt. Ich bin offensichtlich nur ein dummes Mädchen.»

«Dann erkläre ich es so, dass selbst ein dummes Mädchen es begreift. Manche Menschen sehen die Zukunft als eine Ansammlung von Möglichkeiten, eine Art Fadengewirr sozusagen. Im Leben kann man nur einem einzigen Faden folgen. Welcher wird das sein? Die Karten greifen aus diesem Gewirr einen Faden heraus. Sie zeigen eine mögliche Zukunft. Die Bilder setzen sich in den Köpfen derjenigen fest, die die Karten zu Rate ziehen. Sie gefrieren zu einem Pfad, der von nun an die Zukunft werden wird.»

«Mit anderen Worten, wer die Karten zu Rate zieht, wählt seine eigene Zukunft und sorgt dann dafür, dass diese Wirklichkeit wird.»

«Wer vermag zu sagen, dass es nicht genau die Zukunft war, die ihn oder sie erwartete?»

«Wenn ich es recht verstehe, kann der Kartenleger eine gutgläubige Seele tun lassen, was er will?»

«Falls die Seele wirklich gutgläubig ist.»

«Lass mich raten: Du bist derjenige, der Großvater die Karten legt. Du bist derjenige, der ihm Dinge einflüstert, die dir in den Kram passen.»

«Im Gegensatz zu Ihnen, Fräulein Alice, die nach jahrelanger Hingabe und Erfahrung mit den Geheimnissen des Tarots und mit dem nötigen Respekt Naomis Zukunft gelesen hat.»

«Das ist etwas anders», sagte Alice errötend. «Naomi wusste, dass ich nur irgendwas erfunden habe.»

«Ich bin ein Bibliothekar, Fräulein Alice, keine Hellseherin mit einer Glaskugel. Ihr Großvater ist alles andere als gutgläubig, und diese Karten sind seit ihrem Kauf nicht mehr aus dem Tresor herausgekommen. Bis sie auf mysteriöse Weise in ihre Räumlichkeiten gefunden haben.»

«Großvater benutzt die Karten nicht, um sich die Zukunft vorhersagen zu lassen?»

«Abraham Babel braucht nicht zu wissen, was das Schicksal für ihn in petto hat.»

«Er glaubt nicht an das Schicksal?»

«Er hat beschlossen, dass er das Schicksal macht und nicht umgekehrt.»

Mehr würde sie nicht aus ihm herausbekommen. Sie schaute auf das Kästchen.

«Nimm es mit. Der Spaß daran ist mir vergangen.»

«Ich schicke Ihnen ein anderes Spiel. Diesmal mit Anleitung.»

Sie sank zurück in ihre Kissen und schloss die Augen.

«Ich bin müde. Wo ist Naomi?»

«Ich sehe nach, wo sie bleibt.»

Er ging nicht hinaus. Sie öffnete ein Auge, sah, wie er etwas vom Boden aufhob und mit den Lippen berührte. Es war Naomis silberne Haarnadel.

Sie hörte, wie er Naomi kurz darauf im Flur begegnete, und fuhr das Bett leise bis an die Tür.

«Gute Nachrichten?», hörte sie ihn fragen.

«Es war eine Karte von einer Sub-Kollegin.»

«Lass mich raten: ein Glückwunsch zu deiner neuen Stellung, verbunden mit der flehentlichen Bitte, für sie einen besseren Job aufzutun.»

«So ungefähr.»

«Wie heißt sie?»

«Lisbeth. Ich weiß ihren Nachnamen nicht.»

«Gute Freundinnen also. Wenn du es willst, dann finde ich etwas für sie.»

«Hier, bei Fräulein Alice?»

«Du brauchst keine Angst zu haben. Niemand wird dich hier ersetzen.»

«Ruhig, Lucy!»

«Lass das Tier doch lecken. Es heißt, Hunde wüssten instinktiv, ob jemand einen guten Charakter hat. Noch ein Mythos, der dahin ist. Denn bin ich nicht der fleischgewordene Teufel? Sag mir ehrlich, sehe ich aus wie ein Teufel?»

«Sieht der Teufel jemals wie ein solcher aus?»

«Nicht, wenn er jemanden in die Irre führen will. Dann sieht er so unschuldig aus wie ein sechzehnjähriges Mädchen.»

Alice lauschte gespannt auf Naomis Antwort, aber da kam nichts.

«Fräulein Alice kann manchmal scharfzüngiger wirken, als sie es meint. Du musst etwas Geduld mit ihr haben. Vielleicht ist es dir nicht klar, aber sie hat fortwährend Schmerzen.»

«Ich weiß.»

«Sei Alice eine gute Freundin. Das ist genau das, was sie jetzt braucht. Vielleicht brauchen wir alle hier das und sind nur viel zu sehr auf der Hut, um noch mitzubekommen, wenn jemand unser Freund sein will. Meinst du, du wirst jemals einen Freund zulassen, Naomi?»

«Ich muss zurück zu Fräulein Alice.»

«Natürlich musst du das.»

Sie durfte also nach draußen. Endlich. Welchen Sinn hatte es, die teuersten Kleider zu besitzen, wenn niemand sie sah? Eine hübsche Dreingabe war außerdem, Naomi zu zeigen, dass auch Menschen, die nicht von Babel bezahlt wurden, sich alle Mühe gaben, Alice zufriedenzustellen.

Aber schon bald stellte sich heraus, dass sie ihre teuren Kleider im Schrank lassen konnte. Hans kam vorbei und flehte sie an, ihre Pläne aufzugeben. Er hafte für ihre Sicherheit, und außerhalb der kontrollierten Türen könne er diese nicht garantieren.

«Warum gehen alle davon aus, dass mir etwas zustoßen wird?»

Dachte er, der Koch würde mit einem Steakmesser auf sie losstürmen, sobald er sie zu Gesicht bekam?

«Falls Sie sich doch entscheiden zu gehen ...»

«Das werde ich», sagte Alice.

«Würden Sie mir dann einen Gefallen tun?»

«Kommt ganz darauf an.»

Ob sie sich verkleiden mochte? Sodass niemand vermutete, dass sie Alice Babel war?

Sich verkleiden? Woran hatte er denn gedacht?

Der Rollstuhl blieb unverzichtbar, aber wenn in dem Rollstuhl ein Junge saß, würde man nicht sogleich an Alice denken.

Alice hatte gehofft, in einem großartigen Kleid und mit schimmernden Juwelen ein fabelhaftes Entree zu machen. Die Gäste im Restaurant würden sich über ihre Tische beugen und sich gegenseitig zuflüstern: «Wer ist nur dieses außergewöhnliche Mädchen?»

Sie wusste, wie dumm diese Fantasie war. Sie lebte nicht in einem Märchen, und das City View Restaurant war nicht der königliche Ball. Die Gäste des Restaurants würden sie kaum beachten, solange sie nicht wussten, wer sie war. Kein Prinz würde sie um einen Tanz bitten. Das Einzige, was sie mit den verkleideten Prinzessinnen gemein hatte, war die abendliche Sperrstunde. Spätestens um zwölf Uhr musste sie zurück sein, und niemand würde ihr folgen, selbst wenn sie eine ganze Spur von Pantöffelchen hinter sich ließ – ausgenommen die Prinzen der Finsternis, die Männer im Schatten, die es auf ihren Großvater abgesehen hatten.

Hans hatte recht. Besser, sie lenkte die Aufmerksamkeit nicht zu sehr auf sich. Denn wenn alles klappte, brauchte es nicht bei diesem einen kleinen Ausflug zu bleiben; dann konnte sie vielleicht in die Stadt, ein mädchenhafter Junge in einem Rollstuhl, der die Gerüche von den Imbissbuden, den Autoauspuffs und den metallischen Gestank, der sich aus den Metrostationen wälzte, begierig aufsaugte, inmitten eines Stromes von Menschen. Menschen! Sie lenkte ein, und Hans verließ sie etwas weniger unzufrieden, als er gekommen war.

Eine Woche später drehten sich alle Köpfe im City View Restaurant um, als ein großer, muskulöser Mann einen Jungen im Rollstuhl zwischen die Tische schob, auf dem Fuß gefolgt von einer jungen Frau. Etwas an dieser Gruppe war merkwürdig. War es der Junge im Rollstuhl? Er schien mental nicht ganz in Ordnung zu sein. Seine Augen schossen fieberhaft in ihren Höhlen hin und her, Beute einer Erregung, die er kaum zu unterdrücken vermochte. Die Gäste im Restaurant waren es gewohnt, behinderte oder sonstwie mitleiderregende Menschen zu ignorieren. Der muskulöse Mann dagegen faszinierte. Auch Geld hat Respekt vor körperlicher Perfektion. Dieser Mann war jedoch zu muskulös für seinen Anzug, der außerdem ein Stück billiger wirkte als die Garderobe seiner Begleiter, die für das geübte Auge – und war nicht jedes Auge in dieser Stadt geübt, wenn es auf Geld ankam? – deutlich aus den besten Geschäften der Stadt stammten.

Der Mann war zu jung, um der Vater der beiden zu sein. Die Jugendlichen ähnelten sich auch nicht genug. Stiefbruder und Stiefschwester? Warum kannten sie diese Kinder reicher Leute nicht? Warum war das Foto des Mädchens, übrigens ein recht attraktives Ding, noch nicht in der Klatschpresse aufgetaucht, begleitet von einem Sex- oder Drogenskandal? Warum schritt sie nicht, wie es sich für die Geldaristokratie gebührt, durch das Restaurant, als ob die Gäste keinen ihrer Blicke wert seien, sondern starrte auf ihren wackligen hohen Absätzen unsicher auf den Boden?

Diese Scheu entbehrte jeder Ursache. Während die Frauen sowie einige Männer das Äußere des Mannes würdigten, schauten die meisten Männer auf das Mädchen, das in einem schnörkellosen kleinen Schwarzen – so simpel und einfach, dass es ein Vermögen gekostet haben musste – sehr appetitliches Fleisch zeigte. Reich, hübsch und von irgendwelchen Eltern unbehindert war dies ein vielversprechender Bissen. Konnten sie ihre Aufmerksamkeit erregen? Konnten sie diesen Rollstuhl-Stiefbruder dazu benutzen, mit ihr in Kontakt zu kommen, und würde der Mann in der Gesellschaft sich daran stoßen?

Die Gruppe wünschte jedoch keinen Kontakt mit dem übrigen Restaurant und nahm an einem der begehrten Fenstertische Platz. Sofort schirmte ein Kordon von Kellnern sie von den anderen Tischen ab. Zur Verwunderung derjenigen, die weiter hinstarrten, war es der Junge im Rollstuhl, der die Getränkekarte aus den Händen der Kellner entgegennahm und Letztere dann mit einem Wedeln seiner Hand entließ.

«Ich hoffe, Sie sind zufrieden, Fräulein Alice, alle Blicke sind auf uns gerichtet», sagte Hans.

«Pst!», flüsterte Alice. «Heute bin ich nicht Fräulein Alice.»

«Wer denn sonst?»

«Ich bin ... Kurt, und du sagst nicht Sie zu mir, sondern duzt mich. Du auch, Naomi.»

«Was?»

Naomi hob den Kopf.

«Hallo, Naomi, aufwachen!»

«Ich bin wach», sagte Naomi.

«Den Eindruck habe ich nicht», sagte Alice.

Sie hatte sich den Abend anders vorgestellt. Als Erstes war sie schon mit heftigen Schmerzattacken aufgewacht. Wie an anderen Tagen im Bett liegen bleiben konnte sie allerdings nicht. Großvater hatte ihr zwar erlaubt, heute auszugehen, allerdings nicht von Herzen. Das hieß, der Restaurantbesuch war jetzt oder nie. Die Vorbereitungen entsprachen auch nicht dem, was sie erwartet hatte. Naomi war allen Versuchen von Alice, sie herauszuputzen, ausgewichen. Sie hatte aus den Kleidern und dem Schmuck das Schlichteste ausgewählt und ein Make-up abgelehnt und Alice damit die Hälfte ihrer Freude verdorben. Alice konnte sich als Junge auch nicht mit Schminke oder Schmuck trösten. Der Anzug saß ihr wie angegossen, aber er war nicht wirklich das Outfit ihrer Träume, und die schwarze Perücke, die ihr langes blondes Haar bedeckte, juckte sofort, sodass sie sich die ganze Zeit hindurch kratzte.

Ihre Rückenschmerzen hatten sich im Lauf des Tages noch verschlimmert. Sie hatte eine doppelte Schmerzmitteldosis eingenommen, und das hatte geholfen, aber die Medikamente machten sie schläfrig, und nachdem sie es endlich ins Restaurant geschafft hatten, wusste sie nicht mehr, warum. Hatte sie ein solches Aufhebens veranstaltet, nur um hier mit einer schweigsamen Naomi und einem mürrischen Hans am Tisch zu sitzen, während ein Haufen plumper Leute sie unhöflich anstarrten?

Das Interieur des Restaurants war allerdings beeindruckend. Die Uniformen der Kellner, das Geschirr und Besteck, die geometrischen Teppiche, alles war nüchtern, modern und funktional. In dieser fast eintönigen Modernität fielen der Rothko und der riesige Leuchter auf. Der Rothko, geschützt durch eine dicke Glasplatte, hing glühend hinter dem Katheder des «Maître d'». Es war ein kleiner Bruder des Bildes in ihrem Zimmer. Die grell vibrierenden roten und orangefarbenen Flecken wirkten wie eine Tür in eine andere Welt. Der riesige Lüster in der Saalmitte war ein Knäuel aus mindestens hundert kleinen Kupferschlangen, jede mit einem leuchtend hellen Apfel im Maul. Immer wenn Alice den Kopf bewegte, wanden sich die Schatten der Schlangen an der Decke. Aber sie konnte nicht den ganzen Abend hindurch den Leuchter angaffen. Sie war verantwortlich für dieses Essen. Sie musste die beiden widerstrebenden Leute an ihrem Tisch durch den Abend schleppen, und dazu fehlte ihr die Kraft. Sie wusste, dass der Schmerz nur darauf wartete, bis die Wirkung der Tabletten nachließ.

«Was wollen wir trinken?»

«Ich trinke nicht», sagte Hans. «Ich muss auf dem Posten bleiben.»

Naomi schüttelte den Kopf.

«Also gut», sagte Alice. «Dann treffe ich die Entscheidung. Ich habe Lust auf Wein.» Zusammen mit ihren Medikamenten gab das sicher einen hübschen Cocktail.

«Könntest du etwas weniger wie ein Leibwächter dasitzen, Hans?», bat sie.

«Was meinen Sie?»

«Du scannst den Saal, als ob wir jeden Augenblick angegriffen würden. Deine Hand tastet alle zwei Minuten nach der Beule in deiner Innentasche. Selbst ein Blinder muss bemerken, dass du da eine Waffe trägst.»

«Anweisungen Ihres Großvaters, Fräulein ... Kurt», sagte Hans. «Ich verstehe noch immer nicht, dass er Sie hat gehen lassen.»

«Lichtenstern konnte ihn dazu überreden.»

«Hm», sagte Hans.

War Hans nicht angetan von Lichtenstern? Interessant. Aber bevor sie mehr darüber in Erfahrung bringen konnte, war der Kellner wieder da. Er verbarg sein Erstaunen, als sich herausstellte, dass nur der Junge im Rollstuhl Wein trank. Hatten sie schon entschieden, was sie speisen wollten? Er überflog mit ihnen die Karte und die Empfehlungen und verkündete ihnen, wovon er ab- und anriet, als handele es sich dabei um seine ganz persönlichen Vorlieben und nicht um etwas vom Küchenchef Vorgekautes.

Naomi schaute zu Alice, die nickte und für sie beide bestellte. Hans ließ sich Zeit. Er wollte wissen, woher das Fleisch kam. Offenbar gab es Dinge, die sich mit seinem Training nicht vertrugen. Er fragte nach dem Protein- und Fettgehalt, und der Kellner antwortete geduldig. Das war das Privileg schöner Menschen, dachte Alice. Sie waren es gewohnt, dass andere sich Zeit für sie nahmen. Selbst mit all ihrem Geld würde sie sich nie eine derartige Selbstsicherheit kaufen können.

Sie schaute zu Naomi.

«Was ist? Du starrst mich schon die ganze Zeit an, als wäre ich ein Monster.»

Der Kellner vergaß seine professionelle Blasiertheit. Eine Augenbraue schoss in die Höhe.

Naomi errötete.

«Es ist der Anzug», flüsterte sie.

Vielleicht wird es doch noch ein interessanter Abend, dachte Alice. Wie weit konnte sie gehen, um Naomi zu irritieren?

«Was halten Sie von meinem Anzug?», fragte sie den Kellner.

«Er ist großartig», sagte dieser. «Er steht Ihnen. Die Schuhe waren eine vorzügliche Wahl. Das Outfit ist beinahe perfekt.»

«Beinahe?»

«Sie haben einige kleine Details übersehen, wenn ich so freimütig sein darf.»

«Was meinst du?»

«Die Fingernägel. Die Hände. Ihre Art zu sitzen. Hinzu kommt noch die Perücke.»

«Welche Perücke?», fragte Alice errötend. Sie schaute zu Hans, dessen Hand schon in seine Innentasche fuhr.

«Das Label ist sichtbar», sagte der Kellner.

«Was?» Alice fasste sich in den Nacken und ertastete das Etikett, das durch ihr irritiertes Kratzen unter der Perücke hervorgekommen war. Die vielen Stunden, die Anika und Betty aufgebracht hatten, um sie in einen Jungen zu verwandeln, hatte sie mit einer unüberlegten Geste zunichtegemacht. Sie schaute den Kellner an und lachte laut auf.

«Und ich dachte, es wäre so gut gelungen.»

«Das ist es auch», sagte der Kellner. «Niemand hier im Saal hat es bemerkt.»

«Ausgenommen du.»

«Wenn Sie möchten, kann ich Ihnen später ein paar Tipps geben.»

Er nickte und huschte davon.

Hans wollte ihm nachsetzen, aber Alice legte ihre Hand auf seinen Arm.

«Was hast du vor? Ihn in der Küche abzuknallen, zwischen Suppe und Wild? Alles, was er weiß, ist, dass ich ein Mädchen und kein Junge bin. Und selbst wenn er wüsste, wer ich bin, wird er uns trotzdem nicht verraten.»

«Woher willst du das wissen?»

«Hätte er sonst zugegeben, dass er meine Verkleidung durchschaut hat?»

«Vielleicht nicht», sagte Hans und ließ sich wieder auf seinen Stuhl fallen.

«Tipps. Meinst du, er ist womöglich auch ...»

«Auch was?»

«... eine Frau?»

«Wie bitte?» Naomi drehte sich um, aber der Keller war schon in der Küche verschwunden.

«Du guckst so erstaunt.»

«Ich weiß es nicht mehr. Ein Mann, der eine Frau ist, und Sie in Anzug und Perücke.»

Sie wandte sich zu Hans.

«Sie sind doch noch ein Mann?»

Hans verschluckte sich an seinem Glas Wasser.

«Ich kann dich leicht davon überzeugen, Mädchen», sagte er, nachdem er sich trockengetupft hatte.

«Nicht nötig», sagte Alice. «Eine Beule in deinem Anzug langt uns.»

Die Vorspeise kam, und sie verdrängte die Schmerzen, die in Wellen ankamen. Sie biss die Zähne zusammen, bis es etwas nachließ und sie wieder atmen konnte.

«Hans, du weißt doch alles von allen, die bei uns ein und aus gehen.»

«So sollte es sein.»

«Wer ist Lichtenstern?»

«Warum möchten Sie das wissen?»

«Warum nicht? Vor zwei Jahren hatte noch nie jemand von ihm gehört, und jetzt ist er Großvaters rechte Hand. Erscheint dir das nicht verdächtig?»

«Herr Babel trifft selten falsche Entscheidungen.»

«Selten bedeutet nicht nie. Wer ist er?»

«Das ist keine Angelegenheit, die ich mit Ihnen besprechen kann.»

«Ich sehe schon: Du weißt es nicht. Was stand in seiner Akte?»

Es gab keine Akte, jedenfalls nicht beim Personaldienst; das hatte Alice bereits vor Monaten entdeckt.

«Wie ich schon sagte: Das kann ich nicht mit Ihnen besprechen.»

«Behältst du ihn im Auge, Hans?»

«Ich behalte jeden im Auge.»

«Gut. Denn ich vertraue ihm nicht.»

«Hm», sagte Hans wieder.

Alice griff zu ihrem Besteck. Mehr würde sie nicht aus ihm herausbekommen.

Sie befürchtete nicht, dass Lichtenstern ein Attentat auf Großvater plante. Dazu hätte er schon Gelegenheit genug gehabt. Sie wollte wissen, was er und Großvater vorhatten. Mit Großvaters Geldgeschäften hatte es nichts zu tun. Dafür hatte er nie einen Partner gebraucht.

«Irgendwas geschieht heute Abend. Wir sitzen hier nur deswegen, weil er mich aus meinem Zimmer weghaben wollte. Warum? Ich schneie nie ungebeten bei ihm herein; er kann tun, was er will. Und dann dieser Vollmond. Was haben sie vor? Sehen wir sie gleich auf einem Besen durch die Luft fliegen?»

«Es ist etwas logischer als das», sagte Hans. «Herr Babel bekommt heute Abend Besuch, und da gelten verschärfte Sicherheitsmaßnahmen. Und weil mein Team Ihre Räumlichkeiten nicht zu bewachen braucht, kann es sich auf die von Herrn Babel konzentrieren.»

«Besuch? Wer ist es denn?»

«Alte Freunde», sagte Hans.

«Babu hat keine Freunde», sagte Alice.

«Ich wiederhole nur, was Ihr Großvater mir mitgeteilt hat.»

«Du musst wissen, wer sie sind, Hans. Du kennst ihre Namen, sonst kommen sie nicht herein.»

«Ich kenne ihre Namen, aber mehr auch nicht. Es sind alte Männer.»

«Alte Männer zu Besuch bei Großvater. Bei Vollmond. Das wird ja immer geheimnisvoller. Was meinst du, Naomi?»

«Was?», sagte Naomi.

«Du bist heute so abwesend. Wohin starrst du?»

Alice drehte den Kopf.

«Auf den Rothko?»

Naomi nickte zu den Tischen voll schöner Menschen.

«Alle Subs träumen davon, hier zu sitzen, auf diesen Stühlen, an diesen Tischen, mit dieser Aussicht auf die Stadt. Warum? Warum möchten sie so gern hierher?»

«Willst du weg? Langweilen wir dich?», fragte Alice schroff.

«Was macht diesen Ort so außergewöhnlich? Wir könnten ebenso gut in Ihren Räumen sitzen.»

«Ich denke, die Räumlichkeiten von Fräulein Alice sind für die meisten Subs ebenfalls ein Traum», sagte Hans.

«Wer im City View Restaurant diniert, der hat es geschafft», sagte Alice.

«Was haben wir geschafft?», fragte Naomi.

«Findest du es auch so schlimm, hier zu sitzen, Hans?», fragte Alice.

«Ich werde erst dann ruhig dasitzen, sobald Sie wieder sicher in Ihren Räumen sind, Fräulein Alice.»

«Der Vogel kann gar nicht schnell genug zurück in den Käfig.»

«Wenn er damit die Gefahr verringert, verspeist zu werden, dann gerne.»

«Sind wir nicht alle in dieser Gefahr, Hans? Ist das nicht das Leben?»

«Das ist mir zu philosophisch», sagte Hans.

«Wie soll man wissen, dass man lebt, wenn man nie der Gefahr in die Augen blickt? Sitzt du lieber in einem Käfig, geschützt vor dem kleinsten Windhauch, als ein freier Vogel zu sein, mit allen Gefahren, die das mit sich bringt?»

«Ich bin der Leiter eines Sicherheitsteams, Fräulein Alice. Muss ich darauf wirklich antworten?»

«Und du, Naomi? Was ziehst du vor: sicher und gefangen oder unsicher, aber frei?»

«Was ist das: frei?», fragte Naomi.

«Du meine Güte!», seufzte Hans.

In diesem Moment kamen die Teller mit dem Hauptgericht.

«Keine Sekunde zu früh!», rief er.

Nach dem Hauptgang wurde er lockerer. Die Mädchen hätten ja keine Ahnung vom echten Leben. Sie seien zu jung. Er wisse, was er wolle. Er mache diesen Job gern, sie dürften ihn bitte nicht falsch verstehen, aber sein ganzes Leben lang wolle er nicht vor diesen kleinen Überwachungskameras sitzen. Er verstehe Fräulein Alice. Manchmal müsse man raus. Er gebe sich noch zwei Jahre, dann habe er genug angespart, um sein eigenes Geschäft aufzumachen: ein Gym. Und zwar nicht einfach irgendeines. Die Stadt habe genug banale Gyms, in denen alle Yuppies das Fett vom Abend zuvor mitsamt ihrem Morgenkater ausschwitzten. Er habe sich ein Boxgym in den Kopf gesetzt. Das alte Boxen sei wieder da, er fühle das. Es gebe nichts Schöneres als zwei Gegner, die bereit waren, sich gegenseitig zu Brei zu schlagen. Echte Erfahrungen. Echter Schmerz. Das Gefühl des Triumphs. Der Genuss, die eigene Kraft zu kennen, mal richtig abzugehen, aber den Regeln entsprechend. Die großen, offiziellen Boxkämpfe interessierten ihn nicht, das sei eine Mafia, wie alles in dieser Stadt, nein, er wolle das Boxen wieder zurück zum einfachen Mann bringen. Oder zur einfachen Frau.

Denn ein Sexist sei er nicht. Er habe nichts gegen Frauen, im Gegenteil. Sein Gym würde ihnen Tag und Nacht offenstehen.

Alice hatte Mühe, ihm zu folgen. Sie hatte ihr eigenes Match zu kämpfen gegen die in voller Stärke einsetzenden Rückenschmerzen. Heimlich schaute sie auf die Uhr. Halb zwölf. Noch zu früh, um dem nachzugeben. Sie hatte zwei Stunden Freiheit bekommen und würde diese bis zur letzten Minute aussitzen, auch wenn das bedeutete, dass sie Hans mit einem verkrampften Lächeln zuhören musste.

Der Abend war ein Flop, das traute sie sich einzugestehen. Sie hatte keine bewundernden Blicke geerntet. Das Essen war gut gewesen, aber die Schmerzen hatten sie daran gehindert, es zu genießen. Alle drei hatten sie trotz der gespielten Selbstsicherheit befürchtet, ihnen könnte tatsächlich etwas zustoßen. Alice war zusammengezuckt, als der Kellner unerwartet mit der Dessertkarte aufgetaucht war. Naomi hatte sich in ihren teuren Kleidern genauso förmlich verhalten wie in ihrer Babeluniform. Sie hatte sich hinter ihrem Schild aus Eis verschanzt, als eine lärmende Truppe ins Restaurant gewalzt kam und rief, sie hätten etwas zu feiern. Champagner für alle! Geld spiele heute Abend keine Rolle. Fast unmittelbar darauf waren Hunderte Gläser Champagner an die Tische verteilt worden und hatten das ganze Restaurant zum Schäumen gebracht. Nur ihr Tisch war eine düstere Insel in der plötzlichen Fröhlichkeit geblieben.

Sie schaute hinaus, wo ein voller Mond sie spöttisch anblickte. Hatte sie denn nie Glück mit etwas? Oder war das ihre Strafe, weil sie Naomi aus ihrem Schneckenhaus hatte locken wollen, obwohl das Mädchen das so eindeutig nicht wünschte?

Der Lärm aus dem Saal schwappte über sie hinweg. Sie schloss die Augen und war einen Moment lang allein mit ihren Schmerzen. Die Stimmen verschwammen. Als ob alle ihre Schmerzen spürten und aus Respekt auf einmal leiser redeten. Was für ein Unsinn. Sie öffnete die Augen wieder.

Lag es am Schmerz, dem Wein oder ihren Medikamenten? Der Lärm verschwand. Sie sah die Menschen reden. Ihre Münder gingen auf wie bei gierigen Fischen, aber kein Ton kam daraus hervor. War sie plötzlich taub geworden? Nein, sie hörte noch leise die Musik im Hintergrund, bis auch die verschwamm. Irgendwie schwächelte auch das Licht. Das Restaurant wurde dunkel. Die anderen Tische verschwanden in den Schatten. Nur ihr Tisch blieb erleuchtet und fing an, sich zu drehen. Der Rest des Restaurants wurde in die Dunkelheit der Ecken gedrückt.

Sie geriet in Panik. Was war mit ihren Augen? Mit ihrem Gehirn? Hatte ein Blutgerinnsel es heimgesucht? Sie schaute zu Hans. Sie sah, dass sich seine Lippen bewegten. Auch er war ein murmelnder Schemen und verschwand plötzlich im Nichts, als wäre ein Spot, der ihn die ganze Zeit beschienen hatte, mit einem Knall zerplatzt. Nur Naomi und sie blieben übrig. Das hier war kein Traum. Oder wenn es doch einer war, dann ein geteilter, denn auch Naomi bemerkte die plötzliche Dunkelheit. Naomis Hand auf dem Tisch sah in dem roten Licht des Schlangenleuchters unnatürlich aus, wie ein Lebewesen. Sie ergriff die Hand und spürte die Wärme. Die Eiskönigin hatte also doch Blut in den Adern.

So saßen sie da, zwei verängstigte Mädchen auf einer Insel aus blutrotem Licht inmitten eines stummen Meeres aus Dunkelheit. Alice zwang sich, aus dem Fenster zu schauen. Die Lichter der Häuser waren weg. Die Stadt war verschwunden. Ein roter Mond erfüllte die sternenlose Nacht.

Sie wollte etwas sagen, brachte jedoch kein Wort hervor.

Aus der Tiefe der Stille drang eine unmenschlich traurige Stimme hervor. Die Stimme sang in einer alten, unbekannten Sprache und zauberte Bilder in die Dunkelheit, Szenerien mit

Wüsten und dürren Einöden, Feuer und Flammen, brennenden Bergen und einstürzenden Städten. Der Mond, ein lauerndes Auge, rollte durch den Himmel. Die Perücke rutschte ihr vom Kopf. Der Turm bebte. Sie kniff in Naomis Hand. Der Gesang wurde lauter. Die Schatten bewegten sich. Alice schaute hoch. Die Kupferschlangen wanden sich über ihr, pressten ihre schlüpfrigen Leiber aneinander, wurden ein Knäuel, eine rutschende, wimmelnde Masse, ein riesiger Kopf mit zwei dunklen Löchern als Augen. Der Schlangenleuchter wurde ein Gesicht. Lichtenstern! Eine monströse Version Lichtensterns baumelte hier von der Decke, ein Gesicht aus Schlangen, das Maul weit aufgerissen. Es war nicht Alice, auf die sie es abgesehen hatten. Die Schlangen richteten sich zischend gegen Naomi.

Die blieb wie verzaubert sitzen. Gegabelte Zungen leckten ihr über die Wangen. Schlangenschwänze wanden sich in ihre Haare, zwangen sie näher an das Maul, das bereit war, sie zu verschlucken. Alice musste etwas tun. Sie sah die Weinflasche und warf sie in einem Reflex nach dem Lichtensternkopf.

Die Flasche zerschellte. Das Licht ging an. Die Tische und die Menschen kamen angeflogen, Hans saß wieder am Tisch und war wütend.

«Was hat das zu bedeuten?», fragte er.

Sie schauten alle drei zu dem Leuchter, der wieder an seinem Platz an der Decke hing. Die kupfernen Schlangenmäuler troffen vom Wein. Flaschenscherben lagen auf dem Boden.

«Bist du verrückt geworden? Glaubst du, du darfst dir alles erlauben?» Er griff die Perücke vom Tisch.

«So, das reicht jetzt.»

Alice schaute zu Naomi.

«Du hast es doch auch gesehen?»

Aber Hans war schon aufgesprungen und zog den Rollstuhl unter dem Tisch hervor. Die Kellner kamen herbeigeeilt.

«Setzt es auf die Rechnung von Abraham Babel», schnauzte Hans. «Seht ihr denn nicht, dass das seine Enkelin ist?»

Die Kellner wichen zurück. Die Augen sämtlicher Anwesenden im Rücken, flüchteten sie aus dem Restaurant.

Alice bekam eine Ladung Schmerzmittel und wurde ins Bett gesteckt, wo sie bald einschlief. Hans wandte sich fluchend an Naomi. Er wollte wissen, weshalb Alice plötzlich aus dem Nichts heraus eine Weinflasche an die Decke geworfen hatte. Naomi hatte auch keine Ahnung, behauptete sie, und irgendwann verzog er sich. Naomi blieb bei Alice, bis Anika ins Zimmer kam.

«Schau dir diesen Mond an. Ich weiß nicht, was es ist, aber ein Vollmond macht mich immer so kribbelig. Meine Mutter hat immer gesagt, sich den Vollmond durch ein Fenster anzuschauen brächte Unglück. Oder war das der Blitz?»

Sie zog die Vorhänge zu.

«Du siehst auch nicht sehr munter aus. Das Essen scheint euch offenbar alle irgendwie mitgenommen zu haben. Zeit, dass du ins Bett findest.»

«Du hast es doch auch gesehen, Naomi?»

«Ich weiß nicht, was Sie meinen, Fräulein Alice.»

«Komm schon, ich weiß, du hast es auch gesehen. Diese Schlangen sind zum Leben erwacht und haben zusammen ein Gesicht gebildet. Sag mir nicht, du hättest ihn nicht erkannt.»

«Wen?»

«Wen? Lichtenstern natürlich!»

Draußen klopfte es an die Tür.

«Du!», rief Alice, als Lichtenstern mit einem Strauß Blumen ins Zimmer spaziert kam.

«Ihr herzlicher Empfang wärmt mir das Herz, Fräulein Alice.»

«Du!», sagte sie wieder.

«Ich, in der Tat. Nicht mehr und nicht weniger.»

Er gab Naomi die Blumen und setzte sich auf die Bettkante.

«Wie fühlen Sie sich nach Ihrem kleinen Ausflug? Ich habe gehört, es sei dabei recht lebhaft zugegangen?»

«Möchtest du nachträglich mitgenießen?»

«Stimmt es, dass Sie einem zu langsamen Kellner eine Flasche Wein hinterhergeworfen haben?»

«Was? Wer sagt das?»

«Wer sagt jemals etwas? Klatsch braucht nur bitter wenig, um zum Leben zu erwachen.»

«Ich habe überhaupt nichts nach einem Kellner geworfen.»

«Nein? Ist nicht so wichtig. Jedenfalls ist es das, was die meisten Leute glauben wollen.»

«Aber ich will nicht, dass sie das von mir denken.»

«Warum nicht, Fräulein Alice? Sie sind endlich jemand. Nicht mehr die schattenhafte Prinzessin in ihrem Turmversteck, sondern ein neues Exemplar in der Reihe gelangweilter Jetsetkinder. Alkohol. Aggression. Travestie. Arroganz. Ein die Fantasie beflügelndes Gesamtpaket.»

«Aber das bin ich überhaupt nicht!», rief Alice.

«Es ist vollkommen gleich, wer Sie sind», sagte Lichtenstern. «Worauf es ankommt, ist, was die Leute in Ihnen sehen wollen. Sie wollen, dass Sie launisch und zickig sind und auf einfache Kellern herabsehen. So brauchen sie kein Mitleid zu haben.»

«Du scheinst es auch noch amüsant zu finden.»

«Ist es das denn nicht? Da kommen Sie einmal hinaus und ziehen sofort die ganze Aufmerksamkeit auf sich. Babel ist wieder eine Nachricht wert. Ich bin zufrieden.»

Er sah tatsächlich zufrieden aus, obwohl es schwer zu glauben war, dass die Ereignisse im Restaurant ihm ein solches Vergnügen bereiteten.

«Und du, meine liebe Dienstmagd», wandte er sich an Naomi, «wie war dein erster Schritt hinein in die große Welt?»

Naomi, die gerade die Blumen in eine Vase gestellt hatte, schaute ihn nur stumm an. Er stand auf und ging zu ihr.

«Der Herr hat dir eine Zunge gegeben, Kind, sei etwas dankbarer für dieses Geschenk. Oder hält deine Zunge Worte für unter ihrer Würde, weil sie andere Tricks kennt?»

Er beugte sich über sie. Eine Locke löste sich aus seinem Haar und berührte Naomis Stirn.

Alice konnte Naomis Blick nicht lesen. War es unterdrückter Widerwille? War es Angst? Oder ging es hier um etwas anderes?

«Was willst du, Lichtenstern?», fragte sie.

«Bei Ihnen vorbeischauen.»

«Du schaust nie einfach so hier vorbei. Was willst du?»

«Ich bin tatsächlich nicht einfach so gekommen, obwohl ich zugeben muss, dass ich gern aus Ihrem eigenen Mund vernehmen würde, was sich gestern wirklich zugetragen hat. Ich habe gehört, Sie hätten Schlangen gesehen. Seltsam, seltsam. Stimmt das?»

«Ich sah etwas, das ekelhafter war als alle Schlangen der

Welt zusammengenommen. Ich sehe es übrigens immer noch vor mir.»

«Vielleicht kann das hier Sie aufmuntern?»

Er zog ein Päckchen aus seiner Tasche.

Alice zögerte, aber sie gönnte ihm ihre Angst nicht und riss ihm das Päckchen aus der Hand.

«Keine Sforza-Karten, sondern die viel beliebtere Rider-Waite-Version.»

Die Karten glitten durch Alices Hände.

«Sie können mir später die Zukunft vorhersagen, Fräulein Alice.»

«Ich brauche keine Karten, um zu wissen, wie es mit dir enden wird», sagte Alice.

«Und Sie wissen, wie ich meine – oder soll ich sagen: unsere – Zukunft sehe», sagte Lichtenstern. Er versuchte, ihre Hand zu ergreifen, doch sie steckte diese rasch unter die Bettdecke.

«Wenn das alles ist, Lichtenstern ...»

«Das ist alles. Obwohl ich heute früh etwas Zeit übrighabe und hoffte, Sie würden, bevor ihr Unterricht beginnt, den Kampf mit mir angehen.»

«Möchtest du denn so gern verlieren?»

«Das wollen wir erst noch sehen.»

Er ging zu dem Bücherregal.

«Schwarz oder weiß?»

«Weiß natürlich!», rief sie. «Die Guten sind immer weiß.»

«Das hören Ihre afrikanischen Freunde sicher gern.»

«Verdreh mir nicht das Wort im Mund. Ich spreche von deinem Charakter.»

Er kehrte mit einem Schachbrett und einer Schachtel mit Schachfiguren zurück. Alice setzte sich in ihrem Bett auf.

«Kennst du das Spiel, Naomi?»

Naomi schüttelte den Kopf.

«Ich werde es dir beibringen», sagte Alice, aber schon bald gehörte ihre ganze Aufmerksamkeit dem Brett.

Es ging schnell und in Stille. Figuren wurden vorgeschoben und wieder zurückgezogen. Manchmal flog eine Figur vom Brett, begleitet von einem triumphierenden Schrei von Alice oder auch nicht. Naomi hob sie auf und warf sie in die Schachtel. Je weiter das Spiel voranschritt, desto länger dachte Lichtenstern über seine Züge nach.

«Ich habe es von meinem Vater gelernt», sagte Alice. «Er war davon wie besessen, und wir mussten alle dran glauben. Meine Mutter hatte meistens eine Entschuldigung parat, aber ich konnte mich ihm nicht so einfach entziehen. Und da ich nun mal nicht gern verliere, blieb mir nichts übrig, als eine gute Schachspielerin zu werden. Jedenfalls gut genug, um eine Chance zu haben, Papa zu schlagen. Zeit hatten wir reichlich. Während der vielen Stromausfälle blieb uns kaum mehr zu tun, als die Kerzen zu suchen und die Figuren aufzustellen. Ich verdächtige Papa, des Öfteren mal einen Generator sabotiert zu haben, damit er ungestört weiterspielen konnte.»

«Ihr Vater muss ein außergewöhnlicher Spieler gewesen sein, Fräulein Alice, wenn ich sehe, wie gut sich seine Tochter schlägt», sagte Lichtenstern.

«Nein, dafür hatte er zu wenig Gegner von Format. Und aus den Büchern, die er sich schicken ließ, konnte er einem auch nicht alles beibringen.»

Lichtenstern schob einen Läufer über das Brett.

«Genau. Das Spiel wird erst dann lebendig, wenn einem ein Mensch gegenübersitzt.»

«Ich verstehe nicht, was daran so schön ist», sagte Naomi.

«Es ist die Reinheit der puren Logik. Die Figuren können sich nur in die Richtung bewegen, die ihnen erlaubt ist. Der Bauer darf bei jedem Zug immer nur einen Schritt vorwärts.

Der Springer muss einen Haken schlagen. Keine dieser Figuren wird jemals eine andere Wendung nehmen. Hier ist kein Platz für das Unvorhersagbare.»

«Wenn alles schon feststeht», sagte Naomi, «wo bleibt da noch der Spaß?»

«Nicht alles steht fest», sagte Alice und ließ ihre Dame vorrücken. «Niemand kann alle Möglichkeiten voraussehen.»

«Ein Computer könnte alle möglichen Versionen berechnen», sagte Lichtenstern, während er auf das Brett starrte und seine Figuren befingerte. «Die Möglichkeiten sind nicht unendlich. Mit jedem Zug schaffen wir eine Menge von Spielvariationen, machen aber gleichzeitig auch eine Menge anderer zunichte.»

«Wir sind keine Computer», sagte Alice.

«Nein, denn ein Computer hätte seine Dame niemals dorthin gesetzt», sagte Lichtenstern und schlug mit seinem Springer die weiße Dame.

Alice fluchte.

«Siehst du, Naomi, es ist nicht nur eine Frage der Intelligenz. Man muss auch einen kühlen Kopf bewahren. Die weißen Figuren sind einfach nur aus Holz. Trotzdem regt sich Fräulein Alice auf, wenn sie eines dieser Holzstückchen verliert. Manchmal muss man etwas opfern. Dinge gehen lassen. Die Figuren dürfen einen nicht beherrschen, sonst verliert man den Überblick und wird angreifbar.»

«Lass dich nicht aus dem Konzept bringen», sagte Alice. «Wenn er verliert, labert er immer etwas Philosophisches, um meine Konzentration zu stören.»

«Wenn er verliert? Aber Fräulein Alice, ich bin lediglich zwei Züge vom Sieg entfernt!» Er streichelte die weiße Dame. «In die Kiste mit dir, mein Schatz.» Er rollte die Dame zwischen seinen Fingern, roch daran, als wäre sie eine teure Zigarre, und warf sie dann achtlos in die Schachtel zu den anderen Figuren.

«Wir sind die Götter am Rand des Spielbretts, die über ihr Los entscheiden. Es lässt einen darüber nachdenken, nicht wahr, ob nicht auch wir nur Figuren auf einem riesigen Spielbrett sind.»

Alice zögerte und verschob dann doch ihren letzten Springer. Lichtenstern schaute zu Naomi.

«Möchtest du mal kurz übernehmen?»

«Ich? Ich weiß nicht, wie man die Figuren bewegt.»

«Ich werde dir helfen.»

Er nahm ihre Hand und führte sie zu seinem Turm.

«Hast du ihn? Nicht loslassen. Wenn du loslässt, ist es passiert. Spürst du ihn? Das hier ist der letzte Zug. Das ist die Figur des Sieges. Fühlst du die pochende Kraft in deinen Fingern, spürst du, wie dich das Leben durchströmt?»

«Bitte!», rief Alice. «Kannst du deinen Zug nicht einfach ohne das ganze Palaver machen?»

«Wo stelle ich ihn hin?»

«Hier.»

Er führte Naomis Hand zu einer Ecke auf dem Brett.

«Schach», sagte er. «Diesmal gewinnen wir.»

«Noch nicht», sagte Alice und stellte dem Turm einen Läufer in den Weg.

«Sie wissen genau wie ich, dass das lediglich ein Aufschub des Unvermeidlichen ist.»

Wieder griff er Naomis Hand und legte sie auf seinen Turm.

«Noch etwas weiter, Naomi, noch etwas tiefer, ja, so.» Ihre Arme und Schultern berührten sich.

Er schlug den weißen Läufer mit seinem Turm. «Schachmatt!»

«Genug», sagte Alice und stieß das Brett von ihrem Bett, sodass die Figuren durchs Zimmer flogen.

«Meine Zeit ist um, die Damen», sagte Lichtenstern. «Ich muss an die Arbeit.»

Er schaute, wie Naomi die Schachfiguren vom Boden aufhob. «Launische Erbin setzt ihr verwöhntes Leben fort. Wer wird nach dem armen Kellner ihr nächstes Opfer?»

«Hinweg mit dir!», rief Alice.

«Ich gehe ja schon. Es war angenehm, mit dir zu spielen, Naomi.»

«Ich denke, jetzt habe ich alle», sagte Naomi. «Sechzehn von jeder Farbe, richtig?»

«Du hast dich ganz schön umgarnen lassen.»

«Was?»

«Tu nicht so naiv. Du weißt genau, was ich meine. Du hast deine Hand nur zu leicht in seine gelegt.»

«Er hat meine Hand genommen.»

«Ja und? Du hättest sie zurückziehen können.»

«Er ist mein Vorgesetzter.»

«Das ist er nicht. Ich bin … ich meine, du gehörst zum A-Personal. Du brauchst von ihm keine Befehle entgegenzunehmen. Er hat hier nichts zu sagen.»

«Gut», sagte Naomi. Sie trug die Figuren und das Spielbrett zurück zum Bücherregal.

«Entschuldige, dass ich dich so angefahren habe», sagte Alice kurz darauf. «Aber ich will nicht, dass er dich verletzt. Er flirtet mit jeder, das weißt du doch. Er missbraucht sein Äußeres und seine Stellung. Hinzu kommen noch seine Zweideutigkeiten. Du wärst nicht die Erste, die seinen schönen Reden erliegt. Und ebenso wenig die Erste, die er nach ein paar Wochen wieder fallenlässt.»

«Ich bin nicht interessiert an Herrn Lichtenstern», sagte Naomi.

«Ich wünschte, ich könnte dir glauben», sagte Alice.

«Ich verstehe einfach nicht …»

«Was?»

«Warum sind Sie so wütend auf ihn? Er gibt sich Mühe, es Ihnen recht zu machen.»

«Fängst du auch schon an? Das ist der Gipfel.»

Alice würdigte Naomi keines Blickes mehr, und es blieb still im Zimmer, bis Frau Holtby mit frischen Katastrophen aus dem Römischen Reich ins Zimmer trat.

Alice war das nicht klar, aber um Naomi aufzutauen, brauchte sie gar nichts Besonderes zu tun. Sie brauchte sie nicht mit Geschenken zu überladen und mit Luxus zu überrumpeln. Ihre Freundlichkeit genügte. In den Kellern von Babel, zwischen den anderen Subs, war es Naomi nicht schwergefallen, sich zu behaupten. Sie war eine Kämpferin in feindlichem Gebiet, immer wachsam, immer auf der Hut.

Aber hier oben, versinkend in den weichen Teppichen, wo die Bediensteten nicht unfreundlich waren und wo Alices Lächeln sie jeden Morgen erwartete, verweichlichte sie. Gegen wen sollte sie sich wappnen? Wo war der Feind? War es Alice, das gelähmte Mädchen, das sich so sehr bemühte, freundlich zu sein? War es Lucy, die sie besprang und ableckte, sobald sie die Gelegenheit dazu bekam? Er war natürlich Babel, aber Naomi hatte noch kein hartes Wort aus seinem Mund gehört. Letztlich war er nicht mehr als ein alter Mann, dessen Leben zu Ende ging, ein Mann, der höflich mit seinem Personal umging und für seine Enkelin alles übrighatte.

Die Welt von früher kam ihr so unwirklich vor, dass sie fast vergaß, wie sie hier gelandet war. Es war so einfach, nicht mehr zu sein als die Gesellschaftsdame von Alice. Ihren Unterricht mitzuverfolgen. Jeden Morgen in das Schwimmbecken zu tauchen wie in ein paradiesisches Meer.

Aber die Vergangenheit ließ sich nicht so einfach beiseiteschieben. Die dunklen Finger des Albtraums krochen, von keinem Wachmann gehindert, die Treppen des Turms hinauf, glitten unter den bewachten Türen hindurch und lockten Naomi zurück in die Tiefe.

Aus: Babel, ein Traum von Macht, Thomas Rosen & Aziz al-Kashani

Alice frühstückte im Bett. Das Tablett schwankte unsicher auf ihren Knien. Sie schaute auf das Croissant, das wie ein gieriger Schwamm allen Kaffee aufsog, bis es unter seinem eigenen Gewicht zerriss und in ihre Tasse plumpste.

«Wenn ich das an die Lippen setze, könnte ich dann ein Croissant trinken? Oder braucht es dafür ein anderes Wort? Ich kann doch unmöglich sagen, dass ich meinen Kaffee esse? Vielleicht ist das hier meine Chance, als die Erfinderin eines neuen Wortes in die Geschichte einzugehen. Was hältst du von ‹tressen›?»

Alice nahm sich das nächste Croissant.

Betty trat ins Zimmer.

«Sie sind noch nicht fertig mit dem Frühstück?»

«Du brauchst mich nicht zu hetzen, Betty.»

«Wenn ich noch rechtzeitig mit Lucy nach unten soll, dann muss ich jetzt abräumen, Fräulein Babel.»

«Lucy kann warten.»

«Sie wissen, dass das Tier nicht warten kann.»

«Der Hund entscheidet also, wie lange ich frühstücken darf? Mir fehlen die Worte.»

Sie schaute zu Naomi.

«Magst du heute mit Lucy hinausgehen?»

Naomi nickte.

«Das wäre also geregelt, Betty. Naomi geht heute mit Lucy spazieren.»

«Soll sie doch, wenn sie es nicht lassen kann», sagte Betty und verschwand wütend aus dem Zimmer.

«Irgendwann demnächst kippt sie mir noch Gift in den Kaffee», sagte Naomi.

«Dafür ist sie zu berechnend. Persönliche Rache ist ein flüchtiger Genuss. Geld dagegen … Wenn jemand ihr genug dafür zahlen würde, mich, ohne dass sie erwischt wird, zu liquidieren, dann würde sie nicht zögern.»

«Meinen Sie wirklich?»

«Keine Ahnung. Großvater hat mich mit seinem Argwohn schon angesteckt. Wer bin ich, dass manche meinen Tod wollen?»

«Fällt es Ihnen schwer, immer auf der Hut zu sein?»

«Bin ich auf der Hut? So fühlt es sich nicht an. Nimm zum Beispiel uns beide. Ich weiß kaum etwas von dir. Du hast in all den Wochen, die du hier bist, kaum etwas von dir erzählt. Jemand anderer würde misstrauisch werden. Oder jedenfalls weniger Waffen herumliegen lassen. Du könntest mir mit dem Obstmesser ganz einfach die Kehle durchschneiden.»

«Das würde ich niemals tun.»

«Warum nicht? Wie kann ich sicher sein, dass du nicht angeheuert wurdest, um mich zu ermorden?»

«Hätte ich Sie dann nicht besser ertrinken lassen können?»

«Aber wie wolltest du sichergehen, dass die anderen nicht doch rechtzeitig kommen würden?»

Alice schob das Tablett beiseite.

«Ich habe sie gesehen, weißt du?», sagte sie.

«Wen?»

«Die Frau, die das Attentat verübt hat.»

«Wie sah sie aus?»

«Normal. Falls das etwas bedeutet. Überhaupt nicht verrückt oder angstvoll. Sie kam auf uns zu mit einem Kind auf dem Arm. Ich weiß noch, dass ich dachte, das Kind sei für einen Sommertag aber sehr warm eingepackt. Sie wartete geduldig, bis das Fenster ganz offen war, und warf dann das Kind hinein.»

«Sie hat das Kind geworfen?»

«Es fiel uns schreiend vor die Füße. Meine Mutter und meine Großmütter bückten sich beide, um es aufzuheben. Mein Vater wollte aussteigen, aber die Frau öffnete ihren Regenmantel, und da sah ich den Sprengstoff. Es geschah alles so schnell. Meine Mutter schrie. Die Frau grinste. Sofort danach kam der Knall.»

Alice ließ sich in die Kissen fallen.

«Ich habe es nie verstanden. Tagelang habe ich zu erraten versucht, was in ihrem Kopf vorging. Dass sie uns so hasste, obwohl sie uns nicht kannte, das kann ich noch irgendwie einordnen. Aber dass sie ein Kind benutzt, das nichts verbrochen hat … Nein, das kapiere ich nicht. Ich weiß nicht, was ich schlimmer finde: dass es ihr eigenes Kind war oder dass sie es womöglich irgendwo gestohlen hat.»

Naomi sah blass aus.

«Diese Frau», fragte sie, «das Kind … sie hatten keine Angst?»

«Nein. Ich auch nicht. Dafür war keine Zeit.»

«Wissen Sie, warum sie es getan hat?»

«Großvater hat Feinde. Macht es einen Unterschied? Nichts kann erklären, warum ich im einen Moment noch mit meinen Eltern durch die Straßen der Stadt fahre und im anderen Moment allein übrigbleibe.»

«Was würden Sie mit ihr tun, falls Sie sie zu fassen bekämen?»

«Das kann ich nicht. Sie ist tot. Genau wie das Kind. Genau wie so viele andere in dem Auto.»

«Aber angenommen, sie wäre nicht gestorben.»

«Was sollte ich mit ihr machen? Meine Eltern kann sie mir nicht zurückgeben. Nein, es ist gut, dass sie tot ist. Falls sie noch leben würde, müsste ich mir ihre Gründe anhören. Womöglich könnte ich es dann irgendwo doch noch nachvollziehen, und ich will kein Verständnis für eine haben, die Kinder opfert und Menschen verstümmelt, die sie noch nicht mal kennt. Jetzt ist sie ein Monster. Das macht es einfacher.»

Sie fasste Naomis Hand.

«Ich muss dir etwas gestehen. Als ich dich das erste Mal sah, hatte ich Angst. Du standst so plötzlich in meinem Zimmer, und in diesem Licht war es, als wäre diese Frau wieder da.»

«Sehe ich ihr ähnlich?»

«Ich weiß, dass es ein Trugbild war, von Angst eingegeben, aber vielleicht war ich darum so unfreundlich beim ersten Mal.»

«Sie waren nicht unfreundlich.»

«Doch. Ich schäme mich, wenn ich an das zurückdenke, was ich von dir verlangt habe.»

Die Mädchen schauten sich an und erschraken, als Betty mit Lucy an der Leine ins Zimmer gelaufen kam.

«Hier ist er. Ganz allein für dich.»

Naomi sprang vom Bett und stellte das Tablett auf den danebenstehenden Servierwagen.

«Komm, Lucy, wir gehen Gassi.»

Der Hund wedelte mit dem Schwanz, als er das Wort «Gassi» hörte.

«Du brauchst dich nicht zu beeilen. Das Einzige, was uns erwartet, ist Frau Holtby und der Fall des Römischen Reiches. Sie braucht sogar noch etwas länger dafür als Rom selbst. Wenn du nicht willst, brauchst du nicht mit dabei zu sein.»

«Ich möchte es aber gern.»

«Ich weiß. Du müsstest dich mal sehen, wie du auf deinem Stift kaust, als ob du alle Weisheit aus ihm heraussaugen könntest. Holtby lebt richtig auf, seit du bei ihrem Unterricht mit dabei bist.»

«Es ist meine Aufgabe, dabei zu sein. Ich bin schließlich die Gesellschaftsdame.»

«Du brauchst nichts zu tun, was du nicht willst, das weißt du doch?»

«Ich weiß.»

«Du bist mehr als nur Gesellschaft.»

Die Mädchen schauten sich wieder an, bis Lucy ungeduldig wurde und Naomi an der Leine aus dem Zimmer zog.

Anika wartete schon am Aufzug.

«Du oder ich?», fragte Anika, während sie auf den Handscanner zeigte.

«Müssen wir nicht beide?», fragte Naomi.

«Nein», sagte Anika. «Das System verarbeitet nur eine Hand pro Fahrt. Dahinter steckt eine Logik, wenn man Hans glauben darf.»

Naomi legte ihre Hand auf den Scanner und tippte den Code ein. Der Fahrstuhl öffnete sich.

«Wirst du diese Codes nicht leid?», fragte Naomi.

«Es ist ein Teil der Sicherheitsvorkehrungen.»

«Der Handscanner würde doch genügen?»

«Es ist für Eindringlinge nicht so schwer, an die Hand einer Babel-Mitarbeiterin zu kommen», sprach eine Stimme aus der Decke. «Mehr als ein scharfes Beil braucht es dafür nicht.»

«Ich denke, wenn sie sich meiner Hand bemächtigen können, Hans, dann bekommen sie wohl auch einen Code aus mir heraus», sagte Anika.

«Der Code ist personengebunden und funktioniert nur zusammen mit dem Scan. Du brauchst ihnen nur einen falschen Code zu nennen und sie sind machtlos.»

«Alle Aufzüge sind kameraüberwacht. Ich kann mir nicht vorstellen, dass du einen Unbekannten, der mit einer abgehackten Hand vor sich rumfuchtelt, problemlos nach oben kommen lässt. Oder doch?»

«Ich mache meinen Job und du deinen. Was hältst du davon?»

«Dieser Code ist nicht mehr und nicht weniger als eine Stechuhr», sagte Anika zu Naomi. «So wissen sie genau, wann du zu arbeiten anfängst und wann du aufhörst. Oder in deinem Fall, wie lange du draußen gewesen bist. Sie stehen auf Kontrolle. Sie genießen es, dich jeden Tag um deinen neuen Code betteln zu lassen.»

Naomi schaute auf die grünen Ziffern, die abwärts bis 315 zählten.

«Hast du schon jemals in einer der Zwischenstockwerke angehalten?», fragte sie.

«Bist du verrückt? Ich bin doch nicht lebensmüde.»

«Wie meinst du das?»

«Für das Personal ist der Zutritt verboten. Nur der Alte darf da rein. Meiner Meinung nach gibt es da nichts zu sehen. Es ist ein Test, um festzustellen, wie zuverlässig du bist. Blaubarts Zimmer und dergleichen.»

«Genug geredet, da in dem Fahrstuhl», sagte Hans.

«Sind wir der Wahrheit zu nahe gekommen, Hansi? Oder bewahrst du dort die Kamerabilder, die du zum persönlichen Gebrauch beiseitegeschafft hast?»

«Ich begreife einfach nicht, dass so viele Stockwerke leer stehen», sagte Naomi. «Wäre es möglich, dass sie einfach nicht existieren?»

«Was meinst du damit?»

«Wir sehen zwar, wie sich die Ziffern bewegen, aber ich spüre nie, wie der Fahrstuhl sinkt. Vielleicht gibt es die Stockwerke gar nicht, und das Gebäude ist nicht so hoch, wie behauptet wird.»

«Was für ein Scherz sollte das denn sein?»

«Solange sich die Fahrstühle in diesen Stockwerken nicht öffnen, werden wir es nie erfahren.»

«Du könntest die Treppen nehmen.»

«Gibt es Treppen?»

«Natürlich. Babel mag zwar reich sein, aber in dieser Stadt sind die Feuerwehrvorschriften heilig. Jede Etage muss mindestens eine Fluchttreppe haben.»

«Ich habe noch nie eine Treppe gesehen!»

«Das liegt daran, dass sie noch besser bewacht werden als die Aufzüge.»

Die Fahrstuhltür öffnete sich, und der Lärm aus dem Restaurant hallte durch den Flur.

Anika schaute zu dem Hund.

«Wenn du ein Missgeschick vermeiden willst, dann solltest du dich besser beeilen. Ich kenne diesen Blick.»

Lucy erschnüffelte sich mühelos einen Weg zu dem kleinen Park in der Nähe des Turms. Es gab andere Hunde, aber Naomi hielt Lucy fest an der Leine, und so kam es nie zu mehr als einem distanzierten gegenseitigen Beschnuppern der Tiere und einem höflichen Lächeln ihrer Besitzer.

Auf einer Bank am Brunnen saßen drei Männer mit dicken Bärten und dunklen Augen. Der eine hatte eine Narbe, die seinen Mundwinkel nach unten zog. Die anderen Parkbesucher blieben instinktiv in entsprechender Distanz. Die Männer hatten jeder einen Köcher dabei. Eine unheilverkündende Stille umgab sie. Wer sie zu lange anschaute, erntete einen drohenden Blick. Naomi setzte sich nicht auf ihre vertraute Bank, sondern etwas weiter, näher zur Straße hin. Sie knotete Lucy mit der Leine an eine der Armlehnen fest. Von ihrem Platz aus sah sie, wie Passanten verstohlen auf die Köcher schauten und dann ihren Schritt beschleunigten.

Einer dieser Passanten, ein Mann in den Spätdreißigern, schaute offenbar etwas zu lange hin und entlockte so der Gruppe ein Knurren. Er wollte etwas erwidern, beschloss aber dann doch, weiterzugehen, und setzte sich neben Naomi.

«Gab es Ärger mit denen da?» Er deutete mit einem unauffälligen Nicken auf das Trio.

Naomi schüttelte den Kopf.

«Ich habe schon freundlichere Leute erlebt», sagte er.

«Sie tun nichts Verkehrtes», sagte Naomi.

«Bisher noch nicht. Aber vertraust du diesem Menschenschlag? Es ist weit gekommen, wenn man in seiner eigenen Stadt nicht mal mehr ruhig durch einen Park spazieren kann.»

«Ist die Stadt nicht schon immer gefährlich gewesen?», fragte Naomi.

«Sie wird jedenfalls nicht sicherer. Ein Überfall, das kann ich noch verstehen. Man gibt sein Geld, und die Sache ist erledigt. Aber solche Leute da brauchen keinen Grund, um dich umzubringen. Zum Glück bist du nicht völlig schutzlos.»

Er zeigte auf Lucy, die, ohne sich durch die Anwesenheit der zwielichtigen Gestalten stören zu lassen, unter der Bank ein Loch buddelte.

«Ein schönes Tier», sagte der Mann. «Ein Rassehund, nicht? Das sieht man gleich. Muss eine hübsche Stange Geld gekostet haben.»

«Ich habe keine Ahnung», sagte Naomi.

«Nein? War es ein Geschenk? Dann muss er dich aber gernhaben.»

Naomi antwortete nicht.

«Du hast recht. Es geht mich ja auch nichts an. Ich wollte auch gar nicht vorfühlen, ob du schon jemanden hast.»

Er schaute sie an.

«Oder vielleicht doch.»

«Das ist nicht mein Hund, ich habe kein Geld und ich bin nicht interessiert.»

«Ich interessiere mich trotzdem für dich, Naomi. Ja, ich weiß, wer du bist. Der Turm auf deiner Bluse hat mir gleich einen Teil der Geschichte erzählt. Ich hatte mir schon gedacht, dass ich dich aus der Zeitung kenne.»

«Aus der Zeitung?»

«Du warst vorübergehend eine große Nachricht. Du gehörtest doch mit zu der mysteriösen Begleitung von Alice Babel, als sie ihren viel diskutierten Ausflug ins City View Restaurant gemacht hat, oder? Das Foto wird dir nicht gerecht.»

«Das Foto?»

«Heute gibt es immer irgendwen, der Fotos macht.»

«Ich muss gehen.»

«Bleib noch etwas sitzen. Es wurde gerade so gemütlich.»

Der Mann steckte seine Hand in die Tasche und zeigte ihr ein Messer. Die Klinge blitzte kurz in der Morgensonne auf. Er steckte es ruhig wieder weg, behielt jedoch seine Hand auf dem Griff.

«Was willst du von mir? Ich habe nichts.»

«Da täuschst du dich.»

Er lächelte kurz und ging dann auf sie los.

Die Klinge blitzte vor ihren Augen. Es ging so schnell, er hatte die Leine schon durchgeschnitten, bevor ihr klar wurde, was geschah. Er schnappte sich die verwunderte Lucy und rannte davon. Sie lief ihm schreiend hinterher, stolperte jedoch und fiel ins Gras. Als sie sich aufrappelte, sah sie ihn über den Rasen laufen, in den Armen einen bellenden, zappelnden Hund.

«Lucy!»

Er rannte in Richtung der Bank mit den zwielichtigen Typen. Seine Handlanger? Sie hoben die Köpfe, als er ankam. Zwei von ihnen stellten sich hin und versperrten ihm den Weg. Er lief um sie herum, aber der Dritte warf ihm seinen Köcher zwischen die Beine, und er stürzte. Lucy flog durch die Luft und landete etwas weiter jaulend im Gras.

«Lucy!»

Naomi sprang über den gestürzten Mann hinweg und rannte auf Lucy zu. Die rannte ihrerseits davon, und es dauerte etwas, bis sie den Hund zu fassen bekam. Als sie sich umdrehte, hatten die drei Männer den Hundedieb fest im Griff.

«Was machen wir mit ihm?», fragte einer von ihnen.

Der Hundedieb versuchte vergeblich, sich loszureißen. Naomi sah das Messer im Gras schimmern.

«Lasst ihn gehen.»

«Einfach so?»

Naomi nickte.

Die Männer schüttelten den Hunderäuber durch und warfen ihn dann auf das Gras.

Er rappelte sich hoch, fluchte, spuckte in ihre Richtung, nahm dann aber doch die Beine in die Hand, als sie drohten, wieder auf ihn loszugehen.

«Bist du in Ordnung?»

«Ich habe den Hund. Das ist das Wichtigste. Dankeschön.»

«Gern geschehen», sagte der Mann mit der Narbe.

«Warum keine Polizei?», fragte einer der anderen Männer.

«Gibt nur Ärger», sagte Naomi.

Das schienen sie zu verstehen. Viel Zeit zum Reden blieb ihnen nicht. Der Dritte zog ein Smartphone aus seiner Tasche.

«Dorthin.»

Er zeigte in die Richtung des Babel-Turms. Sie holten drei Gebetsmatten aus den Pappköchern.

«Wir sind neu in der Stadt», sagte der Mann mit der Narbe. «Beten ist besser in der Gemeinschaft, aber wir tun es ausnahmsweise hier.»

«Hier ist man nicht sonderlich erpicht darauf.»

«Ich weiß. Aber das müssen wir in Kauf nehmen.»

«Könnt ihr es nicht einmal auslassen?», fragte Naomi.

«Es ist zu wichtig für uns. Was wären wir ohne unseren Glauben?»

Sie rollten ihre Matten aus.

Lucy versuchte mit aller Kraft, sich aus Naomis Armen freizustrampeln. Sie ging zu der Bank zurück und knotete die Stücke der Leine fest zusammen, und der Hund buddelte weiter an seinem Loch.

Eine Frau setzte sich neben sie.

Zusammen beobachteten sie, wie sich die Männer Hände und Füße an dem Brunnen wuschen, dann von dem Wasser tranken und es in einem kräftigen Strahl ausspuckten.

«Was für ein Spektakel. Versuche, derartige Auffälligkeiten in Zukunft zu vermeiden. Wir können gern auf so etwas verzichten.»

Naomi nickte.

Die Frau entfaltete eine Zeitung und versteckte sich hinter den Tagesaktualitäten.

«Du machst deine Sache gut. Besser, als wir es erhofft hatten. Kannst du uns schon etwas sagen? Wenn ja, zieh ein Mal an der Leine.»

Naomi bewegte sich nicht.

«Kein Problem. Wir haben Zeit. Halte Augen und Ohren offen. Alles, was brauchbar ist, verstanden? Wenn du mehr weißt, dann komm nachmittags hierher und kauf dir am Imbiss einen Hamburger. Wirf die Tüte zusammen mit den Informationen in den Mülleimer links von dir.»

Naomi bezwang sich und blickte gerade vor sich hin.

«Halte durch. Es ist nicht mehr lange. Deine Mutter wäre stolz auf dich. Geh jetzt.»

Naomi stand auf.

Lucy, die eine alte Frisbeescheibe zwischen den Sträuchern hervorgezerrt hatte und sie jetzt hingebungsvoll zerkaute, war mit dieser Wendung der Ereignisse gar nicht einverstanden, und Naomi musste sie mit Gewalt mitzerren.

Die drei Männer schauten nicht hoch, als sie mit dem widerspenstigen Hund an ihnen vorbeiging.

Wieder im Turm, sah Anika die kaputte Leine.

«Was ist denn da passiert?»

«Ein kleines Missgeschick. Gibt es eine Reserveleine?»

«Mehr als eine. Schau einfach in Lucys Zimmer nach. Ist alles in Ordnung, Naomi?»

Naomi nickte.

«Alles in Ordnung.»

Diplomatie • Schmerz • Verlust • Unglück • Wille

«Was meinst du? Ist es nicht zu schlicht?»

Alice trug ein tief ausgeschnittenes Kleid aus grauer Seide. Ein goldener Anhänger mit einer großen, tränenförmigen Perle ruhte genau über ihren Brüsten.

«Ich habe keine Schuhe, die hierzu passen.»

Alice starrte auf die Regale, in denen Hunderte von Schuhpaaren in dem fahlen Licht zu schweben schienen.

«Was halten Sie hiervon?»

«Rote Schuhe zu einem grauen Kleid? Was bin ich? Eine Trendsetterin?»

«Meiner Meinung nach geht das sehr wohl», sagte Naomi.

«Natürlich geht das. Niemand wagt es, meine Füße anzusehen. Ich kann Gummistiefel tragen, und alle werden behaupten, ich sähe großartig aus.»

Sie schaute auf die Schuhe.

«Arme Mauerblümchen. Jedes Paar steht so erwartungsvoll da, findest du nicht? Das Leder so gespannt, das Velours so weich, der Einstieg bereit, den Fuß perfekt zu umschließen und auf der Stelle loszutanzen. Verlorene Liebesmüh, ihr Schuhe. Ihr werdet da stehenbleiben, bis der Staub euch begraben hat.»

Sie wandte sich zu Naomi.

«Was wirst du anziehen?»

«Darüber habe ich noch nicht nachgedacht.»

«In einer Stunde sitzt du mit einer Menge wichtiger Leute am Tisch. Einer davon kann der Prinz sein, der dich auf sein Ross hebt und mit in sein Reich nimmt oder doch wenigstens in seine Villa am Stadtrand. Und du hast noch nicht darüber nachgedacht, was du tragen wirst? Bist du überhaupt ein Mensch, Naomi?»

Naomi streckte ihren Arm aus.

«Beißen Sie hinein und schauen Sie, ob ich blute.»

Alice hatte sie unnötigerweise zur Eile angetrieben. Sie waren zu früh.

«Wie findest du den Empfangssaal?»

Eine lange Wand trennte sie vom Flur. Alle anderen Wände waren aus Glas. Dieser Saal erstreckte sich über die gesamte Länge des Turms. Der lange Tisch in der Mitte des Raums stand verloren da, so als hätte man einen Tisch aus einem Puppenhaus auf einem Tanzboden zurückgelassen. Über die gesamte Wand verteilt hingen Fotos von Babel, der Hände schüttelte und Leute umarmte. In der Mitte der Wand befand sich eine große Leuchtreklame. Die roten Neonröhren bildeten eigenartige Wörter. *Mene mene tekel ufarsit*, las Naomi.

«Wer zum ersten Mal hierherkommt, verstummt zunächst. Der teuerste Ort dieser Stadt ist leer. Das ist das Erste, was ihnen auffällt. Dann ziehen entweder die Berühmtheiten an den Wänden oder der Blick über die Stadt sie in ihren Bann, und erst dann blöken sie irgendwas von Gott und den Ameisen.»

Das Catering hatte alle Hände voll zu tun. Fünf Männer und fünf Frauen in makellosem Weiß hasteten um einen Tisch, polierten Gläser und Besteck nach, füllten Fingerschalen und strichen Falten glatt. Sie wichen aus, als Alice um den Tisch herumfuhr.

«Ich sehe acht Teller. Du, ich, Großvater, Lichtenstern und Tante Myriam, das macht fünf. Ich bin gespannt, wer die anderen drei Gäste sind. Liest du mir bitte die Tischkarten vor?»

Naomi nahm die Karte am Kopfende des Tisches.

«Y. Lavine. Ist das der Prinz?»

«Nein», sagte Alice. «Ich kenne ihn. Er hat schon einen Stall voll Kinder. Und selbst wenn er noch frei wäre, würde er mich nicht haben wollen, solange ich meinen gottlosen Ansichten nicht abgeschworen habe, obwohl ich die Alleinerbin des großen Babel bin.»

«Und der hier?», fragte Naomi, während sie die nächste Karte vorlas: «F. DiMaggio.»

«Klingt interessant. Vielleicht ein Mafiaboss.»

«Was sollte ein Mafiaboss wohl auf einer Feier Ihres Großvaters?»

«Ihm seinen Respekt bezeugen. Lies die nächste Karte vor.»

«L. Fadiz.»

«Sagt mir nichts.»

«Ein arabischer Prinz?»

«Das bedeutet einen Palast voll mit Sand und Kamelen. Nichts für mich. Du darfst ihn haben.»

Naomi stellte die Karte auf die Ecke des Tischs zurück.

«Wir müssen hier weg», sagte Alice. «Wir können nicht die ersten Gäste sein, wenn ich ein Entree machen will. Außerdem möchte ich dir etwas zeigen.»

Sie rollte hinaus in den Flur, hielt vor einer Tür, tippte einen Code ein, und die Tür öffnete sich.

«Ta-taaa!»

Dieser Raum war fast ebenso groß wie der Empfangssaal. Aber so leer jener gewesen war, so vollgestopft war dieser mit hohen Schränken, die den unbezahlbaren Blick auf die Stadt dem Auge entzogen. In dem fahlen Licht von einigen gedämpften Spots sah Naomi reihenweise Bücherregale.

«Das hier ist Großvaters Heiligtum», sagte Alice und rollte los, hinein zwischen die unter Atlanten und Folianten begrabenen Tische.

«Es ist die größte Privatsammlung im Land. Siehst du den kleinen Apparat hier?» Alice zeigte auf ein Glaskästchen neben der Tür. «Er misst die Feuchtigkeit und Temperatur im Raum. Und das kleine Ding da misst die Lichtstärke. Der einzige Weg, die Bücher zu erhalten, ist offenbar, dafür zu sorgen, dass sie kein Licht sehen und dass niemand sie anfasst; kurz, dass sie ungelesen bleiben. Siehst du den Wälzer da?» Sie deutete mit einem Kopfnicken auf ein schwarzes Buch, das in einer dick verglasten Nische lag. «Das ist eine Gutenbergbibel. Es ist das erste Buch, das jemals gedruckt wurde. Es sind nur mehr eine Handvoll Exemplare übrig, und das hier ist das einzige in Privatbesitz. Möchtest du mal darin blättern?»

Naomi schüttelte den Kopf.

«Bist du dir sicher? Es ist vielleicht deine erste und letzte Gelegenheit, mehrere Millionen in den Händen zu halten.»

«Nein, danke.»

«Ich zeige dir mein Lieblingsstück.»

Sie nahm einen Karton aus einem Bücherregal und fuhr zu einem der Tische.

«Lächerlich», sagte sie, «aber meine Hand zittert. Ich bin schon genauso schlimm wie Großvater. Ich kann mir hundertmal vorhalten, dass es nur ein Buch ist, nichts anderes als ein Packen Papier, und doch ...»

Sie öffnete den Karton und holte zwischen gelblichem Zellstoff ein Heft hervor.

«Noch eine Bibel?»

«Das wäre aber eine sehr dünne», sagte Alice. «Es ist das Manuskript von *Alice in Wonderland*. Obwohl das gar nicht der ursprüngliche Titel war. *Alices Adventures Underground*, heißt es hier noch. In Lewis Carrolls eigener Handschrift. Hiermit hat alles angefangen. Die Alice, für die er es schrieb, hat es ihr ganzes Leben hindurch aufbewahrt. Es ist nicht die Art von Büchern, die Großvater normalerweise kauft, aber es kam auf den Markt, als ich noch im Krankenhaus lag. Es war seine Art, mich nach dem Attentat zu trösten.»

Vorsichtig legte sie das Heft in den Karton zurück.

«Würde ich es verkaufen, dann könnte ich mit dem Geld ein afrikanisches Dorf ein Jahr lang mit Essen und Trinken versorgen. Ist es nicht kriminell von mir, es zu behalten, damit ich ab und zu das berühren kann, was die echte Alice einst in den Händen gehalten hat? Ist das nicht die reine Habsucht?»

«Könntest du es denn verkaufen?»

«Großvater hat es mir geschenkt. Ich kann damit tun, was ich will. Wenn ich wollte, könnte ich es in Stücke zerreißen. So etwas gehört nicht in die Hand eines jungen Mädchens.»

«Es kommt aber aus der Hand eines jungen Mädchens.»

«Ja, aber damals war es noch nicht so viel wert.»

«Sie wissen doch nicht, was es ihr wert war.»

«Nein», antwortete Alice lachend.

Sie schloss den Karton, und Naomi packte ihn zurück ins Regal.

«Die vielen Fremdsprachen», sagte sie. «Ist das Chinesisch?»

«Es ist Chinesisch und Spanisch und Arabisch und Hottentottisch und Aramäisch und Griechisch und Gott weiß was noch.»

«Kann Ihr Großvater das lesen?»

«Das braucht er nicht zu können. Er hat Angestellte, die das für ihn tun.»

Sie schaute zu Naomi.

«Gibt es ein Buch, das du gerne haben möchtest?»

«Ich bin keine große Leserin.»

«Das ist schade», sagte eine Männerstimme. Ein Lehnsessel in einer Ecke des Raums drehte sich um die eigene Achse, und Lichtenstern, gehüllt in einen hellgrauen Anzug, grinste ihnen entgegen.

«Du weißt nicht, was dir entgeht. Man begegnet den interessantesten Menschen in Büchern.»

«Wie lange belauschst du uns hier schon?»

«Fräulein Babel, entzückend wie immer.» Er kam auf sie zu. «Aber nicht immer ebenso logisch. Das hier ist mein Arbeitsplatz.»

«Du hättest dich wenigstens kurz räuspern können, damit wir wussten, dass wir nicht allein sind.»

«Mich in ihrer Anwesenheit räuspern? Ich würde es nicht wagen, Ihre Aufmerksamkeit so ungeniert auf mich zu ziehen.»

«Und doch hast du gerade genau das getan.»

«Das ist unverzeihlich, ich gestehe es. Aber es war meine Liebe zur Literatur, die mich zum Sprechen zwang.»

Er wandte sich zu Naomi und betrachtete sie von Kopf bis Fuß.

«Du bist fast nicht wiederzuerkennen in diesem schwarzen Kleid, Naomi. Ganz anders als dieses Sub-Hemdchen, in dem ich dich das erste Mal vorgefunden habe. Es war ein erfreulicher Tag für uns alle, als ich beschloss, dich aus diesem Schweinestall zu holen.»

Er führte ihre Hand an seine Lippen.

«Du hast recht. Warum solltest du lesen? Ein Mädchen wie du ist ohnehin ein Gedicht, eine wandelnde Geschichte. Die Falten deines Rocks sind geheimnisvoller als ein vom Wind aufgewehtes Buch. Das Lesen dem Leben vorzuziehen tut nur derjenige, der sich dem Leben nicht mehr gewachsen weiß. Wirf die Bücher in die Pfützen, damit du ohne Spritzer die Straße überquerst, wirf sie ins Feuer, damit du in der kalten Abendsonne nicht fröstelst!»

«Hör schon auf, Lichtenstern. Sie weiß, dass es dir nicht ernst damit ist.»

«So viel Weisheit und Reife in diesen Augen. Und so viel Trauer. Du hast schon ein ganzes Leben hinter dir, das sehe ich.»

«Genug!», rief Alice und fuhr mit ihrem Stuhl gegen seine Beine. «Man muss kein Hellseher sein, um zu wissen, dass die Mädchen aus dem Waisenhaus kein fröhliches Leben gehabt haben.»

«Eifersüchtig, Fräulein Alice?»

«Komm, Naomi, wir gehen.»

«So schnell? Ich dachte, Sie wollten Naomi die Bibliothek zeigen? Ich will mit Vergnügen Ihr Führer sein.»

«Wir schauen sie uns ein andermal an.»

«Wird es denn ein anderes Mal geben, Fräulein Babel? Sie und ich können immer hier herein, aber Sie wissen selbst, welchen Wert Ihr Großvater auf seine Privatsphäre legt. Das hier ist vielleicht Naomis einzige Gelegenheit.»

«Meinetwegen muss es nicht sein», sagte Naomi.

«Nein», sagte Alice. «Er hat recht.»

«Wirklich, ich gehe lieber zurück.»

«Nein, wir bleiben», sagte Alice.

«So lassen Sie mich denn Licht in die Finsternis bringen», sagte Lichtenstern.

Sie folgten ihm die Regale entlang, bis sie vor einem großen Bücherschrank standen.

«Mal sehen», sagte er, «welches Buch war es noch gleich? Das Inferno? Nein. Dahin wollen wir jetzt noch nicht. Swedenborg? Nein, danke. Aha, hier, Burtons Übersetzung der Alf laila wa-laila!» Er zog das Buch halb aus dem Regal. Sie hörten ein Klicken, und der gesamte Bücherschrank schob sich zur Seite.

«Genau wie im Film», scherzte Lichtenstern. Sie standen vor einer Metalltür mit einem Tresorrad, das so groß wie ein Schiffsruder war und in der Mitte abermals eine Tastatur hatte.

Lichtenstern tippte, ohne zu zögern, die Ziffern ein und drehte an dem Rad.

«Sesam, öffne dich!»

Die gut faustdicke Tür schwenkte nach innen weg und gab einen zimmergroßen Tresor frei.

«Nach Ihnen, die Damen.»

Er half Alice in den Tresorraum. Naomi folgte achtsam. Auf Regalen standen kleine Holz- und Marmorskulpturen neben Büchern und Kartons.

«Entschuldigung, die Damen, aber Vorschriften sind Vorschriften. Ich bin verpflichtet, möglichst schnell hinter uns zu schließen.»

Die Tür klickte zu. Sie waren eingesperrt. Auf dem Tisch im Tresor lag ein Stapel Bücher neben einem Laptop und einem iPad. Offenbar arbeitete Lichtenstern in diesem Raum.

Naomi näherte sich einem großen Buch, das in einer Nische in der Wand lag. «Es ähnelt genau dem von vorhin», sagte sie.

«Sollen wir ihr ein Geheimnis verraten?», fragte Lichtenstern Alice. «Können wir ihr vertrauen?»

Sie schauten jetzt beide zu Naomi.

«Und, Naomi? Schwörst du feierlich, dass du alle Geheimnisse, die du hier zu hören bekommst, für dich behalten wirst?»

Naomi starrte zurück.

«Ich bin gespannt, bei welchem Gott du wohl schwörst, Naomi.»

«Jetzt sag es ihr schon, Lichtenstern.»

«Das hier ist die echte Gutenberg.»

Naomi drehte sich wieder zu dem Buch.

«Und was ist mit der Bibel in der Bibliothek?»

«Ach, das ist auch eine Gutenberg. Ein respektables Exemplar. Allerdings ist es nicht das früheste.»

«Dieses hier ist teurer?»

«Immens viel teurer.»

«Und die andere Bibel liegt da, um ...?»

«Um eventuelle Diebe in die Irre zu führen.»

«Aber wer könnte das Buch stehlen? Niemand schafft es bis zu Babel.»

«Und doch gelangen Menschen bis hierher. Du beispielsweise.»

«Ich bin keine Diebin.»

«Das ist schön zu hören», sagte Lichtenstern. «Dann kann ich dir ja ruhigen Herzens die nächsten Meisterwerke zeigen.»

Er deutete auf drei Gemälde, die über der Gutenberg hingen. Jedes zeigte einen runden Turm, der gerade im Bau oder Abriss befindlich war.

«Irgendeine Ahnung, was das darstellen soll, Naomi?»

«Den Turmbau zu Babel?»

«Auf Anhieb richtig. Die beiden linken sind Werke von Bruegel, das andere ist von Van Valckenborch.»

Naomi sah sich die Gemälde genauer an.

«Sehen aus, als wären es Bilder aus einem Buch.»

«Aus dem Buch der Bücher, um genau zu sein.»

«Hochmut kommt vor dem Fall», sagte Alice. «Wir kennen die Geschichte.»

«Gegen ein wenig Ehrgeiz lässt sich nichts einwenden. Wo wäre dieses Land, wenn es nicht groß gedacht hätte? Wo wäre Ihr Großvater, hätte er seine Chancen nicht ergriffen? Wäre Bruegel demütig geblieben, dann hätte er vielleicht Hauswände angemalt, und wir hätten diese Meisterwerke nie besessen. Die Geschichte vom Turmbau zu Babel handelt übrigens nicht vom Hochmut. Sondern von der Verwirklichung von Träumen.»

Er streckte sich etwas, die Hände auf dem Rücken, wie ein Kind, das ein vertrautes Gedicht vortrug.

«Und sie sprachen: ‹Wohlan, lasst uns eine Stadt bauen und einen Turm, dessen Spitze bis an den Himmel reicht, dass wir uns einen Namen machen, damit wir ja nicht über die ganze Erde zerstreut werden!› Da stieg der HERR herab, um die Stadt und den Turm anzusehen, den die Menschenkinder bauten. Und der HERR sprach: ‹Siehe, sie sind ein Volk, und sie sprechen alle eine Sprache, und dies ist der Anfang ihres Tuns! Und jetzt wird sie nichts davor zurückhalten, das zu tun, was sie sich vorgenommen haben. Wohlan, lasst uns hinabsteigen und dort ihre Sprache verwirren, damit keiner mehr die Sprache des anderen versteht!› So zerstreute der HERR sie von dort über die ganze

Erde, und sie hörten auf, die Stadt zu bauen. Daher gab man ihr den Namen Babel, weil der HERR dort die Sprache der ganzen Erde verwirrte und sie von dort über die ganze Erde zerstreute.»

Er ließ eine kurze Stille eintreten und wandte sich dann an Alice.

«Sehen Sie, Fräulein Alice, nirgendwo wird erwähnt, dass die Menschen den Turm aus Hochmut gebaut hätten.»

«Aber Gott wollte es nicht», sagte Naomi.

«Das ist Gottes Problem, nicht unseres», antwortete Lichtenstern.

«Unseres, Lichtenstern? Das hört sich ja so an, als wärst du selbst einer dieser Erbauer.»

«So fühle ich mich auch, Fräulein Alice. Als jemand, der an einem Projekt arbeitet, das der Menschheit helfen kann, und der aus dieser Welt einen besseren Ort machen will.»

«An was für einem großen Projekt arbeitest du denn?»

Er tippte sich an die Nase. «Sagen wir mal, dass ich da weitermachen will, wo die Erbauer des Turms aufgehört haben.»

«Willst du noch höher hinaus, Lichtenstern? Viel höher zu bauen als der Ort, an dem wir jetzt stehen, ist technisch nicht möglich. Wir brauchen übrigens keine Türme mehr, um in den Himmel zu gelangen. Der Mensch kann schon eine ganze Weile fliegen, weißt du?»

«Vielen Dank für diese Information. Ich notiere es mir sofort: Der Mensch kann fliegen.»

Er schaute auf seine Armbanduhr.

«Und das müssen wir auch, denn Abraham Babel mag es gar nicht, wenn seine Gäste zu spät kommen.»

Er zog die Tresortür auf und half Alice hinaus. Sie rollte weiter in den Flur. Er ging Naomi voran, blieb jedoch an der Tür der Bibliothek stehen.

«Kommen Sie nicht mit?», fragte sie.

«Gleich. Ich habe noch zu arbeiten.»

Er blieb jedoch an die Tür gelehnt stehen. Wenn Naomi hinauswollte, musste sie sich an ihm vorbeizwängen.

«Du hast es gut getroffen, Naomi. Erst warst du eine der unzähligen Arbeitsbienen von Babel, und kurze Zeit später befindest du dich im Herzen des Korbes und versorgst die Königin.»

«Mir ist klar, wie viel Glück ich habe.»

«Glück? Eine glückliche Fügung der Umstände, so nennt man das doch? Zufall. Aber ich glaube nicht an Zufall, Naomi. Ich glaube, dass alles vorherbestimmt ist. Jeder Zug ist geplant.»

«Fräulein Alice wartet auf mich», sagte sie und versuchte, an ihm vorbeizuhuschen, doch er füllte die gesamte Türöffnung aus.

«Glaubst du an das Schicksal, Naomi?»

«Ich glaube an harte Arbeit.»

«Sagte die Luxusmagd der Prinzessin. Weißt du, wo du jetzt wärst mit all deiner harten Arbeit? In den Kellern, und zwar auf den Knien. Dass du hier in einem viel zu teuren Kleid und nach Alices Parfüm duftend in Babels Bibliothek stehen darfst, hast du mir zu verdanken. Dein Schicksal und meines sind miteinander verwoben, Naomi. Ich weiß nur noch nicht, ob das eine gute oder eine schlechte Nachricht ist.»

«Eine schlechte Nachricht für Sie? Oder für mich?»

Er nahm ihre Hand und legte sie an seine Wange.

«Bist du meine Schwachstelle, Naomi? Wirst du meine Pläne durchkreuzen? Werde ich mein Lebensziel verfehlen, weil ich mir den Kopf verdrehen lasse von ... ja, von was? Warum bin ich so interessiert, Naomi? Du bist nicht hübsch. Du bist nicht klug.»

«Ist das Ihre Art zu flirten, Herr Lichtenstern?»

«Ich flirte nicht. Bist du das Falsche schon so gewohnt, dass du keine Aufrichtigkeit mehr erkennst? Das hier ist eine Art, mich zu beschützen und deiner Magie zu entledigen. Indem ich dich sehe, wirklich sehe und das Bild von dir, das ich schon die ganze Zeit mit mir herumtrage, mithilfe der Wirklichkeit zermalme, die vor mir steht.»

Er legte den Kopf in den Nacken und schnaubte.

«Mein Gott», sagte er. «Was machst du mit mir?»

Naomi schrak auf, als sie Alice durch den Flur fahren hörte.

«Naomi! Wo steckst du?»

Er kniff sie in eine Brustwarze, so fest und unerwartet, dass sie laut aufschrie.

«Die Zeit der Spielereien ist vorbei.»

Er küsste sie fest auf den Mund, drehte sich um und ging ins Zimmer zurück.

«Hier bist du.»

Alice war bis an die Türöffnung gefahren.

«Ich warte schon Ewigkeiten vor dem Aufzug. Wo hast du gesteckt?»

Ihr Blick glitt von Lichtensterns Rücken, der gerade im Tresor verschwand, zu Naomis roten Wangen. Sie wendete den Rollstuhl und fuhr wortlos davon.

Wer ist Naomi Y?

Wer Naomi verstehen will, muss wissen, wer ihre Mutter ist. Marianne Y wird in einem Satellitenstädtchen der Hauptstadt geboren. Sie ist die Tochter von Jerome Y, der bei der Metro arbeitet, und der Hausfrau Angelica W. Ihre Mutter beschreibt Marianne als eine unruhige Seele; eine, die immer auf der Suche sei. Was sie sucht, bleibt unklar, aber sie sucht es an den merkwürdigsten Orten. Mit sechzehn wirft sie die Schule hin, weil das echte Leben nicht in Büchern zu finden ist. Von einem Scout entdeckt, wird sie Model, aber ihre Eltern sehen selten ein Ergebnis ihrer Tätigkeit, die ihr kein Geld einbringt, sondern vielmehr Essstörungen sowie einen recht vertrauten Umgang mit Drogen. Sie bricht rigoros mit den Normen ihrer Eltern. Bis hierher nichts Außergewöhnliches. Jedes Jahr ziehen Hunderte von Mariannes in die Großstadt, bereit, ihren Traum zu verwirklichen. Der Schlüssel zum Erfolg, haben sie in sämtlichen Biografien von Schauspielerinnen und Sängerinnen gelesen, sei ein felsenfester Glaube an sich selbst, und den besitzen sie, wenn auch selten mehr als das. Die Biografien erwähnen nicht, dass es zum Erfolg noch mehr braucht: Talent, Menschenkenntnis, Willenskraft, die Möglichkeit, mit Rückschlägen umzugehen, Geduld, Verbissenheit und vor allem eine enorme Bereitschaft zu arbeiten, tagein und tagaus. Wer möchte schon lesen, dass man in erster Linie hart arbeiten muss? Es ist nicht so ungewöhnlich, dass Marianne wenige Jahre später nach Hause zurückkehrt. Sie ist immer noch eine unruhige Seele, sogar mehr, seit die erste Frische dahin ist und sie bis heute nicht gefunden hat, was sie sucht.

Sie hat eine Tochter, Naomi. Wer der Vater ist, bleibt unklar. Als Marianne diesbezüglich vage bleibt, geben ihre Eltern es auf, noch dahinterkommen zu wollen. Ist es, weil sie den Mann vergessen will, oder weiß sie es schlichtweg nicht?

Die Großeltern befürchten, das Kind könnte mit zu geringen Chancen heranwachsen, wenn die Mutter ihr unregelmäßiges Leben in der Stadt fortsetzt, und ausnahmsweise gibt Marianne ihnen recht. Nachdem sich herausgestellt hat, dass ein Kind nicht die Antwort auf ihre Fragen ist, sondern ihre Suche lediglich erschwert, kann sie es besser zurücklassen. Also wird Naomi von ihren Großeltern großgezogen. Manchmal kommt die Mutter zu Besuch, in Gesellschaft von immer wieder anderen Männern und beladen mit Geschenken, wenn ihre Filmkarriere gut läuft. Nach den Titeln der Filme fragen ihre Eltern wohlweislich nie.

Naomi kennt ihre Mutter als eine Wolke von Parfüm und aufreizenden Kleidern, heißen Tränen und würgenden Umarmungen. Die Besuche dauern nie lange. Schon nach einem Abend hat Marianne wieder genug. Dann muss sie fort, bevor sie in dem Essen erstickt, das ihre Mutter rasch zusammengekocht hat.

Naomi vermisst ihre Mutter, ist aber ansonsten ein glückliches Kind. Fragt man sie, was sie später werden will, dann antwortet sie: Frisörin. Sie sagt nie: Schauspielerin. Ihre Zukunft raubt ihr nicht den Schlaf.

Als sie elf ist, kommt Marianne sie holen. Naomis Mutter trägt jetzt eine Bluse mit langen Ärmeln und einen langen, schwarzen Rock, und ihr Haar ist unter einem Kopftuch versteckt. Der Mann, der sie begleitet, heißt Yusuf. Er ist groß und breit, hat einen Bart und eindringliche schwarze Augen. Er ist nicht einfach nur irgendwer. Marianne und Yusuf sind verheiratet.

Die Großeltern wollen Naomi nicht sofort hergeben, aber rechtlich sind sie machtlos. Wie sollen sie verhindern, dass das

Kind zu ihrer Mutter zieht, besonders seit sie ihrem unsteten Leben abgeschworen hat und mit jemandem verheiratet ist, der einer festen Arbeit nachgeht?

Ihre Tochter führt jetzt das Leben, das sie sich immer für sie gewünscht haben, und doch sind sie noch besorgter als sonst. Sie kennen ihre Tochter. Sie wissen, wie schwer es ihr fällt, ihre Ungeduld zu verbergen. Sie sind eingeschüchtert von Yusuf, der, so vermuten sie, im Gegensatz zu Mariannes anderen Männern keine Toleranz zeigen wird, wenn sie ihrer Rolle als gute Hausfrau und Mutter überdrüssig ist. Sie müssten eigentlich froh sein, dass ihre Tochter ihren Gottesglauben wiedergefunden hat, aber genau dieser Glaube ist es, der ihnen Angst macht. Sein Gott ist nicht der ihre.

Sie gestehen es sich gegenseitig nicht ein, aber was aus ihrer Tochter wird, ist ihnen tief im Inneren mittlerweile gleichgültig. Wenn sie sich unter einem Schleier begraben will, dann ist das ihre Entscheidung, und die ist nicht viel sonderbarer als alle früheren Entscheidungen in ihrem Leben.

Sorgen machen sie sich um Naomi. Was wird aus ihr werden?

Das werden sie erst erfahren, als es schon zu spät ist.

Naomi lässt das Haus mit dem Garten hinter sich und zieht mit ihrem neuen Vater und einer Mutter, die sie kaum kennt, in eines der ärmeren Stadtviertel, in eine Wohnung zwischen Hunderte anderer Leute, die sie nicht versteht. Das Essen ist ihr fremd, die Gerüche sind anders.

Sie ist jetzt jeden Tag mit ihrer Mutter zusammen. Vor die Tür gehen sie nur zum Einkaufen und zu religiösen Aktivitäten. Anfangs besucht Naomi auch keine Schule, bis mehrere von ihren Großeltern eingeschaltete Behörden sich einmischen.

Naomis Mutter ist wütend. In der Schule würden Kinder zu willenlosen Lohnsklaven geformt, die die dekadenten Werte dieser Gesellschaft wiederkäuen, meint sie. Eine Frau brauche keine Schule. Sie sei für eine heiligere Aufgabe vorgesehen.

Yusuf jedoch möchte jede unnötige Aufmerksamkeit vermeiden, und Marianne sieht sich gezwungen, ihre Tochter in die Schule zu schicken. Naomi muss jedoch auf der Hut sein. Sie dürfe sich nicht von dem beeinflussen lassen, was sie in der Schule zu hören bekomme. Es sei sogar besser, in der Schule überhaupt nichts zu sagen.

Naomi gewinnt keine Freunde. Es ist eine dunkle Zeit, auch im wörtlichen Sinn. In der Wohnung sind die Vorhänge den ganzen Tag hindurch geschlossen. Yusuf arbeitet nachts und schläft tagsüber.

Ab und zu bekommen sie Besuch. Die Männer ziehen sich mit Yusuf in dessen Zimmer zurück, und die Frauen bleiben mit Naomi und ihrer Mutter in dem dämmrigen Wohnzimmer sitzen. Naomi bemerkt, dass ihre Mutter zu viel redet, wenn Besuch da ist. Sie will die anderen Frauen mit ihrem neuen Wissen übertrumpfen. Sie fasst sie auch an, legt kontakthungrig ihre Hand auf deren Hand oder Knie. Naomi sieht, wie sich die Frauen zurückziehen und immer mehr verstummen, je lauter ihre Mutter wird. Trotz all ihrer Anstrengungen und der schwierigen Entscheidungen, die sie treffen musste, wird sie nicht akzeptiert. Die Frauen tun das, was sie tun, weil es sich so gehört, und sind nicht der Meinung, sie müssten für ihre Opfer belohnt werden. Für sie ist dieses Leben eine Fortsetzung dessen, was sie immer gekannt haben. Naomis Mutter ist diejenige, die sich in eine neue Rolle gestürzt hat und die anderen jetzt auf Selbstverständlichkeiten hinweist, die für sie neue Entdeckungen sind. Die Frauen bleiben freundlich. Naomis Mutter ist ein Kind, das sich anstellt, und mit Kindern haben sie Geduld. Sie warten, bis Yusuf kommt und wissen will, wo der Kaffee bleibt. Seine Anwesenheit beruhigt Marianne.

Naomi hört den Mädchen zu, die manchmal mitkommen. Sie unterhalten sich über die Schule. Über Ereignisse in anderen Ländern. Die Nachrichten. Kriege. Sie reden über Jungs. Naomi kennt keine Jungs. Sie verfolgt keine Nachrichten. Die Schule geht an ihr vorbei.

Obwohl sie wenig sagt, betrübt es sie immer, wenn sich die Mädchen verabschieden. Sie bitten sie nie, sie doch auch einmal zu besuchen. Naomi braucht sich nicht zu fragen, warum. Sie sieht, wie ihre Mutter im Wohnzimmer steht, die Fäuste geballt und bereit, einen unsichtbaren Feind anzugreifen, immer noch wortreich, obwohl die Männer schon hinzugekommen und alle im Aufbruch begriffen sind. Sie weiß, wie der Abend enden wird, sind die Gäste erst einmal verschwunden. Mit Streit und Geschrei. Mit ihrer Mutter, die in Tränen ausbricht. Mit Yusuf, der sie ins Schlafzimmer führt.

Alles ändert sich, als ihre kleine Schwester zur Welt kommt. Naomi vergisst das Drama im Krankenhaus (ihre Mutter besteht darauf, dass der behandelnde Arzt, ein Mann, weggeschickt wird) in genau dem Moment, als sie Ayesha in die Arme gelegt bekommt. Sie kann jetzt schon sehen, dass dies ein ganz besonderes Kind ist. Es hat Mariannes Gesichtszüge, aber Yusufs weise Augen. Es ist das schönste Kind in der Entbindungsklinik, da sind sich die Krankenschwestern einig. Das finden auch ihre Großeltern, die plötzlich zwischen Yusufs Verwandten und Freunden auftauchen. Sie sind alt und gebrechlich geworden. Wie sie von ihrem neuen Enkelkind erfahren haben, bleibt unklar. Naomi vermutet, dass Yusuf sie angerufen hat. Marianne würde sie am liebsten hinauswerfen, aber das käme bei ihrer neuen Familie nicht gut an, also darf Naomis Großmutter ihre neue Enkelin in die Arme schließen.

Ihr Großvater nimmt Naomi mit in die Cafeteria. Er fragt, wie es ihr geht. So viele Fragen sind in dieser einen Frage verborgen. Naomi antwortet, alles sei in Ordnung. Ja, sie gehe zur Schule. Es fehle ihr an nichts. Das Geld, das er ihr geben will, weist sie zurück. Was sollte sie sich damit auch kaufen?

«Kommst du uns mal besuchen?», fragt ihr Großvater. «Deine Großmutter würde sich so sehr freuen.»

«Vielleicht», sagt sie.

Sie wissen beide, dass ihre Mutter sie nicht fortlassen wird.

Sie gehen zurück ins Zimmer. Ihr Großvater und Yusuf schütteln sich die Hand. Dann sind ihre Großeltern weg.

Yusuf ist Naomi gegenüber schon immer aufmerksam gewesen, ist das aber noch mehr, als sie in die Wohnung zurückkehren. So als befürchtete er, sie könnte bemerken, dass seine ganze Liebe seiner eigenen Tochter gilt. Sie nimmt es ihm nicht übel. Auch ihre ganze Liebe gilt ihrer kleinen Schwester. Sie teilen sich die Sorge für sie. Ihrer Mutter fehlt dazu die Geduld. Sie ist enttäuscht von Ayesha. Sie hätte ihrem Mann lieber einen Sohn geschenkt. «Beim nächsten Mal», sagt Yusuf. Aber ein nächstes Mal wird es nicht geben, denn plötzlich ist er verschwunden. Ihre Mutter weiß offenbar, wohin, denn sie macht sich keine Sorgen. Sie kann jedoch nichts sagen, auch nicht zu ihrer eigenen Tochter. Zwei Wochen später weiß Naomi alles. Yusuf ist ins Ausland, wo er als Kämpfer für den wahren Glauben ausgebildet wird. Rasch zurückkehren wird er nicht.

Obwohl Yusuf fort ist und ihre Mutter nicht arbeiten geht, leiden sie nicht an Geldnot. Die Miete wird von Freunden bezahlt. Die Familie kommt häufig zu Besuch. Sie haben mehr Geduld mit ihrer Mutter, seit sie ihren Mann entbehren muss. Sie beugen sich über die kleine Ayesha, die von Tag zu Tag schöner wird. Sie lassen mehr Essen da, als Naomi und ihre Mutter verzehren können.

Naomi hat ihrem Großvater gesagt, es gehe ihr gut, und zu ihrer eigenen Verwunderung ist das keine Lüge. In der Schule kommt sie ohne große Mühe mit. Sie schließt einige behutsame Freundschaften, aber das sind keinesfalls die Orgien aus Herzensbekenntnissen und Zärtlichkeiten, die sie zwischen anderen Mädchen entstehen sieht. Sie hält Distanz. Sie misstraut ihren Gefühlen. Ihr ist klar, dass solche Herzensbekenntnisse für sie nicht infrage kommen, denn ihre Situation zu Hause ist nicht wie die anderer Mädchen. Sie weiß instinktiv, dass sie besser nichts davon preisgibt. Sie kann nicht vollständig ehrlich sein, und selbst eine teilweise Ehrlichkeit würde enthüllen, dass sie anders ist. Und eine größere Sünde, als anders zu sein, gibt es nicht. In der Schule hält man sie für kühl.

Zu Hause kann sie ihre Liebe bei ihrer kleinen Schwester loswerden. Sie erledigt die Einkäufe und lässt Marianne Zeit für ihre Bücher, ihre Videobotschaften und ihre Sprachkurse. Einmal bekommen sie Besuch von einem von Yusufs Freunden. Er kommt allein, und das ist ungewöhnlich. Er muss ihrer Mutter offenbar etwas im Vertrauen mitteilen, und sie ziehen sich ins Schlafzimmer zurück. Aber Marianne ist nicht mehr das Mädchen von früher. Kurz darauf verlässt der Mann das Zimmer, während ihre Mutter ihn mit allem bewirft, was ihr in die Hände kommt.

Irgendwie erfahren das die anderen Frauen und sind beeindruckt. Sie kommen jetzt noch häufiger vorbei. Sie werden gesprächiger. Offenbar läuft auch bei den Gläubigen nicht immer alles perfekt. Eines der Mädchen ist nicht mehr dabei. Sie war schwanger. Und unverheiratet. Was mit ihr passiert ist, ist Naomi nicht klar. Eine der anderen Frauen umgibt eine geheimnisvolle Trauer. Es dauert Monate, bevor sich Naomi aus sämtlichen Anspielungen auf verdammte Städte und einstürzende Türme zusammenreimen kann, worum es geht. Aber auch nachdem sie die Fakten zusammengesucht hat, versteht sie das Ganze nicht recht und fragt am Ende doch ihre Mutter. Die reagiert gerührt auf die Unschuld ihrer Tochter, lässt sie aber nicht lange im Ungewissen, sondern berichtet ihr detailliert, was manche Männer miteinander anstellen. Sie selbst habe nie Sympathie für Leute dieser Art gehegt. Sie möge echte Männer. Für die anderen fehle ihr die Geduld. Und natürlich sei es ein Gräuel. Die Frau habe recht daran getan, ihren Sohn Aziz zu verstoßen. Er werde seinem Schicksal nicht entrinnen, sondern zusammen mit den anderen zugrunde gehen.

Ihre Mutter spricht in dieser Zeit häufiger von Vernichtung und Vergeltung. So als schwankte die Welt da draußen am Rande des Untergangs und als bräuchte sie nur noch einen kleinen Schubs.

Es ist jedoch ihre eigene Welt, die zusammenbricht, als eines Abends mehrere Männer an der Tür erscheinen. Sie bringen schlechte Nachrichten. Yusuf ist tot.

Ihre Mutter wird hysterisch. Die Männer können gerade noch verhindern, dass sie aus dem Fenster springt. Sie halten ihre Fäuste fest, damit sie sich nicht ins Gesicht schlagen kann. Sie zwingen sie auf einen Stuhl und halten sie da, bis die Frauen eintreffen. Sie schüchtern neugierige Nachbarn ein, die sich beim Anblick der Männer schnell in ihre Wohnungen zurückziehen.

Naomi übernimmt jetzt die Sorge für die ganze Familie. Ihre Mutter schert sich die Haare ab und ritzt sich Yusufs Namen in die Arme. Eines Tages läuft sie hinaus auf die Straße und attackiert einen Fremden mit einem Brotmesser. Zum Glück bleibt es bei einem Handgemenge, und Naomi, die ihr in Panik hinterhergerannt ist, kann den Mann besänftigen. Seither ist sie auf der Hut und bewacht ihre Mutter. Sie geht nicht mehr zur Schule. Die Sozialarbeiter, die an der Tür erscheinen, lassen sich leicht davon überzeugen, dass sie der Situation gewachsen ist. Naomi schwadroniert etwas von ihrer Verwandtschaft, die sich ebenfalls um sie kümmert.

Es gibt einfachere Fälle. Die Welt vergisst sie.

Nicht so die Familie. Diese übernimmt ab und zu die Wache bei ihrer Mutter, damit sie nach draußen ins normale Leben kann, wo Kinder im Park spielen und die Leute zu ihrer Arbeit hasten. Das ist die Welt, die ihre Mutter am allerliebsten in Flammen aufgehen sähe.

Schon dreizehn Jahre wohnt Naomi in der größten Stadt der Welt – *dem* Zentrum der Kunst und Kultur –, und noch nie hat sie ein Museum besucht, noch nie eine Tanzdarbietung oder eine Sportveranstaltung gesehen, noch nie ist sie auf dem großen Fluss Schlittschuh gelaufen, noch nie hat sie unter freiem Himmel gepicknickt oder die Metro genommen, noch nie ist sie auf einem der Wolkenkratzer gewesen, um die Stadt zu ihren Füßen zu betrachten. Noch nie ist sie einer Berühmtheit auf der Straße über den Weg gelaufen. Sie hätte die Berühmtheit auch gar nicht erkannt. Sie sieht schon seit Jahren nicht fern, abgesehen von den Nachrichten, und die sind immer schlecht.

Die Stadt schreckt sie ab. Sie ist eine Fremde im eigenen Land geworden. Sie weiß nicht, welche Regeln in den Straßen gelten.

Sie lernt allerdings schnell. Sie muss. Sie ist diejenige, die das Geld verwaltet, die den Haushalt führt, die kocht und wäscht. Sie ist es, die auf der Straße handgreifliche Jungs von sich stößt. Sie ist es, die zwei Einbrecher aus der Wohnung jagt, indem sie so bedrohlich mit einem Messer herumfuchtelt, dass die Männer Reißaus nehmen. Sie ist es, die ihre Mutter in ihren dunkelsten Tagen versorgt.

Sie war ein schüchternes Kind, als sie bei ihren Großeltern

wohnte, aber jetzt hat eine neue Naomi sich wie ein Harnisch um die alte geschlossen. Es gibt keine andere Möglichkeit. Wenn sie nicht stark ist, wird sie untergehen. Für sie und ihre Mutter wäre das nicht weiter schlimm. Aber für Ayesha ...

Ayesha fürchtet sich nicht vor der Welt. Sie lernt laufen im Park, betrachtet verwundert die Enten, rennt auf wackeligen Beinchen einer Plastiktüte hinterher, probiert neugierig ein weggeworfenes Bonbon. Voll Vertrauen geht sie auf Männer mit Hunden zu, auf Frauen mit anderen Kindern und wird auch sofort akzeptiert. Es ist nicht nur ihre Schönheit, sondern auch ihre Unbefangenheit, die einnimmt.

Naomi weiß, dass sie Ayesha warnen muss. Sie ist ein Kind aus Glas in einer Welt aus Stein. Aber sie kann es nicht. Sie kann Ayesha diesen offenen Blick und dieses Lächeln nicht nehmen. Sie kann lediglich dafür sorgen, dass ihr nie etwas Schlimmes zustoßen wird.

Wenn Leute glauben, Ayesha wäre ihre Tochter – was manchmal vorkommt –, dann fühlt Naomi sich glücklich. Wenn sie an die Zukunft denkt, dann sieht sie sich allein mit Ayesha. Es sind schändliche Gedanken. Sie ist angewiesen auf die Familie.

Immer wenn sie aus dem Park zurückkehren, geht es ihrer Mutter besser. Die Frauen haben sie reden lassen, sodass sie ihr Glück und ihren Verlust ein weiteres Mal erleben konnte. Aber sie tun mehr. Sie flüstern ihr einen neuen Lebenssinn ein. Naomi sieht, wie ihre Mutter sich zusammennimmt und ihre Trauer teilweise von sich abschüttelt. Den Haushalt überlässt sie ganz Naomi. Sie hat andere Aufgaben. Sie berät sich mit den Freunden ihres Vaters.

Sie blüht auf. Naomi vermutet, dass es einen anderen Mann in ihrem Leben gibt, auch wenn Yusufs Foto einen Ehrenplatz im Schlafzimmer besitzt. Aber das ist es nicht. Naomis alte

Mutter ist tot, und aus ihrer Asche ist eine neue Frau gestiegen. Marianne hat endlich gefunden, wonach sie so lange gesucht hat. Sie hat ein Ziel.

Als Naomi eines Tages wiederkommt, in jeder Hand eine Tüte mit Einkäufen, sieht sie eine Menschentraube vor dem Schaufenster eines Geschäfts mit Fernsehern. Es gibt eine Nachrichtensondersendung. Sie ist nur selten neugierig, aber diesmal bleibt sie stehen.

In der Stadt hat es eine Explosion gegeben, ein Attentat auf den reichen Abraham Babel. Die Rede ist von mindestens vier Toten. Zeugen hätten eine Frau mit einem Kind auf dem Arm gesehen, die auf das Auto zuging, kurz bevor es in die Luft flog. Naomi weiß nicht, warum sie plötzlich eine solche Angst erfasst. Vielleicht, weil ihre Mutter sie am Morgen etwas zu nachdrücklich mit einem ellenlangen Einkaufszettel aus dem Haus geschickt hat?

Eine Frau mit einem Kind auf dem Arm. Naomi lässt die Tüten fallen und rennt durch die Straßen. Noch ein ganzes Stück vor der Wohnung erwartet sie ein Auto, in dem die Freunde ihres Vaters sitzen. Da weiß sie genug. In die Wohnung muss sie nicht mehr. Man zieht sie in das Auto. Sie hat nur eine Frage, die sie nicht zu stellen wagt. Sie sieht Ayesha wieder vor sich, ihre molligen kleinen Händchen, ihre Augen aus schwarzem Glas.

Ein Mann dreht sich zu ihr um.

«Du brauchst nicht traurig zu sein», sagt er. «Sie sind jetzt im Himmel.»

Aus: Babel, ein Traum von Macht, Thomas Rosen & Aziz al-Kashani

Babel unterhielt sich eifrig mit einer Frau in einem maßgeschneiderten weißen Anzug. Ihre schwarzen Augen glühten wie Kohlen in dem gebräunten Gesicht. Sie wirkte reich genug, sich ein jüngeres Gesicht zulegen zu können, hatte aber offenbar beschlossen, sich mit ihren Falten zu versöhnen.

Alice rollte auf sie zu.

«Layla, ich denke nicht, dass du meine Enkelin schon kennengelernt hast?»

«Layla Fadiz, angenehm.» Die Frau in dem Maßanzug streckte ihre Hand aus.

«Layla Fadiz, die Architektin?», fragte Alice und ergriff ihre Hand. «Ich bin ein großer Fan von Ihnen!»

Die Frau lachte erstaunt. «Ein Fan, auch das noch! Wem habe ich das zu verdanken?»

«Der Bibliothek von Nur-ud-Din! Was für ein Bau! Ich war ungefähr acht, als ich ihn zum ersten Mal sah. Meine Eltern hatten sich noch nicht mal die Mühe gemacht, mich vorzuwarnen. Sie hatten mir nur gesagt, dass sie ein wenig in der Bibliothek forschen wollten. Ich hatte ein dunkles, langweiliges Gebäude mit ein paar überflüssigen Türmchen hier und da erwartet, aber nicht das Monster, das da plötzlich aus der Wüste auftauchte.»

«Ein Monster, Fräulein Alice?»

Die Frau zog eine Augenbraue hoch und warf einen Blick zu Babel.

«Ich merke, dass du genau wie dein Großvater eine sehr eigene Art hast, Menschen Komplimente zu machen.»

«Ach bitte, verstehen Sie mich nicht falsch. So hat es auf mich gewirkt, w ie ein beeindruckendes Ungetüm, etwas Übernatürliches und ganz Besonderes. Es leuchtete schon von Weitem in der Hitze, mit dem ganzen weißen Beton und diesen großen Rippen mit ihren Löchern. Es erinnerte mich an ...»

«Nur heraus damit. Bitte keine falsche Zurückhaltung. Woran hat es dich erinnert?», fragte die Architektin.

«An das Skelett eines riesigen Dinosauriers.»

«So habe ich es meinen Geldgebern gegenüber nicht unbedingt beschrieben», meinte die Architektin und lachte. «Aber ich verstehe, was du meinst.»

«Stören Sie sich bitte nicht an dem, was ich sage. Ich habe keinen blassen Schimmer von Architektur. Ich war nur sehr beeindruckt. Es wirkte wie eine Kathedrale aus sonnengebleichten Rippen, so groß, so licht und gleichzeitig so kühl, dass ich nicht mehr zurück in die Wüste wollte, sondern am liebsten in diesem großen Bauch geblieben wäre. Meine Eltern mussten mich regelrecht ins Auto zerren.»

«Ich bin selbst auch nicht unzufrieden mit dem Gebäude», sagte Layla Fadiz.

«Warte, bis du ihre neuen Entwürfe siehst», sagte Babel. «Layla wird sich die alten Hafendocks vorknöpfen.»

«So weit sind wir noch nicht, Abraham.»

«Die Genehmigung wird schon kommen.»

«Erst muss ein ganzes Wohnviertel weichen, und das sorgt immer für Ärger. Für die Presse ist das jedes Mal ein gefundenes Fressen. Ich sehe schon die Schlagzeilen: ‹Hart arbeitende Gemeinschaft zerstört durch Größenwahn-Projekt›.»

«Hart arbeitend! Layla, du weißt doch genau wie ich, dass es da vor Illegalen und Drogensüchtigen nur so wimmelt. Es ist eine faule Stelle in der Stadt und höchste Zeit, dass dagegen etwas getan wird.»

«Meinen Sie das Barrio an den Docks?», fragte Naomi, die sich jetzt auch dazugesellt hatte.

«Layla, das ist Naomi, der Compagnon meiner Enkelin.»

«Kennst du Leute in diesem Viertel, Naomi?», fragte Layla Fadiz.

«Ich nicht», sagte Naomi, «aber einige der Mädchen, die hier arbeiten, kommen von dort.»

«Und sind heilfroh, dieser Umgebung entronnen zu sein», sagte Babel. «Vielleicht sollten wir diese Mädchen zu Wort kommen lassen. Wenn das Viertel selbst der Meinung ist, es sei Zeit für eine Veränderung, dann entreißen wir den Gegnern des Projekts ihr letztes Argument!»

«Ich denke nicht, dass man der Meinung von Mädchen, die zufällig auch deine Arbeitnehmerinnen sind, einen großen Wert beimessen wird.»

«Die Presse überlass bitte mir», sagte Babel.

In diesem Moment kam eine alte Frau ins Zimmer gehumpelt, fest auf einen Spazierstock gestützt. Sie trug eine lange weiße Hose und eine rosa Bluse mit großen Blumenprints. Fast schien es, als besäße sie keine eigenen Gesichtszüge mehr, sondern hätte sich stattdessen welche aufgemalt. Das knallrote Haar war eindeutig eine Perücke und der dick aufgetragene Lippenstift konnte nicht verhüllen, dass ihr Mund längst verdorrt war. Ihre eingesunkenen Augen hatte sie mit Eyeliner umzirkelt, und die falschen Wimpern verliehen ihr einen immerfort erstaunten Blick.

«Dreihundert Stockwerke, Babel. Dreihundert! Ich sage es dir ehrlich: Die Vorstellung, dreihundert Stockwerke lang in einem dieser fürchterlichen Fahrstühle zu stecken, hätte beinahe genügt, mich umkehren zu lassen.»

Ihre großen Zähne schienen ihr jeden Moment aus dem Mund hüpfen zu können.

«Willkommen, Myriam.»

«Herzlichen Glückwunsch zum Geburtstag, Abraham. Hier.» Sie holte ein kleines Paket aus ihrer Hosentasche.

«Was schenkt man dem Mann, der alles hat?»

Sie suchte den Blick von Alice.

«Gib deiner Tante einen Kuss, mein Schatz.»

Naomi nahm ein Gemisch aus Eau de Cologne und Alteleutegeruch wahr, als sich die Frau über Alice beugte, die von ihrem Rollstuhl aus ihre Lippen auf die runzligen Wangen drückte.

«Das wäre doch nicht nötig gewesen, Myriam», sagte Babel. Er zog ein kleines, gerahmtes Foto aus dem Geschenkpapier hervor.

«Ich dachte, du würdest es vielleicht haben wollen», sagte die alte Frau.

Babels Lächeln verschwand.

«Babu, was ist?», fragte Alice.

«Nichts, Liebes, es ist nichts.»

«Was hat Tante Myriam dir geschenkt? Darf ich es sehen?»

«Natürlich», sagte er, umklammerte den Rahmen aber weiter mit den Händen.

«Wie geht es dir, Kindchen?», fragte die alte Frau.

«Jeden Tag ein wenig besser.»

«Dann gleichen wir uns gegenseitig aus», sagte die Frau. «Mir geht es jeden Tag etwas schlechter.»

Woraufhin sie einen knochigen Finger in Naomis Schulter bohrte.

«Du musst die Gesellschaftsdame sein.»

Naomi nickte.

«Hast du keine Zunge? Hat Babel sie dir abschneiden lassen?» Sie machte eine Scherenbewegung mit Zeige- und Mittelfinger. «So eine Gesellschaftsdame möchte ich auch haben. Zieh doch einfach zu mir, wenn Alice deiner überdrüssig wird.»

Babel hatte seine Farbe zurückgewonnen.

«Layla Fadiz, darf ich dich meiner Schwägerin Myriam Glück vorstellen?»

Die Frauen bedachten sich mit einem gegenseitigen Kopfnicken.

«Glück im Spiel, Pech in der Liebe», sagte Myriam mit einem schelmischen Blick zu Babel.

Alice hatte ihrem Großvater das Foto aus der Hand gezogen.

«Wer ist das?»

Es war eine alte Fotografie in Brauntönen. Ein junger Mann saß zwischen zwei jungen Mädchen auf einer Bank am Fluss. Einer der beiden hatte er den Arm um die Schultern gelegt.

«Das bin ich», sagte Babel, «und die beiden Schwestern, das sind deine Großmutter und Tante Myriam.»

Naomi schaute von dem Foto zu der alten Frau und zurück.

«Du hast dich überhaupt nicht verändert, Tante», sagte Alice. «Schau, noch immer die gleiche Haarfrisur.» Sie zeigte auf das Mädchen, das lächelnd neben dem jungen Paar saß.

«Das siehst du falsch, Liebes», sagte die Frau. «Mittlerweile hat sich da doch einiges verändert. Das Mädchen da ist übrigens deine Großmutter. Die hier», sagte sie, während sie sich bückte und auf jenes Mädchen zeigte, der Babel den Arm um die Schultern legte, «die hier bin ich.»

Naomi hörte Wirbel knacken, als sich die alte Frau wieder aufrichtete.

Die Tür ging auf, und zwei Männer traten ins Zimmer. Babel stellte sie den übrigen Gästen vor. Der eine Mann, DiMaggio, war für die Raumplanung der Stadt verantwortlich. Er war zu groß für seinen Anzug, und es schien, als könnten dessen Nähte jederzeit nachgeben. Der andere Mann hatte Haare, die wie aufgemalt an seinem Schädel klebten, und sein Lächeln hätte künstlicher nicht sein können. Unter vielen Verbeugungen überreichte er Babel einen Umschlag.

«Ein Scheck, Lavine? Welch angenehme Überraschung.»

«Hahaha. Sie belieben zu scherzen, Herr Babel. Sie wissen,

dass unsere Organisation wirklich auf jeden Cent angewiesen ist.»

«Sieh einer an. Eine Einladung zu einem Wohltätigkeitsdinner?»

«Eine kleine Geste, um Ihnen und anderen großzügigen Spendern für ihre Zuwendungen zu danken.»

«Und eine Gelegenheit, die Geldkuh noch etwas mehr zu melken, nehme ich an.»

«Herr Lavine, ich habe nicht so recht verstanden, wofür genau Ihre Organisation steht», sagte Layla Fadiz.

«Sie kennen Lavine nicht?», fragte DiMaggio. «Herr Lavine unterstützt unermüdlich den Wiederaufbau in seinem Geburtsland.»

«Ach, und wo sind Sie geboren?», fragte die Architektin.

Lavine rang die Hände und grinste breit, aber seine Augen sahen die Frau kühl an.

«Mit Geburtsland meint Herr DiMaggio das Land meiner Herkunft, die Wurzeln meiner Kultur.»

«Bist du nicht hier in einem der Vororte zur Welt gekommen, Lavine?», fragte Myriam Glück. «Meiner Meinung nach bist du ein echtes Kind dieser Stadt.» Ihre kleinen Augen funkelten bösartig.

«Frau Glück, ich bin angenehm überrascht, dass Sie die Details meines bescheidenen Lebens zu kennen meinen.»

«Der Ort, an dem jemand geboren ist, scheint mir mehr als ein Detail zu sein, Herr Lavine.»

«Der Ort, der mir am wichtigsten ist, Frau Glück, ist der, an dem die Seele ihr Zuhause gefunden hat.»

«Die Seele», sagte die alte Frau. «Wir sitzen noch nicht am Tisch und reden schon über die Seele. Wenn wir so weitermachen, sind wir bei der Suppe schon im Himmel.»

«Sammy!» Zum ersten Mal, seit Alice ins Zimmer gefahren kam, leuchteten Babels Augen wieder auf.

«Freunde, das hier ist Samuel Lichtenstern, meine große Stütze.»

«Herr Lichtenstern, angenehm.» Lavine machte eine tiefe Verbeugung.

«Freunde dürfen mich Sammy nennen», sagte Lichtenstern.

«Als ob du überhaupt welche hättest», sagte Alice.

«Alice!»

«Lassen Sie nur, Herr Babel. Alice und ich haben so unsere eigenen Scherze.»

«Siehst du mich lachen, Lichtenstern?»

«Ich sehe nur, wie schön du bist, wenn du dich aufregst, meine liebe Alice. Meinen Glückwunsch, Herr Babel, nicht nur zu Ihrer hübschen Enkelin, sondern auch zu diesem freudigen Tag.»

«Ist es ein freudiger Tag, Sammy?»

Babel und Lichtenstern tauschten einen Blick. Es war klar, dass die beiden Männer etwas anderes als den Geburtstag meinten.

Lichtenstern nickte.

«Ich denke doch.»

Babel lächelte.

«Schön. Dann bitte ich alle zu Tisch.»

Die Handvoll an Personal, die schon die ganze Zeit reglos an der Wand stand, trat näher und zog die Stühle unter dem Tisch hervor.

«Und wohin hast du mich entsorgt, Abraham?», fragte Myriam Glück, während sie sich über die Tischkarten beugte.

«In meine Nähe, Myriam. Du sitzt rechts von mir.»

«Seine Freunde sollte man um sich haben, nicht wahr», meinte sie lachend.

Babel saß am Kopfende des Tischs, Alice zu seiner Linken. Lichtenstern ging zu Naomi, die neben Alice saß.

«Das ist mein Platz, fürchte ich»,

«Lass die Mädchen zusammensitzen, Sammy», sagte Babel.

«Wie Sie möchten.»

Lichtenstern nahm neben Naomi Platz. Ihm gegenüber saß die Architektin, und gegenüber von Naomi saß DiMaggio. Lavine hatte den Platz am anderen Ende. Schon bald kamen die Kellner mit Wein und Wasser. Naomi folgte dem Beispiel von Alice, als diese die Hand über ihr Weinglas hielt. Auch Layla Fadiz wollte keinen Wein. Die übrigen ergriffen ihr Glas und blickten erwartungsvoll zu Babel.

«Ein Toast? Jetzt schon? Sollten wir nicht lieber warten, bis ich etwas getrunken habe?»

«Besser, wir bringen es gleich hinter uns», sagte Tante Myriam.

«Wie du möchtest.»

Babel erhob sich.

«Für einen Mann wie mich, der gern den Lauf der Dinge bestimmt, ist die Vergangenheit etwas Frustrierendes. An dem, was bereits geschehen ist, lässt sich nichts mehr ändern. Also gebe man mir die formbare Zukunft. Doch kann auch ich an einem Tag wie heute nicht umhin, auf das zurückzublicken, was hinter mir liegt, und ebenso wie Lots Frau erstarre ich, wenn ich die Ruinen meiner Jahre betrachte. Ich habe Armut erlebt, Rückschläge und Verrat. Mein einziger Sohn ist vor meinen Augen verblutet. Meine Frau, meine Sarah ist ...»

Er zögerte. Am Tisch hielten alle den Atem an.

«Der Herr hat Seinen Grund für das, was Er tut, und das, was Er unterlässt. Schaut auf Hiob. Nein, dies ist kein Tag der Klage, sondern ein Tag der Dankbarkeit. Ich darf dem Herrn danken, dass ich meine Enkelin bei mir habe. Dass ich umringt bin von lachenden Gesichtern, ...»

Die ernsten Münder verzogen sich rasch zu einem Lächeln.

«... von Freunden, die es gut mit mir meinen. Ich darf dankbar sein, dass ich noch voller Pläne und Eifer bin. Ich bin noch nicht tot, Leute. Abraham Babel fühlt sich besser denn je. Das Leben, wage ich zu sagen, beginnt mit siebzig.»

«Darauf trinke ich», sagte Layla Fadiz und führte ihr Glas Wasser zu ihrem roten Mund.

Sie tranken alle.

«Bist du fertig, Abraham?», fragte Tante Myriam.

«Ich bin fertig, Myriam. Warum? Willst du noch etwas sagen?»

«Ich will mein Essen», sagte Tante Myriam. «Es wird an der Höhe liegen, aber ich fühle mich schwach.»

«Was ist?», flüsterte Naomi, während das Personal die Suppe in die Teller schöpfte.

«Nichts», flüsterte Alice.

«Sie haben schon die ganze Zeit kein Wort zu mir gesagt. Habe ich Sie verärgert?»

«Nein, du bist perfekt wie immer. Perfekte Naomi. Stumm und geheimnisvoll. Und hinterhältig.»

«Was?»

«Wovon sprecht ihr?», fragte Babel.

Naomi schreckte auf.

Tante Myriam lachte.

«Wenn Mädchen so geheimnisvoll tun, dann kann das nur eines bedeuten.»

«Was denn?», fragte Babel.

«Jungs natürlich», sagte Tante Myriam. «Siebzig Jahre bist du geworden, Abraham, und weißt immer noch nichts von der Welt.»

«Von der Welt weiß ich alles, Myriam. Nur die Frauen verstehe ich nicht.»

«Ein Glück. Wir geben unsere Mysterien auch nur ungern preis», entgegnete Tante Myriam, während sie ihre Perücke zurechtzupfte.

Am anderen Ende des Tischs war eine Diskussion entstanden. Lavine, der bei DiMaggio keine Unterstützung fand, wandte sich an Layla Fadiz.

«Frau Fadiz, Sie sind eine der Galionsfiguren Ihres Landes. Erzählen Sie bitte diesen Herren, wie wichtig es ist, Wurzeln zu haben, sich zu Hause zu fühlen in dem Land, in dem man geboren ist und dessen Geschichte und Gewohnheiten man teilt.»

«Ich habe mir diesbezüglich noch nicht wirklich eine Meinung gebildet», versuchte Layla Fadiz der Diskussion auszuweichen.

«Keine Meinung? Sie? Nicht doch! Wo wären Sie heute ohne die Unterstützung durch die Traditionen und die Identität, die ein eigenes Land mit sich bringt?»

«Nicht weit, Herr Lavine. Aber ich wäre auch nicht weit gekommen, hätte ich nicht die Unterstützung einer internationalen Gemeinschaft von Künstlern und Geldgebern gehabt. Wir müssen den Mut aufbringen, in diesen Zeiten über unsere Grenzen hinauszuschauen. Sich hinter Mauern und Grenzen zu verstecken behindert den Blick. Wie schnell betrachten wir Andersdenkende dann als unsere Feinde, und glauben Sie mir, ich habe genügend Vorurteile erlebt. Mich in mein Land zurückzuziehen hieße, mich in dessen Vorurteile einzunisten.»

Lavine reagierte mit einem Schulterzucken.

«Frau Myriam», versuchte er es bei Alices Großtante. «Sie sind doch sicher mit mir der Meinung, dass jeder sein eigenes Land haben sollte? Wie sonst können wir uns sicher fühlen?»

«Meine Eltern hatten ein Land, Lavine. Zum Glück waren sie nicht so sehr damit verwachsen, dass sie nicht entkommen konnten, als das vernünftig erschien. Wo wären die Glücks und die Babels heute, hätten sie nicht an das Recht geglaubt, ihre Wurzeln auszureißen und diese woanders neu einzupflanzen, wenn das mehr Aussicht auf Glück bot? In einem Loch im sibirischen Boden, da wären wir heute, tot und gefroren. Ich habe kein Problem damit, in einem warmen Haus mit Meerblick zu wohnen, obwohl meine Großeltern nie einen Fuß in dieses Land gesetzt haben.»

«Das Land, in dem Ihre Eltern wohnten, war nicht das Land ihres Volkes. Und genau das meine ich. Wir brauchen ein Land für uns selbst.»

«Mein Zuhause ist, wo meine Familie ist, Lavine. Wenn man keine Familie hat, ist es dann nicht gleich, wo man lebt? Dann hat man keine Wurzeln, sondern ist wie herrenloser Müll und kann in keinem Land der Welt glücklich sein.»

«Diese Stadt wurde erbaut von Menschen, die ihre Wurzeln hierher verpflanzt haben», sagte Layla Fadiz. «Wo wäre die Stadt ohne sie?»

«Das stimmt», sagte DiMaggio. «Aber die Geschichte hat auch eine Kehrseite. Wir müssen strenger werden und stärker darauf achten, wer sich hier niederlassen will. Unsere Stadt erträgt nicht noch mehr Menschen. Sie platzt jetzt schon aus allen Nähten. Es ist schwer, ein Gleichgewicht zwischen Toleranz und Lebensqualität zu finden.»

«Die ganze Vorstellung von Grenzen ist lächerlich», sagte Alice. «Gibt es hier zu viele Ärzte, dann sollen sie halt in ein Land ziehen, wo es keine gibt. Gibt es hier keine Klempner, dann müssen sie halt von woanders herkommen. Grenzen sind unnatürlich. Vögel haben keine Grenzen.»

Lichtenstern räusperte sich.

«Vögel kennen sehr wohl Grenzen, Fräulein Alice. Sie haben ein Territorium, das sie mit aller Kraft verteidigen. Es ist also nicht mehr als natürlich, wenn Menschen ihre Grenzen schützen.»

«Wir sind aber keine Vögel», sagte Alice, «sondern Primaten, Gruppentiere. Wir sind miteinander verwandt, und zwischen Verwandten gibt es keine Grenzen.»

«Aber zwischen unterschiedlichen Familien gibt es sie wohl», sagte Lichtenstern.

«Dann müssen wir dafür sorgen, dass wir eine große Familie werden», sagte Alice.

«Ein schöner Gedanke, der sich aber nicht im Handumdrehen umsetzen lässt», nickte Lichtenstern.

«Und was denken Sie, Herr Lichtenstern?», fragte Layla Fadiz.

«Was ich denke, ist nicht von Bedeutung.»

«Ich bitte dich, Lichtenstern», sagte Babel, «nicht so bescheiden. Das steht dir nicht.»

«Ich bin ein Sonderfall, nämlich ein Findling. Ich weiß nicht, wer meine Eltern sind. Ich habe keine Wurzeln und will auch keine. Ich habe vor, mein eigenes Land mit mir mitzutragen, in meinem Herzen.»

«Also ein kaltes Land», sagte Alice.

Die anderen ignorierten die Bemerkung.

«Was denkst du, Mädchen?»

Es war Tante Myriam, die die Aufmerksamkeit weg von Alice und Lichtenstern lenkte und Naomi anschaute.

«Ich kann dem Ganzen nicht folgen», sagte Naomi.

«Sollen die Menschen in dem Land bleiben, in dem sie geboren sind?»

Naomi schaute den Kreis der Gäste an.

«Wenn es ihre eigene Entscheidung ist», sagte sie, «dann dürfen sie fort. Aber sonst ...»

«Was meinst du?»

«Alle reden von Wurzeln und Land. Aber offenbar hat niemand ein Problem damit, dass ein Teil dieser Stadt hinweggefegt wird, um Platz für ein Großprojekt zu machen.»

«Meinst du das Barrio am Hafen?», fragte DiMaggio. «Aber das ist eine gute Sache. Es ist ein heruntergekommenes Viertel, das endlich wieder bewohnbar wird.»

«Bewohnbar für wen?», fragte Naomi. «Nicht für die Leute, die von dort wegmüssen.»

Eine unangenehme Stille folgte.

«Offenbar haben wir eine kleine Sozialistin am Tisch, Babel», sagte DiMaggio.

«Wir haben sie nach ihrer Meinung gefragt. Also können wir uns nicht beschweren, wenn sie uns diese mitteilt», sagte Tante Myriam.

«Was sagt das Geburtstagskind?», fragte Lavine. «Glaubt es an ein eigenes Land für sein Volk?»

«Ich habe meine Wurzeln neben mir.» Babel legte seine Hand auf Alices Schulter.

«Aber du unterstützt Lavine mit Geld», sagte Myriam.

«Ich will mein Volk nicht verleugnen.»

«Trotzdem wohnst du hier und nicht da. Willst du nicht lieber inmitten deines eigenen Volkes leben?»

«Weißt du, was ein Volk ist, Myriam? Sprache. Mehr nicht. Darum ist diese Stadt ein Erfolg, trotz der vielen hundert Nationalitäten. Sie sprechen eine Sprache. Das ist das Bindemittel. Ein Land mit mehreren Sprachen ist verdammt.»

«Das heißt, die Schweiz ist lediglich ein Traum», scherzte Layla Fadiz.

«Die Schweiz ist eine Bank. Da wird auch nur eine Sprache gesprochen, nämlich die des Geldes.»

Er winkte einem Bediensteten, der ihm noch ein Glas Wein einschenkte.

«Wenn ihr etwas über Sprachen wissen wollt, dann fragt Lichtenstern. Er ist diesbezüglich der Spezialist.»

Alle Augen wandten sich jetzt Lichtenstern zu.

«Ich hatte schon gerätselt, was wohl Ihr Fachgebiet ist», sagte Layla.

«Außer Frauen zu belästigen», flüsterte Alice etwas zu laut.

«Ich arbeite an einem Sprachprojekt. Herr Babel ist so großzügig gewesen, meine Forschungen zu unterstützen.»

«Ein Sprachprojekt, Babel», sagte Myriam. «Seit wann bringt das Geld ein?»

«Nicht alles, was ich tue, muss Geld einbringen, Myriam.»

«Das wäre aber das erste Mal.»

«Ich bin fasziniert, Herr Lichtenstern», sagte Layla Fadiz. «Was beinhaltet Ihr Projekt?»

Lichtenstern schaute zu seinem Auftraggeber. Der schwenkte den Wein in seinem Glas, nahm einen Schluck und stellte das Glas dann auf den Tisch. «Lichtenstern arbeitet an der universalen Sprache.»

«Der universalen was?!», rief Myriam. «Babel, steigt dir der Wein schon zu Kopf?»

«Ich habe euch gegenüber keine Geheimnisse. Ich gestehe, dass ich schon eine Zeit lang mit dem Bewusstsein herumlaufe, dass meine Zeit hier begrenzt ist.»

DiMaggio murmelte etwas von noch vielen Jahren, aber Babel ignorierte ihn.

«Was hinterlasse ich, wenn ich einmal gehe? Diesen Turm. Einen Haufen Beton und Glas.»

Er beugte sich zu Layla Fadiz.

«Verstehen Sie mich nicht falsch, Layla. Es ist ein großartiges Bauwerk, ein Kunstwerk, ein Monument menschlichen Könnens und menschlicher Meisterschaft. Aber letztendlich auch nicht mehr als das, und wie alle Gebäude, die jemals errichtet wurden, wird auch dieses einmal unwiderruflich dem Erdboden gleichgemacht.»

«Abraham, bitte!», sagte Tante Myriam. «Es ist schon schlimm genug, dass wir hier dreihundert Stockwerke hoch sitzen.»

«Keine Sorge», sagte Babel. «Dieser Turm wird noch eine ganze Reihe von Jahren stehen. Aber ich will mehr als das.

Was bin ich mit meinem Geld? Ich kann kaufen, was ich will. Wen ich will.»

Lichtenstern zog warnend eine Augenbraue in die Höhe, aber Babel fuhr unbeirrt fort.

«Ich kann den Rembrandt an der Wand verheizen, wenn mir danach ist.»

«Gott bewahre!», sagte DiMaggio.

«Keine Angst, Tony, ich beabsichtige nicht, Kunstschätze zu verbrennen. Davon haben wir nach den Ereignissen des vorigen Jahrhunderts vorläufig die Nase voll. Ich will nur deutlich machen, dass ich kaufen kann, was ich will, aber dass es nichts bedeutet. Geld hat keinen Wert.»

«Dann darfst du mir ruhig etwas schenken», sagte Tante Myriam.

«Bekomme ich mit Geld meinen Sohn zurück? Oder meine Frau, meine Sarah? Nach dem Attentat war ich voller Rachegefühle, ich schäme mich dessen nicht. Auge um Auge, Zahn um Zahn. Wer wäre ich sonst? Schaut, wie mein armes Mädchen hier sitzt. Sie müsste eigentlich ausgehen, tanzen, müsste spätabends am Telefon hängen mit halbwüchsigen Jungs. Wie könnte ich vergessen oder vergeben, was sie ihr und mir angetan haben? Ich würde diese Schweine, die mein Leben zerstört haben, finden und vernichten.»

Er zerkrümelte sein Brot.

«Allmählich wurde mir klar, dass für jeden Terroristen, den ich hinter Gitter brächte, ein neuer aufstehen würde. Hass war nicht die Antwort. Mir wurde klar, dass etwas anderes geschehen musste. Alice hat recht. Solange wir verschiedene Familien sind, werden wir weiter um das Territorium kämpfen. Erst wenn wir uns der Tatsache stellen, dass wir alle zu ein und derselben Familie gehören, wird das Kämpfen ein Ende haben.»

«Hast du deine Religion gefunden?», fragte Tante Myriam.

«Noch besser, Myriam. Ich fand Verständnis. Solange wir uns gegenseitig nicht verstehen, werden wir uns weiter bekriegen. Wenn ich wirklich etwas von Bedeutung hinterlassen will, dann eine bessere Zukunft für diese Welt.»

«Daher die universale Sprache», sagte Layla Fadiz.

«Aber ich dachte, die hätten wir schon?», sagte DiMaggio. «Englisch ist …»

«… Englisch ist für viele die Sprache der Herrscher, die Sprache des Kommerzes und der aufgezwungenen Kultur. Wenn wir eine universale Sprache wollen, dann darf niemand dadurch bevorteilt sein.»

«Du gibst also dein Geld für eine neue Art von Esperanto aus», sagte Tante Myriam.

«Nicht einfach irgendeine neue Sprache, Myriam. Ein Sprecher muss sich in seiner Sprache heimisch fühlen. Erfundene Sprachen sind per definitionem tote Sprachen, weil sie keine Sprecher haben, keine Geschichte. Niemand wäre bereit, um diese Sprache zu kämpfen. Kein einziges Kind wurde ins Ido oder Esperanto hineingeboren. Was mir vorschwebt, wird keine Zweitsprache, sondern unsere Erstsprache sein; die Sprache, die wir alle in uns tragen. Eine Sprache setzt ein Weltbild voraus; ein Grund, weshalb die erfundenen Sprachen nicht funktionieren. Niemand erkennt sich in einem solchen Konstrukt wieder. Eine von einem Menschen erfundene Sprache wird immer die Schwächen, Vorlieben, ja Vorurteile ihres Erfinders in sich tragen.»

«Das wird was werden!», sagte Alice. «Ich befürchte das Schlimmste, wenn wir demnächst alle die Sprache sprechen sollen, die Herr Lichtenstern aus seiner schwarzen Seele hervorgepresst hat.»

Lichtenstern wollte antworten, aber Babel ließ ihm keine Gelegenheit dazu.

«Das ist ja gerade das Schöne, Alice. Lichtenstern erfindet keine Sprache, er findet sie vielmehr wieder.»

«Ich kann Ihnen nicht folgen», sagte Layla.

«Einst haben unsere Vorfahren alle in einer Zunge gesprochen. Aber wir wurden zerstreut, entwurzelt, wie Lavine sagen würde, sind über die Erde ausgeschwärmt, und jetzt verstehen wir uns nicht mehr.»

«Du meinst, wir sollten wieder irgendeinen afrikanischen Dialekt lernen?», fragte Alice.

«Wie kommst du denn auf Afrikanisch, Alice? Ich meine die allererste Sprache, die Sprache, die Adam im Paradies verwendet hat, als er den Tieren Namen gab.»

«Die Sprache Adams und Evas. Tja, warum nicht?», rief Alice. «Die Sprache, die alle benutzten, bevor sie mit dem Turmbau zu Babel anfingen.»

«Und die ganze Erde hatte eine Sprache und einerlei Worte», zitierte Lavine.

«Genau», sagte Babel. «Wie geht es noch gleich weiter, Lichtenstern?»

«Und der HERR sprach: ‹Siehe, sie sind ein Volk und haben alle eine Sprache, und dies haben sie angefangen zu tun; und nun wird ihnen nichts verwehrt werden, was sie zu tun ersinnen.›»

«Wir Babels kennen die Geschichte nur zu gut. Die Menschheit beschloss, einen Turm zu bauen, der bis in den Himmel reichen sollte, aber Gott bestrafte ihren Ehrgeiz. Die Erbauer des Turms sprachen plötzlich jeder in einer anderen Zunge, und in dieser Verwirrung wurde der Turm nicht mehr fertig.»

«Hätten sie einen Architekten mit klaren Plänen gehabt, dann wäre der Turm wohl vollendet worden», scherzte Layla Fadiz.

«Es ist nur eine Geschichte, Großvater. Das weißt du doch ebenso gut wie ich.»

Tante Myriam legte ihre Hand auf Alices Arm.

«Hab etwas mehr Respekt vor den Meinungen anderer, Mädchen.»

«Es geht hier nicht um Meinungen, Tante, sondern um ausgemachten Unsinn. Um dummes Geschwätz. Adam und Eva? Wir wissen doch alle, dass die ersten Menschenaffen sich in Afrika entwickelt haben. Die DNA-Forschung ist da mehr als eindeutig. Mein Vater hat sein ganzes Leben der Erforschung unserer Abstammung gewidmet. Erwarte nicht von mir, dass ich stattdessen an Märchen glaube.»

Sie schaute die Anwesenden der Reihe nach an, in Erwartung eines Kopfnickens, erblickte aber nur ernste Gesichter, die sie anstarrten.

«Tante Myriam. Du bist eine intelligente Frau. Du willst mir doch nicht erzählen, dass die Geschichte vom Turmbau zu Babel sich wirklich so zugetragen hat?»

«Wie kann ich das wissen, Kindchen? Ich war nicht dabei. Ich bin zwar alt, aber so alt nun auch wieder nicht. Es steht mir nicht zu, zu entscheiden, was sich zugetragen hat und was nicht. Wenn andere Menschen davon überzeugt sind, dass das, was in den alten Schriftrollen steht, die Wahrheit ist, dann bin ich vernünftig genug, das nicht anzuzweifeln. Das würde mir lediglich das Leben erschweren.»

«Erschweren, weil du die Wahrheit der Lüge vorziehst?», empörte sich Alice. «Frau Fadiz, helfen Sie mir. Sie haben studiert. Wie kann ich das erklären?»

«Ich kann Ihnen nicht helfen, Fräulein Alice. Ich habe mir vor langer Zeit vorgenommen, mir genau wie deine Großtante keine schwierigen Fragen zu stellen.»

«Was? Eine der am meisten bewunderten Architektinnen glaubt an überholte Fabeln?»

«Kind, achte auf deine Worte!», rief Tante Myriam.

«Ich bin nicht nur Architektin, Fräulein Alice, sondern auch eine Frau, das Kind meiner Eltern und aufgewachsen in dem einen wahren Glauben. Das Buch ist unser Leben.»

«Ich traue meinen Ohren nicht! Herr DiMaggio, Großvater hat vorhin gesagt, Sie wären eines der gewieftesten Ratsmitglieder dieser Stadt.»

«Das ist zu viel der Ehre», antwortete DiMaggio lachend.

«Sie lassen Ihr Leben doch nicht von dem bestimmen, was irgendein Wüstenvolk vor Tausenden von Jahren niedergeschrieben hat?»

DiMaggio antwortete nicht, sondern öffnete ruhig die oberen Knöpfe seines Hemdes. Im Licht der Kerzen schimmerte ein kleines Goldkreuz auf seiner behaarten Brust.

«Das hier ist ein Albtraum», sagte Alice. «Ich dachte, ich säße mit intelligenten, modernen Menschen am Tisch, und jetzt sind auf einmal alle Mitglieder in einer Sekte. Das hier ist ein billiger Horrorfilm, und ich bin in ein Nest von Vampiren geraten!»

DiMaggio knöpfte sein Hemd wieder zu.

«In den Filmen tragen aber nicht die Vampire ein Kreuz», sagte er.

«Was demnach heißt, dass ich das Monster bin», sagte Alice.

«Iss dein Reh, Liebes», sagte Tante Myriam, «und lass die Erwachsenen weiterreden.»

Alice lief rot an, schwieg aber.

«Ich bin neugierig auf diese Ursprache. Obwohl ich sagen muss, dass ich es noch nicht ganz verstehe.»

Lichtenstern antwortete.

«Wenn all unsere Sprachen ursprünglich von dieser einen Ursprache abstammen, dann muss es möglich sein, sie zu rekonstruieren. Wenn wir alle Sprachen nur genügend studieren.»

«Nicht nötig», sagte Lavine. «Wir wissen doch, dass die Ursprache das Hebräische war.»

«Woher wissen Sie das?», fragte Lichtenstern verschmitzt.

«Das spricht doch für sich. Gott sprach, und es ward Licht. Er erschuf die Welt mit Seinem Wort, und das Wort war das Hebräische.»

«Warum nicht Luxemburgisch? Oder Hottentottisch?», fragte Lichtenstern.

«Die Thora ist nicht auf Hottentottisch geschrieben, Herr Lichtenstern, sondern in einer heiligen Sprache, und zwar in der respektiertesten von allen. Mit den zweiundzwanzig Grundbuchstaben schrieb und kombinierte der HERR, wog und permutierte Er, und mit ihnen bildete Er die gesamte Schöpfung.»

«Kombinierte? Ich verstehe schon, woher Sie diese Weisheit nehmen. Sind Sie zufällig ein Kabbalist, Herr Lavine?»

«Babel», sagte Tante Myriam, «könnte hier wieder in Menschensprache gesprochen werden? Kannst du mir erzählen, was du vorhast?»

«Ich habe es gerade gesagt, Myriam. Nach dem Einsturz des Turms ist die Ursprache verloren gegangen, aber es ist logisch, dass Fragmente derselben von den siebzig am Fuße des Turms neu entstandenen Sprachen aufgenommen wurden. Lichtenstern erforscht jetzt diese siebzig auf der Suche nach den Resten der Sprache.»

«Und wenn du diese Ursprache wiederhast, was passiert dann? Wirst du jeden auf dieser Erde abermals in die Schule schicken? Ich bin gespannt, wie du das anfangen willst. Du bist reich, Abraham, aber so reich nun auch wieder nicht. Vielleicht magst du das an deinem Geburtstag nicht hören, aber du bist nicht allmächtig.»

Babel wechselte einen Blick mit Lichtenstern, und dieser grinste.

«Was wir mit dieser Ursprache tun werden, das sehen wir, wenn sie wieder da ist, Myriam. Ich bin davon überzeugt, dass wir alle sie in uns tragen. Es wird uns kaum schwerfallen, sie zu übernehmen.»

«Märchen», schrie Alice, «alles Märchen und Unsinn! Siehst du denn nicht, dass dieser Mann ein Betrüger ist, Babu? Ich weiß nicht, was er dir weisgemacht hat, aber es sind Lügen! Wie viel verdient er mit dieser unsinnigen Ursprache, die wir angeblich alle wie durch ein Wunder sprechen werden, sobald er sie einmal wiederentdeckt hat? Ich bin mir sicher, seine Dienste haben einen nicht zu unterschätzenden Preis.»

«Eine nicht zu unterschätzende Arbeit verdient einen entsprechenden Lohn», meinte Lichtenstern lachend.

«Was ich mit meinem Geld mache, ist meine Sache, Alice. Ich denke nicht, dass es dir bisher an irgendetwas gefehlt hat. Obwohl ich merke, dass es dir doch an Erziehung mangelt, wenn du auf diese Weise mit einem Gast sprichst.»

«Du hast recht, Babu. Ich bin es nicht wert, an diesem Tisch zu sitzen.»

Mit diesen Worten schob sie ihren Rollstuhl zurück.

Naomi nickte den Gästen zu und folgte Alice aus dem Zimmer.

Sie wollte nicht, dass Naomi ihr half, und so zogen Betty und Anika ihr Kleid und Schuhe aus und steckten sie ins Bett. Dann scheuchte sie sie weg, und es war klar, dass sie auch Naomi am liebsten aus dem Zimmer gehabt hätte, aber die trödelte so lange, bis die anderen Mädchen fort waren.

Lucy sprang auf das Bett und legte sich auf Alices Beine.

«Was ist los?»

«Nichts. Du brauchst hier nicht länger zu bleiben. Geh besser schnell wieder zurück.»

«Natürlich gehe ich ohne Sie nicht wieder zurück.»

«Nein? Willst du nicht wieder zu diesem Tisch voller Schwachsinniger?»

«Wie Schwachsinnige kamen sie mir nicht vor», sagte Naomi.

«Natürlich verteidigst du ihn. Sobald ein Mann dir nur etwas Aufmerksamkeit schenkt, drehst du durch. Wie alle anderen. Hast du denn keinen Stolz? Er meint es nicht ernst, das weißt du doch?»

«Wovon reden Sie?»

«Stell dich nicht dumm. Ich habe euch doch in der Bibliothek gesehen. Wenn du glaubst, du würdest ihm etwas bedeuten, dann muss ich dich enttäuschen.»

«Meinen Sie Lichtenstern?»

«Lichtenstern», äffte Alice Naomi nach. «Wen sonst?»

«Es ist nicht das, was Sie denken.»

«Nein, natürlich nicht. Ein sechzehnjähriges Mädchen kann einem Mann mit seinem Äußeren und seinem Stil ja so leicht widerstehen. Du hättest dein Gesicht sehen sollen, da in der Bibliothek. Knallrot. Ich frage mich, was wohl passiert wäre, hätte ich dich nicht dort weggeholt. Hättet ihr es da miteinander getrieben, zwischen den Büchern? Schamlos. Da, du wirst schon wieder rot. Das sagt mir genug.»

Naomi drehte sich um und ging zur Tür.

«Ja, lauf nur weg! Geh nur zurück zu ihm!»

«Wenn Sie eifersüchtig sind ...»

«Eifersüchtig!» Alice schrie das Wort durchs Zimmer. Vor Aufregung saß sie kerzengerade im Bett.

«Das wäre ja noch schöner. Ich, eifersüchtig auf dich? Auf eine, die ...»

Sie schwieg.

«Auf Ausschuss», sagte Naomi.

«Das habe ich nicht gesagt.» Alice ließ sich zurück in die Kissen fallen.

«Ich weiß nicht, was er an sich hat, aber er verdreht allen den Kopf. Betty schleicht den ganzen Abend wie eine läufige Katze herum, seit sie weiß, dass er hier oben ist. Sie bewacht den Aufzug wie eine heilige Grotte, aus der er plötzlich hervortreten wird. Selbst Anika ist bereit, für ein Augenzwinkern, ein vages Versprechen von diesem Mann ihren Hans zu vergessen. Und dann flirtest auch du noch mit ihm ...»

«Wir haben nicht miteinander geflirtet.»

«Nein?»

«Nein.»

«Er ist mein Verlobter, weißt du.»

«Das wusste ich nicht.»

«Reg dich nicht auf. Zwischen uns gibt es keine Liebe. Großvater will es so, das ist alles.»

«Und was will Lichtenstern?»

«Ich bin die Erbin des Babel-Imperiums. Eine derartige Chance lässt er sich nicht entgehen.»

«Und Sie?»

«Du kannst ja mal versuchen, zu Großvater Nein zu sagen. Ich habe ihm klargemacht, dass ich so lange nicht ans Heiraten denken will, wie ich nicht auf eigenen Beinen stehe. Ich meine das wortwörtlich. Also entweder ich kann wieder laufen und muss Lichtenstern heiraten, oder ich bleibe eine gelähmte Junggesellin. Großvater ist einverstanden, weil er hofft, dass ich es mir überlegen werde, und ich bin froh um diesen Aufschub. In wenigen Jahren bin ich volljährig.»

«Warum Lichtenstern?»

«Großvater vertraut ihm, und ein anderer ist nicht da. Kein einziger Ritter gelangt durch die Kameraüberwachung. Nicht, dass sie es versuchen würden. Ich bin schadhaftes Material.»

«Was sagt Ihr Großvater zu Lichtensterns Flirterei mit anderen Mädchen?»

«Es ist nicht wichtig, sondern nur ein Zeitvertreib, bis ich alt genug zum Heiraten bin. Lichtenstern kann bei ihm nichts falsch machen, das siehst du doch auch. Großvater ist verhext. Ich versuche, ihm die Augen zu öffnen, aber er will es nicht sehen. Zum Glück ist er nicht der Einzige, der sich aufs Spionieren versteht. Unser guter Freund Lichtenstern weiß nicht, dass ich einen Privatdetektiv angeheuert habe, um seine Vergangenheit zu durchforsten. Denn seine Geschichte von dem armen Waisenkind glaube ich nicht. Ich werde herausfinden, was er vorhat, und ihm dann die Maske vom Gesicht reißen. Und bis es so weit ist, versuche ich, bei Babu Zweifel zu säen.»

«Es wäre besser, Sie würden damit aufhören.»

«Und zusehen, wie Großvater jeden Tag ein Stück mehr unter seinen Einfluss gerät?»

«Sie arbeiten Lichtenstern in die Hände, wenn Sie sich mit Ihrem Großvater streiten.»

«Was soll ich denn sonst tun?»

«Lassen Sie sich nicht aufwiegeln. Seien Sie freundlich zu ihm.»

«Noch etwas? Sollte ich vielleicht auch gleich Wasser in Wein verwandeln?»

«Ja, Sie müssen zurück zu dem Fest.»

«Das geht nicht. Nicht nach dem, was ich vorhin gesagt habe.»

«Trotzdem müssen Sie es. Sie haben doch selbst gemerkt, wie enttäuscht Ihr Großvater war, als Sie davonfuhren.»

«Du willst natürlich, dass ich zurückgehe, damit du bei Lichtenstern sein kannst.»

«Glauben Sie mir, wenn ich Ihnen sage, dass ich nichts lieber möchte, als ihm aus dem Weg zu gehen? Dass ich mit Freude einen Eid ablegen will, kein Wort mehr mit ihm zu wechseln?»

«Ist es denn schon so weit gekommen? Wenn er dich kalt ließe, würdest du nicht so heftig reagieren.»

«Was soll ich Ihnen denn sagen?»

«Ich weiß es nicht. Ich dachte, du würdest dich auf meine Seite schlagen und nicht die meines Feindes.»

«Ich stehe auf Ihrer Seite, Fräulein Alice.»

«Worte.»

«Was soll ich tun? Ihn mit einem Obstmesser attackieren?»

«Es klingt verführerisch, aber etwas sagt mir, dass Großvater das nicht als den idealen Abschluss seines Geburtstagsfests betrachten würde.»

«Sie sehen Gespenster.»

«Vielleicht.»

«Vertrauen Sie mir nicht?»

«Was?»

«Vertrauen Sie mir?»

Alice schlug die Augen auf und schaute geradewegs in die von Naomi.

«Wenn ich mir vorstelle, dich auch noch zu verlieren. An diesen Mann ...»

«Das wird nicht geschehen», sagte Naomi. «Ich weiß, wo meine Loyalität liegt.»

«Loyalität?»

«Ich lerne dazu», sagte Naomi. «Ich verstehe inzwischen sogar schon Fremdwörter.»

«Das habe ich nicht gemeint», sagte Alice.

«Ich habe meine Pflichten. Ich habe meine Treue. Kein Versprechen und keine Drohung Lichtensterns kann daran etwas ändern.»

«Hat er dich bedroht?»

Naomi nickte.

«Warum?»

«Weil er Angst hat, ich könnte seine Pläne durchkreuzen. Er befürchtet, dass ich sein Untergang sein werde.»

«Hat er das wörtlich so gesagt?»

«Ja.»

«Was dieser Mann sich nicht alles einfallen lässt, um jemandem den Kopf zu verdrehen. Zu mir hat er einmal gesagt, meine Zukunft wäre die einzige Freude in seinem Leben.»

«Wollen Sie ihm wehtun?»

«Mit Vergnügen. Allerdings am liebsten ohne Obstmesser. Das macht Flecken.»

«Dann müssen Sie zurück zum Fest.»

Eine halbe Stunde später kam Alice abermals ins Speisezimmer gerollt, hinter sich eine toll gewordene Lucy. DiMaggio und Lichtenstern standen verwundert auf, aber sie ließ den Gästen keine Zeit, eine Bemerkung zu machen, und steuerte sofort auf ihren Großvater zu.

«Großvater, du hattest recht. Ich bin grob zu unseren Gästen gewesen, und das ist in jeder Kultur unverzeihlich, die sich selbst ein wenig respektiert. Meine Eltern würden sich schämen für meine Unhöflichkeit. Darum möchte ich mich bei allen an diesem Tisch für mein Verhalten entschuldigen, das eines echten Babel unwürdig ist.»

Babel strahlte. Die anderen Männer beeilten sich, das Ganze zu bagatellisieren. Tante Myriam nahm ihre Hand.

«Außerdem», sagte Alice, während Naomi ihr mit dem Rollstuhl half, «hätte ich es mir nie verziehen, das Dessert zu verpassen. Für eine Crème brûlée könnte ich einen Mord begehen.»

Der ganze Tisch lachte.

«Du hast den Hund mitgebracht», sagte Tante Myriam.

«Das arme Tier hat den ganzen Abend allein gesessen. Ich brachte es nicht übers Herz, ihn noch länger einzusperren.»

«Wir brauchen kein gar so großes Mitleid mit einem Tier zu haben, das sein eigenes Zimmer besitzt», sagte Babel.

«Manchmal ist ein Zimmer nicht genug», sagte Alice. «Manchmal will man Menschen um sich. Und etwas Auslauf.»

«Das trifft sich gut», sagte Babel. «Das Dessert wird nämlich auf dem Dach serviert.»

Lichtenstern ging zu einem der Gemälde an der Wand und fuhr mit dem Finger über dessen Rand. Ein Klicken war zu hören. Das Bild war eine Tür, die zu einer Wendeltreppe führte.

«Als ob wir uns noch nicht schon hoch genug befänden», seufzte Tante Myriam.

Sie erhob sich mühsam.

«Zuerst die Damen», sagte Lavine, und Layla Fadiz und Tante Myriam gingen ihm voran.

DiMaggio steig auch mit hinauf. Die Mädchen, Lichtenstern und Babel befanden sich noch im Zimmer.

«Wir nehmen den Aufzug», sagte Alice.

«Kommt nicht infrage», sagte Babel.

«Lichtenstern, du trägst Alice, nicht?»

«Es wird mir ein Vergnügen sein. Fräulein Alice?»

Alice schaute kurz zu Naomi und legte dann ihre Arme um seinen Nacken.

«Leicht wie eine Feder», sagte er. «Sanft wie ein Engel.»

«Lass sie nicht fallen», sagte Babel.

«Machen Sie sich bitte keine Sorgen. Ich habe sie fest im Griff.»

Naomi folgte Babel, der leicht schwankte und sich an der Wand abstützte, nachdem er beinahe über Lucy gestolpert war, die zwischen seinen Beinen hindurchhuschte.

Kurz darauf standen sie auf dem Dach des Turms. Der Sendemast in dessen Mitte wiegte sich sanft hin und her. Über die gesamte Länge des Dachs verlief eine gläserne Balustrade, die Schutz vor dem starken Wind bot. Die Gäste gingen unvermeidlich dorthin.

Das Meer glitzerte im Licht der untergehenden Sonne, als bestünde es aus Goldschuppen. Selbst das Barrio, die faule Stelle im Apfel, wie DiMaggio es am Abend beschrieben hatte, präsentierte sich als magischer Ort. Was im Tageslicht ein versteinertes Grau und Verzweiflung war, wirkte jetzt wie eine Märchenstadt, die Felsenwohnungen eines fremden Indianervolkes, das sich gegenseitig jahrhundertealte Geheimnisse zusang. Weiter weg – hinter den Hochhäusern – neigte sich der Horizont, sodass man mit eigenen Augen sehen konnte, dass die Erde rund war. Die Stadt zu ihren Füßen lag schon im Dunkel. Was da in der Dämmerung aufleuchtete, war kein Ameisennest, sondern eine Unterwasserwelt. Die Sirenen und das Rauschen des Verkehrs waren wie die Schreie düsterer Tiefseemonster.

Die untergehende Sonne – eine riesige orangerote Kugel – schien die Stadt unter sich zermalmen zu wollen.

«Wenn alle sich sattgesehen haben, können wir zu Tisch!», rief Babel. Die Gäste begaben sich zur Mitte des Dachs, wo eine festlich gedeckte Tafel sie erwartete.

Das Personal ging mit Kaffee und einer Kiste Zigarren herum. Babel, Lavine und Tante Myriam wählten sich sorgfältig eine aus. «Es geht nichts über das Leben draußen an der frischen Luft», sagte Babel, während er den ersten Rauch ausblies. Die anderen lachten. Kein Ort der Erde war weniger «draußen» als der hier. Wenn man die Augen schloss, spürte man die leisen Schwankungen des Gebäudes im Wind.

«Das ist ein Sonnenuntergang, an den ich mich lange erinnern werde», sagte Layla Fadiz.

«Genieße ihn, Layla», sagte Babel. «Du hast ihn immerhin möglich gemacht.»

«Ich kann viel», scherzte sie, «aber die Sonne untergehen zu lassen ist mir doch etwas zu ehrgeizig.»

«Dir vielleicht», sagte Babel. Nur Layla und Naomi schienen sich über diese Entgegnung zu wundern. Die anderen beobachteten, wie sich die Sonne durch den Horizont bohrte und wie ein glühendes Ei in die Stadt eingrub.

«Herr Babel meint, dass wir dank Ihnen den perfekten Ort haben, den Sonnenuntergang zu genießen», sagte Lichtenstern.

«Ja», sagte Babel, an seiner Zigarre ziehend. «Danke für diesen wunderschönen Sitzplatz, Layla.»

«Ich habe ihn mir ausgedacht, aber gebaut hast du ihn, Babel.»

In der bläulichen Dämmerung glühten die Zigarren wie kleine Sterne und ließen die Gesichter der Raucher bei jedem Zug aufleuchten. Das Personal kam und ging lautlos, und die einzigen Geräusche waren das Klirren der Kaffeelöffel in den Tassen und das undefinierbare Rauschen der Stadt. Die Stille sank wie die Dunkelheit auf sie herab und schloss sie in ihrer eigenen Insel ein.

Bis Babel seine Zigarre ausdrückte.

«Genug gegrübelt», sagte er. «Fiat lux.»

Er schnippte mit den Fingern, und Hunderte von Lampions erhellten die Tafel. Die Gäste glitten in ihre vertrauten Körper zurück.

Alice streckte die Hand nach einem Törtchen aus, aber Babel hielt sie zurück.

«Noch nicht, Liebes. Wir haben das Finale noch nicht gehabt.»

Aus dem Betonblock, der sich oberhalb des Aufzugsschachts befand, drangen Geräusche. Die Fahrstuhltüren öffneten sich, und zwei Bedienstete rollten einen Karren mit einer riesigen Torte heraus. Die Torte war eine Replik des Babel Towers. Die Gäste applaudierten.

«Schaut mal», sagte Lavine, «auf dem Dach befinden sich sogar Leute!»

Die Torte hatte wie das Gebäude auf dem Dach einen kleinen Helikopter, einen Sendemast und eine lange Tafel, an der mehrere Gäste saßen.

«Seht euch das an», sagte Alice. «Auf dem Tisch steht selbst eine Torte in Form des Turms.»

«Und steht auf dem Dach dieser Torte wieder eine andere Torte?», fragte Layla lachend.

«Ich hoffe nicht», sagte Alice. «Mir würde davon nur schwindelig werden. Ich würde mich nicht mehr trauen, die Torte anzuschneiden, aus Angst, im gleichen Augenblick käme ein Riesenmesser aus dem Himmel gefahren.»

«Babel, du erstaunst mich immer wieder», sagte Myriam.

«Wenn eine Torte dich schon erstaunt, was sagst du dann erst zu Folgendem?»

Er kletterte mit einiger Mühe auf den Tisch.

«Schau gut her, Myriam. Schaue und staune!»

Lichtenstern ging auf den alten Mann zu und versuchte, ihn an seinem Ärmel herunterzuziehen.

«Das ist nicht der rechte Moment, Herr Babel.»

«Lass mich los, Lichtenstern. Es ist der ideale Moment!»

Babel riss sich los und schaute seine Gäste einen nach dem anderen an.

«Ich habe euch nicht einfach so aufs Dach beordert.»

«Nein?», sagte Tante Myriam. «Wirst du einen von uns als Opfer für die Götter hinunterwerfen? Hätte ich das gewusst, dann hätte ich andere Schuhe angezogen.»

Lichtenstern gab nicht auf.

«Herr Babel, wir sind noch nicht so weit. Ich würde es sehr zu schätzen wissen, wenn Sie mit der Demonstration bis zu einem besseren Moment warten.»

«Gibt es einen besseren Moment als meinen Geburtstag, umgeben von Freunden und Verwandten?»

Babels Stimme klang nicht sonderlich fest.

«Wir hatten eine Vereinbarung, Herr Babel. Wir wollten das erste Experiment erst dann durchführen, wenn wir uns unserer Sache sicher wären.»

«Was für ein Experiment hast du für uns in petto?», fragte Tante Myriam.

«Ja, Großvater», fragte Alice. «Was willst du uns zeigen?»

«Fräulein Alice, ich denke ...», begann Lichtenstern.

«Ich erledige hier die Denkarbeit, Lichtenstern», sagte Babel.

«Natürlich», beeilte Lichtenstern sich ihm beizupflichten. «Ich wollte lediglich sagen, dass wir aus gegebenem Anlass ein paar ... kleine Tricks vorbereitet haben.»

«Tricks?», rief Tante Myriam. «Babel, gibst du jetzt schon auf deiner eigenen Geburtstagsfeier den Clown?»

«Tricks», sagte Babel. «Ja, so könnte man es nennen. Illusionen. Alles ist möglich für den, der glaubt.»

Er lachte.

Der Tisch war verstummt. Babel war deutlich betrunken und Lichtenstern in Panik. Sie hatten etwas geplant, die beiden, aber Babel war von dem Plan abgewichen, und das missfiel Lichtenstern. Die Gäste hatten keine Ahnung, was sie da erwartete, aber etwas Unschuldiges war es nicht, dafür war die Angst auf

Lichtensterns Gesicht zu groß und das Grinsen um Babels Mund zu grimmig. Lavine stand auf.

«Es war mir ein wahres Vergnügen, Herr Babel, aber leider wird meine Frau unruhig, wenn ich abends noch spät unterwegs bin, und so würde ich ...»

Ein Blick von Babel ließ ihn wieder Platz nehmen. Das Personal hatte sich auf einen Wink ihres Chefs hin zurückgezogen. Nur die Gäste blieben auf dem Dach zurück. Lichtenstern versuchte nochmals, Babel an den Armen herunterzuziehen, aber der alte Mann war stärker als erwartet. Er stieß Lichtenstern zu Boden, und dieser verschwand kriechend in den Schatten.

Die Lampions warfen ein merkwürdiges Licht auf Babel. Wie er so dastand, mit verstrubbeltem grauem Haar und Augen, die aus ihren Höhlen traten, war er nicht länger der erfolgreiche Geschäftsmann, sondern jemand, der die Zivilisation wie einen feinen Anzug von sich abgeschüttelt hatte, ein wilder Prophet und bereit, den Untergang zu predigen. Seine Hände fuhren in die Luft, und er murmelte Worte, die Naomi nicht verstand, die nicht wie irgendeine der vielen Sprachen klangen, die sie in den Kellern des Turms aufgefangen hatte.

«Früher oder später musste es so weit kommen», flüsterte Tante Myriam. «Der Stress ist ihm zu viel geworden.»

«Es ist Lichtenstern», sagte Alice. «Er hat Babu verrückt gemacht.»

«Lichtenstern, wo ist er?», fragte Naomi.

Sie schaute um sich, aber nur der Tisch war beleuchtet. Das restliche Dach lag dunkel da.

Babel fuhr unbeirrt fort. Manchmal sang er die seltsamen Worte, dann wieder schrie er sie durch die Nacht.

Naomi zitterte, als ein kalter Wind ihr mit eisiger Hand in den Nacken griff. Die Dunkelheit wurde dicker, schwoll an zu einer dunklen Wolke, die Lampions verloren ihre Helligkeit, die

Kerzen auf dem Tisch erloschen eine nach der anderen. Naomi hörte, wie sich der Aufzug wieder in Bewegung setzte, und drehte sich um. In der Dunkelheit konnte sie nichts unterscheiden, ausgenommen eine noch schwärzere Masse, eine konzentriertere Dunkelheit, die in dem Fahrstuhl lauerte.

Babel ging auf in den fremden Klängen, die seiner Kehle entwichen. DiMaggio hatte die rechte Hand auf seine Brust gelegt und suchte Schutz bei seinem gekreuzigten Erlöser, und Layla Fadiz und Lavine folgten mit offenen Mündern dem Wortstrom, der schlangengleich aus Babels Mund entwich.

Alice kniff in Naomis Hand.

Einzig Tante Myriam wirkte unbeeindruckt von der wahnsinnigen Darbietung, die ihr Schwager zum Besten gab, und zog leise an ihrer Zigarre.

Babels Litanei wurde lauter, beschleunigte sich, es schien, als sei er zum Ende gelangt, und fast atemlos presste er die letzten Worte hervor.

In den Aufzugschacht kam Bewegung. Etwas tauchte aus den Schatten hervor. Die Männer sprangen auf. Der Schatten nahm Form an, wurde ein Tier, ein Rentier, das in voller Fahrt auf sie losstürmte. Alice klammerte sich an Naomi, Layla Fadiz schrie, Lavine kroch unter den Tisch, Babel blieb perplex und wie festgenagelt auf demselben stehen und wich erst aus, als das Rentier mit einem eleganten Sprung über die Festtafel flog. Das riesige Geweih fegte ihn vom Tisch, und er landete auf dem Boden.

DiMaggio lief zu ihm. Naomi sah, wie der weiße Schwanz des Rentiers in der Dunkelheit verschwand. Sie riss sich los aus Alices Griff und rannte hinter dem Tier her, doch das war verschwunden, hatte sich aufgelöst in der Nacht.

Ihre Mutter ist eine Heldin. Babel lebt noch, aber man hat ihm einen schweren Schlag versetzt. Er ist nicht unverletzlich.

Ihr Martyrium strahlt auf Naomi ab. Anfangs streiten sich die Familien darum, sie bei sich zu haben, als wäre sie eine glückbringende Reliquie, der greifbare Beweis einer gewonnenen Schlacht. Aber viel Freude erleben sie an Naomi nicht. Dass ihre Mutter im Himmel ist, kann Naomi nicht trösten. Nichts kann sie mit dem Tod ihrer Schwester versöhnen.

Sie hasst ihre Mutter; nicht für das, was sie Babel angetan hat – was kümmert sie dieser alte Mann? –, sondern weil sie Ayesha mitgenommen und sie, Naomi, zurückgelassen hat. Hatte sie sie verschonen wollen? Oder hatte sie Naomi nicht für würdig erachtet, sie in ihre Pläne miteinzubeziehen? Warum nicht beide Töchter? Warum hat sie statt ihrer nicht Ayesha zurückgelassen?

Naomi versteht es nicht. Sie weiß nur, dass sie abermals zurückbleibt, noch mehr allein als beim letzten Mal. Das Vernünftigste wäre, die Familie würde sie umbringen. Dann könnte sie keine Geheimnisse verraten und wäre wieder mit ihrer Mutter und ihrer Schwester vereint.

Aber so ist die Familie nicht. Sie sorgen für sie, obwohl sie, das ist ihr klar, überhaupt nicht mit ihnen verwandt ist. Wohin sollte sie sonst gehen? In die Wohnung kann sie nicht mehr zurück. Die ist ausgebrannt. Alle etwaigen Spuren sind zusammen mit ihren Fotos und ihren Kleidern ausgelöscht.

Die Frauen sind freundlich, aber nach einer Weile wissen sie auch nicht mehr, was sie mit ihr anfangen sollen. Sie spricht ihre Sprache nicht, interessiert sich kaum für die Nachrichten oder Politik, dreht den Kopf weg, wenn Bilder von dem Attentat gezeigt werden. Kaum hat sie sich irgendwo eingewöhnt, muss sie zu ihrer und aller Sicherheit schon wieder weiter. Sie wird von Unterschlupf zu Unterschlupf getragen wie ein Bombenpaket, das man schnell weiterreichen muss, bevor es einem in der Hand explodiert.

Dann kommen Yusufs Freunde mit einem Plan. Babel hat sich nach dem Attentat in seinem Turm wie in einer mittelalterlichen Burg verschanzt. Den Turm mit einem Helikopter oder Flugzeug zu erreichen ist ausgeschlossen. Auf dem Turm und den Nachbargebäuden steht Abwehrgeschütz. Überall gibt es Kameras, Fallen und Wachleute. Versuche, die Wachen zu bestechen, sind fehlgeschlagen. Versuche, ihnen zu drohen, funktionieren nicht. Sie wurden zuvor auf Beziehungen und sonstige Schwachstellen hin durchleuchtet. Nur wer außerhalb des Turms keine Lieben hat, wird zum Sicherheitsdienst zugelassen. Dort bilden sie ihre eigene, unmöglich zu infiltrierende Bruderschaft. Aber einer der möglichen Neuzugänge für die Putztruppe hat Ähnlichkeit mit Naomi. Wenn sie an der Reihe ist, das Waisenhaus zu verlassen, wird die Organisation dafür sorgen, dass das Mädchen nie ankommt und Naomi ihren Platz einnimmt. Mit ihr im Turm haben sie bessere Chancen. Sie soll die Augen offenhalten, eventuelle Zugangswege entdecken, Codes, Passwörter, vielleicht Uniformen nach draußen schmuggeln. Was hält sie davon? Es ist ein Versuch, und wenn Naomi erwischt wird, läuft sie große Gefahr. Aber will sie den Tod ihrer Eltern nicht rächen?

Naomi will wissen, was mit dem Waisenmädchen geschehen wird, dessen Platz sie einnehmen soll. Man versichert ihr, dass sie sich deswegen keine Sorgen zu machen braucht. Das komme schon in Ordnung. Sie nickt. Was bleibt ihr anderes übrig? Und mit fünfzehn Jahren betritt sie den Turm. Das Bombenpaket wird zum letzten Mal weitergereicht.

Aus: Babel, ein Traum von Macht, Thomas Rosen & Aziz al-Kashani

Wachmänner hatten Babel vom Beton aufgelesen und in den Fahrstuhl getragen. Die Gäste waren gefolgt. War es Naomis Einbildung oder hing hier noch der vage Geruch von nassem Tierpelz?

Lichtenstern hatte in aller Eile Babels Leibarzt herbeigetrommelt. Dem Arzt zufolge war es nichts Ernstes, aber ein Gehirnscan würde Gewissheit bringen.

Babel hatte Lichtenstern am Arm gefasst. «Nicht nach draußen», hatte er gemurmelt und war trotz des ärztlichen Drängens im Turm geblieben.

Babel war so wichtig, dass die geringste Änderung seines Gesundheitszustandes Schockwellen in der Finanzwelt verursachte. Lichtenstern versuchte sich in Schadensbegrenzung und verbreitete sofort nach dem Sturz die Nachricht, der greise Herr habe auf seiner Geburtstagsfeier etwas zu tief ins Glas geschaut. Keine Panik. Morgen werde er wieder der Alte sein.

Die Gäste, die in leichtem Schock in Babels Räumen auf den Befund des Arztes warteten, versuchten, sich gegenseitig davon zu überzeugen, dass das Rentier ein Trick mit dem Licht, eine kollektive Täuschung gewesen sei. Auch für sie hatte Lichtenstern eine Erklärung. Das Rentier sei aus den Küchen des City View Restaurants gekommen, wo es für ein exklusives Dinner lappländischer Investoren geschlachtet werden sollte. Die Lappen mochten kein tiefgefrorenes Fleisch und wollten ihren Elch frisch. Es bleibe ein Rätsel, wie das Tier in den Fahrstuhl gelangt sei, aber Lichtenstern würde das bis in alle Einzelheiten untersuchen. Möglicherweise sei es das Werk eines albernen Witzboldes gewesen. Was Babels Gemurmel anging: Nun, sie hätten alle bemerkt, wie der alte Mann den ganzen Abend hindurch dem Alkohol zugesprochen habe. Was zum Glück nicht seine Gewohnheit sei. Ach, an seinem Siebzigsten dürfe ein Mensch doch mal über die Stränge schlagen, nicht wahr? Die Gäste hatten genickt und sich auf den Heimweg gemacht.

Alice glaubte ihm kein Wort.

«Ein Rentier, das plötzlich aus den Küchen entkommt und auf dem Dach landet? Wo ist es denn jetzt hin? Glaubst du, ein Rentier, das dreihundert Stockwerke tief fällt, hinterlässt keine Spuren?»

«Nicht, wenn Lichtenstern das nicht will.»

«Diese Familie ist verflucht», sagte Alice. «Großvater und ich sind die Letzten unseres Geschlechts, und ich sitze im Rollstuhl und er ist dabei, den Verstand zu verlieren. Lichtenstern ist derjenige, der seinen Geist vergiftet. Du hast ihn doch gehört heute Abend, mit seinen Sprachtheorien über Adam und Eva.» Sie spie die Namen förmlich aus. «Es ist eine Beleidigung für meine Eltern, die ihr ganzes Leben der anthropologischen Forschung gewidmet haben. Wie hat er bloß diesen Einfluss über Großvater erlangt? Was hat er ihm versprochen? Es muss etwas anderes sein als diese universale Sprache, die Frieden für alle Menschen guten Willens bringen soll. Ich kenne Großvater. Er hat nicht das Licht gesehen. Er ist nicht plötzlich eine Mutter Teresa geworden.»

«Nein», sagte Naomi. «Das glaube ich auch nicht.»

«Als würde er an diesen Turmbau zu Babel glauben.»

«Dennoch wohnen Sie hier.»

«Was?»

«Ist es ein Zufall, dass Ihr Großvater Babel heißt und den größten Turm der Welt erbaut hat?»

«Was meinst du?»

«Vielleicht ist er religiöser, als Sie ahnen.»

«Aber er ist nicht religiös! Jedenfalls nicht so. Er geht nicht in die Synagoge. Wir halten uns nicht streng an die Speisevorschriften. Er arbeitet samstags.»

«Und er unterstützt Lavine.»

«Das hat nichts mit dem Glauben zu tun.»

«Sind Sie sich da ganz sicher?»

«Was willst du damit sagen, Naomi?»

«Ich weiß es nicht. Er schien nicht zu zweifeln, als er von diesem Turmbau zu Babel sprach.»

«Das macht mir ja gerade solche Angst. Das und die Tatsache, dass niemand am Tisch seine Worte angezweifelt hat. Natürlich ist es vernünftig, Großvater nicht zu widersprechen. Alle sind von ihm abhängig. Aber da war noch mehr. Sie alle schienen es zu glauben, selbst Tante Myriam. Selbst Layla Fadiz!»

Alice schlug mit der Faust auf ihr Bett.

«Es ist, als wäre ich in einem Albtraum gefangen, als würden alle Erwachsenen weiter behaupten, dass es den Weihnachtsmann wirklich gibt, obwohl ich ihnen die Rechnung vom Spielzeuggeschäft unter die Nase halte. Es ist zum Verrücktwerden. Und dann Großvater mit seinem Gemurmel und Armgefuchtel. Ich weiß, er hatte zu viel getrunken, aber trotzdem. Es ist Lichtenstern, sage ich dir.»

Sie stockte, als ein schauerliches Jaulen durch die Räume drang.

«Hast du das auch gehört?»

Naomi nickte.

«Ich bilde mir das nicht ein?»

«Nein.»

Sie warteten. Da war es wieder, ein markerschütterndes Geheul, ein zutiefst panischer Schrei.

Alice war die Erste, die den Lärm einordnen konnte.

«Es ist Lucy!»

In der ganzen Geschäftigkeit hatten sie den Hund vergessen.

«Ist sie noch auf dem Dach?»

«Dann würden wir sie nicht hören. Sie muss in der Nähe sein. Lucy! Lucy!»

Der Hund bellte aufgeregt. Das Bellen schien hinter dem Rothko hervorzukommen.

«Sie ist im Treppenhaus eingesperrt. Arme Lucy.»

Alice warf ihre Bettdecke von sich ab.

«Ich komme!»

«Lassen Sie mich gehen, Fräulein Alice.»

«Nein, du kennst den Code nicht.»

«Welchen Code?»

«Den zum Öffnen der Treppenhaustüren.»

«Bleiben Sie doch liegen. Sagen Sie mir lieber, was ich tun muss.»

Alice zögerte.

«Wenn Sie mir den Code geben, kann ich Lucy freilassen», sagte Naomi.

«Ich tue es lieber selbst», sagte Alice.

«Natürlich», sagte Naomi. «Wenn Sie mir nicht vertrauen ...»

«Natürlich vertraue ich dir», sagte Alice. «Du hast mir das Leben gerettet. Aber ich musste Großvater schwören, diesen Code niemandem zu verraten. Selbst Prynne und Lichtenstern kennen ihn nicht.»

«Schon gut», sagte Naomi, ging zurück zu dem Bett und half Alice in den Rollstuhl.

«Lucy, hör auf!», schrie Alice, als sie vor der Wand waren. «Du machst mich noch wahnsinnig!»

Das arme Tier bellte noch einmal und verstummte dann. Alice zeigte auf den Rothko.

«Fahr mit den Fingern über den Rand. Fühlst du einen kleinen Metallhebel? Zieh ihn nach unten.»

Das Gemälde schwenkte auf wie eine Tür.

«Großvater mag derlei Sachen. Das hängt mit früher zusammen, denke ich, mit Orten im Haus, an denen man sich verstecken kann, wenn der Feind einfällt.»

Hinter dem Gemälde befand sich eine Tür mit einer Tastatur in der Mitte.

«Es hat nichts mit dir zu tun», sagte Alice, als sie auf die Tastatur zurollte. «Das hier ist etwas zwischen Großvater und mir.»

«Ich verstehe, dass Ihr Großvater vorsichtig ist und nicht will, dass Sie jedem Erstbesten seine Geheimnisse verraten.»

«Du bist nicht jede Erstbeste, das weißt du.»

«Sie brauchen keine Angst zu haben. Ich werde nicht hinsehen.»

Alices Hand schwebte über der Tastatur, und sie schaute zu Naomi, die mit weggedrehtem Kopf dastand.

«Kannst du mir kurz helfen, Naomi? Meine Hand zittert, und ich befürchte, dass ich die falschen Zahlen eintippe.»

«Wie kann ich Ihnen helfen, wenn ich den Code nicht weiß?»

«Ich kann dir den Code nicht verraten. Keine Zahl wird über meine Lippen kommen. Aber du kannst mir beim Eintippen der Zahlen helfen.»

Naomi legte ihre Hand auf die von Alice. Die fühlte, wie Naomis Wärme ihr über den Arm durch den gesamten Körper zog. Ihr Blut war ein Fluss aus Rosenknospen, die eine nach der anderen aufsprangen. Sie glühte bis in den Nacken. Ganz langsam tippten sie zusammen den Code ein.

«Hier bist du ja, meine kleine, dumme Lucy», sagte Alice, als die Tür aufsprang und der Hund hysterisch durchs Zimmer wuselte. «Wer lässt sich nur so leicht einsperren? Ein Glück, dass wir dich gehört haben, sonst hättest du da bis ans Ende der Zeiten gesessen.»

Naomi steckte den Kopf durch die Tür und blickte in die Dunkelheit.

«Was suchst du?»

«Ich würde gern noch mal kurz aufs Dach gehen. Wenn ich Spuren von dem Rentier finde, dann wissen wir, dass wir nicht geträumt haben.»

«Ich habe nicht geträumt», sagte Alice. «Ich habe das Rentier mit meinen eigenen Augen gesehen, genau wie du. Aber wenn du hinaufwillst, dann nimm eine Kerze aus dem Leuchter auf dem Tisch.»

Lucy drückte Alice ihre Schnauze ins Gesicht.

«Hör auf, so zu lecken, verrücktes Tier! Gott weiß, was du heute Abend alles ausgefressen hast.»

Naomi suchte in einer der Schubladen nach Streichhölzern.

«Bekomme ich die Tür von innen auf?»

«Lass sie offenstehen.»

«Nein, dann kommt Lucy wieder hinter mir her.»

«Hast du genug Streichhölzer mit? Falls es die Kerze ausbläst.»

«Ich komme schon zurecht.»

Naomi war bereit, durch die Tür zu gehen.

«Naomi!»

Sie drehte sich um.

«Sei vorsichtig, ja? Wir wissen nicht, was da sonst noch umherirrt.»

«Ich bin gleich wieder da», sagte Naomi.

Als sie die Tür hinter sich zuzog, wurde es rabenschwarz im Treppenhaus. Sie zündete die Kerze an. Sie ging jedoch nicht nach oben, sondern stieg so lange hinab, bis sie vor einer Tür stand, die die Treppe nach unten abriegelte.

Naomi tippte den Code ein, und mit einem Klicken öffnete sich die Tür. Dahinter führte die Treppe weiter in die dunkle Tiefe. So leicht war es also. Bewaffnete Männer bewachten fortwährend die Aufzüge, aber in den Treppen bestand der einzige Schutz zwischen Babel und der Außenwelt aus dieser Tür, die jetzt einen Spaltbreit offenstand. Sie zog die Tür zu, ging wieder hinauf und hörte Alice, die mit Lucy herumtollte. Wie oft hatte der alte Mann hier gestanden und dem Spiel seiner Enkelin gelauscht?

Im nächsten Stockwerk zögerte sie an der Tür, die Zugang zu Babels riesigem Speisezimmer verlieh. Wieder gab sie den Code ein, und die Tür öffnete sich. Ein Code öffnete alle Türen. Sie zog sie rasch wieder zu und stieg weiter, bis sie das Dach des Turms erreichte. Die Stühle lagen auf dem Boden verstreut, als hätte gerade ein Kampf stattgefunden. Ein Windstoß blies ihre Kerze aus und kroch unter das Tischtuch, das wie ein Segel klapperte. Der Turm wogte hin und her. Das Dach war das Deck eines Gespensterschiffs, das unbemannt über die Meere glitt. Die Sterne waren so fast zum Greifen nah.

Die Torte, ein Mini-Babel, stand noch unangeschnitten auf dem Tisch. Sie drückte dagegen. Die Torte wackelte genau wie der Turm. Sie drückte fester. Erst purzelten die Marzipanmenschlein vom Dach. Dann klatschte die Torte mit einem Schlag auf den Betonfußboden.

Anziehungskraft • Liebe • Schönheit • überwundene Schwierigkeiten

Babels linker Arm hing in einer Schlinge. Er konnte also nicht so tun, als ob nichts geschehen wäre, aber allen war klar, dass er die Episode so schnell wie möglich vergessen wollte.

Lichtenstern hatte währenddessen entdeckt, wie das Rentier auf dem Dach gelandet war. Die Torte in Form des Turms sei in der Küche des City View Restaurants hergestellt und dort die ganze Zeit als «die Überraschung» bezeichnet worden, genau wie das Rentier eine «Überraschung» für die finnischen Geschäftsleute werden sollte. Als in der Küche angefragt wurde, die «Überraschung» nach oben zu schicken, habe ein übereifriger, mittlerweile entlassener Souschef das Rentier zum Aufzug gebracht. Die Wachleute hätten gewusst, dass der Aufzug während der Geburtstagsfeier mit einer «Überraschung» zum Dach musste. Also hatten sie die Torte und eine halbe Stunde später auch das Rentier ohne Probleme nach oben fahren lassen, denn schließlich seien sie es gewohnt, zu gehorchen und keine Fragen zu stellen. Sie hätten hauptsächlich die Catering-Mannschaft im Auge behalten. Von einem Rentier, so merkwürdig es als Fahrstuhlbenutzer auch sein mochte, hätten sie keinen terroristischen Angriff erwartet.

Nach wie vor unklar blieb, wer nach der Torte noch einen zweiten Befehl gegeben hatte, die «Überraschung» hinaufzuschicken. Lichtenstern hatte in seinem Versuch, die Sicherheit zu verbessern, einigen Leuten wohl zu rasch den Laufpass gegeben.

«Ich glaube ihm kein Wort», sagte Alice. «Ein Rentier, das von der Küche durch die Flure zum Aufzug geschleppt wird, ohne dass jemand das bemerkt. Wo ist es denn jetzt hin?»

«Woher sollte es sonst gekommen sein, wenn nicht aus dem Restaurant?», fragte Naomi, und Alice musste zugeben, dass

Lichtensterns Bericht, so unlogisch er war, mehr Glaubwürdigkeit besaß als ihre Version, der zufolge Großvater ein Rentier aus dem Nichts heraufbeschworen hatte. Das war selbst für Alice zu weit hergeholt.

«Sie können immer die Aufnahmen der Überwachungskameras anfordern», sagte Naomi.

«Nein. Lichtenstern braucht nicht zu wissen, dass ich ihm misstraue.»

«Ich denke, das weiß er ohnehin längst», sagte Naomi.

Es war nicht das Rentier, weswegen sich Alice den Kopf zerbrach. Sie wollte wissen, was Großvater und Lichtenstern ausheckten. Was hatte Großvater vorgehabt, da oben auf dem Tisch?

In dieser Nacht schreckte Naomi aus einem Traum auf, immer noch mit Herzklopfen. Sie war durch lange Flure gerannt, in der Furcht, zu spät zu kommen, und dem Wissen, dass jemand ihre Hilfe brauchte. Je schneller sie rannte, desto länger wurden die Flure, bis sie plötzlich in einem Zimmer stand. Auf Stuhlreihen entlang der Wände saßen Männer in Maßanzügen. Aus ihren blütenweißen Hemden ragten haarige Pfoten, und über den schwarzen Krawatten tauchten Tierköpfe auf. Sie scheute zurück, aber die Tür war verschwunden. Sie konnte nicht weg. Die Männertiere rochen ihre Angst. Sie standen auf. Die Maßanzüge glitten ihnen von den Leibern. Eines der Tiere, unanständig nackt, nachdem es aus einem Pfuhl aus Kleidung gestiegen war, öffnete das Maul. Sie sah Speichelfäden zwischen seinen blutigen Zähnen schimmern, als es laut aufschrie.

Sie rollte sich in dem teuren Bettzeug zu einer Kugel zusammen und wartete, bis ihr Herz etwas ruhiger schlug. Es war nur ein Traum.

Bis sie den Schrei abermals hörte, ein lang gezogenes Jaulen, das plötzlich abbrach.

Sie warf das Bettzeug von sich, schlüpfte vorsichtig aus dem Bett und suchte sich einen Weg durchs Zimmer. Sie legte ihr Ohr an die Tür, hörte jedoch nichts mehr. Sie tastete auf dem Schränkchen neben der Tür, bis ihre Finger einen schweren Silberleuchter fanden. Mit ihm als Waffe in der Hand huschte sie auf den Flur hinaus. Kleine Nachtlichter leuchteten in Fußhöhe auf. Die Flure waren verlassen.

Leise öffnete sie die Tür zu Alices Schlafzimmer. Die Vorhänge waren nicht ganz zugezogen, und die orangerote Glut der nächtlichen Stadt füllte das Zimmer. Der Walfisch warf ein Schattengitter auf die Wand. Alles erschien ruhig. Lucy lag schnarchend in ihrem Korb. Naomi schlich durchs Zimmer. Als sie zwischen Bett und Fenster entlangging, sah sie einen großen Schatten mit einem riesigen Leuchter in der Hand durch die Walfischrippen laufen. Er verschwand, als sie sich über das Bett beugte.

Alice lag auf dem Rücken, den Kopf fast versunken im Kopfkissen. Sie sah so zerbrechlich aus, eine Puppe aus dünnem Porzellan. Ein fester Hieb würde genügen. Das Kissen würde den Lärm dämpfen. Ein fester Hieb, um dieses schöne, dünne Gesicht für immer zu zerschlagen.

Alices Arm schaute aus der Bettdecke hervor, die Hand zu einer Faust verkrampft. Die Schmerzen ließen sie auch im Schlaf nicht los.

Naomi stellte den Leuchter ab und nahm die Faust in ihre Hände. Sie rieb sanft darüber und versuchte, sie behutsam zu öffnen. Sie sang leise.

«Rock-a-bye baby on the tree top. When the wind blows, the cradle will rock.»

Alice wachte nicht auf, doch allmählich wich ihre Spannung, und ihre Hand öffnete sich wie eine Blüte.

Auf dem Weg in ihr Zimmer schien Naomi wieder etwas zu hören. Es kam unter ihren Füßen her. Sie legte sich auf den Fußboden, ein Ohr am Parkett. So leise, dass sie es sich eher einzubilden als es zu hören schien, stöhnte dort etwas. War es ein Tier? Konnte ein Tier so weinen, so verloren sein?

Sie lauschte noch lange, hörte aber nichts mehr. Sie ging in ihr Zimmer, kroch ins Bett und zog sich die Decke über den Kopf.

Der Turm hat schon immer einen Symbolwert besessen. Im Schachspiel ist er einer der Hauptfiguren, und auch in den frühesten Tarot-Versionen gab es ihn schon, wenn auch manchmal unter einem anderen Namen. So hieß die Karte manchmal «Der Blitz» und manchmal «Das Haus Gottes». Das Pariser Tarot zeigt den Teufel. Manche Versionen zeigen die Vertreibung von Adam und Eva aus dem irdischen Paradies.

Über die Bedeutung der Karte herrscht Uneinigkeit. Für manche bezeichnet sie den Untergang wie bei dem Turmbau zu Babel. Für andere symbolisiert der Turm einen Weg, das Universum rational zu begreifen. Der Turm bedeutet für denjenigen, der die Karte zieht, dass er die Dinge, an die er glaubt, besser nochmals hinterfragen soll.

Aus: Babel, ein Traum von Macht, Thomas Rosen & Aziz al-Kashani

Alice war bereits den ganzen Morgen angespannt.

«Musst du nicht mit Lucy spazieren gehen?»

«Ich wollte das nach der Physio tun», sagte Naomi.

«Tu es lieber jetzt», sagte Alice.

Lucy, erstaunt, zu dieser ungewohnten Stunde aus ihrem Korb geholt zu werden, ließ sich willig mitschleppen. Als sie eine knappe Stunde später wiederkamen, war Alice zwar angekleidet, aber nach wie vor nervös. Sie fuhr hektische Runden im Zimmer. Lucy, von der Leine befreit, rannte ihr bellend hinterher.

«Ist es schon zwölf Uhr?», fragte sie.

«Fast. Warum?»

«Für dich ist Schluss mit der Arbeit», sagte Alice. Sie lachte, als sie Naomis Gesicht sah, aus dem alle Farbe gewichen war.

«Nur für heute. Morgen darfst du wieder wie gewohnt loslegen.»

«Ich verstehe nicht ...», sagte Naomi.

«Komm mit.»

Sie fuhren zu der Türschleuse zur Orangerie.

«Du hättest mir sagen müssen, was für ein Tag heute ist. Zum Glück hat Frau Prynne mich darauf aufmerksam gemacht.»

Das war gelogen. Sie hatte die Kopie von Naomis Akte eingehend genug studiert, um Naomis Geburtsdatum auswendig zu wissen.

«Du wirst sechzehn! Das ist ein denkwürdiger Tag.»

«Werde ich sechzehn?», sagte Naomi. «Ach ja, natürlich.»

«Jetzt komm schon. Als ob man seinen eigenen Geburtstag vergessen könnte. An einem Tag wie heute kannst du nicht arbeiten.»

«Ich brauche nicht frei zu bekommen.»

«Aber natürlich. Du nimmst dir nie frei.»

«Ich habe keine Pläne.»

«Aber ich», meinte Alice lachend. «Ich habe mir den Kopf darüber zerbrochen, was ich dir schenken könnte. Kleider interessieren dich kaum. Bücher liest du nicht. Geld willst du nicht. Du willst noch nicht einmal frei haben an deinem Geburtstag. In der ganzen Zeit, die du jetzt hier bist, hast du noch an nichts Interesse gezeigt. Es war, als hätte ich mir ein Geschenk für einen Roboter ausdenken müssen.»

In der Schleuse schloss sich die Tür hinter ihnen.

«Wochenlang immer nur mich am Hals haben, das kann auf die Dauer langweilen.»

«Fräulein Babel, ich ...»

«Die Tatsache, dass du mich nach der ganzen Zeit immer noch ‹Fräulein Babel› nennst, besagt doch genug. Ich wollte deine Freundin sein, Naomi, aber für dich war auch das unnötig. Also habe ich mich halt auf die Suche nach Freundinnen von früher gemacht.»

«Von früher?»

«Ja, sie warten in der Orangerie.»

Naomi musste sich an die Schleusenwand lehnen.

«Du siehst elender aus als vorhin, als du dachtest, ich würde dich entlassen. War es keine gute Idee, die Mädchen einzuladen?»

«Ich würde sie lieber nicht sehen», sagte Naomi.

«Zu spät. Sie sind schon da, und du darfst sie jetzt nicht enttäuschen. Sie haben sich so darauf gefreut.»

«Ich will sie nicht sehen.»

Aber die Schleuse öffnete sich bereits.

Sie saßen an dem langen Tisch unter einem Baum: Lisbeth, Deborah, Rosario, Maria, Tu und noch einige andere Subs, deren Namen Naomi nicht kannte. Alle hatten sie Papphütchen auf dem Kopf. Der Gummizug schnitt ihnen in die Haut und hob ihr Kinn an. Alkohol würde die Atmosphäre nicht verbessern, denn auf dem Tisch standen lediglich Tassen, eine große Teekanne und eine üppige Torte, auf die mit Marzipan Naomis Namen geschrieben war. Die Spuren von Vogelfüßchen verrieten, dass sie schon eine Weile unbewacht auf dem Tisch gestanden hatte. Zwischen den Sträuchern hatten sich Hans und seine Männer postiert und behielten die Subs im Auge, als könnten diese jeden Augenblick mit Mörsergranaten um sich werfen. Wo sie die wohl versteckt hielten? In den Kiefern ihrer langen Gesichter vielleicht?

Lisbeth sprang auf, als sie Naomi sah.

«Deborah, schau, da ist Naomi.»

«Das sehe ich», sagte Deborah kühl. Ihr spitzes Hütchen tanzte auf ihrem Kopf, als sie den Mund öffnete.

Naomi ließ sich von Lisbeth an den Tisch zerren. Sie nickte den Mädchen zu, die ihr Nicken erwiderten. Lisbeth konnte sich vor Aufregung kaum wieder zurück auf ihren Stuhl setzen.

«Unglaublich. Wir sind in der Orangerie. Und Fräulein Alice ist hier», flüsterte sie, als ob Alice zu erhaben wäre, um sie hören zu dürfen.

Alice lächelte den Mädchen zu, die rasch für sie Platz machten, als sie mit ihrem Rollstuhl angefahren kam.

«Du siehst blendend aus, Naomi», sagte Lisbeth. «Das Leben hier muss dir wirklich gefallen. Erzähl!»

«Was soll ich erzählen?»

«Alles: Wie es hier ist; was du tun musst; wie es ist, um für Fräulein Alice zu arbeiten.»

Lisbeth schenkte Alice ihr liebstes Lächeln.

«Ach, ist nur halb so schlimm.»

«Nur halb so schlimm? Schau dir mal ihre Hände an, Deborah. Rosario, sieh doch! Keine Hornhaut oder schmutzigen Nagelränder. Schwere Arbeit brauchst du hier nicht zu verrichten, das ist klar. Aber was tust du hier denn?»

«Ganz einfach. Anwesend sein. Einkaufen. Mit dem Hund spazieren gehen.»

«Was für ein Leben.»

«Anwesend sein», sagte Deborah, «das ist ja gerade noch zu schaffen.»

«Deborah!», rief Lisbeth. «Hör nicht auf sie, Naomi. Sie ist bloß eifersüchtig.»

«Darum geht es ihr doch, Lisbeth. Der einzige Grund, weshalb sie uns hergebeten hat, ist doch der, mit ihrem großartigen Leben hier zu prahlen.»

«Ich habe euch nicht hergebeten», sagte Naomi.

Es wurde still. Selbst Lisbeths Lächeln erstarrte.

«Da fällt mir ein ...», sagte sie schnell und holte ein Päckchen aus ihrer Hosentasche.

«Es ist von uns allen.»

Sie drückte Naomi das Geschenk in die Hand.

«Los, mach auf!»

Naomi betrachtete das Päckchen, war Lisbeth zufolge aber mit dem Öffnen zu langsam.

«Lass mich das machen.»

Lisbeth riss das Geschenkpapier herunter. Heraus kam ein Gruppenfoto von allen Subs.

«Damit du uns nicht vergisst», sagte Lisbeth.

«Damit du dir eine von uns heraussuchen kannst, falls du eine Vertretung brauchst», sagte Deborah.

«Nein, Deborah. Das ist nicht der Grund. Ich schenke es Naomi, damit sie auch nicht vergisst, wer ihre wirklichen Freunde sind.»

«Wach doch endlich auf, Lisbeth. Sie hat andere Freunde jetzt. Sie hat dich längst nicht mehr nötig.»

Lisbeth schaute zu Naomi. Die schaute auf das Foto.

«Schön, nicht?», fragte sie.

Naomi nickte und legte das Foto vor sich auf den Tisch.

Die Gesellschaft verstummte wieder.

«Also», meinte Alice lächelnd. «Ich will keine Spielverderberin sein, aber wenn alle genug gegessen haben», sie warf einen Blick auf die noch unberührte Torte auf dem Tisch, «dann schlage ich vor, dass wir uns das Apartment anschauen, damit ihr seht, wo Naomi den ganzen Tag ihre Sklavenarbeit verrichtet.»

Die Mädchen sprangen auf. Endlich würden sie das Allerheiligste anschauen dürfen.

«Naomi, hilfst du mir?», fragte Alice. «Hans kann derweil schon mit der Führung beginnen.»

Sie wartete, bis alle aufgestanden und gegangen waren, und schlug dann mit der flachen Hand auf den Stuhl neben sich.

«Hinsetzen.»

Naomi gehorchte.

Alice nahm ein Messer und zog die Torte zu sich.

«Nachdem ich dir deinen Geburtstag damit verdorben habe, diese Mädchen einzuladen, kann ich es vielleicht mit etwas Torte wiedergutmachen. Die ist jedenfalls für dich. Immerhin steht dein Name darauf.»

«Sie haben mir nichts verdorben.»

«Nein?»

Sie lud ein großes Stück Torte auf Naomis Teller.

«Es tut mir leid. Ich hätte mich besser vorbereiten sollen. Mehr Informationen einholen.»

«Die Tatsache, dass Sie es mir schenken wollten, macht es zu einem schönen Geschenk.»

«Hm», sagte Alice. «Das soll ich glauben?»

«Nein, wirklich. Danke schön.»

«Der Tag braucht keine völlige Katastrophe zu sein», sagte Alice. «Du bist jetzt eine A, und sie sind nach wie vor Subs. Zeig ihnen deine Zimmer. Lass es sie spüren!»

Naomi lachte.

«Das könnte ich tun.»

«Dann tun wir es doch. Bis sie grün und gelb vor Neid sind. Ach ja, noch etwas.»

Alice zog ein Armband unten aus ihrem Rollstuhl hervor und warf es auf den Tisch. Es waren zwei silberne Schlangen, die ineinander verschlungen waren. In ihrem Maul hielten sie ein kleines Uhrwerk. «Kommt es dir bekannt vor? Nein? Sie stammen aus dem Leuchter im Restaurant. Es sind Kupferröhren. Ich habe sie versilbern lassen, weil die Haut besser nicht mit Kupfer in Berührung kommt.»

«Es ist schön», sagte Naomi.

Sie legte das Armband zurück auf den Tisch.

«Gib acht. Nicht in die Butter.»

Alice nahm das Armband in die Hand und drehte es um. «Die Augen der Schlangen sind kleine Opale. Normalerweise verschenkt man keine Opale, denn das bringt Unglück. Aber für ein Mädchen, das selbst Unglück bringt, erschien es mir dennoch passend.»

Sie schob das Armband über den Tisch zu Naomi.

«Ich weiß, dass du keinen Schmuck willst, aber das hier hat keinen großen Wert, es ist bloß etwas Kupfer.»

Naomi zögerte.

«Nimm es bitte an. Damit ich meinen Patzer mit den Freundinnen vergessen kann.»

Vorsichtig schob Naomi das Armband über ihr Handgelenk.

«Opale bringen nicht nur Unglück. Angeblich sind sie auch gut für Schmerzen des Herzens. Gefällt es dir?»

«Ja. Danke ... Alice.»

Die Mädchen tauschten ein flüchtiges Lächeln.

«Komm. Lass uns etwas Spaß haben.»

Sie folgten der Gruppe in einiger Entfernung.

«Sie sehen alle so ungesund aus», flüsterte Alice.

«Kein Wunder. Wir … Sie hocken ja fast immer im Keller.»

«Weiße Würmer, die zwischen den Wurzeln des Waldriesen wühlen. Ungeziefer.»

Sie sah, wie Naomi erschrak.

«Ist das hart? Haben wir sie so gemacht, Großvater und ich? Sind wir für diese kalten Geschöpfe verantwortlich?»

«Mit den Mädchen ist alles in Ordnung», sagte Naomi. «Sie brauchen einfach etwas Sonne.»

«Nein, es ist mehr als das. Sie sind kalt von innen. Und deine Lisbeth … Ich schwöre dir, wenn sie mir noch ein Mal so ein Lächeln schenkt, dann schlage ich sie.»

«Sie würde es als eine Ehre auffassen.»

«Mach es nicht noch schlimmer.»

«Das tue ich nicht. Sie haben einfach Angst. Du und Herr Babel, ihr seid Götter. Sie wohnen unter dem Erdboden, und plötzlich dürfen sie für kurze Zeit hier herauf. Sie waren sich nie sicher, ob es das wirklich gab, und jetzt laufen sie hier herum. Kein Wunder, dass sie sich nicht so recht wohl fühlen. Mir ist es die ersten Tage nicht anders ergangen.»

«Du, du hast mich am ersten Tag gleich blutig gebissen!»

«Ach, Fräulein Alice.»

«Nein, Naomi, nein! Wir kehren nicht mehr zurück ins Fräulein-Zeitalter. Ab jetzt heiße ich Alice.»

«Es war aber überhaupt nicht meine Absicht.»

«Natürlich war es das. Du wolltest mir wehtun. Ich konnte es an deinen Augen ablesen.»

«Ich habe nicht gebissen. Sondern … geleckt.»

Sie schwiegen.

«Vielleicht sollten wir uns der Gruppe anschließen», sagte Alice zuletzt. «Wie sollen wir sonst ihre neidischen Gesichter genießen?»

Sie lächelte flüchtig.

«Ich weiß, Naomi, ich bin schlecht. Total verwöhnt. Und genieße die Schmerzen anderer.»

«Das glaube ich nicht.»

«Ich glaube es allmählich selbst, und das macht mir Angst. Schmerzen machen einen egoistisch.»

«Hast du jetzt Schmerzen?»

«Solange du bei mir bist, ist es zu ertragen. Und wenn ich gleich ihre neidischen Mienen sehe, vergesse ich meine Schmerzen völlig. Komm. Ich habe noch eine Überraschung für sie.»

Naomi schloss sich der Gruppe an, aber Anika war diejenige, die sich als Fremdenführerin durch Alices Gemächer aufwarf. Sie war nie eine Sub gewesen, aber in der Hackordnung niedrig genug, um ihre heutige Stellung zu genießen. Sie wusste, was die Mädchen wissen wollten und was eigentlich zu schmerzlich für ihre Ohren war, und sorgte dafür, dass sie diese Details als Erstes zu hören bekamen. Wenn Naomi den Neid ihrer früheren Kolleginnen genießen wollte, dachte Alice, dann hätte sie keinen besseren Führer finden können. Noch spannender wurde es, als die Mädchen in einem der Flure Betty in die Arme liefen.

«Betty!», rief Lisbeth.

Betty schaute auf den Haufen herab und ging dann mitten durch ihn hindurch, wie ein Messer durch Butter. Was trieb diese Mädchen um?, fragte sich Alice. Sie sind gnadenlos zueinander. Stünden sie zusammen nicht stärker da? Großvater würde ihnen recht geben. Fressen oder gefressen werden. Das Gesetz des Dschungels.

Sie schaute nach draußen, wo sich der Dschungel in seiner

ganzen zementierten Schönheit vor ihren machtlosen Füßen erstreckte. So viele Leben. So viele Sehnsüchte. Manchmal überflutete sie das Bewusstsein von all diesen Leben, die sie niemals kennenlernen würde. Auch diese Mädchen träumten von etwas, während sie ihre Sklaventätigkeit in der Unterwelt verrichteten, die ihr Großvater geschaffen hatte, um sich selbst reicher zu machen. Um sie reicher zu machen. Aber mit diesen Mädchen konnte sie niemals Freundschaft schließen. Sie waren zu hart. Freundschaft, Mitleid, Selbstaufopferung – alles, was nicht überlebensnotwendig war, hatten sie über Bord geworfen. Sie kannten die Worte so, wie ein Blinder die Namen der Farben kennt.

Naomi war anders. Sie wollte nichts für sich.

Alice fuhr auf die Gruppe zu, die sich gerade im Puppenzimmer zusammendrängte.

«Gruselig.»

«Das kann man wohl sagen.»

«Aber schön.»

«Wollt ihr eine?», sagte Alice.

«Was?»

«Ich weiß, ihr seid eigentlich zu alt dazu. Aber wenn ihr eine seht, die euch gefällt ...»

Die Blicke der Mädchen schossen in alle Richtungen. Was wohl die teuerste Puppe war? Welche würde am meisten einbringen?

«Dürfen wir uns wirklich eine aussuchen, Fräulein Babel?», fragte Lisbeth.

«Ja, nur zu.»

Die Mädchen stürmten zu den Regalen.

«Vielleicht diese?», sagte Alice zu Lisbeth und deutete mit einem Kopfnicken auf eine kleine Holzpuppe in einem der unteren Fächer. Sie konnte dieses Gör nicht ausstehen, und so war das Mindeste, was sie tun konnte, sie auf die teuerste Puppe hinzuweisen.

«Hm, ich weiß nicht», sagte Lisbeth misstrauisch, während sie das Holzpüppchen betrachtete. «Sie ist ziemlich klein.»

«Ja, das schon», sagte Alice, «aber sie hat viel Liebe bekommen.»

«Liebe», sagte Lisbeth.

Das Püppchen stammte aus einer römischen Ausgrabung. Es war zweitausend Jahre alt. Ein Unikum. Wer es verkaufte, konnte mehrere Jahre gut davon leben.

«Sie ist selten», sagte Alice noch.

«Das glaube ich gern», sagte Lisbeth. Alice sah in ihren Augen die Angst, sie könnte sich falsch entscheiden, könnte ihr auf den Leim gehen und mit einem hölzernen Unding in die Keller zurückmüssen, während die anderen – jeweils eine Luxuspuppe in den Händen – sie nur zu gern deswegen auslachten.

Warum ist es so schwierig, Menschen etwas zu schenken?, fragte sich Alice. Sie hielt Lisbeth nicht zurück, als die sich eine große Ballerina aus einem Regal pflückte.

Ich bin faul von innen, dachte sie. Es macht mich froh, dass sie eine falsche Entscheidung getroffen hat. Seit wann bin ich so?

«Darf ich dich etwas fragen?»

«Natürlich, Fräulein Babel.»

Die Mädchen strömten aus dem Puppenzimmer und zurück zur Orangerie, wo etwas zu Essen für sie bereitstand.

«Ist die Arbeit da unten hart?»

«Ach, ist halb so schlimm.»

«Naomi sagt, ihr kommt selten nach draußen.»

«Das wussten wir von Anfang an. Wir beklagen uns nicht.»

«Das glaube ich gern. Nur, wie haltet ihr das aus?»

«Was genau meinen Sie, Fräulein Babel?»

Ja, was meinte sie eigentlich? Konnte sie dieses Mädchen unverblümt fragen, warum sie nicht schreiend aus dem Gebäude rannte? Mit ihren Beinen war alles bestens. Nichts hinderte sie daran, das Weite zu suchen und woanders eine Arbeit zu finden.

«Ich weiß, dass Frau Prynne keine Liebschaften erlaubt.»

«Eine weise Anordnung», sagte Lisbeth, die entschlossen war, in den Entscheidungen Babels nicht den kleinsten Fehler zu finden.

«Woran denkst du denn so während deiner Arbeit?»

«An mich natürlich.»

Lisbeth drehte sich um. Lichtenstern stand hinter ihnen. Die anderen Mädchen hatten ihn ebenfalls bemerkt. Hans und seine Kumpane waren vergessen, seit Lichtenstern aufgetaucht war. Das Girren nahm gar kein Ende.

«Geht schon mal alle hinein», sagte er. «Fräulein Alice und diese charmante Sub ...»

«Lisbeth», sagte Lisbeth.

«... werden euch sofort folgen. Geht nur.»

Was hat er vor?, dachte Alice.

«Tut mir leid, die Damen, aber ich konnte nicht umhin, einen Teil eures Gesprächs aufzuschnappen. Ich bin neugierig auf deine Antwort, Lisbeth, denn natürlich hast du Besseres zu tun, als an mich zu denken. Das war nur ein Scherz. Wir sind uns ja noch nie begegnet.»

«Das ... das stimmt nicht ganz», entgegnete Lisbeth. «Natürlich können Sie sich nicht mehr an mich erinnern. Warum sollten Sie auch?»

«In der Tat. Warum sollte ich?», meinte Lichtenstern lachend.

«Lichtenstern!», sagte Alice.

«Aber wir haben uns schon einmal gesehen», sagte Lisbeth. «Als Sie eine Vertretung für Betty gesucht haben.»

«So langsam dämmert mir etwas.»

«War das, als du Naomi ausgewählt hast?», fragte Alice.

«Ja, Fräulein Babel. Herr Lichtenstern hatte Naomis Möglichkeiten sofort entdeckt. Ich dachte erst, er würde vielleicht mich aussuchen, weil ich Bettys beste Freundin war ...»

Das haben wir gesehen, dachte Alice.

«... und ich doch schon fünf Jahre für Babel arbeite und somit genug Erfahrung habe, eine befriedigende Arbeit abzuliefern.»

Sie schaute Lichtenstern an.

«Ja, ich erinnere mich an dich», sagte der.

«Fünf Jahre!», sagte Alice. «Fünf Jahre da unten in der Dunkelheit.»

Lisbeth nickte.

«Das ist lange.» Alice wandte sich zu Lichtenstern. War das ihre Gelegenheit, der Kleinen etwas Gutes zu tun?

«Vielleicht solltest du mal mit Prynne reden.»

«Ich denke, das werde ich tun.»

«Ach, Herr Lichtenstern!» Lisbeth wollte auf die Knie fallen, stolperte und klammerte sich an ihn.

«Wenn Sie so gut sein wollten!»

«Die anderen werden sich fragen, wo wir bleiben», sagte Alice. Sie hatte genug von Lisbeth. Auf dem Weg zur Orangerie jedoch ließ etwas sie langsamer werden, und sie fuhr in ihr Schlafzimmer.

«Ach, Herr Lichtenstern», hörte sie. «Sie wissen nicht, wie glücklich Sie mich machen. Wenn es etwas gibt, das ich tun kann ..., alles, um Sie glücklich zu machen.»

«Als Erstes könntest du mich loslassen.»

«Natürlich.»

«Sag mir, Lisbeth, du bist eine Träumerin, nicht wahr?»

«Eine Träumerin, Herr Lichtenstern?»

«Du träumst davon, es nach oben zu schaffen.»

«Wer tut das nicht?»

«Du träumst, dass sich dein Leben irgendwann ändern wird, dass jemand unter all den Aschenputteln da unten deine Qualitäten erkennt und dass ein Mann dich aus deinem traurigen Dasein pflückt.»

«Vielleicht», antwortete Lisbeth zögerlich.

«Vielleicht weißt du auch schon, wer dieser Mann sein könnte.»

«Vielleicht», sagte Lisbeth, jetzt weniger zögernd.

«Fass mich nicht an», sagte Lichtenstern.

«Entschuldigung.»

«Es ist ein Traum, Sub, und der Traum endet hier. Weißt du, wer ich bin? Ich bin der Tod der Träume. Ich bin das große Erwachen, und das hier ist der Moment, in dem du aus deinem banalen Traum erwachst. Hör mir gut zu: Du wirst hier niemals etwas anderes sein als eine Sub. Du wirst niemals aufsteigen. Dafür werde ich sorgen. Hast du das verstanden?»

«Aber Herr Lichtenstern …»

«Wenn du mich noch einmal anfasst, dann breche ich dir die Finger.»

«Warum, Herr Lichtenstern, warum?»

«Begib dich zu deiner Gruppe. Sofort.»

Alice hörte das Mädchen schluchzend durch die Flure rennen und fuhr aus dem Zimmer.

«Wie konntest du nur? Das arme Kind.»

«Sie verdient dein Mitleid nicht. Sie ist keine Freundin von Naomi.»

«So weit war ich auch schon. Aber dennoch brauchst du nicht grausam zu sein.»

«Ich habe ihr einen Dienst erwiesen. Ohne mich würde sie den Rest ihres Lebens in den Kellern hocken und sich in die Reste ihrer immer fadenscheiniger werdenden Träume hüllen. Ich habe sie aufgeweckt. Vielleicht trifft sie künftig klügere Entscheidungen.»

«Du bist das große Erwachen, Lichtenstern?»

«Was soll ich sagen? Manchmal gewinnt der Bombast die Oberhand. Ich denke, sie hat mich verstanden.»

«Der Tod der Träume», murmelte Alice. «Das ist schrecklich.»

«Nein, Alice.» Er nahm ihre Hand und drückte sie an seine Lippen.

«Es ist unmöglich. Wenn Menschen sich einmal an ihre Träume geklammert haben, vermag nichts mehr sie davon loszureißen. Ich kann es versuchen, aber mehr auch nicht.»

Abends packte Naomi das Foto und das Armband in eine Schublade und stieg ins Bett. Eine Viertelstunde später ging sie zurück und holte das Armband aus der Lade. Sie legte es auf ihren Nachtschrank und ließ die Schlangen rollen. Ihre roten Augen schimmerten im Mondlicht.

Eine Woche nach Naomis Geburtstagsfeier kündigte Lisbeth ihre Arbeit. Nach Rücksprache mit höherer Stelle gab Prynne ihr einen Entlassungsbrief mit positiven Referenzen.

Aus: Babel, ein Traum von Macht, Thomas Rosen & Aziz al-Kashani

Naomi legte ihre Hand auf den Scanner, und der Fahrstuhl öffnete sich.

«Hallo Hans», sagte sie.

Keine Antwort.

Sie drückte 3-2-7.

«Was geschieht da?», sagte eine Stimme aus dem Kontrollraum.

«Entschuldigung!», rief sie. «Ich habe die falsche Nummer eingegeben. Ich versuche es nochmals.»

«Fass die Tastatur nicht an!»

Sie ignorierte den Befehl und drückte auf den Türknopf. Der Fahrstuhl öffnete sich. Sie konnte nur einen kurzen Blick in das Zimmer werfen, bevor der Kontrollraum übernahm, aber das genügte, um sich dessen sicher zu sein, was sie gesehen und gehört hatte: die Geräusche einer Stadt, den Lärm von hupenden Autos, von Sirenen, lachenden Menschen und plärrenden Radios. Sie hatte die Gegend wiedererkannt. Es waren die Straßen und der kleine Park, in dem Ayesha ihre ersten Schrittchen gemacht hatte. Sogar der vertraute Geruch war da gewesen. Bis sich die Tür wieder zuschob.

Es war unmöglich. Lächerlich. Hinter der Tür des dreihundertsiebenundzwanzigsten Stockwerks des Babel Towers, unzählige Meter über dem Erdboden, lag das Barrio, ihr altes Viertel. Der Fahrstuhl fuhr hinauf. Als die Tür aufging, blickte sie in die bösen Augen von Hans.

«Was hast du denn damit beabsichtigt?»

«Womit?», fragte sie.

«Mit diesem Streich im Fahrstuhl.»

«Ich hatte mich bei der Nummer vertan.»

«Selbst wenn ich so dumm wäre, das zu glauben, hast du immer noch mein Verbot ignoriert. Ich habe dir sehr deutlich befohlen, die Tastatur nicht anzufassen.»

«Haltet ihr da womöglich etwas versteckt?»

«Das geht dich nichts an, wie du nur allzu gut weißt.»

«Versteckt ihr da die Mädchen, die euch nachts Gesellschaft leisten? Ich bin gespannt, ob Herr Babel darüber Bescheid weiß.»

«Hast du da Mädchen gesehen?»

«Ich habe nichts gesehen», sagte Naomi.

Sie starrten sich gegenseitig an.

«Die Sache ist noch nicht erledigt, meine Liebe. Ich werde das melden, und du wirst schnell genug hören, was weiter daraus wird.»

«Melde, was du zu melden hast. Ich habe nichts verbrochen, und das werde ich Alice auch so sagen.»

«Glaube nur nicht, Fräulein Alice könnte dich beschützen. Abraham Babel ist der Herr dieses Turms, nicht Fräulein Alice, damit du das weißt.»

«Das Einzige, was ich weiß, ist, dass Lucy sich schon zu lange zusammennimmt und du uns besser nach unten fahren lässt, wenn du kein Malheur im Fahrstuhl haben willst.»

Er bedeutete ihr, zu verschwinden. Sie streckte die Hand nach der Tastatur aus, aber er hielt sie zurück.

«Finger weg. Ab jetzt entscheidet der Kontrollraum, wohin du fährst.»

Er schloss die Tür. Sie sah die grünen Ziffern vorbeiziehen. 327. 326. 325.

Das Barrio? Sie bemerkte kaum, dass sich der Fahrstuhl öffnete. Der Hund musste sie hinaus ins Freie zerren.

Vor dem Obststand zögerte sie.

«Was kann ich für dich tun?», fragte der Verkäufer. «Sieh mal, wie diese Kirschen dich anlachen. Süß und saftig, genau wie du. Du musst dich beeilen, die Zeit der Kirschen ist fast vorbei.»

Naomi schüttelte den Kopf. Sie setzte sich auf ihre vertraute Bank, band die Leine an eine Armlehne, und Lucy profitierte von der Freiheit, indem sie jeden Strauch im Umkreis von zwanzig Metern beschnüffelte.

Eine Frau setzte sich neben sie und öffnete ihre Zeitung. Naomi schaute vor sich hin.

«Nichts Neues?», flüsterte die Frau hinter ihrer Zeitung.

Naomi antwortete mit einem langsamen Kopfschütteln. Nichts Neues.

Zwei Tage später kam Frau Prynne in Alices Zimmer. Das Bett lag voller Zeitungen und Zeitschriften, aber die Mädchen hatten genug von den Neuigkeiten und der Mode des Tages und bewarfen sich gegenseitig mit Apfelsinenschalen. Sie hörten auf und fühlten sich ein wenig ertappt, als Prynne am Bett stand.

«Sie haben Besuch», sagte sie.

Sie hatte sofort die Aufmerksamkeit der Mädchen. Niemand kam hierher zu Besuch. Es dauerte eine Ewigkeit, bis man durch alle Kontrollen hindurch war. Aber Prynne wiederholte tonlos, dass Besuch für Alice da sei. Eine junge Dame sei morgens um halb neun am Eingangsschalter aufgetaucht und habe gesagt, sie komme Alice Babel besuchen. Allein der Gedanke war so unerhört, dass die Frauen am Schalter sie nicht sofort weggescheucht, sondern Prynne angerufen hatten. Die hatte nach Rücksprache mit dem Wachdienst beschlossen, ihre Bitte Alice persönlich zu überbringen.

«Wer ist es?», fragte Alice.

«Eine gewisse Mary Jones.»

«Mary! Ist Mary hier?», schrie Alice.

Sie wäre fast aus dem Bett gesprungen, konnte aber nur lebhaft mit den Armen fuchteln.

«Mary ist hier, und ich liege noch ungewaschen im Bett. Ach, Prynne, bist du sicher, dass sie es ist?»

«Genau das möchte ich unbedingt sein, bevor ich sie heraufkommen lasse. Erkennen Sie diese junge Dame?»

Sie zeigte Alice einen Personalausweis. Naomi schaute über Prynnes Schulter und sah das Foto eines schwarzen Mädchens, das breit in die Kamera lächelte.

«Ja, das ist Mary, zweifellos. Was macht sie hier in der Stadt? Was führt sie hierher?»

«Das wird sie Ihnen vermutlich selbst erzählen, Fräulein Alice.»

«Bring sie schnell nach oben. Und sag die Physio ab. Naomi, holst du mir bitte eine Jeans aus dem Schrank und die kleinen, dunkelblauen Stiefel? Du weißt, welche ich meine. Nein, kein Kleid, ich will nicht, dass sie meine toten, weißen Beine sieht. Los, gleich steht sie hier, und ich bin noch nicht ordentlich angezogen.»

«Sie brauchen sich nicht zu beeilen, Fräulein Alice. Sie sitzt in einer der Lounges mit Kaffee und ...»

«Nein, sie soll sofort nach oben kommen.»

Es konnte ihr alles nicht schnell genug gehen. Während Naomi zu den Kleiderschränken verschwand, ließ Alice sich wieder in die Kissen fallen.

Mary. Wie hatte sie sie fast vergessen können? Aber ihr früheres Leben kam ihr vor wie ein Traum. Die Figuren von damals waren unwirklich geworden. Jetzt kam alles zurück. Mary war mehr eine Schwester für sie gewesen als eine Freundin, so miteinander verwoben war ihr Leben. Sie hatten zusammen die Schulbank gedrückt, hatten sich zusammen mehr als einmal aus der Schule davongeschlichen. Mary hatte in den Ferien bei den Ausgrabungen mitgeholfen. Sie hatten zusammen ihre erste Zigarette geraucht und sich sogleich gegenseitig gebeichtet, dass es ihnen nicht schmeckte; sie hatten zusammen ihren ersten Rum getrunken, mitsamt allen Folgen. Alice hatte sich keine Zukunft ohne Mary vorstellen können. Als die Nachricht kam, ihr Großvater liege im Krankenhaus und werde wohl nicht mehr lange leben, hatte sie keine Zeit mehr gehabt, sich zu verabschieden, aber das brauchte sie ja auch nicht. Es war so selbstverständlich, dass sie nach ihrem Besuch bei Großvater in ihr normales Leben zurückkehren würde. Das Ganze war dann allerdings etwas anders gelaufen.

Zu Anfang, wenn der Schmerz und die Trauer ihr zu viel wurden, hatte sie oft an Mary gedacht. Sie hatte nicht angerufen. Was hätte Mary tun können? Hätte sie dafür sorgen können, dass ihre Eltern zurückkehrten oder dass ihre Beine wieder funktionierten? Und woher hätte Mary das Geld nehmen sollen, hierher zu reisen? Das war während Alices erster Tage, als ihr noch nicht klar war, was es bedeutete, eine Nachkommin von Abraham Babel zu sein. Sie hätte ein vollständiges Dorf einfliegen lassen können, wenn sie gewollt hätte.

Später war Alice froh, dass sie Mary nicht kontaktiert hatte. Zwischen ihnen beiden lag nicht nur ein Ozean. Ihr Leben, das waren diese Zimmer und dieses Bett, die Physiotherapeuten und ihr Großvater. Mary gehörte zu ihrem alten Dasein. Sie war zusammen mit der Erinnerung an Afrika verblasst. Und jetzt trat sie hinter Prynne ins Zimmer.

«Mary!»

«Alice!»

Mary rannte auf den Rollstuhl zu, und die Mädchen flogen sich in die Arme.

«Du hast dich um kein Haar verändert.»

«Mein Haar vielleicht nicht, aber schau einmal hierher.»

Mary drehte sich um und wackelte mit ihrem Gesäß.

Prynne schnaubte und verließ das Zimmer.

«Woher kommt das so plötzlich? Ein Erbe deiner Mutter?», scherzte Alice.

«Genau so, wie du die Feinfühligkeit deiner Mutter geerbt hast», sagte Mary.

«Was soll ich sagen, wenn du hier vor meiner Nase mit deinem Hintern wackelst?»

«Du hättest lügen und sagen können, es wäre nur halb so schlimm.»

«Nur halb so schlimm? Er füllt die Hälfte des Zimmers!»

«Du bist zu weit gegangen, Babel. Das kostet dich das Leben.»

Mary fasste mit beiden Händen nach Alices Hals. Naomi wollte schon dazwischengehen, aber die beiden lachten schon wieder.

«Naomi, das ist Mary, meine beste Freundin.»

Naomi nickte. Mary lächelte breit.

«Früher vielleicht. Schau dir an, wie du jetzt wohnst. Ich bin erstaunt, dass sie mich reingelassen haben, ohne mich vorher zu desinfizieren. Das hier ist ein Palast, Mensch! Bist du also doch eine Prinzessin geworden?»

«Ich brauchte dafür noch nicht mal einen Prinzen zu heiraten. Es war mit einem anderen Fluch behaftet.»

Alice rollte mit ihrem Stuhl bis vors Fenster.

«Ich habe gehört, was passiert ist. Eine Hundsgemeinheit. Wie lange musst du noch in diesem Rollstuhl bleiben?»

«Noch ein paar Monate, meinen die Ärzte.»

Naomi hob den Kopf, doch Alice wich ihrem Blick aus.

«Kommt alles wieder in Ordnung», sagte sie.

«Ein Glück. Denn was nützt dir das alles hier», sagte Mary mit einer ausholenden Geste, «wenn du nicht laufen kannst? Weißt du noch, das eine Mal, als wir vom Drakenberg gerannt sind, so schnell wir konnten?»

«Wie kann ich das vergessen! Ich habe noch immer blaue Flecken davon.»

«Dass wir uns damals nicht den Hals gebrochen haben!»

«Du bist immer zu wild gewesen.»

«Ich? Und was war mit dir?»

«Erinnerst du dich noch, wie wir diesen Schakal zu Doktor Swann ins Haus gelotst haben?», fragte Alice lachend. «Ein Glück, dass sie nie dahintergekommen sind, wer es war.»

«Nie dahintergekommen? Alle wussten es. Dein Vater hat damals den Schaden bezahlt.»

«Papa? Woher weißt du das?»

«Weil ich jetzt in der Praxis von Doktor Swann arbeite.»

«Du? Du fällst doch schon beim kleinsten bisschen Blut in Ohnmacht.»

«Die Menschen ändern sich.»

«Offensichtlich.»

«Ich studiere noch, aber gleichzeitig arbeite ich schon auf der Krankenstation.»

Naomi, die die ganze Zeit an die Wand gelehnt dagestanden hatte, unterbrach sie.

«Kann ich euch etwas zu trinken bringen?»

«Nein danke», sagte Mary, «Dieser Eiszapfen von vorhin ...»

«Prynne», meinte Alice lachend.

«Sie hat mich mit Kaffee vollgegossen. Sie muss gedacht haben: Solange sie trinkt, stiehlt sie nicht.»

«Ich möchte Tee», sagte Alice. «Läutest du nach Anika?»

«Ich kann ihn auch selbst holen», sagte Naomi und verließ das Zimmer.

«Du hast nach wie vor Personal, sehe ich.»

«Und dir macht das nach wie vor Schwierigkeiten.»

«Diesmal ist es weiß. Das macht einen Unterschied.»

«Noch immer so sensibel.»

«Es hat mich nicht mehr beschäftigt. Bis ich hierher kam.»

«Hierher? Aber es gibt keine Stadt, die mehr Rassen und Völker zählt. Alle Farben laufen hier durcheinander.»

«Das mag durchaus so sein. Aber was zählt, ist immer nur eine Farbe.»

Jetzt fiel Alice wieder ein, warum sie sich nicht von Mary verabschiedet hatte. Der Grund dafür war nicht Großvaters Gesundheitszustand gewesen. Vor ihrer Abreise hatten sie schon drei Wochen lang nicht mehr miteinander gesprochen. Sie waren über Marys Bruder George in Streit geraten. Er war immer öfter mit aufgetaucht, wenn sie sich trafen. Alice erinnerte sich noch gut, wie schwierig es gewesen war, ihm auf taktvolle Weise deutlich zu machen, dass er unerwünscht war. Mary zeigte sich mehr verletzt als George, als sie mitbekam, dass ihr Bruder wenig Chancen bei Alice hatte. Sie hatte Alice gefragt, was ihrem Bruder denn fehle. Wollte sie ihn nicht, weil er schwarz war? Alice war durch diese Bemerkung so beleidigt, dass sie Mary eine Weile nicht mehr hatte sehen wollen. Dann war das Telegramm von Großmutter gekommen, und sie hatten sich auf die Reise gemacht. Sie hatte den Streit vollkommen vergessen und hielt es für das Beste, das Ganze nicht mehr aufzuwärmen, um alle Bemerkungen über Rasse und Hautfarbe zu umschiffen. Es hatte sie niemals beschäftigt, aber Mary würde antworten, dass nicht alle den Luxus genossen, sich damit nicht abgeben zu müssen.

«Was tust du hier in der Stadt?», fragte sie.

«Doktor Swann ist wegen eines Symposiums hier, und weil ich mitten in meiner Ausbildung stecke, war es nur logisch, dass ich mitkam.»

«Doktor Swann ist auch hier? Ist sonst noch jemand von drüben mit dabei?»

«Nein», sagte Mary und blickte durch das Fenster auf den Wald von Wolkenkratzern.

«Das heißt, du und Doktor Swann, ihr seid allein hier?»

«Allein? Das hier ist eine Millionenstadt, Alice, oder hast du das noch nicht bemerkt?»

«Du weißt haargenau, was ich meine. Du und Doktor Swann!»

«Ich habe keine Ahnung, wovon du sprichst», sagte Mary.

«Aber Mary, der Mann ist sechzig.»

«Er ist dreiundvierzig! Das ist nicht so alt.»

«Nicht so alt? Er ist älter als dein Vater.»

«Seit wann bist du so gut im Rechnen?»

«Ich bin erstaunt, das ist alles. Du darfst natürlich tun, wozu du Lust hast.»

«Wozu ich Lust habe? Vorläufig tue ich nichts.»

«Ihr seid nicht ...»

«Wenn es so weitergeht, bin *ich* irgendwann sechzig, bevor er den ersten Schritt macht.»

«Mary Swann», sagte Alice. «Das klingt gut.»

«So weit sind wir noch nicht», sagte Mary. «Aber ich arbeite daran.»

Sie drehte der Stadt den Rücken zu.

«Mir ist das hier zu hoch», sagte sie. «Es macht mich schwindelig.»

«Dann nimm doch Platz. Naomi kommt gleich mit dem Tee.»

«Was ist das mit dieser Naomi?»

«Wie meinst du?»

«Sie würde mich am liebsten in der Luft zerreißen.»

«Sie kennt dich doch gar nicht. Warum sollte sie dich nicht mögen?»

«Keine Ahnung. Aber ihr Blick war deutlich genug. Bist du jemals zwischen eine Löwin und ihre Beute gesprungen? Natürlich nicht. Sonst säßen wir nicht hier.»

«Mary, wir kennen niemanden, der jemals zwischen eine Löwin und ihre Beute gesprungen ist. Die einzigen Löwen, die wir gesehen haben, befanden sich in einem Zookäfig.»

«Darum geht es doch nicht. Ich bin mir sicher, die Löwin würde mich genau auf diese Weise beäugen.»

«Naomi ist in Ordnung. Sie hat mir das Leben gerettet.»

«Das ist mir egal. Ich trinke nicht von diesem Tee, bis sie selbst davon getrunken hat.»

Sie setzte sich.

«Was meinst du, sie hat dir das Leben gerettet? Bist du noch immer in Gefahr? Laufen deshalb diese ganzen bewaffneten Männer durch die Flure?»

«Das hatte nichts damit zu tun. Erzähl mir lieber allen

Klatsch. Wer geht mit wem? Ist Joseph Mba schon mit jemand zusammen?»

«Joseph Mba? Er ist der Erste, nach dem du dich erkundigst? Interessant.»

«Nun, am neugierigsten war ich nach Doktor Swann, aber der ist ja offenbar besetzt.»

Naomi kam mit einem Tablett herein, auf dem zwei Tassen, Milch, Honig und eine Teekanne standen.

«Komm, setz dich zu uns», sagte Alice.

Naomi schüttelte den Kopf.

«Ihr habt euch sicher viel zu erzählen. Dabei braucht ihr keinen Dritten.»

«Hab dich nicht so. Setz dich.»

«Lieber nicht.» Naomi stellte das Tablett auf dem Tisch ab und entfernte sich.

«Was habe ich dir gesagt?»

«Sie hat Takt. Hast du davon schon mal gehört?»

«Ganz entfernt. Ich halte es für eine überschätzte Qualität.»

Alice zeigte auf den Tee.

«Na, riskierst du es?»

«Sie wird mich wohl nicht vergiften, während du danebensitzt.»

«Und wenn doch, kenne ich einen Doktor, der dich gern gründlich untersuchen will», scherzte Alice.

Lichtenstern fand Naomi in einem der Gästezimmer, den Kopf an das Glas der Fensterfront gelehnt.

«Was tust du hier im Dunkeln?»

«Da unten herrscht so ein Trubel. Warum?»

«Ach», meinte er lächelnd. «Ich wusste nicht, dass wir uns so tief unten befanden.»

Sie erwiderte sein Lächeln nicht.

«Wohin laufen sie alle so schnell? Was treibt sie um?»

«Du schwimmst schon zu lange in diesem Aquarium umher. Sonst könntest du dich sicher erinnern. Sie müssen überleben.»

«Ist das denn so wichtig?»

«Warum so schwermütig? Das Leben liegt noch vor dir.»

Das zauberte ein bitteres Lächeln auf ihre Lippen.

«Nein. Es ist beinahe vorbei.»

«Das muss nicht so sein.»

Er stellte sich neben sie.

«Sieh mich an.»

Sie zwang ihren Kopf vom Fenster weg. Er war ganz nah. Zu nah. Doch konnte sie sein Gesicht in der Dunkelheit des Zimmers nur vage unterscheiden.

«Was siehst du?»

Einen verschwommenen weißen Fleck mit zwei schwarzen Diamanten, die das wenige Licht an sich ziehen.

«Ich sehe nichts. Es ist zu dunkel.»

Er fasste ihre Hand. Sie versuchte, sich loszureißen.

«Ich brauche nur zu schreien und der Sicherheitsdienst steht hier.»

«Bin ich nicht mehr für dich als ein billiger Verführer?»

«Was sonst soll ich von einem Mann denken, der sich mir im Dunkeln nähert?»

«Als hätte ich dich nicht schon hundertmal haben können, sei es mit oder ohne dein Einverständnis.»

«Sie sind ja sehr von sich überzeugt.»

«Hast du dich in all den Monaten nie gefragt, wer ich bin? Bin ich für dich lediglich ein Teufel? Babels Hund?»

Er presste ihre Hand auf seine Brust.

«Was fühlst du?»

«Nichts.»

«Los, fühl mal.»

Sie fühlte hinter seinen Rippen sein Herz.

«Ich lebe, ich atme, genau wie du. Ich blute, wenn man mich verletzt. Und du …»

Er legte seine Hand auf ihr weißes Shirt, genau unter ihre Brüste. «Du lebst auch.»

So blieben sie stehen, nur mit dem Klopfen ihrer Herzen, das das Zimmer füllte.

«Auch wenn du nicht an mich gedacht hast, habe ich dennoch an dich gedacht, Naomi. Ich habe dich beobachtet. Ich wollte wissen, wer du bist. Du verschließt dich, aber mit dem richtigen Schlüssel …»

«Ich kann mir vorstellen, an welchen Schlüssel Sie dabei gedacht haben.»

«Banalisiere das hier nicht. Ich will dir einen ernsthaften Vorschlag machen.»

Ein Helikopter flog an ihnen vorbei. In dem kurzen Moment, als sein Suchscheinwerfer über sie hinweghuschte, sah sie seinen flehenden Blick.

«Ich weiß, wer du bist, Naomi.»

Sie ging einen Schritt zurück.

«Du bist hier mit einem Ziel, und das bedeutet für niemanden von uns etwas Gutes. Streite es nicht ab. Ich weiß, wie du gestrickt bist. Wie kann ich es nicht wissen? Wir sind gleich, du und ich. Bereit, alles aufzugeben, um unser Ziel zu erreichen, sogar unser Leben.»

Er legte seine Hand auf ihre Wange.

«Du bist mein Spiegel. Ich sehe mich selbst in dir. Ich sehe, wie du untergehst. Es muss aber nicht so enden. Es ist noch nicht zu spät.»

«Ich weiß nicht, wovon Sie sprechen.»

«Mein ganzes Leben habe ich auf ein Ziel hingearbeitet. Nichts kann mich zurückhalten. Ich plane im Voraus, schon mein ganzes Leben lang. Meine Figuren stehen bereit, den König zu schlagen. Ich werde das Spiel gewinnen, daran brauchst du nicht zu zweifeln. Wenn ich es nicht schaffe, dann nicht, weil ich das Spiel nicht beherrsche, sondern weil ich einer vorübergehenden Schwäche nachgebe.»

«Einer Schwäche?»

«Dir. Ich hasse es, aber so ist es nun mal. Glaub mir: Wenn ich es ändern könnte, dann würde ich es. Wenn ich dich aus meinem Herzen schneiden könnte, dann wäre es schon geschehen. Vielleicht hat das Spiel mich zu viel Energie gekostet, und ich war ohne Verteidigung, als ich dir begegnete. Vielleicht ist es mein Schicksal. Vielleicht gibt es kein Schicksal. Ich hätte dich sofort beseitigen müssen. Aber dafür ist es jetzt zu spät. Das Vernünftigste, was ich tun kann, ist, mir einzugestehen, dass du mich nicht gleichgültig lässt. Was bedeutet, dass plötzlich eine unberechenbare Figur auf dem Spielbrett steht. Und ich beginne zu zweifeln, ob ich überhaupt gewinnen will.»

«Was wollen Sie von mir?»

«Ich will, dass du mir eine Chance gibst. Wenn du mit mir kommst, dann lasse ich dieses Spiel hinter mir.»

«Ich kenne Sie nicht.»

«Deine Namensvetterin ist einem Fremden aus Liebe gefolgt.»

«Liebe, Herr Lichtenstern?»

«Nenn mich Henry.»

«Heißen Sie nicht Samuel?»

«Und wäre es auch nur einmal, Naomi. Nenn mich einmal bei meinem Namen.»

«Liebe, Herr Lichtenstern?»

«So grausam, Naomi?»

Er fasste sie an den Schultern. Seine Finger drangen in ihr Fleisch.

«Was hält dich hier? Ich habe Geld. Ich kann dir schenken, was du willst.»

«Herr Babel hat mir irgendwann etwas Ähnliches gesagt. Ich musste ihn enttäuschen.»

«Hier bist du nicht mehr als eine Angestellte.»

«Das stimmt nicht.»

«Mach dir keine Illusionen. Alice ist nicht wie du und ich. Die Reichen sind anders, das müsstest du mittlerweile wissen. Was wird mit dir geschehen, wenn sie dich leid ist, wenn sie neue Spielgefährten gefunden hat?»

Durch die offenstehende Tür hörten sie das helle Lachen der Mädchen.

«Deine Treue ist deplatziert. Alice wird dich verraten. Falls du sie nicht vorher verrätst. Aber das muss nicht sein. Ich kann dich retten.»

«Das hier ist ein idiotisches Gespräch. Ich verstehe nicht, worum es geht.»

«Es ist simpel. Ich bitte dich, dich zu entscheiden. Entscheidest du dich für Alice, reich und verwöhnt und dem Tod geweiht ...»

Er fühlte, wie sie erschrak.

«Wir wissen es beide. Sie sind tot, nur wissen sie es noch nicht. Entscheide dich für mich. Entscheide dich für das Leben. Entscheide dich für eine Zukunft.»

Naomi schüttelte den Kopf.

«Du ziehst sie mir vor. Warum?»

Naomi drehte den Kopf, sah die Millionen Lichter der Stadt.

«Sie ist die Einzige, die nichts von mir will.»

«Ach, Kindchen, sei nicht so naiv.»

«Sie ist meine Freundin.»

«Freundschaft ist nur ein Wort. Menschen verstehen es so, wie es ihnen passt.»

«Lassen Sie mich allein, Herr Lichtenstern.»

Mary blieb den ganzen Tag. Alice zeigte ihr die Räumlichkeiten, die endlosen Kleiderschränke und Schuhregale und die Orangerie. Am Nachmittag gingen sie schwimmen. Sie hatten beide Tränen in den Augen, als sich Mary abends verabschiedete.

Es war ein schöner Tag gewesen, dachte Alice, als sie später im Bett lag. Er hatte die Monotonie durchbrochen. Sie hatten vereinbart, regelmäßig miteinander zu telefonieren, aber Alice wusste, dass sie das nicht tun würden. Mary konnte sich derartig teure Telefonate nicht leisten, und Alice selbst würde nicht anrufen. Dieses Leben lag hinter ihr. Während Mary von ihrem Leben erzählte, war Alice das mehr und mehr bewusst geworden. Sie konnte nicht mehr zurück nach Afrika. Nicht mit dem Rollstuhl. Und selbst ohne den Rollstuhl würde sie es nicht schaffen. Ohne ihre Eltern hatte sie dort nichts mehr verloren. In dem Städtchen, in dem sie die ganzen Jahre über gewohnt hatten, hatte man sie vergessen, das hatte sie aus Marys Erzählungen ableiten können. Das Leben ging weiter, auch ohne die Babels. Alle würden freundlich sein, falls sie zurückkehrte, das wusste sie, aber eigentlich wartete niemand auf sie. Mary hatte Doktor Swann. Oder doch fast. Mit den anderen Mädchen war sie nie gut ausgekommen, und die Jungen hatten, als sie älter wurden, alle irgendwie eigenartig getan. Die Angestellten waren längst woanders in Stellung. Die Ausgrabungen wurden von anderen Wissenschaftlern fortgesetzt, die auf ihrem Gelände keine Amateurin dulden würden. Und alle wussten jetzt, wie reich sie war. Wie konnte sie zurückkehren und mit dem ganzen Geld nichts tun? Ihr Reichtum würde ihr wie ein Fluch anhaften, er würde die falschen Leute anziehen und den alten Freunden Unbehagen bereiten. Selbst Mary hatte den ganzen Tag lang Bemerkungen gemacht, wie glücklich sie wohl mit dem ganzen Geld sein müsste.

Es gab nur einen Menschen, der sie brauchte, und das war Großvater, und auch der besaß nicht das ewige Leben. Was sollte sie tun, wenn er starb? Sollte sie hier ihr ganzes Leben verbringen, in diesem goldenen Käfig, wie Mary es allzu treffend beschrieben hatte? Mary war nicht klar gewesen, wie grausam ihre Feststellungen waren.

Ihr Leben war hier, ob sie das nun wollte oder nicht. Bei Großvater und Naomi. Verrückt übrigens, dass Mary und Naomi sich gegenseitig so gar nicht riechen konnten. Sie konnte verstehen, dass man sich nicht gleich für Naomi erwärmte, die sich selten bemühte, freundlich zu sein. Und Mary hatte ein großes Mundwerk. Aber die gegenseitige Abneigung war schon dagewesen, bevor überhaupt ein Wort zwischen ihnen gefallen war. Wie hatte Mary Naomi beschrieben? Als eine Löwin mit ihrer Beute. Aber was wusste Mary von Löwen? In Afrika lief man eher Gefahr, von einem wild gewordenen Autofahrer überfahren als von einem Tier gebissen zu werden, und selbst wenn, musste man sich eher vor Schlangen und Skorpionen in Acht nehmen. Es war Eifersucht, und zwar von beiden Seiten. Naomi befürchtete, Mary könnte ihren Platz einnehmen. Als ob Alice Naomi jemals gehen lassen würde. Sie hatte erst an jenem Tag wieder zu leben angefangen, als Naomi so unerwartet in ihr Zimmer geschlichen kam. Aber das brauchte Naomi nicht zu wissen.

Es wird wahrscheinlich mein schlechter Charakter sein, dachte Alice, aber ich finde es nicht schlimm, dass sie eifersüchtig aufeinander sind. Es ist gut für mein Ego. Das kann durchaus etwas Bestätigung gebrauchen.

Mary hatte es richtig gesehen. Naomi war ein wildes Tier, dem man sich mit allergrößter Geduld nähern musste. Aber auch wenn das Tier wild blieb, gewöhnte es sich allmählich doch an seine Umgebung. Es räkelte sich zwar nicht gerade am Kaminfeuer und ließ sich dabei den Bauch kratzen, aber es schreckte auch nicht mehr bei jedem unerwarteten Geräusch hoch.

Die Mädchen sahen fern, liehen sich Filme aus und bestellten Pizza, die natürlich eiskalt war, nachdem sie alle Sicherheitshände passiert hatte, sodass Babels persönlicher Koch sich eilends ans Werk machte und ihnen um zehn Uhr abends noch fünf Pizzen mit unterschiedlichen Toppings liefern ließ; Pizzen, die Alice zufolge aber nicht so schmeckten wie die, die sie auf der Straße gekauft hatte.

Die Wahrheit war, dass Alice die Stadt kaum kannte. Sie hatte sich mit ihren Eltern die Sehenswürdigkeiten angesehen: die großen Brücken, den Hafen, den Park mit den von Graffiti bedeckten Standbildern, die längste Einkaufsstraße der Welt und den grünen Fluss, der die Stadt in zwei Teile schnitt und im Winter zur langen Eispiste wurde, über die Geschäftsleute ruhig telefonierend dahinglitten und auf der dick eingepackte Kinder schlitterten, Pärchen sich stritten und Amateurgesellschaften in Wölkchen aus gefrorenem Atem Ibsen-Stücke deklamierten. Die Metro, vollgestopft mit blinden Musikanten, Männern mit Diebesgesichtern, halbwüchsigen Jugendlichen mit glasigen Augen und überall dem Geruch von Bratwurst und Schweiß, hatte ihr Angst gemacht. Wieder an der Erdoberfläche war da der nie endende Strom von Autos und Menschen in sämtlichen Größen und Farben gewesen. Alice hatte sich an ihrer Mutter festgeklammert, um nicht von der Menge mitgerissen zu werden.

Auch Babels Turm hatten sie sich angeschaut, jedoch weigerte sich ihre Mutter, einen Fuß hineinzusetzen. Ihr Vater war weniger kritisch. Zugegeben, das Gebäude in seinem beinahe faschistoiden Stil war hässlich, aber in seiner Dominanz auch außergewöhnlich. Es hatte etwas, ähnlich wie ein Berg oder ein Canyon, fand er. Zumindest war es unübersehbar.

Anschließend hatten sie Abraham Babel aus dem Krankenhaus abgeholt, dann geschah das Attentat, und sie war im Turm verschwunden. Sie hatte also keine Ahnung, wie es draußen wirklich zuging. Sie fragte Naomi, wie es sei, dort zu überleben, bat sie zuletzt, alles zu filmen, wenn sie mit Lucy hinausging: die Straßen und Menschen, die Betriebsamkeit, die Läden, die Taxis, den Straßendreck, die Reklamen, die Imbissbuden, Schüler auf Klassenfahrt, die Frau, die einen Einkaufswagen mit all ihren irdischen Besitztümern zwischen einer Meute von Managern und deren Erfolgsträumen hindurchschob; kurz, die gesamte Stadtfauna, von Alice begierig betrachtet und kommentiert. Bis die Kamera von zwei Skatern gestohlen wurde, während Lucy verwundert danebenstand, und Naomi nicht mehr so darauf erpicht war, mit teurer Technik durch die Straßen zu laufen. Aber die Neugier nagte weiter an Alice.

Es schien, als ob Großvater ihr gegenüber kühler wurde, je mehr ihre Bindung zu Naomi wuchs. Er kam seltener vorbei als früher. Wenn er sie sehen wollte, rief er sie meistens zu sich. Naomis Gesellschaft war dabei nicht erwünscht. Vertraute er dem Mädchen nicht, das sich so schnell einen Platz im Herzen seiner Enkelin erobert hatte? Oder war der Grund ein anderer? Wenn sie zusammen aßen, wirkte er abwesend. Sie wusste, dass er wichtige Dinge um die Ohren hatte. Das große Bauprojekt im Barrio verlief nicht so wie geplant. Aber er hatte sich immer die nötige Zeit für sie genommen. Sie war sein Augapfel gewesen, der Mittelpunkt seiner Welt. Jetzt dagegen schien er sie von sich zu schieben. Eines Abends bei einem der schmerzlich schweigsamen Essen machte er Alice den unerhörten Vorschlag, den Turm für zwei Wochen zu verlassen. Er habe viel Gutes von einer Klinik gehört, die eine neue Behandlung entwickelt habe. Gentherapie. Stammzellen. Er könne nichts Genaues dazu sagen, er sei kein Arzt, aber er wisse, dass dort sozusagen Wunder verrichtet würden. Wenn es einen Ort gebe, an der man sie wieder gehend machen könne, dann in dieser Klinik am Meer.

Als sie nicht fahren wollte, wurde er wütend. Seit Monaten liege sie ihm in den Ohren, doch einmal aus dem Turm zu dürfen. Sie habe Himmel und Erde in Bewegung versetzt, nur um ein paar Stunden im City View Restaurant zu sitzen. Und jetzt, wo sie zwei Wochen lang fortkönne, lehne sie ab. Könne sie ihm erklären, warum? Wollte sie denn nicht mehr auf die Beine kommen?

Sie konnte es nicht erklären. Sie wusste nur, dass es nicht ganz geheuer war. Der Klinikaufenthalt war nicht ihrer Heilung wegen eingefädelt worden. Sie wurde weggeschickt. Zweifellos auf Befehl von Lichtenstern.

Babel geriet nur noch mehr in Rage, als sie Lichtensterns Namen fallenließ. Das stehe nicht zur Diskussion. Sie solle fahren und basta. Er wolle mal sehen, ob man ihm in seinem eigenen Haus nicht gehorchte! Als er die Tränen in ihren Augen sah, schien er zu zögern, wandte sich dann jedoch von ihr ab.

Aus: Babel, ein Traum von Macht, Thomas Rosen & Aziz al-Kashani

Alice und Naomi saßen in der Orangerie.

«Ich fahre nicht.»

«Willst du denn nicht gesund werden?»

«Ich werde nicht gesund.»

«Gib der Sache doch wenigstens eine Chance.»

«Wie viele Chancen brauchen die Ärzte denn noch? Zwei Jahre lang haben sie in mir herumgestochert, mich durchleuchtet und mir fortwährend Blut und Rückenmark entnommen. Es hilft alles nichts.»

«Dein Großvater meint, es sei eine nagelneue Abteilung mit den besten Ärzten und den neuesten Techniken.»

«Ich fahre nicht.»

«Er hat seine Anweisungen erteilt. Anika und Betty packen bereits und wollen wissen, was du mitnehmen möchtest.»

«Ich fahre nicht.»

Alice rollte vom Tisch weg und über den Pfad, tiefer hinein in den Urwald. Naomi folgte ihr durch diesen und durch die Savanne, die nicht viel mehr war als ein Rasen mit einigen Büschen, bis sie zu dem Teich kamen. Über den schmalsten Teil des Gewässers neigte sich eine feine Holzbrücke, breit genug für Alices Rollstuhl, jedoch mit einer Steigung, sodass Naomi sie eingeholt hatte, noch bevor sie auf der anderen Seite des Wassers in den Rosengarten gelangt war. In dem Gewirr aus Büschen und Bäumen ließ sie sich von Naomi bis ans Teichufer schieben, wo sich unter Rosen und Efeu eine kleine Laube verbarg. Zu ihr führte eine weiße Holztreppe, aber hinten gab es gut versteckt eine breite Auffahrrampe, sodass Alice mühelos hinaufkonnte. In der Laube standen nicht viel mehr als ein gusseiserner Tisch und zwei Stühle. Es war ihr Lieblingsort. Hier hatte sie das Gefühl, unbeobachtet zu sein.

«Möchtest du, dass ich nach Tee läute?», fragte Naomi.

«Nein. Warum trinken wir immer Tee? Sind wir Romanfiguren aus dem viktorianischen England?»

«Möchtest du etwas anderes?»

«Ich will allein sein.»

«In Ordnung. Ich lasse dich allein, sobald du mir erzählt hast, warum du nicht in die Klinik willst.»

«Muss ich denn für alles einen Grund haben?»

«Ich verstehe es nicht. Du möchtest doch so gern nach draußen.»

«Draußen? Es ist überhaupt nicht draußen. Ich tausche nur die eine Zelle gegen eine andere. Die einzigen Menschen, die ich zu Gesicht bekommen werde, sind Ärzte und Krankenpflegerinnen, die Todesängste ausstehen, sobald ich mit meinem Wachdienst eintreffe.»

«Hast du dir die Broschüren nicht angeschaut? Die Klinik liegt am Meer. Du hast dein eigenes Zimmer am Strand.»

«Fahr du doch hin, wenn du so gern ans Meer willst. Ich halte dich nicht zurück.»

«Wovor hast du solche Angst?»

«Angst?»

«Ja, du hast Angst.»

«Seit wann bist du eine Expertin darin, was ich habe oder fühle? Seitdem du Großvaters Anordnungen befolgst? Er ist schließlich derjenige, der dich dafür bezahlt, dass du mir Gesellschaft leistest. Er hat dich gekauft. Er hat dich mir geschenkt. Was, wenn ich dich nicht mehr haben will?»

Sie starrten sich gegenseitig an.

«Was? Willst du mich schlagen?», sagte Alice. «Los, nur zu! Schlag das behinderte Mädchen!»

«Ich sollte es eigentlich tun. Verdient hättest du es.»

Naomi setzte sich mit dem Rücken zu Alice auf die Treppe

der Laube. Vögel landeten in der neuerlichen Stille auf den Rosensträuchern.

«Wenn du mich nicht mehr haben willst, dann sag es», sagte Naomi leise.

Alice fuhr bis zu Naomi, aber die drehte sich nicht um.

«Also gut. Ich habe Angst. Bist du jetzt zufrieden?»

«Du weißt nicht, was für Untersuchungen es sind. Vielleicht ist es nicht so schmerzhaft.»

«Ich habe keine Angst vor den Untersuchungen, sondern vor dem Ergebnis.»

«Das verstehe ich nicht.»

«Naomi?»

Naomi blieb reglos.

«Naomi? Schaust du mir irgendwann mal wieder in die Augen?»

Naomi drehte sich nicht um, und Alice fuhr an den Tisch zurück.

«Warum ausschließlich rot und weiß?», fragte Naomi.

«Was?»

«Die Rosen. Nichts als rot und weiß.»

«Ich wollte es so. Das ganze Jahr hindurch rote und weiße Rosen. Die Jahreszeiten haben hier keine Macht. In diesem Turm bestimmt Babel das Wetter.»

«Und Alice Babel bestimmt, was gesagt werden kann und was nicht.»

«Gut, das habe ich verdient. Es tut mir leid. Aber du weißt nicht, wie es ist.»

«Was weiß ich nicht? Dass du drei Gärtner beschäftigst, nur damit du jeden Tag Rosen hast, obwohl du manchmal wochenlang nicht hierherkommst?»

«Glaubst du, ich würde mich mit diesem Unsinn beschäftigen, wenn ich wieder laufen könnte? Du hältst das für die Launen eines verwöhnten Luders. Ich tat es, um mich überhaupt noch auf irgendwas freuen zu können. Ich tat es, um nicht verrückt zu werden, nicht in Selbstmitleid zu ertrinken. Ich wollte andere Möglichkeiten finden, mir das Leben interessant zu machen. Aber es funktioniert nicht. Ich wusste es mit Bestimmtheit, als Mary hier hereinspaziert kam. Auf einmal wurde mir wieder klar, was ich alles vermisste. Ich werde nie mehr einen Berg hinunterrennen. Es kostet mich so viel Mühe, nicht bitter zu werden, mich nicht unsinnigerweise immer wieder zu fragen: ‹Warum ich?› Die Vorstellung, für den Rest meines Lebens im Rollstuhl zu sitzen, ist mir unerträglich.»

«Darum musst du in diese Klinik.»

«Nein! Kapierst du das denn nicht? Was, wenn sie sagen, es ist unmöglich? Du hast Großvater gehört: die neuesten Techniken, die besten Ärzte. Und wenn die mich abschreiben ... Dann habe ich nichts mehr. Dann mag ich nicht mehr.»

Naomi drehte sich nach Alice um.

«Was meinst du?»

«Vielleicht, dass andere Leute ein solches Leben aushalten. Ich kann es nicht. Keine Familie. Keine Freunde. Die Menschen, die mich umgeben, haben Angst vor mir oder sie hassen mich. Und später? Kein Mann. Keine Kinder.»

«Da ist immer noch Lichtenstern.»

Alice lachte bitter.

«Ja, da ist immer noch Lichtenstern.»

Naomi stand auf und setzte sich neben Alice.

«Du hättest mich besser nicht gerettet. Das wäre für alle das Einfachste gewesen.»

Auf dem Dach der Laube waren leise Geräusche zu hören.

«Vögel?»

«Nein, es ist die Beregnung.»

Sie schauten durch den Efeuvorhang in den Garten, wo es zu regnen anfing.

«Können wir hier einfach etwas sitzen? Ohne zu reden?»

Der Duft der Rosen erfüllte die Laube. Ein einsamer Vogel pfiff hartnäckig in dem künstlichen Niederschlag. Sie betrachteten die Tropfen, die Kreise auf die Wasseroberfläche des Teichs zauberten. Die Brücke zitterte. Die Bäume bebten im Wasser.

«Es ist schön, einen Augenblick allein zu sein. Nur wir zwei zwischen den Vögeln. Unser Privatparadies.»

«Ja», sagte Naomi.

«Ich wünschte, wir könnten für immer hierbleiben.»

Alice nahm Naomis Hand.

«Du tust mir gut, Naomi. Ich weiß nicht, was ich ohne dich anfangen würde.»

«Ich», sagte Naomi. «Ich ...»

Der Regen klang so trist.

Sie wussten nicht, wer von ihnen beiden als Erste den Kopf neigte.

Ihre Lippen berührten sich. Eine Woge durchflutete Alice, eine Welle aus warmem Blut, es durchglühte ihren ganzen Körper, ihr schwindelte, der Regen troff vom Dach, die Lippen so weich, ganz flüchtig eine Zunge ...

Naomi sprang auf und rannte die Treppe hinab.

«Naomi!»

Über die Brücke und über das Gras, bis sie zwischen den Bäumen verschwand.

Verborgene Feinde, Laster • Dunkelheit • Terror • Enttäuschung

An diesem Abend war Naomi krank und konnte ihr Zimmer nicht verlassen. Alice schien diese plötzliche Krankheit nicht zu beunruhigen. Selbst als Naomi auch noch am nächsten Tag mit Kopfschmerzen im Bett lag, erkundigte sich Alice nicht nach ihr. So zeigten die reichen Leute wieder einmal, dass sie kein Mitgefühl kannten. Den einen Tag versprachen sie einem die Welt, und tags darauf hatten sie einen vergessen. Betty hatte es kommen sehen. Naomi hatte sich eingebildet, keine Angestellte zu sein, sondern eine Freundin, und das akzeptieren die Chefs nicht. Doch auch sie war erstaunt, als Alice beschloss, ohne Naomi in die Klinik zu fahren.

«Ein Haar in der Suppe?», fragte Anika.

«Das Neue ist weg. Ich fürchte, Naomis Tage in Babel sind gezählt.»

Naomi war vor Alices Abreise kurz aus ihrem Zimmer gekommen, aber die beiden hatten kaum zwei Worte miteinander gewechselt und sich auch nicht gegenseitig angeschaut.

Während Hans sie in den Fahrstuhl schob, versuchte Alice sich einzureden, das hier wäre ein freudiger Moment. Sie würde endlich den Turm verlassen. Vielleicht war es gut, dass Naomi nicht mitkam. Es war besser, so zu tun, als hätte es diesen Kuss nie gegeben. Wenn sie zurück war, würde alles vergessen sein und sie konnten wieder normal miteinander umgehen.

Nur ließ der Kuss sich nicht so einfach vergessen. Er tauchte auf, während Alice in den Helikopter stieg, und er war noch da, als sie eine Stunde später auf dem Dach der Klinik landete, die tatsächlich wunderbar an einer Meeresbucht gelegen war. Der Kuss fuhr mit, als sie ihre neuen Zimmer erkundete und Anika zeigte, wohin sie alles haben wollte, die Bücher, die Kleider und den Krimskrams von ihrer Mutter, von dem sie sich nie trennen mochte.

Was war in sie gefahren? Oder war es unvermeidlich gewesen? Sie waren schließlich Gefangene, Naomi ebenso gut wie sie. Man musste irgendwohin mit seinen Sehnsüchten. Und da sich keine Männer anboten, war Naomi der logische Schritt. Mehr hatte es nicht zu bedeuten. Naomi würde sich nicht sonderlich viel daraus machen. Sie kam aus dem Waisenhaus, da hatte sie sicher das eine oder andere erlebt.

Weg mit dem Kuss. Auf sie warteten jetzt andere Dinge. Der Chefarzt der Abteilung kam vorbei. Man werde ihr den Aufenthalt so angenehm wie möglich machen, meinte er lächelnd. Sie kannte dieses Lächeln. Es war die eingeübte Mimik eines Arztes, der weiß, dass seiner Patientin ein schmerzhafter Eingriff bevorsteht.

Immer her damit, dachte sie. Es war feige, die Sache noch länger hinauszuschieben. Wenn sie nie mehr laufen konnte, dann war es besser, das zu wissen, als sich an falsche Hoffnungen zu klammern.

Sie vermisste Naomi, aber das war normal. Sie waren jeden Tag zusammen gewesen. Sie hoffte, Naomi würde nicht denken, sie hätte irgendwas von ihr gewollt. Aber warum sollte sie das denken? Alice hatte nicht den ersten Schritt gemacht. Glaubte sie jedenfalls. Sie wusste noch, dass sie in der Laube gesessen hatten, nah beieinander, und dann … Sie erinnerte sich nicht mehr genau, wie es geschehen war, sie fühlte nur noch die Glut in ihrem Körper, die immer wieder aufloderte, sobald sie daran zurückdachte.

Eine Woche später schien es, als hätte der Turm nie existiert und als wären diese Zimmer mit Meerblick ihr ganzes Leben. Es war die normalste Sache der Welt, durch die offenen Schiebefenster die Sonne auf ihrem Gesicht zu spüren und die Düfte zu genießen, die die Hitze den Blumen unten am Swimmingpool entlockte. Sogar ihre eigene Haut roch anders, als sie es gewöhnt war. Es war ihr afrikanischer Duft aus Sonne und Sand, jetzt allerdings mit Meer vermischt.

Sie fuhr auf den Balkon und betrachtete lange den blauen Horizont. Dann hörte sie die Unterhaltung unter ihr.

«Musst du nicht arbeiten?»

«Nein, sie schläft.»

Alice schielte über die Balkonbrüstung. Anika lag am Pool, in dem weißen Badeanzug, den sie sich von Alice «ausgeliehen» hatte.

Hans trug nichts als eine schwarze Badehose und den Lederhalfter, in dem seine Pistole steckte. Im Turm hatte er kaum Sonne abbekommen, und jetzt verschmorte er zu einem leichten Rosa.

Es war eigenartig, die beiden so daliegen zu sehen, als hätten sie mit ihrer Kleidung auch ihre Rolle abgelegt. Anika in ihrer weißen Bluse und dem schwarzen Rock konnte sie befehligen, aber nicht dieses hübsche Mädchen im Badeanzug. Und Hans war trotz der Pistole auf seiner Hüfte auch kein Wachmann mehr.

Zum ersten Mal machte sie sich bewusst, dass sie ihr eigenes Leben hatten. Hatte Mary recht? War sie egoistisch geworden? Sie war immer freundlich zum Personal. Aber hatte sie sich jemals gefragt, wovon diese Leute träumten?

«Wie laufen die Untersuchungen?», hörte sie Hans fragen.

«Keine Ahnung», antwortete Anika. «Die Ärzte werden mir das bestimmt nicht auf die Nase binden.»

Mir auch nicht, dachte Alice.

«Ich verstehe immer noch nicht, dass der Alte sie fortgelassen hat», sagte Anika. «Er fürchtet die Welt außerhalb des Turms wie die Hölle.»

«Selbst er begreift, dass es praktischer ist, sie für zwei Wochen gehen zu lassen, als das ganze Forschungsteam in den Turm zu holen. Er ist reich, aber nicht verrückt. Und natürlich kann sie ihn um den Finger wickeln.»

«Nein, es war nicht ihre Idee. Sie hat erst nachgegeben, als sie in den Broschüren sah, dass sie ihre eigenen Zimmer mit Meeresblick haben würde.»

«Nach allem, was gewesen ist, ist sie die Untersuchungen leid», sagte Hans.

«Glaubst du, sie wird wieder laufen können?»

Hans schüttelte den Kopf. «Ich war bei dem Attentat mit dabei und habe gesehen, wie sie in die Luft flog. Ich habe gehört, wie sie auf der Autotür landete. Es klang lauter als die Explosion. Ihr Rückgrat ist völlig hinüber. Das bekommen sie mit keinem Geld der Welt mehr in Ordnung.»

All the king's horses and all the king's men, couldn't put Humpty together again. Alice schluckte.

«Noch so jung.»

«Sie hat Geld genug», sagte Hans.

«Ich möchte nicht mit ihr tauschen», sagte Anika und cremte sich die Beine ein. «Hast du bemerkt, wie launisch sie in letzter Zeit ist?»

«Sie ist ungenießbar. Schon für den kleinsten Fehler herrscht sie einen an.»

«Wie wärest du an ihrer Stelle? Den ganzen Tag vom Bett in den Rollstuhl zur Untersuchung und wieder zurück ins Bett.»

«Haben wir denn ein besseres Leben?»

«Wir können weg, wenn wir wollen.»

«Du vielleicht», sagte Anika. «Mir fehlt dazu das Geld.»

«Du weißt, was ich meine.»

«Das ist noch keine Entschuldigung, mich anzuschnauzen. Wir sind nicht ihre Sklaven.»

«Naomi hat sie verwöhnt.»

«Und hat Alice Naomi diese Woche schon mal angerufen?»

«Nein?»

«Für die arme Naomi sieht es nicht gut aus. Entweder Alice macht sie aus Langeweile kaputt, oder sie fliegt zurück in den Schrank.»

«Das überlebt die Kleine nicht.»

«Sie wird es müssen.»

«Alice ist ihr Leben. Das sieht man doch gleich.»

«Ich weiß nicht, was das ist zwischen den beiden. Mir kommt es nicht wie eine gesunde Beziehung vor.»

«Wie meinst du das?»

«Soll ich es für dich aufmalen? Zusammen im Bett frühstücken. Zusammen ins Schwimmbecken. Das ist mehr als freundschaftlich.»

«Anika! Was hast du nur für eine schmutzige Fantasie.»

«Du machst dir keinen Begriff.»

Alice fuhr zurück ins Zimmer. Sie hatte genug gehört.

Dass sie nie mehr würde laufen können, war noch am härtesten angekommen. Nachdem sie es mit einer solchen Entschiedenheit aus einem fremden Mund gehört hatte, wurde ihr klar, dass sie sich tief im Innern weiter Hoffnungen gemacht hatte. Warum sonst war sie hier? Warum ließ sie in sich hineinstechen, als wäre sie ein Brathuhn im Ofen, wenn sie ohnehin nicht daran glaubte, wieder gesund zu werden?

Draußen klopfte es, und noch bevor sie etwas sagen konnte, öffnete sich die Tür. Herr Lavine trat in das Zimmer, mit einem Blumenbukett in der einen und einem Buch in der anderen Hand.

«Fräulein Babel, es ist mir eine Freude, sie so strahlen zu sehen. Die Sonne tut Ihnen gut.»

Er bemerkte ihre Verwunderung.

«Ihr Großvater hat mir mitgeteilt, dass Sie sich kurzfristig hier aufhielten. Als er hörte, dass ich geschäftlich in der Nähe sein musste, hat er mich gebeten, kurz bei Ihnen vorbeizuschauen.»

«Nehmen Sie Platz. Ich habe keinen Besuch erwartet. Möchten Sie Tee oder Kaffee?»

«Machen Sie sich bitte keine Umstände.»

Aber sie war schon auf die Terrasse gefahren. Sie hatte nicht vor, mit diesem Mann allein zu bleiben. Sie witterte Unrat. Sie glaubte nicht, dass ihr Großvater ihm ganz nebenbei verraten würde, sie habe den Turm verlassen. Sie wusste nicht, wie die Überwachung hier genau geregelt war, aber da einer ihrer Sicherheitsleute in Badehosen beim Schwimmbecken lag, war sie deutlich weniger streng als im Turm.

«Anika», rief sie, «kannst du Kaffee machen? Ich habe Besuch!»

Sie hörte Liegen, die verschoben wurden, und das hastige Klappern von Badelatschen. Erst als Alice wusste, dass Anika unterwegs war, rollte sie zurück.

«Wie geht es Großvater?», fragte sie.

Großvater gehe es besser. Er habe den großen Mann am Tag zuvor noch gesehen. Er trage den Arm nicht mehr in der Schlinge, das sei eine gute Neuigkeit.

Herr Lavine hatte Großvater wirklich gesehen.

«Wie geht es Ihnen?»

Herrn Lavine ging es in jeder Beziehung gut.

«Und Frau Lavine?»

Mit Frau Lavine könne es besser sein. Sie habe Ärger mit dem Magen, aber sie vertraue auf die Medizin sowie die Gnade des Herrn.

«Ja, die Medizin», sagte Alice, «die ist großartig.»

«Natürlich können sie keine Wunder vollbringen», sagte Herr Lavine. Er sagte es etwas zu schnell, so als wären sie auf eines seiner Lieblingsthemen gestoßen.

Ist es das?, dachte Alice. Haben sie nach den ersten Untersuchungen ihre Schlüsse gezogen, und hat Großvater diesen Mann geschickt, um mir die schlechte Nachricht zu überbringen? Denkt er, ich würde es leichter schlucken, wenn es als eine Entscheidung des Herrn verpackt wird? Denn Herr Lavine, der immer dann am glücklichsten war, wenn er von Gott sprechen konnte, mit dem er offenbar auf vertrautem Fuß stand, erwies sich als eine wahre Sammelkiste von Anekdoten, die zeigen sollten, dass die moderne Medizin trotz aller Fortschritte häufig doch machtlos blieb.

Anika, die rasch in ihre Uniform geschlüpft war, kam mit dem Kaffee herein und zog die Stirn kraus, als sie ihn so schwadronieren hörte. Der Geruch von Sonnenmilch hing auch dann noch im Zimmer, als sie wieder fort war.

Alice sah, wie dieser Mann, der mehr Geld besaß, als er jemals würde ausgeben können, heimlich ein paar Zuckerwürfel beiseite schaffte. Sie ließ ihn auch für sie eine Tasse eingießen, obwohl sie Kaffee verabscheute, und begriff dann, dass er nicht mit schlechten Nachrichten kam. Im Gegenteil, dieser Mann brachte die Frohe Botschaft. Seine Berichte von medizinischen Katastrophen endeten ausnahmslos gut. Blinde sahen, Taube hörten, Lahme gingen wieder. Die Toten krochen zwar noch nicht aus dem Grab, aber ansonsten war jede menschliche Erkrankung umkehrbar. Für den, der glaubte. Das war offenbar die Pointe all dieser Geschichten, die sich wie ein Kübel voll Hoffnung über sie ergossen. Wo die Medizin scheiterte, da griff Gott ein.

Er erzählte von einer Frau mit einem Kinderwunsch, die zusammen mit anderen Mitgliedern seiner Glaubensgemeinschaft nach Israel gezogen war. Eine dürre Wüstenei, hörte sie ihn sagen. Sie wusste nicht, ob er die Landschaft meinte oder besagte Frau. Sie sah eine weiße Wüste vor sich, bestehend aus über Jahre hindurch zusammengestohlenem Zucker.

Sie unterbrach ihn unter dem Vorwand der Müdigkeit. Sie freue sich über seinen Besuch und sei natürlich dankbar, dass er sich die Mühe gemacht habe, in seinem geschäftigen Leben Zeit für sie freizumachen. Jetzt müsse sie sich dennoch von ihm verabschieden.

Er verstehe sie voll und ganz, erwiderte er. Sie brauche sich überhaupt nicht zu entschuldigen. Der Fehler liege bei ihm. Er sei zu lange geblieben. Morgen werde ihm das nicht mehr passieren.

«Morgen?»

«Ich habe Ihrem Großvater versprochen, jeden Tag kurz vorbeizuschauen», sagte er mit einem höflichen Kopfnicken. Sie brauche sich keine Sorgen zu machen. Er werde nicht lange bleiben. Er verstehe nur zu gut, wie ermüdend die vielen Tests sein müssten für jemanden mit ihren – sie sah ihn nach dem richtigen Wort suchen – Empfindlichkeiten, befand er zuletzt.

Er stand auf, verbeugte sich und verließ das Zimmer.

Er hatte sein Buch liegenlassen. Sie wollte ihn zurückrufen, überlegte es sich aber. Anika konnte es ihm morgen geben, wenn sie ihn abwimmelte. Sie selbst würde ihn nicht mehr empfangen. Sie war übrigens wirklich müde, merkte sie. Und sie hatte Schmerzen. Sie hatte zu lange in dem Stuhl gesessen. Also bat sie Anika, die die Blumen in eine Vase stellte, sie zu Bett zu bringen.

«Jetzt schon, Fräulein Alice? Es ist noch nicht Abend.»

«Ich weiß. Aber ich fühle mich plötzlich so matt.»

«Es ist die Seeluft. Wir alle spüren das.»

Alice überlegte, dass sie Anika noch nie so wach gesehen hatte.

«Schlafen Sie denn genug? Sie sind schon die ganze Woche auf, noch bevor ich Sie wecken komme.»

«Es ist das Bett», sagte Alice.

«Ist es zu hart?»

«Nein, zu weich. Man sollte besser eine Erbse darunterlegen.»

Anika schaute sie fragend an.

«Wenn Herr Lavine morgen vorbeikommt, magst du ihm das hier dann bitte wiedergeben? Und sag ihm, ich sei zu müde, um ihn zu empfangen.»

«Gottes wundersame Wege», las Anika laut. «Nach einem Krimi sieht es nicht gerade aus.»

«Nein, das wäre zu einfach. Man wüsste sofort den Namen des Täters.»

Anika sah sie wieder so an, als hätte sie keine Ahnung, wovon sie sprach.

«Gott, Anika! Gott ist es gewesen. Gott ist es immer gewesen.»

Anika legte das Buch auf den Nachtschrank und half Alice ins Bett.

«Die Nächte sind warm, Fräulein Alice, aber falls es Ihnen doch zu kühl werden sollte, bringe ich Ihnen gern eine Decke. Sie brauchen nur zu läuten.»

Alice fasste Anikas Hand.

«Anika, ich sage das nicht oft genug: Danke für deine Fürsorge.»

«Ach, Fräulein Alice.» Anika wurde knallrot. «Das ist doch selbstverständlich.»

Alice ließ sie los, und Anika lief schnell aus dem Zimmer.

Sie konnte gar nicht schnell genug verschwinden, dachte Alice. Warum ist sie so erschrocken, als ich ihre Hand nahm? Befürchtet sie, ich könnte zu vertraulich werden, könnte mehr von ihr verlangen? Denkt Naomi das auch? Nein, Naomi weiß es besser.

Aus ihrem Bett sah sie, wie sich das Meer allmählich zu einem bläulichen Schwarz verdunkelte, auf dem die Sonne ihren letzten goldenen Glanz verstreute. An anderen Tagen schaute sie so lange zu, bis die Sonne ganz verschwunden war, aber heute Abend vermochte das Schauspiel sie nicht zu fesseln. Zu viel anderes geisterte ihr durch den Kopf. Immer, wenn sie den Gedanken, nie mehr laufen zu können, von sich schob, tauchte er irgendwo anders wieder auf. Sie griff nach dem Buch auf dem Nachtschrank.

Gottes wundersame Wege.

Nur Herr Lavine konnte so verrückt sein, in dieses Bollwerk der modernen Medizin mit einem Buch voller Wunder einzudringen. Ob er sich freuen würde, wenn Alice mit einer Maschine in seiner Synagoge auftauchte, um die Anwesenheit Gottes zu messen? Oder fühlte er sich die ganze Zeit durch die moderne Wissenschaft in seiner Religion bedroht?

Sie blieb hängen bei einer Geschichte von einem blinden Mädchen. Gelähmt zu sein war schlimm, aber blind zu sein erschien ihr noch härter. Sie schaute hoch aus dem Buch. Über ihre Bettkante hinweg sah sie, wie das Meer in Flammen stand. Wie musste es sein, das niemals zu sehen?

Aber dieses Mädchen blieb nicht blind, las sie. Eine Tante hatte ein Stück der Thora in eine Halskette eingearbeitet, und von dem Moment an, als das Mädchen die Kette trug, verbesserte sich ihr Zustand. Erst als das Mädchen völlig geheilt war, gestand ihr die Tante, was sie getan hatte. Das Mädchen war davon so beeindruckt, dass sie sich ab sofort für die Religion ihrer Verwandten interessierte und ein Jahr später ihre Bat Mizwa feierte.

Tja, wer's glaubt, dachte Alice. Und was war mit den vielen Hunderten gläubigen Blinden, die niemals mehr sehend wurden? Oder ist es erst dadurch ein Wunder, dass es halt nicht jedem widerfährt?

Verärgert blätterte sie weiter, las von einem jungen Mann, der seit einem Verkehrsunfall gelähmt war.

Vorher hatte ich mir deswegen nie irgendwelche Gedanken gemacht. Meine Beine funktionierten. Weshalb sollte man dafür dankbar sein? Aber als meine Beine aufhörten, hörte alles auf: meine Beschäftigungen, meine Zukunft. Ich konnte nicht mehr Fußball spielen, also sah ich meine Fußballkumpels nicht mehr. Ich konnte nicht mehr ausgehen. Meine ganze Welt schrumpfte auf ein Zimmer zusammen. Jedes Gespräch drehte sich um meine Lähmung, und selbst wenn es das nicht tat, kreiste alles dennoch darum; so jedenfalls empfand ich es. Als ob alle um das Thema herumeierten, aus Angst, es anzurühren. Meine Freundin kam zwar vorbei, aber nach einer Weile bat ich sie, nicht mehr zu kommen. Sie weinte, aber ich wusste, dass es das Beste war. Was hatte ich ihr zu bieten? Ich war kein echter Mann mehr. Ich war keine Stütze, sondern eine Last. Meine Eltern, ja, die hatten mich am Hals und mussten halt irgendwie weiter mit mir, aber es hatte keinen Sinn, andere Menschen mit meiner Situation zu belasten. Alle versuchten, mir Mut zuzusprechen. Also erzählte ich niemandem, was mir die ganze Zeit durch den Kopf geisterte. Dass ich sterben wollte.

Alice blätterte zum Ende des Kapitels vor, wo der junge Mann allen Prognosen zum Trotz seine ersten Schritte machte, und zwar lächelnd, während seine Mutter nicht aufhören konnte zu weinen. Alice warf das Buch auf den Nachtschrank zurück. Draußen war die Sonne schon untergegangen, aber eine unbestimmte Glut hing immer noch über dem Wasser. Eine Yacht segelte vorbei. Es war zu dunkel, um jemanden zu erkennen, aber sie konnte die Musik bis in ihr Zimmer hören. Lavines Gott hatte ein Schiff mit lauter trinkenden und lachenden Menschen geschickt, um sie zu quälen. Menschen, die auf dem Meer tanzten.

Sie zog sich die Bettdecke über den Kopf, was die Musik jedoch nicht zum Verstummen brachte.

Die zweite Woche verlief ohne Überraschungen. Herr Lavine kam noch zwei Tage lang vorbei, wurde höflich abgewimmelt und erschien kein drittes Mal. Die Ferienstimmung wirkte sich auch auf das Personal aus. Hans und Anika gaben sich kaum mehr Mühe zu verbergen, dass sie etwas miteinander angefangen hatten. Es war unvermeidlich, dass in der kleinen Welt der Angestellten rund um Babel dergleichen ab und zu entstand. Beziehungen waren nicht verboten. Ihr Großvater war kein Unmensch. Solange es das Funktionieren nicht zu beeinträchtigen drohte, durften seine Arbeitnehmer tun, was sie wollten. Warum störte es sie dann so? War es, weil sie doch etwas für Hans empfand?

Sie hatte ihn nie so aus der Nähe erlebt wie in diesen letzten Wochen. Er war um einiges lockerer als früher. Aus dem Rosa seiner Haut war im Lauf der Woche ein helles Braun geworden, und er ließ keine Gelegenheit ungenutzt, mit seinem Körper zu prahlen. Den ganzen Tag lang lief er in Badehosen herum, und der Lederhalfter mit der Pistole ließ ihn nur noch nackter erscheinen.

Sie hatte gedacht, nach all den Jahren, in denen sie jede männliche Schönheit – und sogar männliche Hässlichkeit – entbehrt hatte, würde es ihr schwerfallen, den Blick von dergleichen abzuwenden, aber sein muskulöser Körper erregte sie nicht. Seine Stimme dagegen ärgerte sie, genau wie die heimlichen Küsse im Flur.

Sie war eifersüchtig auf Anika, aber nicht, weil sie Hans für sich wollte. Sie war neidisch auf ihre Liebe. Sie gönnte ihnen ihr Glück nicht.

Sie selbst würde nie die Liebe kosten, und so wollte sie nicht, dass jemand anderes verliebt war. Sie war ein egoistisches Monster, ganz schlicht und einfach.

Die Ergebnisse der Untersuchungen bekam sie nicht zu sehen, konnte sie jedoch von den Gesichtern der Ärzte ablesen. Die wurden immer freundlicher, immer höflicher. Es war klar: Es gab keine Hoffnung. Sie fragte sich, ob Großvater es schon wusste.

Ihr Aufenthalt war ein Fiasko. Sie saß hier gefangen, nicht anders als im Turm. Was hätte sie nicht dafür gegeben, aus dem Bett springen und ins Meer laufen zu können? Aber so etwas Simples war ihr nicht beschieden. Also brauchte sie auch das Meer nicht, ebenso wenig, wie sie eine verliebte Anika um sich haben wollte. Sie sehnte sich nach ihrem Turm. Zurück zu der vertrauten Enttäuschung. Zurück zu Naomi. Die sie nicht einmal angerufen hatte.

Sie wollte nicht mehr zum Strand. Der Sand reize ihre Augen, sagte sie. Sie hatte auch nicht vor, am Schwimmbad zu sitzen und dort Zeugin des Glücks von Hans und Anika zu sein. Nach den Untersuchungen wollte sie sofort in ihr Zimmer. Die Physiotherapeuten protestierten. Sie müsse täglich ihre Übungen machen. Aber was hatten die Übungen noch für einen Sinn?

Wenn sie sich langweilte, holte sie das Kartenspiel hervor, das Lichtenstern ihr geschenkt hatte. Es sei ein Buch, hatte er gesagt, das einem erlaube, weiter zu blättern, als eigentlich erlaubt war, sodass man sehen könne, was den Figuren noch bevorstand, während sie selbst noch von nichts wüssten. Hätte jemand ihr schon vor fünf Jahren erzählen können, dass sie eine Reise über ein großes Wasser antreten würde? Welche Gefahr auf sie lauerte? Wie sie mit Gold überschüttet werden würde, um dann als Prinzessin in einem Turm zu landen?

Wie musste das Leben für Menschen sein, die dachten, alles wäre schon in einem großen Spiel festgelegt, das nur Gott überschaute?

Alice wollte nichts davon wissen. Sie war schon so eingeschränkt in allem, was sie tat, gefangen in einem Turm, gefesselt an einen Stuhl. Wenn sie dazu noch glauben sollte, dass jede Entscheidung, die sie traf, schon im Vorhinein festgelegt war, dann raubte ihr das die Luft zum Atmen.

Lichtenstern glaubte auch nicht an die Karten. Er dachte, er könne seine eigene Zukunft machen. Er fühlte sich mächtig, ein Schachspieler, der mit seinen Figuren in einem zuvor abgesteckten Gelände spielen konnte.

Aber wenn er glaubte, jeden Zug vorhersehen zu können, dann erwartete ihn eine Enttäuschung. Die Menschen waren impulsiver, egoistischer und besser, als er es vorhersagen konnte. Es verging kein Tag, an dem Anika sie nicht mit einer dummen Bemerkung oder einer lieben Geste überraschte. Und Naomi … Wer konnte Naomi vorhersagen? Es war schade, dass sie nicht Schach spielte. Immer wenn man dachte, sie sei kühl und ausgefuchst, machte sie einen impulsiven Zug. Gegen einen so unberechenbaren Gegner hatte Lichtenstern keine Chance. Aber wer sonst?

Nein, die Zukunft lag nicht fest, und zu glauben, man könnte sein eigenes Schicksal nach Belieben gestalten, war ebenso dumm. Die Menschen waren zu unvorhersagbar. Sie lag hier, weil ihr Vater beschlossen hatte, Großvater zu besuchen. Weil er in seinem Mitleid das Autofenster heruntergelassen hatte. Weil sie Naomi geküsst hatte. All diese Dinge hätten anders verlaufen können. All diese Entscheidungen waren nicht im

Kopf, sondern im Herzen entstanden, und wer konnte das Herz eines anderen lesen?

Nicht Lichtenstern. Er würde noch zu spüren bekommen, dass die Schachfiguren sich rührten, dass sie von ihrem Pfad abwichen, sich seinen Fingern entwanden und vom Spielbrett kletterten.

Die Karten konnten die Zukunft nicht vorhersagen, denn es gab keine Zukunft, sondern nur eine chaotische, wild durch die Zeit rollende Gegenwart. Die Karten zeigten keine Zukunft, sondern bedienten nur die Gutgläubigkeit von Leuten, die an Bilder von Narren und Teufeln glauben wollten, weil sie die Alternative zu sehr beängstigte: dass sie allesamt einfach so durchs All trudelten, ohne irgendeinen Plan oder Architekten.

Also brauchte sie auch keine Angst vor der Antwort der Karten auf ihre Fragen zu haben: Würde sie je wieder gehen können und würde sie jemals die Liebe finden? Was sie ihr das eine Mal versprachen, bestritten sie beim zweiten Mal. Alles Lügen, Stück für Stück. Als sie die Karten leid war, packte sie sie in die Schublade ihres Nachtschranks, unter das Buch von Lavine. Noch mehr Lügen. Verführerische Lügen.

Jeden Morgen räumte sie das Buch weg, fest entschlossen, es in den Papierkorb zu werfen, und jeden Abend, wenn die schwarzen Gedanken ihr zu viel wurden, holte sie es wieder hervor und las von den Wundern. Sie waren nicht erfunden. Die Menschen, die geheilt waren, standen mit Namen und Foto in dem Buch. Warum konnte sie nicht auch einer von ihnen sein? Dann stand in einer späteren Ausgabe ein Foto, auf dem sie lachend einen Hügel hinunterradelte oder in den Armen eines hübschen Tangotänzers lag. Man brauchte noch nicht einmal gläubig zu sein, das war das Schöne an dem Buch. Die meisten Leute gestanden, dass sie nicht wirklich religiös waren. Aber immer hatte es jemanden in ihrem Umfeld gegeben, der es war und ihnen dabei geholfen hatte, den Mut nicht zu verlieren, jemand, der sie Gott nähergebracht hatte. Man musste nicht gläubig sein, aber helfen tat es schon.

Was berechtigte sie zu der Anmaßung, zu behaupten, dass es keinen Gott gab? Niemand konnte beweisen, dass er existierte. Niemand konnte beweisen, dass er nicht existierte. Es war eine Frage des Glaubens. War es nicht einfacher, an Ihn zu glauben? Sie konnte dabei nur gewinnen. Großvater würde entzückt sein, und vielleicht würden ihre Wünsche erhört. Welche Belohnung erwartete sie, wenn sie glauben konnte! Die Wissenschaft war gescheitert, der Mensch konnte ihr nicht weiterhelfen. Es wurde Zeit, bei einer größeren Macht anzuklopfen. So wälzte sie sich hin und her, kämpfte sich mit dem Gedanken an Gott durch die Verzweiflung und eilte fiebernd durch die Nächte, um erst am Morgen erschöpft einzuschlafen.

An einem der letzten Tage ihres Aufenthalts trat Tante Myriam unerwartet in ihr Zimmer.

«Kindchen, du siehst …»

«Sag es mir ruhig.»

«… nicht gut aus. Da, ich habe es gesagt. Ich glaube nicht an Lügen, jedenfalls nicht, wenn dein Gegenüber sie durchschaut. Was ist los?»

«Ich bin krank, weißt du noch? In die Luft geflogen und gelähmt und dergleichen mehr.»

«Das ist noch kein Grund, so schludrig auszusehen. Hast du kein Personal, das sich um dich kümmert? Ich sah gerade diese Bohnenstange.»

«Anika?»

«Es ist ihre Aufgabe, dich herzurichten. Und deine Aufgabe ist es, dich nicht gehen zu lassen.»

«Ist es so schlimm?»

«Ich kenne frisch überfahrene Pudel, die besser aussehen als du.»

Anika kam mit dem Tee herein, und Tante Myriam ließ sie nicht fort, bis Alice wieder etwas hergerichtet war.

«So besser?»

«Von außen ja, aber ich mache mir noch immer Sorgen über dein Inneres. Du bist unglücklich, Kindchen.»

Tante Myriam kannte keine Gnade. Ihr Finger stach direkt in die Wunde.

«Wie kommst du hierher, Tante Myriam? Hat Großvater dich geschickt?»

«Nicht wirklich. Ich wollte dich im Turm besuchen, aber du warst Wunder über Wunder verschwunden. Abraham wollte mir nicht einmal sagen, wohin. Es hat Blut, Schweiß und die Androhung eines Familienfluchs gekostet, bevor ich die Adresse bekam. Er denkt, ganze Horden von Mördern würden mir folgen. Als ob ich nicht wüsste, wie man Männer abschüttelt. Das ist nie mein Problem gewesen.»

«Herr Lavine hatte weniger Mühe bei Großvater. Er ist letzte Woche hier gewesen.»

Tante Myriam antwortete nicht, sondern schenkte sich und Alice etwas Tee ein.

«Wie gefällt es dir hier? Was stellen sie mit dir an?»

Alice berichtete von den Untersuchungen. Tante Myriam nickte die ganze Zeit. Dennoch beschlich Alice das Gefühl, dass sie nicht wirklich zuhörte.

«Tante?»

«Ja, Kindchen?»

«Du glaubst doch?»

«An Gott, meinst du?»

«Ja.»

«Ja, ich glaube an Gott.»

«Wie ist das?»

«Das ist für jeden anders, denke ich.»

«Ist es schwierig?»

«Für mich nicht. Es geht von selbst.»

«Macht es dich zu einem besseren Menschen?»

«Das sollte es. Ich muss zugeben, dass ich nicht viel darüber nachdenke. Für mich ist es normal, wenn ich mir ab und zu etwas entsage und versuche, Gutes für die Menschen in meiner Umgebung zu tun.»

«Spendet es Trost?»

«Es spendet Sicherheit. Ich bedauere Menschen, die glauben, alles wäre sinnlos und absurd. Das Leben, Alice, ist alles andere als absurd, dafür ist es zu schmerzhaft. Gib acht: Ich habe mich nie für auserwählt gehalten, nie für spezieller als andere. Ich sehe das manchmal um mich herum, Leute, die sich benehmen, als wären sie Mitglieder in einem exklusiven Klub, und auf alle von außerhalb herabblicken. Das ist kein Glaube, sondern Snobismus.»

«Glaubst du an Wunder?»

«Das ist eher etwas für die Christen mit ihren Heiligen. Aber Gott kann alles, also warum sollte nicht ab und zu auch ein kleines Wunder drin sein? Woher die ganzen Fragen, Kindchen?»

«Herr Lavine ...»

«Hat Lavine etwas gesagt?»

«Er meint, ich sollte mich nicht zu sehr auf die Ärzte verlassen. Er meint, ich sollte meine Rettung besser höheren Orts suchen.»

«Was denkst du selbst?»

Jetzt hatte sie Tante Myriams Aufmerksamkeit.

«Alles, was aus dem Mund dieses Mannes kommt, ist verdächtig.»

«Das Wasser der Weisheit schmeckt aus einem zerbrochenen Krug nicht weniger süß.»

Die Antwort kam zu schnell. Alice merkte, wie die alte Frau ihrem Blick auswich.

Die Erkenntnis kam ihr blitzartig.

«Nicht Großvater hat Herrn Lavine auf mich angesetzt. Du bist es gewesen.»

Tante Myriam seufzte.

«Warum?»

Die Frau schaute sie an. «Ist das nicht offensichtlich? Weil du leidest. Und ich das nicht mehr mitansehen kann.»

«Darum gibst du mir das?»

Alice holte das Buch hervor.

«Hat er dir das vorbeigebracht?»

«Lavine, Tante Myriam! Lavine! Warum schickst du mir so einen Mann? Ich würde manches doch leichter akzeptieren, wenn es von dir käme.»

«Von mir, einer alten Frau?»

«Ich kenne niemanden, der so normal ist, so viel gesunden Menschenverstand besitzt und dabei auch noch so gut ist.»

«Irgendwo in diesem Satzungetüm hat sich ein Kompliment versteckt», scherzte Tante Myriam. «Um ehrlich zu sein: Es war Lavines Idee, aber ich habe ihn nicht davon abgehalten. Die Lähmung, deine Eltern. Das ist zu viel für ein Paar Schultern, Alice. Du brauchst Unterstützung.»

«Und die bekomme ich, indem ich an Wunder glaube?»

«Es ist besser, als an gar nichts zu glauben.»

«Besser die Lüge?»

«Es ist keine Lüge.»

Alice ließ sich in die Kissen sinken.

«Danke jedenfalls für die Mühe.»

«Für die Mühe? Was soll der Unsinn? Kind, wenn ich im Tausch für mein Leben dir deines auch nur um ein Zehntel angenehmer machen könnte, dann gäbe ich es sofort her.»

«Warum? Was ist so besonders an mir, dass mein Leben mehr wert sein sollte als deines?»

«Besonders?», sagte Tante Myriam. «Damit hat es nichts zu tun. Du hast dein Leben noch vor dir. Und du gehörst zur Verwandtschaft.»

«Ist das der einzige Grund?»

«Das ist mehr als genug.»

Sie nahm Alices Hand.

«Was ist los, Kindchen? Erzähl es Tante Myriam.»

«Was macht jemanden besonders, Tante? Besonders genug, um ... geliebt zu werden?»

Tante Myriam ließ ihre Hand los und sank in ihren Stuhl zurück.

Ihre Tasse klirrte, als sie danach griff.

«Warum wird der eine geliebt und der andere nicht, Tante Myriam?»

«Das, meine liebe Alice, ist die Millionenfrage.»

Die letzte Nacht ihres Klinikaufenthalts war die schlimmste. Sie wusste, dass sie nicht mehr die Kraft besaß, gegen das Meer aus schwarzen Gedanken anzukämpfen. Sie hatte Dutzende von Menschen um sich, Menschen, die auf ihren kleinsten Befehl hin aufsprangen, und mitten in dieser Menge war sie vollkommen allein. Falls sie Gott zuließ, wäre sie nie mehr allein.

Ihr Vater wäre nicht zufrieden. Er hatte sich immer aufgeregt, wenn er las, wie in manchen Ländern die Evolutionstheorie durch irgendeine religiöse Schöpfungsversion ersetzt wurde, aber auf das, was er dachte, brauchte sie keine Rücksicht mehr zu nehmen. Er war tot. Entweder er existierte nicht mehr, oder er schaute von irgendwo auf sie herab, und dann hatte er unrecht gehabt.

Was gewann sie, wenn sie fanatisch an ihrer Überzeugung festhielt, dass es nach dem Tod nichts gab? Nichts. Ein leeres Leben und dann die Dunkelheit. Konnte sie das ertragen? Wollte sie in diesem leeren, kalten Universum leben, wenn das Licht winkte?

Aber konnte sie Gott denn verkraften? Er kam mit Regeln und Drohungen, mit Geboten, was man essen durfte und was nicht und mit wem man schlafen durfte und mit wem nicht. Wenn es einen Himmel gab, dann gab es auch eine Hölle, und welcher Gott strafte seine eigenen Geschöpfe mit einer Ewigkeit der Qual? Sie wusste nur zu gut, was Religion anrichten konnte. Das Attentat hatte religiöse Motive gehabt. Ein Glaube hatte ihre Eltern ermordet und ihre Beine gelähmt. Glaube, das stank nach der Grausamkeit des Menschen und nicht nach der Güte eines Gottes, der, wenn sie Lavines Buch glauben durfte, zwar hier und da jemandem zu helfen beschloss, die Mehrzahl der Lahmen und Blinden allerdings in ihrem bejammernswerten Zustand beließ.

War das Gerechtigkeit? Ihr Vater hatte recht. Die Menschen wählten lieber die Lüge als die Wahrheit, denn die Wahrheit war schwer zu verdauen. Wir leben und wir sterben. Mehr gibt es nicht.

«Das allein ist doch schön genug», hatte ihr Vater immer gesagt, «und trotzdem können wir nicht damit umgehen. Wir halten uns für so etwas Besonderes. Wir halten uns für mehr als einen Wurm oder eine Rose und meinen, wir hätten Besseres verdient, als aufzublühen und wieder zu verschwinden. Wenn man sich nicht mit dem Unvermeidlichen abfinden kann, tja, dann muss man sich halt Dinge ausdenken.»

Nicht mehr zu sein als eine Rose. Das ist nicht schlimm, solange man blüht. Aber was, wenn der Herbstwind die letzten Blätter in die Nacht mitnimmt? Dann bleibt man zurück, nackt und allein, in Erwartung der Dunkelheit. Was bleibt einem dann anderes, als nach einem kleinen Lichtstreif zu greifen, auch wenn es nur die eigene Angst ist, die dieses Licht hervorgerufen hat? Und allein in der Nacht, allein in dieser Dunkelheit, kam plötzlich das Licht. Es war nicht die Helligkeit, die die Leute in dem Wunderbuch gesehen hatten. Das hier war eine dunkelrote Glut. Sie kam nicht von außen, sondern von ganz tief innen. Alice kannte diese Glut. Sie hatte die Erinnerung tief in sich begraben, aus Angst, sie dem Tageslicht auszusetzen, aus Angst, ihre Magie abzunutzen. Die Glut war der Schmerz gewesen, der ihren Körper durchzuckt hatte, als Naomi ihr die Fußsohle leckte, ein roter Schmerz, der durch ihre Adern und Bahnen gerast war, besser als der sanfteste Genuss, denn er bewies, dass ihre Nervenbahnen nicht völlig abgestorben waren. Sie hatte die Glut wieder gespürt, als Naomi sie im Pavillon küsste. Sie war vorübergehend erlöst von allen Schmerzen, nein, nicht erlöst, sie hatte die ewigen Schmerzen gegen eine wilde Pein eingetauscht, die ihren ganzen Körper aufbrach, ihre Muskeln spannte, die sie beinahe hatte aufspringen lassen, so voller Energie war sie gewesen. Es gab Hoffnung. Und diese Hoffnung war mit Naomi verbunden.

Naomi. Seit dem Moment, als sie mit diesem arroganten Blick nur im BH im Zimmer gestanden hatte, war etwas zwischen ihnen gewesen. Sie wusste es, sie wusste es, als sie sich küssten, und sie wusste es jetzt. Dieser Kuss ... Wenn sie daran dachte, fühlte sie den Schock wieder, und ihr Herz raste. Was war in sie gefahren? Sie hatten sich in die Augen geschaut und es war einfach passiert. Welch ein Fall, welch ein Rausch! Die Scham war erst später gekommen, die Scham, dass sie den Kuss initiiert hatte. Wie sehr wünschte sie, Naomi hätte den ersten Schritt dazu gemacht, hätte Alice begehrt, wenn auch nur für einen Augenblick.

War es das? Eitelkeit? Wollte sie begehrt werden? War sie so ausgehungert? Es spielte sicher eine Rolle. Sie waren so nah zusammen gewesen, fast Wange an Wange, und Alice hatte schon so lange körperlichen Kontakt vermisst, bei immer nur professionellen Händen, die sie walkten und massierten.

Nein, es war nicht nur der körperliche Hunger, es war Glück gewesen. Eine Seifenblase, eine Luftblase voll Glück. Sie hatte sich akzeptiert gefühlt. Geborgen.

Dann war Naomi davongelaufen, und sie waren sich ausgewichen. Es war so töricht, mehr daraus zu machen, als es war. Und weniger daraus zu machen. Und unglücklich zu sein, während es war, was es war. War es so schlimm, einen Menschen zu finden, der sie endlich sah? War es das, was die Gläubigen empfanden? Dass Gott sie sah, sodass sie nicht ohne Bedeutung waren? Dann beneidete Alice sie um diese Gewissheit. Aber sie brauchte ihren unsichtbaren Gott nicht. Sie hatte ein sichtbares, ein greifbares Wesen, das sie sah, sie mit ihrem Blick in dieser Welt festnagelte, ihren Punkt der Stille, ihre Nabe des Himmels.

Alice drückte sich mit beiden Armen hoch, bis sie aufrecht im Bett saß. Ein gelber Mond, dicker und schwüler als sie ihn jemals gesehen hatte, glitt durch den Himmel und füllte fast das gesamte Fenster. Sie nahm das Buch und schleuderte es mit ganzer Kraft durch die Terrassentüren hinaus.

Zerstörung • Gewalt • Fanatismus • Schicksal

Ohne Alice und die Wachleute war es still in den Zimmern. Immer wenn das Parkett knarrte oder der Fahrstuhl in Bewegung geriet, sprang Naomi auf. Sie konnte nicht in die Personalkantine, denn niemand durfte auf den Gedanken kommen, Alice hätte den Turm verlassen. Die Routine musste gewahrt bleiben. Also behalf sie sich mit Toast und Käse. Jeden Morgen entfloh sie den Mädchen, die die Räumlichkeiten putzten. Sie wartete neben dem Telefon, doch das blieb stumm. Sie mied die Orangerie.

Am ersten Tag ging sie schwimmen. Jeder Schlag ins Wasser prallte von den Wänden zurück, bis sie Angst vor der Leere bekam und vorschnell aus dem Becken stieg. Im Unterrichtsraum drehte sie an den Globen und stoppte sie mit dem Finger, der immer wieder in einem Ozean landete. Lange beobachtete sie durchs Fenster das Leben zu ihren Füßen.

Am zweiten Tag verirrte sie sich in Alices Kleiderschränken. Sie zog Kleid nach Kleid hervor und kippte Schubladen voll Seidenunterwäsche auf dem Flur aus. In einem der Kleider tanzte sie durchs Zimmer. Sie ging auf ihr Spiegelbild zu, fuhr sich mit den Fingern über die Lippen. Näherte sich dem Glas so sehr, dass sie es beinahe küssen konnte.

Am dritten Tag hatte Alice immer noch nicht angerufen. Naomi ging wie jeden Tag mit Lucy spazieren. Sie mied den Park, wie sehr der Hund auch an ihr zerrte.

Am vierten Tag weinte sie. Sie warf sich aufs Bett und ließ sich gehen. Nach dem Weinkrampf blieb sie liegen. Sie roch Alice, selbst in der frischen Bettwäsche. Schließlich kroch sie aus dem Bett und ging zurück zu den Kleiderschränken. Kleid nach Kleid riss sie in Fetzen, die Schuhe schlug sie kaputt, dass die abgebrochenen Absätze umherflogen und wie ein hölzerner Regen aufs Parkett prasselten. Als sie endlich erschöpft innehielt, saß sie mitten in einem Berg aus Schuhen und Stofffetzen.

Am fünften Tag fuhr sie in Alices Rollstuhl durchs Zimmer, gefolgt von einer schwanzwedelnden Lucy. Im Puppenzimmer nahm sie eine Puppe mit blonden Locken und langen Wimpern auf den Schoß. «Was sagst du zu meiner neuen Freundin, Lucy?»

Der Hund riss eine kleine Puppe in einem Spitzenkleid von einem Regal und kaute ruhig darauf herum.

«Ich kann sie anziehen, wie ich will. Ich habe Kleider und Geld genug. Sie braucht nur zu schweigen und mit dem Kopf zu nicken.»

Sie drehte die Puppe zu sich hin.

«Kannst du das?»

Sie presste ihr Ohr an den Puppenmund.

«Prima. Wir werden gut miteinander auskommen. Solange du keine Vergangenheit hast. Das wäre mir was, wenn du irgend so ein schmutziges und verdorbenes Leben in diese Räume hineingeschmuggelt hättest. Das darf nicht sein. Solange du nur tust, was ich will. Denn ich habe dich gekauft.»

Sie fuhr zu Alices Schlafzimmer und drückte die Puppe unsanft gegen das Fenster.

«Sieh nur, was für eine Aussicht. Ist sie nicht großartig? Ist sie nicht unbezahlbar? Empfindest du es nicht als Ehre, hier stehen zu dürfen? All diese Ameisen da unten würden auf der Stelle mit dir tauschen, obwohl du ein Herz aus Holz hast.»

Sie ließ die Puppe los. Die fiel der Länge nach aufs Parkett und starrte Naomi mit kalten Augen an.

Lichtenstern fand sie neben der Puppe auf dem Fußboden.

«Was ist hier los?»

Er schnippte mit den Fingern, und das Licht ging an.

Sie richtete sich auf. Er hatte einen Korb dabei.

«Ich dachte, ein Picknick wäre vielleicht in deinem Sinne», sagte er.

Er öffnete den Korb und holte Teller und eine Flasche gekühlten Champagner daraus hervor.

«Einen Augenblick», sagte sie und verschwand aus dem Zimmer. Eine Viertelstunde später kehrte sie in frischen Sachen und mit gekämmten Haaren zurück. Ihre Augen waren noch immer rot vom Weinen. Er tat so, als würde er es nicht bemerken, als wäre es die normalste Sache der Welt, dass sie auf dem Fußboden von Alices Schlafzimmer lag, in Alices Kleidern, neben einer in Stücke gerissenen Puppe.

«Ich habe Huhn, ich habe Schinken, ich habe Salat. Du brauchst es nur zu sagen.»

Er goss ihr ein Glas Champagner ein. Sie nahm es von ihm entgegen, stellte es aber neben sich auf den Boden. Er trank sein Glas in einem Zug leer und füllte es wieder.

«Und so tanzen die Mäuse auf dem Tisch.»

Er füllte ihren Teller mit einem Hühnerbein und Kartoffelsalat.

«Gemütlich, nicht?»

Naomi biss in das Fleisch.

«In den vergangenen Monaten hast du gelernt, vornehm aufrecht zu gehen, aber mich hast du nie ganz überzeugt. Und jetzt, wo ich dich so auf dem Boden an einem Knochen nagen sehe, weiß ich, dass mein erster Eindruck richtig war.»

«Möchten Sie wissen, was mein erster Eindruck von Ihnen war?»

«Natürlich will ich das. Ich möchte nichts lieber, als dass du etwas über mich sagst.»

«Finden Sie es schlimm, wenn ich Ihnen nicht glaube?»

«Ja, das finde ich schlimm. Ich mache es mir nicht zur Gewohnheit, ehrlich zu sein.»

«Was wollen Sie hier, Herr Lichtenstern?»

«Du fragst es in fast dem gleichen verächtlichen Ton wie deine Chefin. Sie hat dich gut gedrillt. Ich will dich nochmals anflehen, und zwar wider besseres Wissen, Babel zusammen mit mir zu verlassen.»

Sie antwortete nicht.

«Es ist nicht nur dein Leben, sondern auch meines. Komm mit mir, und wir lassen diesen Turm und diese Menschen hinter uns.»

«Wohin sollten wir gehen?»

«Die ganze Welt steht uns offen. Nichts liegt fest. Das ist erst ein Abenteuer! Wir haben nie gelebt, du und ich. Es ist noch möglich. Hast du kein Glück verdient? Ich kann dich glücklich machen. Wenn du mich glücklich machst.» Er streckte seine Hand nach ihr aus. «Nimm mich, und wir reisen heute noch ab.»

Sie schüttelte den Kopf.

«Wir beide haben nichts zusammen. Das ist etwas in Ihrem Kopf. Es tut mir leid.»

«Sagst du, ich bilde mir ein, dass zwischen uns etwas ist?»

«Ja.»

«Das glaube ich nicht. Ich weiß, wann eine Frau mich will. Du wolltest mich vom ersten Moment an, als du mich sahst.»

«Sie glauben, was Sie glauben wollen.»

«Warum solltest du bleiben? Empfindest du etwas für sie?»

«Für wen?»

«Wen?»

Er packte sie, warf sie zwischen die Teller und legte sich auf sie. Nach einer Weile wehrte sie sich nicht mehr.

«Und», sagte er später, «küsst sie besser als ich?»

«Was?»

«Stell dich nicht dumm.»

«Woher …?»

«Ein Vögelchen hat es mir gezwitschert. Aber ich glaube nicht, dass du so bist. Oder doch? Nein, das dachte ich mir.»

Er rollte von ihr herunter.
«Macht das die Entscheidung nicht leichter?»
Sie stand vorsichtig auf. Er blieb liegen, schaute, wie sie mit den Händen über die Rippen des Walfischs strich.
«Es ist simpel. Ich will dich und du willst mich. Gönne uns ein Leben.»
«Ich bringe den Tod, wohin ich auch gehe», sagte sie.
«Das ist witzig», sagte er. «Genau dasselbe kann ich auch von mir sagen.»
«Ich kann nicht mit dir mit.»
«Nenne mir einen guten Grund.»
Sie kam auf ihn zu und kniete sich hin. Diesmal war sie es, die seinen Kopf zwischen ihre Hände nahm.
«Ich liebe dich nicht, Henry.»
Sie küsste ihn auf die Lippen.
«Ich bin nicht so verzweifelt zu sagen, dass ich darauf verzichte», sagte Lichtenstern. «Alles oder nichts.»
Eine Ewigkeit lang schaute sie ihm in die Augen.
«Dann ist es nichts», sagte sie zuletzt.
«Liebst du sie?»
Naomi schwieg.
«Liebst du sie?»
«Ich hasse sie.»
«Das glaubst du doch selbst nicht.»
«Ich will ihr wehtun.»
«Dann musst du sie wohl lieben.»
Sie begann zu weinen. Er stand auf. Sie lehnte sich gegen seine Beine.
«Ich weiß, dass es keinen Sinn hat, und doch muss ich es ein letztes Mal fragen. Damit es keinen Zweifel gibt. Naomi, folgst du mir in die Unsicherheit eines neuen Lebens, oder bleibst du hier und gehst zusammen mit den Babels zugrunde?»

Sie schaute nicht hoch, sondern starrte durch das Fenster, in dem sich das Zimmer spiegelte.

Mit einem Tritt beförderte er den Picknickkorb durch den Raum und ging fluchend davon.

An diesem Abend lag sie im Bett, als Lucy an der Tür jaulte. Sie ignorierte den Hund, und der verzog sich zuletzt. Alice hatte noch immer nicht angerufen.

Am sechsten Tag ging sie mit Lucy in den Park. Sie kaufte einen Hamburger. Die Frau, die auf der Bank saß, hob nicht einmal den Kopf, als Naomi den unverspeisten Hamburger zurück in die Tüte warf und diese anschließend in den Mülleimer neben der Bank deponierte. Die Zeitung raschelte nicht, und ihre Blicke kreuzten sich selbst dann nicht, als Naomi eine enttäuschte Lucy aus dem Park zerrte.

An ihrem letzten Abend allein in den Räumlichkeiten schloss sie Lucy ein und öffnete die Tür, die hinter dem Gemälde verborgen war. Sie streifte ihre Schuhe ab und stieg die Treppe hinunter. Auf jedem neuen Treppenabsatz öffnete sie die Tür mit dem Code. Nach vier Stockwerken stieß sie auf eine große Eisentür mitten im Gang. Ein grünes Lämpchen verriet eine Tastatur. Sie hörte etwas auf der anderen Seite. Leute, die lachten. Das Klirren von Gläsern. Ein Restaurant? Natürlich. Auf der anderen Seite der Tür lag das City View Restaurant, vermutlich war die Treppenhaustür hinter dem großen Gemälde versteckt.

Sie stieg wieder hinauf, blieb eine Etage höher vor der Tür eines der verbotenen Stockwerke stehen. Nach einem kurzen Zögern tippte sie den Code ein. Ein leises Summen, und einen Klick später fiel ein graues Licht durch die Türöffnung. Es war zu dämmrig, um viel zu sehen. Sie drückte die Tür weiter auf und ging hinein. In der Mitte eines riesigen Raumes standen wie Riesenspielzeug ein paar kleine Häuser. Es waren armselige Hütten mit weiß verputzten Fassaden und hölzernen Fenstern und Türen. Sie spazierte durch eine schmale Gasse und kam an einer Schmiede vorbei. Durch das Fenster eines Hauses sah sie einen Schaukelstuhl, einen niedrigen Tisch und eine Truhe. Sie versuchte die Tür, und als diese sich knarrend öffnete, wehte ihr ein Geruch von Essensresten entgegen. Das Ende der Gasse führte auf einen Platz mit einem Schöpfbrunnen. Sie folgte einer weiteren Gasse, bis sie an die großen Fenster des Turms stieß. Ein riesiger gelber Mond zeichnete Naomis Schatten auf die Mauern des Dorfes.

Sie kehrte zu den Treppen zurück, zog die Tür hinter sich zu und stieg eine Etage höher. Als sie dort die Tür öffnete, überfiel sie die Hitze. Das vorherige Stockwerk war eine kalte Winternacht gewesen, aber hier herrschte Sommer. In diesem Raum standen keine Hütten, sondern große Häuser mit Treppen vor der Tür. Es war das Barrio, wie sie es schon kurz durch die Fahrstuhltüren gesehen hatte.

Sie ging durch die vertrauten Straßen. Sie hörte Radios. Autos hupten in der Ferne. Als sie jemanden lachen hörte, zog sie sich in einen Hauseingang zurück. Aber auf der Straße regte sich nichts. Schließlich entdeckte sie die Lautsprecher an den Laternen.

Sie trat wieder auf die Straße und gelangte bald zu dem kleinen Park, in dem Ayesha ihre ersten kleinen Schritte gemacht hatte. Es gab keine Jogger, keine Schachspieler, keine Skater, keine Familien mit Kühlboxen und keine verrückten Frauen in dicken Mänteln. Es gab hier niemanden.

Sie kniete sich hin. Das Gras war echt. Unsichtbare Vögel zwitscherten im Gebüsch. Sie roch Pferdemist. Die am Rand des Parks abgestellten Autos waren Oldtimer. Die auf die Fassaden gemalte Reklame pries eine Limonade an, die es seit Jahren nicht mehr gab. Es war das Barrio von vor fünfzig Jahren. Das Barrio von Babels Jugend.

Sie ließ das Barrio hinter sich, ging zurück und stieg weiter hinauf.

Sie erstarrte, als sie im nächsten Stockwerk die Tür zum Treppenhaus offenstehen sah. Auf ihrem Weg hinab war die Tür noch geschlossen gewesen. Stufe für Stufe schlich sie sich hinauf.

Sie hörte Stimmen. Diesmal waren es keine Aufnahmen. Sie erkannte Lichtenstern und Babel.

«Wollen Sie sie denn nicht wiedersehen?», hörte sie Lichtenstern sagen.

«Mehr als alles in der Welt, das weißt du.»

«Dann holen Sie sie zurück. Retten Sie sie vor dem Tod.»

Der alte Mann seufzte.

«Vielleicht ist es besser, wenn ich zu ihr gehe und nicht sie zu mir. Kann ich einfach so die Ordnung der Dinge stören?»

«Sie müssen», sagte Lichtenstern. «So weit, wie wir gekommen sind.»

«Als ob Er mich weitergehen ließe. Man spottet nicht mit Gott. Was wird meine Strafe sein? Das Feuer von Gehenna.»

«Wenn Sie einmal alle Macht in Händen haben, werden Sie dieses Feuer hinwegspülen. Darum ist es uns doch zu tun, oder?»

«Eine Ewigkeit der Qual? Ich lasse es besser so, Sammy. Es war ein schöner Traum, aber jetzt wird mir klar, dass wir besser damit aufhören sollten. Wäre es überhaupt möglich, dann wäre uns ein anderer sicher schon zuvorgekommen.»

«Wie hätten sie das gekonnt, Herr? Niemand hatte den Mut, es auch nur zu denken!»

«Sie hatten recht. Gott ist nicht gnädig zu dem, der Ihn herausfordert.»

«Denken Sie an alles, was Sie fertiggebracht haben. Das Rentier. Die Stimme Ihrer Frau, die Sie anfleht, sie zurückzuholen. Sie sind fast am Ziel.»

«Ach, aber der Preis, Sammy, der Preis!»

«Der Preis ist hoch. Das wussten wir von Anfang an. Ein Opfer muss wehtun, sonst hat es keinen Wert. Die Babylonier opferten ihre eigenen Kinder. In Babylon, Herr. Baal. Babel. Über Jahrhunderte hinweg wurde der Name weitergegeben. Das ist kein Zufall. Sie sind auserkoren.»

«Was kümmern mich die toten Babylonier? Sie hatten Kinder im Überfluss. Ich habe einzig Alice.»

Beim Hören dieses Namens schielte Naomi vorsichtig hinter der Tür hervor in den Raum hinein. In der Mitte des gigantischen Saals bildeten drei Holzwände ein Schlafzimmer. Mehr als ein Bett, ein Nachtschrank und ein kleiner Schreibtisch befand sich nicht darin. Die Bettdecke hatte ein Muster aus kleinen Äffchen. Eine rote Plastikrakete glühte auf dem Nachtschrank. Babel saß auf der Kante des schmalen Betts mit einem gerahmten Foto in der Hand. Lichtenstern stand auf der anderen Bettseite mit dem Rücken zur Tür. Er würde Naomi nicht bemerken, wenn sie nach oben schlich, aber Babel brauchte nur den Kopf zu heben, und sie wäre entdeckt.

«Ich liebe sie. Sie ist mein Fleisch und Blut. Du verlangst zu viel, Lichtenstern. Ich kann es nicht.»

«Abraham konnte Isaak opfern.»

«Schweig mir von der Geschichte.»

«Nein, Herr Babel. Denn sie ist der Schlüssel, das habe ich bei meinen Nachforschungen entdeckt. Alles dreht sich um das Opfer. Das Brandopfer. Er selbst hat uns gezeigt, dass man dasjenige aufgeben muss, was einem das Liebste ist. Die Christen mit ihrem Gottessohn waren nah dran und doch so weit davon entfernt. Sie sahen den Sohn als einen Schlüssel, der sie aus dem Gefängnis der Erbsünde befreien, einen Führer, der sie aus der Hölle geleiten würde. Sie trauten sich nicht, weiter zu blicken, sie wagten es nicht, sich gegen den Gefängniswärter zu wenden, der sie all die Jahrhunderte hindurch zu Unrecht gefangen hielt. Wir können es ihnen nicht verübeln, denn so ist die Menschheit nun einmal. Er hat uns so gemacht, so gezüchtet. Warum opferte Abraham seinen einzigen Sohn? Aus Liebe zu Gott? Pah! Aus Angst vor dem, was ihm andernfalls bevorstand. Die Furcht vor Gott war stärker als die Liebe zu seinem Sohn. Und Gott sah, dass es gut war. Bei einem derartigen Volk brauchte Er nichts zu befürchten. Sie waren zufrieden, dass ihnen nichts Schlimmeres widerfuhr als das Elend, in dem sie schon bis zum Halse steckten. Mit allen entsprechenden Konsequenzen. Eine solche Unterwürfigkeit musste den Herrn zu dem Versuch verleiten, wie weit er mit ihrem Leiden gehen konnte. Bis aufs Blut offenbar. Geben, um es wieder zu nehmen. Ein Spiel für die hohe Macht, mehr sind wir bisher nicht gewesen. Jetzt haben wir endlich die Gelegenheit zurückzuschlagen, Herr Babel. Solange die Angst uns zittern lässt, solange der Turm einstürzt, bevor er den Himmel erreicht, ist Er sicher. Werden wir angstvoll bleiben und wie Schlangen auf dem Bauch über diese Welt weiterkriechen? Oder werden wir endlich stolz aufrecht gehen und als Menschen ohne Angst unsere Augen zum Himmel erheben?»

«Warum ich? Warum muss ich es tun, Sammy?»

«Wer sonst könnte es wagen? Wer hat das Wissen und den Mut? Ein Babel muss vollenden, was ein Babel einst angefangen hat. Ihre Vorgänger sind über das Opfer gestrauchelt. Entweder gierten sie zu sehr nach der Allmacht und hätten darum dieses Verlangen opfern müssen, wodurch letztendlich nichts geschah. Oder etwas war noch stärker als ihre Sehnsucht nach Gerechtigkeit und Macht.»

«Also ist es unmöglich.»

«Nicht für Sie, Herr Babel. Sie können das Opfer bringen, denn Sie wissen, dass es geschehen muss, weil es an der Zeit ist, dass Gerechtigkeit geschieht. Sie erhalten endlich die Macht, die Sie verdienen, um sich diese Welt gefügig zu machen. Sie können das Opfer bringen, weil Sie wissen, dass größere Belohnungen folgen werden. Sie sind ein Spekulant, Herr Babel, und wagen es, Ihr gesamtes Hab und Gut aufs Spiel zu setzen, um ein Vielfaches zurückzubekommen. Sie haben das schon mehrmals getan. Sie kennen das Spiel.»

«Arme Alice.»

«Hat sie denn jetzt ein Leben? Sie würde es verstehen. Es ist ja nur vorübergehend. Sie holen sie ja allesamt wieder zurück. Noch eine kleine Weile, und es gibt kein Leiden mehr und keinen Tod. Diese Erde wird von der Kette des Elends erlöst sein.»

«Es klingt zu schön, um wahr zu sein. Wie kann ich sicher sein, Lichtenstern?»

«Ihr Zweifel ist Ihre Sicherheit. Er hat Ihnen diesen Zweifel ins Herz gepflanzt. Genau wie Er Zwietracht in die Herzen der Erbauer des Turmes gesät hat. Diese Angst ist Sein Schutz. Niemand wagt es, nach der Frucht allen Wissens zu greifen, obwohl es dazu nicht mehr braucht als Mut.»

«Das ist leicht gesagt. Es ist nicht dein Enkelkind.»

«Ich bekomme auch nicht die Belohnung. Aber wenn Sie noch zweifeln, dann werden wir nach heute Nacht Sicherheit haben. Der Angriff auf die Himmelstore wird so deutlich sein, dass Er einfach reagieren muss. Falls nichts geschieht, dann liegen wir falsch. Aber wenn Er Rache nehmen will, dann wissen wir, dass wir auf dem richtigen Weg sind.»

Babel seufzte.

«Wann treffen sie ein?»

«Sie sind schon da. Sie warten auf Sie. Nur Bin Luria lässt sich entschuldigen.»

«Kneift er etwa?»

«Nein. Er ist zu krank. Er hat sehr viel durchgemacht. Sie wissen, was ihm im Krieg widerfahren ist.»

«Ein Grund mehr, hier zu sein. Er bekommt endlich die Gelegenheit, den Schuldigen zu bestrafen.»

«Wir können es verschieben, wenn Sie das möchten.»

«Nein. Kein Aufschub. Das Personal wurde weggeschickt, und Alice befindet sich weit weg, falls etwas schiefgehen sollte.»

«Es wird nichts schiefgehen», sagte Lichtenstern.

Babel schaute wieder auf das Foto in seiner Hand.

«Also gut. Ich hatte gehofft, noch etwas mehr Zeit zu haben, aber wenn die anderen zu früh eingetroffen sind …»

«So früh sind sie nicht. Es ist fast elf Uhr.»

«Ist es schon so spät? Die Zeit vergeht schnell.»

«Das lässt sich nicht ändern», sagte Lichtenstern.

«Noch nicht», sagte Babel. «Aber beginnen wir mit einem Wunder pro Tag.»

Der alte Mann erhob sich mühsam.

Naomi verbarg sich in den Schatten und sah, wie Lichtenstern Babel stützte, während sie zusammen hinaufgingen. Erst als sie oben an der Treppe eine Tür zuschlagen hörte, richtete sie sich wieder auf.

Der kleine Henry McKenzie besucht die Schule in St. Patrick, nur fünf Gehminuten von der Wohnung entfernt, die seine Eltern vor einem Jahr bezogen haben. Die meisten Lehrer sind Priester, und alle sind sie streng. Zum Glück für Henry ihm gegenüber etwas weniger als zu seinen Klassenkameraden. Denn Henry ist lernbegierig, arbeitsfreudig und gehorsam. Er hat einen scharfen Geist und ein schelmisches Gesicht. Wenn sie ihn genügend herausfordern, hart trainieren und ab und zu belohnen, dann kann er ein Gewinn für die Schule und für den Glauben werden. Denn Henry ist auch tief gläubig. Das hat er von seiner Mutter, die – wie könnte es anders sein – Mary heißt und denselben traurigen Blick in den Augen hat wie die Muttergottes.

Am 5. Juni, einem schönen Sommerabend, kehrt Henry in die Wohnung im Barrio zurück. Die Nachbarschaft ist bunt zusammengewürfelt, genau wie ihre Kleidung. Henry braucht jedoch nichts zu befürchten. Das Kreuzeszeichen, das ihm um den Hals baumelt, beschützt ihn. Um die meisten Hälse baumelt dasselbe Kreuz. Sie alle, Männer und Frauen, tragen das Leid des Herrn auf ihrer Brust, und obwohl Henry ihre Sprache nicht beherrscht, gehört er dennoch zu ihrer Gemeinschaft. Sie alle sind Brüder und Schwestern im Glauben. Was nicht bedeutet, dass Henry auch nur eine Sekunde länger als nötig auf der Straße verbringt. Seine Mutter legt ihm jeden Tag ans Herz, von der Schule direkt nach Hause zurückzukehren und mit niemandem zu reden, selbst dann nicht, wenn ihn Leute um Hilfe bitten. Es gebe genügend Erwachsene, die diesen irrenden Seelen helfen könnten. Henry will seine Mutter nicht unnötig beunruhigen, besonders nicht jetzt. Sie ist nicht gut bei Kräften, so kurz nach der Geburt seines kleinen Bruders Charles.

Auch die Geschäfte seines Vaters laufen schlecht. Henry hört die ganze Geschichte abends, wenn seine Eltern denken, dass er schläft, und sie ihre Sorgen durchgehen. Sein Vater hat ihre gesamten Ersparnisse dem Rat eines Freundes entsprechend angelegt. Aber dieser Freund hatte offenbar keine guten Absichten. Seine Mutter sagt, das komme davon, wenn man zu schnell zu viel haben wolle. Der Herr möge keine Habgier. Sein Vater habe sich auf dunkle Geschäfte eingelassen, er habe seinen Glauben verleugnet, und jetzt würden sie dafür bestraft. Sie hätten ihr Haus niemals verkaufen dürfen. Sie hätten nicht ihr ganzes Geld in den Plan dieses Abraham Babel pumpen sollen. Aber Geschehenes lasse sich nicht ungeschehen machen. Ihnen bleibe nichts, als zu Babel zu gehen und ihr Geld zurückzufordern. Dann eben keine großen Gewinne. Solange sie nur leben konnten. Der Herr lasse die Seinen nicht im Stich. Sie würden es schon überleben. Sie hätten das Barrio bis hierher auch überlebt.

Offenbar hört sie nicht, was Henry aus der Stimme seines Vaters heraushört: die Verzweiflung, die kaum unterdrückte Panik. Es gibt keine Hoffnung mehr, sondern lediglich Aufschub.

Henry versteht nicht viel von Geschäften, aber dass sein Vater einfach so sein Geld zurückbekommt, erscheint ihm wenig wahrscheinlich. Er sagt jedoch nichts. Seine Mutter hat andere Sorgen. Der kleine Charles ist nicht das ruhige Baby, das Henry war. Der Kleine strampelt und schreit den ganzen Tag, und seine Mutter kommt kaum zum Schlafen. Seine Eltern interessieren sich schon eine Zeit lang nicht mehr für Henrys Fortschritte in der Schule. Sie lachen nicht mehr. Es ist ein stilles und dunkles Haus, obwohl draußen der Sommer angebrochen ist. Seine Mutter kommt nur noch vor die Tür, um zur Frühmesse zu gehen, und auch das nur, wenn Charles einigermaßen ruhig ist und sie Henry mit seinem kleinen Bruder alleinlassen kann. Nachbarinnen gehen bei ihnen nicht ein und aus. Seine Eltern haben mit niemandem Kontakt und erwarten das auch von Henry.

Sein Vater sucht schon eine ganze Zeit lang Arbeit und kommt erst spät nach Hause. Sein Atem jedoch verrät, dass er nicht den ganzen Tag über Arbeit gesucht hat. Die Streitereien, die folgen, machen Henry wach und, schlimmer noch, sie wecken Charles, der dann die ganze Nacht nicht wieder einschläft und noch lauter schreit als sein Vater.

Am Abend des fünften Juni stößt Henry im Wohnzimmer auf seinen Vater. Das ist unerwartet. Automatisch schaut er in die Zimmerecke, wo die Wiege des kleinen Charles steht. Aber das Baby liegt nicht in seiner Wiege. Henrys Herzschlag beschleunigt sich. Ist etwas geschehen? Ist seine Mutter mit Charles zum Arzt? Warum sieht sein Vater ihn so merkwürdig an?

«Wo ist Mama?»

Sein Vater deutet mit dem Kopf auf die Tür zu ihrem Schlafzimmer. Henrys Augen blicken fragend, aber als sein Vater schweigt, geht er vorsichtig zur Tür und drückt sie auf.

«Mama?»

Es ist dunkel im Zimmer. Die Vorhänge sind zugezogen, um Sonne und Hitze fernzuhalten. Es dauert etwas, bevor seine Augen sich an das Dämmerlicht gewöhnt haben. Er sieht zuerst das große Kruzifix an der Wand, dann seine Mutter auf dem großen Bett, auf der geblümten Tagesdecke. Der kleine Charles liegt links von ihr, nackt und auf dem Rücken, die Arme und Beine von sich gestreckt.

Sein Vater schiebt ihn ins Zimmer hinein. Er kann den Geruch im Raum nicht einordnen.

«Mama?»

Sein Herz hat schon erraten, was sein Gehirn nicht wissen will. Auch als er näherkommt und den roten Schnitt in ihrem

Hals sieht, eine gähnende Furche, aus der eine große, rote Rose auf die Tagesdecke getropft ist, glaubt er nicht, was er sieht.

Als er sich umdreht, steht sein Vater hinter ihm, das tropfende Brotmesser in der Hand.

«Es ist besser so», sagt sein Vater.

Henry weiß nicht mehr, was daraufhin geschieht. Er lebt noch, also muss er irgendwie aus dem Zimmer entkommen sein. Sein Geschrei hat die Nachbarn herbeigelockt. Seine Wunden sind nur oberflächlich. Für seinen Vater kommen sie zu spät. Der hat sich dann schon selbst die Kehle durchgeschnitten.

Bis zur Beerdigung bleibt er bei dem Priester. Zur Schule muss er nicht. Die Haushälterin des Priesters weckt ihn morgens, gibt ihm sein Frühstück und flüchtet dann. Sie weiß nicht, was sie zu dem Jungen sagen soll. Sie bezweifelt, ob es passend ist, einen Sohn aus einer derartigen Familie ins Haus zu holen, wenn auch nur vorübergehend. Den ganzen Tag verbringt er im Studierzimmer des Priesters. Die dortigen Bücher bleiben ungeöffnet, der Rosenkranz unangerührt. Henry sitzt auf einem Stuhl am Schreibtisch des Priesters, bis es Zeit fürs Mittagessen ist, und kehrt dann wieder ins Zimmer zurück. Die Fenster sind geschlossen, aber die Geräusche der Stadt dringen trotzdem herein. Er hört die Autos. Die Radios. Die Stimmen. Das Leben da draußen.

Er selbst darf nicht mit zur Beerdigung. Seine Tante mütterlicherseits und ihr Mann sind jedoch da, obwohl die Schwestern nach der Hochzeit von Henrys Tante mit einem Ungläubigen, wie seine Mutter seinen Onkel immer genannt hat, nicht mehr miteinander gesprochen haben. Als Onkel und Tante in die Schlafstadt zurückkehren, in der sie wohnen und in der Isaac Lichtenstern ein kleines Bekleidungsgeschäft betreibt, nehmen sie Henry mit. Wohin sollte er sonst? Sie respektieren seine

Stille und werden seine Eltern für den Rest ihres Lebens nicht mehr erwähnen. Henry übrigens auch nicht. In seiner neuen Schule werden Iren nicht sonderlich hoch gehandelt. Also bekommt der katholische Schuljunge den Namen seines Onkels: Aus Henry McKenzie wird Sammy Lichtenstern. Beliebt ist er nicht. Unbeliebt auch nicht. Seine Mitschüler merken kaum, dass es ihn gibt. Er tut sich nicht hervor, und kein einziger Lehrer erkennt in ihm einen außergewöhnlichen Schüler. In der öden Vorstadt passiert so gut wie nichts. Nur wenn ein Kirchenpyromane zuschlägt, berichten die Nachrichten darüber. Im Lauf von zehn Jahren gibt es Brandstiftungen in sechs Kirchen. Ein Täter wird nie gefunden. Wer ist dafür verantwortlich? Von satanischer Musik beeinflusste Jugendliche? Vandalen? Ein Irrer? Priester, die das Versicherungsgeld einheimsen wollen? Die Brände hören auf, als Sammy Lichtenstern nach zehn Jahren wieder einen Fuß in die Großstadt setzt. Zum Erstaunen seiner Pflegeeltern widmet er sich dort dem Sprachenstudium. Er lernt nicht nur Spanisch und Portugiesisch, sondern auch afrikanische Dialekte und sogar Hebräisch. Ihren Rat, sich für ein rentableres Studium zu entscheiden, ignoriert er. Bald schon ignoriert er auch ihre Briefe und Anrufe, zieht um, verschwindet in der Stadt. In die Schlafstadt wird er nie mehr zurückkehren. Er lügt nicht, wenn er sagt, er sei adoptiert worden. Lügt er, wenn er behauptet, dass er sein Wurzeln nicht kennt? War der Schock so groß, dass er sich tatsächlich nicht erinnert, was sich in der Wohnung im Barrio abgespielt hat?

Die Großstadt rüttelt etwas in ihm wach. Offenbar besitzt er ein großes Talent für Sprachen. Der brillante Schüler ist wieder da. Er isst oder schläft kaum; er taucht ein in die Sprachen, übertrifft seine Lehrer und Professoren, die dann auch mit wenig glaubwürdiger Enttäuschung die Köpfe schütteln, als sich herausstellt, dass er seine Talente an einen Irrtum verschwendet, eine Gralssuche, die Schaffung einer Ursprache. Wer in Lichtensterns Zimmer vordringen würde, der würde außer unzähligen Büchern und Papieren kaum etwas Persönliches entdecken. Das Einzige, was diesem fiktiven Besucher auffallen könnte, wäre ein vergilbter Zeitungsartikel über Lichtensterns Schreibtisch.

Der Beitrag trägt den wenig interessanten Titel: «Ein Herz für die Stadt». Wer sich die Mühe machen würde, den Artikel näher zu betrachten, würde lesen, wie der Investor Abraham Babel den Grundstein für einen neuen Wohn- und Einkaufskomplex im Herzen der Stadt legt. Babel gesteht ein, dass es auf dem Weg zum Erfolg tatsächlich einige Unebenheiten gegeben habe, einige weniger vernünftige Entscheidungen und finanzielle Verluste, aber das sei nun einmal dem Spekulieren und Investieren inhärent. Man könne keinen Eierkuchen backen, ohne ein paar Eier zu zerschlagen. Es sei eine Frage des Durchhaltens. Und des Auserkorenseins natürlich. Der Unternehmer spüre, dass er von der Hand Gottes berührt sei. Auf dem Foto sieht man, wie ein Sonnenstrahl sein Haupt beleuchtet.

Babel bekennt in dem Artikel seinen tiefen Glauben. Gott sei der einzige Herr, den er über sich dulde, und Er sei ein Herr, dessen Zufriedenheit man sich besser behalte. Ob er noch weitere Pläne habe? Natürlich. Das hier sei lediglich der Anfang. Die Stadt werde staunen, was noch alles auf sie zukomme. Ein Turm von Babel? Da treffe der Journalist wahrlich den Nagel auf den Kopf. Diese Stadt benötige ein Wahrzeichen, einen Punkt in der Stadt, der sämtliche Belange zentralisiere. Ein Turm von Babel sei genau die verrückte Idee, die ihn, Babel, anspreche. Aber er werde dafür sorgen, dass dieser etwas fester verankert sei als sein Vorgänger.

Das hätte ein Besucher von Lichtensterns Zimmer lesen können. Aber niemand liest den Artikel. Lichtenstern kennt ihn auswendig, und niemand sonst bekommt ihn zu Gesicht. Keine Frau und kein Mann kommen ihm so nahe. So wundert es auch niemanden, als Samuel Lichtenstern ein paar Monate nach dem Attentat, bei dem Babels Frau und Sohn ums Leben kamen, seine Aufwartung im Turm macht. Wir werden nie wissen, was in diesem ersten Gespräch zwischen den beiden Männern verhandelt wird, was Lichtenstern dem alten Mann anbietet und wie er dessen Vertrauen gewinnt. Aber wenn Schriftsteller spekulieren dürfen, dann würden sie sagen, dass die Männer schon eine Verbindung hatten, noch bevor sie sich begegnet sind. Sie haben einen gemeinsamen Feind. Durch die Ereignisse haben sie nicht ihren Glauben, wohl aber ihr Vertrauen in einen Schöpfer verloren. Sie sehen sich als Verbündete in einem Heiligen Krieg. Sie kämpfen beide gegen einen Vater, der sie im Stich gelassen, einen Geliebten, der ihnen falsche Versprechungen gemacht hat, einen vertragsbrüchigen Geschäftspartner.

Aus: Babel, ein Traum von Macht, Thomas Rosen & Aziz al-Kashani

Naomi lag auf dem Parkett im Bauch des Walfischs und folgte dem Mond auf seiner Reise durch den Himmel. Manchmal verschwand er hinter den Wolken, verriet er sich lediglich durch eine Glut, war eine Glühlampe hinter einer schwarzen Leinwand, und das Zimmer wurde so dunkel, dass Naomi das Bett und die Möbel nicht sehen konnte. Dann glitt er wieder hinter den Wolken hervor, die Rippen des Wals wurden Gitter, und sein Kopf mutierte zu dem eines Monsters, bereit, die ganze Welt zu verschlucken. Sie erschrak, als sich der Aufzug in Bewegung setzte und in ihrer Etage anhielt. Die Fahrstuhltür öffnete sich. Schritte hallten durch den Flur. Ihr blieb keine Zeit, sich zu verstecken.

Lichtenstern trat mit einem Päckchen unter dem Arm ins Zimmer und verschwand im Schwimmbad. Das Päckchen war nicht mehr da, als er wenige Minuten später zurückkam. An der Tür zögerte er. Ihren Atem konnte er unmöglich gehört haben. Dennoch drehte er sich um und kehrte ins Zimmer zurück. Der Mond verriet sie. Der Schatten des Wals bedeckte sie nicht vollends.

«Naomi?»

Sie blieb reglos.

«Was tust du hier?»

«Was tun Sie hier?», fragte sie.

Er schaute auf sie herab, die Hände lässig in den Hosentaschen. Das Mondlicht beleuchtete sein schönes, melancholisches Gesicht.

«Vielleicht mache ich mir Sorgen um dich, so ganz allein in diesen großen Gemächern.»

«Ja, sicher.»

«Du hast recht. Es ist vorbei. Ich kann nicht weiter bluten. Du hast dich entschieden.»

«Dieses Päckchen, was war das?»

«Du hast es gesehen? Was für ein aufmerksames Mädchen du bist. Es wird Zeit, dass du gehst.»

«Wer sagt, dass ich irgendwohin gehe?»

«Ich, mein lieber Schatz. Ich habe gerade dein Ticket gebucht. Wenn du gut lauschst, dann hörst du es ticken. Eine einfache Fahrt direkt ins Paradies. Ich bin dir zuvorgekommen. Findest du das schlimm?»

«Ich weiß nicht, wovon du sprichst.»

«Habe ich deine Treffen mit dieser Frau im Park denn geträumt? Was habt ihr vor? Lass mich raten. Ihr wollt den Turm in die Luft sprengen. Sehr gut. Ich habe keine Einwände. Nur dürft ihr das erst, nachdem ich hier fertig bin.»

Er trat einen Schritt näher, und sie zog sich in die Schatten zurück.

«Es ist schwer, die ganze Zeit ein Geheimnis mit sich zu tragen, nicht? Aber du kannst dir keine Offenheit erlauben. Es ist ein einsames Leben. Wir sind allein, du und ich.»

«Was hast du mit Babel vor?»

«Genau wie ihr will ich, dass er leidet. Allerdings seid ihr so wenig erfinderisch. Bomben und Terror. Warum immer so banal? Ich habe eine bessere Strafe für ihn parat, eine, die ihn von innen her auffressen wird.»

«Du hast ihn in den Wahnsinn getrieben.»

«Er wankte bereits am Rande der Vernunft. Es brauchte nur noch einen kleinen Schubs. Er war bereit für jemanden, der ihm die Verführung ins Ohr flüstern würde. Er will es so gern: Allmacht. Gott spielen. Es war nicht schwer, ihn davon zu überzeugen, den Himmel zu bestürmen. Ich brauchte ihn nur häppchenweise mit Wundern zu füttern. Es ist unglaublich, wie leicht das geht, wenn jemand nur das sieht, was er sehen will.»

«Das Rentier, das warst du?»

«Unter anderem. Mit Geld, Medikamenten und der Hilfsbereitschaft des Wachdiensts war es fast schon zu simpel. Erscheinungen. Stimmen. Schwebende Schachbretter. Nächtliche Erschütterungen und wilde Träume. Wie konnte er noch länger zweifeln, nachdem die Weltordnung ihm zu gehorchen schien? Der Schlussteil kommt heute Nacht. Der Turm wird auf seinen Grundfesten erbeben. Wir werden den Zorn Gottes spüren. Wenn Babel bebt, wird er sicher sein, dass er den Herrn gestört hat. Dann wird er bereit sein für den letzten Schritt.»

«Und der wäre?»

Er lachte.

«Hast du es denn noch nicht erraten? Ich will ihn in dem treffen, was ihm das Kostbarste ist.»

«Du willst ihn bankrott sehen?»

«Ich will ihm seine Chance auf Unsterblichkeit nehmen. Er wird sein eigenes Fleisch opfern müssen.»

«Du bist krank.»

Naomi rappelte sich auf.

«Krank? Von dir brauche ich mir keine Predigten anzuhören, Mädchen. Du planst nämlich, jemanden, der es gut mit dir meint, einer Mörderbande auszuliefern.»

«Sie meint es nicht gut mit mir.»

«Nein? Sie gibt dir alles, was du willst.»

«Sie hat mich gekauft. Sie will … Dinge von mir.»

«Na und? Wer ist rein? Du vielleicht? Macht die Lust die Liebe weniger echt?»

Er schaute wieder auf seine Uhr.

«Jetzt muss ich fort. In genau viereinhalb Minuten ist dieses Zimmer ein Feuerball. Bete zu welchem Gott auch immer du betest, dass er dich in eine weniger qualvolle Hölle steckt als diejenige, die du verdienst.»

«Du bist verrückt.»

«Im Gegenteil. Die Aufzüge reagieren heute Abend nur auf die Berührung meiner Hand. Du kannst nicht weg. Das perfekte Ende für die Tochter deiner Mutter. Babel wird glauben, er habe die Welt zum Beben gebracht, und die Außenwelt wird schnell ‹entdecken›, wer hinter dem Anschlag steckte. Welch eine Demütigung für Alice, wenn sie nach der Explosion erfährt, dass du lediglich ein Instrument warst, um sie zu bestrafen. Eine enttäuschte Alice wird noch mehr wie Wachs in meinen Händen sein. Vorteile, wohin man schaut. Wer ist hier der Verrückte?»

Er bückte sich, als sie einen Walknochen von dem Skelett riss, um ihm diesen an den Kopf zu werfen.

«Ich bin unantastbar, Mädchen. Ich tue das Werk des Herrn, und der beschützt mich, bis ich hier fertig bin. Du hast deine Chance auf Rettung verspielt, als du mich abgewiesen hast. Es tut mir leid. Du müsstest doch wissen, dass ich in dieser Geschichte nicht verschwinden kann, bevor das Ende gekommen ist. ‹Mein ist die Rache. Ich werde vergelten, spricht der Herr.›»

Er holte etwas aus seinen Taschen. Im Licht des Mondes erkannte sie ihre silberne Haarnadel. Die Augen des Vogels glitzerten im Mondschein. «Ich kann nicht mehr zurück.» Er ließ die Nadel fallen und verschwand im Flur.

Despotismus • Machtmissbrauch • Schwäche

Alice sah es in den Morgennachrichten: eine Explosion im Turm von Babel. War es ein Terroranschlag? Ein Erdbeben? Ein Kurzschluss? Die Polizei untersuche in sämtliche Richtungen. Der Schaden sei enorm, sagte der Nachrichtensprecher. Das Fernsehen zeigte die Verwüstungen im Speisesaal des City View Restaurants. Tische und Stühle lagen aufgehäuft in den Ecken des Saals, die Leuchter waren herabgestürzt, die unbezahlbaren Weinflaschen lagen in Scherben auf dem Fußboden. Alice sah Bilder von eingeklemmten Menschen, von zerbrochenen Kunstschätzen, von geschockten Egos. Der unzerstörbare Felsen hatte gebebt, und zusammen mit ihm sämtliche Botschaften, Restaurants, Tanzböden und Fitness-Zentren. Die Welt bebte noch nach.

Abraham Babel gestattete in einem schwer bewachten Raum eine Pressekonferenz. Nein, es sei noch zu früh, eine Ursache zu benennen oder auszuschließen. Dass es sich um einen Terroranschlag handele, halte er für unwahrscheinlich. Er selbst sei unverletzt, wie die versammelte Presse ja sehen könne. Mit seiner Enkelin sei alles in Ordnung. Mehr dazu könne er aus Sicherheitsgründen nicht sagen. Auch mit seinem Personal sei bis auf wenige Leichtverwundete alles in Ordnung. Sämtliche Schäden würden vergütet werden. Er wolle betonen, dass der Turm das Beben insgesamt gut überstanden habe und dass es keinen Grund zur Panik gebe. Dann übernahm Lichtenstern, und Alice stellte den Ton ab.

«Wann fliegt der Helikopter?»

«Er fliegt nicht», sagte Hans.

«Wie fahren wir dann zurück?»

«Vorläufig gar nicht. Herr Babel hat mich heute Nacht angerufen. Wir bleiben hier, das ist sicherer. Sie können übrigens nicht zurück. Ihre Räumlichkeiten sind zerstört.»

«Das ist mir egal. Ich möchte bei Großvater sein.»

«Er will das nicht. Wenn es ein Anschlag war ...»

«Das war es nicht. Das hat er gerade selbst gesagt.»

«Was er sagt und was er denkt, ist nicht notwendigerweise ein und dasselbe, Fräulein Alice. Wenn es ein Terroranschlag war, dann sind Sie hier sicherer als im Turm. Wegen der ganzen Untersuchungen ist der jetzt ein Stück schwieriger zu bewachen.»

«Völlig zerstört ... Und Naomi?»

«Ich vermute, dass sie in Ordnung ist. Sonst hätte er sicher etwas gesagt.»

«Du vermutest es?»

«Sie haben ihn soeben gehört. Es gibt keine Opfer bei Babel.»

«Du hast gerade selbst gemeint, dass das, was er sagt, nicht notwendigerweise die Wahrheit ist. Gib mir das Telefon.»

An diesem Morgen bekam sie niemanden an den Apparat, selbst Lichtenstern nicht. Warum hatte sie Naomi kein eigenes Telefon gegeben? Es war nie nötig gewesen. Schließlich hatten sie immer alles zusammen getan. Außer jetzt. Jetzt hatte sie Naomi zurückgelassen. War das hier ihre Strafe? Ihr blieb nichts übrig, als die Nachrichten zu verfolgen, die wieder und wieder den Krater zu Füßen des Turms zeigten, die Stelle, an der die dreihundert Stockwerke in die Tiefe gestürzte stählerne Türschleuse zur Orangerie aufgeschlagen war. Interviews mit Rettungsleuten und der Feuerwehr erzählten ihr nichts Neues.

Schließlich bekam sie Lichtenstern zu fassen. Wie ging es Großvater? War er tatsächlich unversehrt? Bei der Pressekonferenz habe er nicht gut ausgesehen, sich beinahe schon unhöflich gezeigt, er, der bei seinen Pressekontakten sonst immer so beherrscht sei. Was genau war geschehen?

Lichtenstern blieb vage, antwortete auch nicht auf die Frage, was mit Naomi war. Sie könne jetzt nicht an den Apparat kommen. Sie stehe noch unter Schock. Aber unversehrt? Ja, unversehrt. Alice brauche sich nicht zu beunruhigen. Als sie die salbungsvolle Stimme hörte, machte sie sich erst so richtig Sorgen.

Er verbarg etwas vor ihr. War es ein Terroranschlag? Wenn sie vor Ort wäre, würde sie sich nicht so abwimmeln lassen. Aber Hans hatte seine Anweisungen erhalten, und sie saß gefangen. Hätte sie laufen können, dann wäre sie davongerannt und mit dem Bus oder notfalls per Anhalter gefahren, aber jetzt konnte sie nirgendwohin.

Es dauerte eine Woche, bis sie die Erlaubnis zur Rückkehr erhielt; eine Woche, in der sie die verschiedensten Spezialisten auf dem Bildschirm auftauchen sah, die jeweils ihre eigene aberwitzige Theorie zu den jüngsten Ereignissen im Turm verkündeten. Männer mit seismografischen Beweisen, Männer mit verschwommenem Bildmaterial, Männer mit Theorien über riesige schwarze Vögel und dem Wahnsinn in den Augen. Eine Woche angstvollen Abwartens und der Versuche, nicht verrückt zu werden, bevor sie zuletzt in einer gepanzerten Limousine durch die Stadt fuhr, die ihre Wunden bereits geleckt hatte und ihr Leben fortsetzte. Der Turm stand noch. Die Toten waren begraben, und die Verletzten hatte schon niemand mehr auf dem Schirm. Abraham Babel besaß Geld genug, sämtliche Schäden zu bezahlen. Alles schien wieder normal zu sein.

Aber es war alles andere als normal, das spürte sie, sobald sie in den Turm hineinfuhr. Besucher wurden grob von Sicherheitsleuten durchsucht, die Alice noch nie gesehen hatte. Die Frauen am Empfang hatten ihr Plastiklächeln in ihrer Schreibtischschublade gelassen und beobachteten jeden mit hartem Blick. Sie sprangen höflich auf, als sie Alice erkannten. Sie las Erleichterung in ihren Augen. Dachten sie, ihre Anwesenheit würde für Ordnung sorgen?

Hans wollte sofort in Babels Räumlichkeiten, aber Alice wollte mit eigenen Augen die Zerstörungen sehen. Er weigerte sich, aber ausnahmsweise wurde sie zu der Prinzessin, die keinen Ungehorsam duldete.

Sie erschrak, als sich der Fahrstuhl öffnete. Wände und Decken im Flur waren schwarz verkohlt. Ihr Rollstuhl zog Spuren in der Asche auf dem Fußboden. Der erste Raum, dessen Tür sie aufdrückte, war das Puppenzimmer. Der Gestank von geschmolzenem Plastik war unerträglich. Die Puppen selbst waren verschwunden, ihre Leiber verschmolzen zu einem fetten, schwarzen Moloch ohne Gliedmaßen, mit einem riesigen, formlosen Maul und einem blubbrigen, wie von Rosinen mit Hunderten von Glasaugen gespickten Leib. Das Schlafzimmer war ein Schlachtfeld, begraben unter einer Ruß- und Ascheschicht. Bücher, Bett, Teppiche, Vorhänge, der Holzfußboden … alles, was brennen konnte, war nicht mehr da.

«Es tut mir leid», sagte Hans und legte ihre eine Hand auf die Schulter.

«Es sind nur Sachen, materielle Dinge», sagte sie. Jedoch empfand sie etwas ganz anderes. Dieses Zimmer hatte ihr gesamtes Leben beinhaltet: den Laptop, ihre Musik, ihre Bücher, den Rothko, die Fotos ihrer Eltern. Weg.

«Die Vögel? Was ist mit ihnen passiert?»

«Möchtest du nachsehen?»

«Nein», sagte Alice, aber Hans bahnte sich schon einen Weg durch die Trümmer. Er stieß mit dem Fuß gegen etwas, fluchte, bückte sich und zog etwas aus der Asche hervor.

«Was hast du da?»

«Einen Knochen.»

«Eine Rippe», sagte Alice. Sie hatte früher schon öfter menschliche Gebeine gesehen, aber das hier war keine archäologische Ausgrabung.

«Hans, weißt du sicher, dass Naomi nicht hier war, als alles explodierte?»

«Ich weiß nur, was Lichtenstern mir berichtet hat.»

Er sah, wie weiß sie wurde und wie fest sie in die Armlehnen ihres Rollstuhls kniff. Leise legte er die Rippe auf den Boden.

«Das muss nicht gleich etwas bedeuten, Fräulein Alice.»

«Warum habe ich sie denn noch nicht ans Telefon bekommen?»

Sie musste weinen.

«Fräulein Alice!»

Er ging zu ihr, stieß sich wieder an etwas, das im Ruß verborgen lag, und fiel der Länge nach in die Trümmer. Er rappelte sich auf, schwarz wie ein Schornsteinfeger, und musste auf einmal lachen. «Fräulein Alice, schauen Sie.»

Er hielt einen Knochen in die Höhe. Er war über einen Meter lang.

«Es ist der Wal! Es sind die Knochen von diesem verfluchten Walfisch, Fräulein Alice.»

Mit dem Knochen bahnte er sich einen Weg durch die Trümmer. Alice fuhr hinter ihm her. Die Türschleuse war verschwunden, aber in der Wand war bereits ein neues Fenster.

Die Orangerie gab es nicht mehr. Kein Blatt, kein einziger Grashalm, nicht eine Vogelfeder war übriggeblieben, sondern nur ein leerer Raum aus Beton und Glas.

Alice fuhr weiter bis zu einer Aushöhlung im Beton am Ende des Saals. Das war ihr Teich gewesen. Aber der Teich war weg, genau wie die Laube. Als hätte es sie nie gegeben. Ein Traum.

«Genug gesehen?», fragte Hans.

Sie nickte.

Sie fuhren nach oben. Babel ging in dem kleinen Salon auf und ab. Seine Augen schossen von einer Zimmerecke in die andere.

«Hans! Das wurde Zeit. Die Überwachung geht drunter und

drüber. Wir brauchen deine Erfahrung. Und du, Kindchen, schön, dass du da bist.»

«Was ist passiert, Babu?»

«Ein Kurzschluss. Eine Kleinigkeit.»

«Eine Kleinigkeit? Am Fuß des Turms steckt eine Stahltür metertief im Erdboden.»

«Es war das Chlor.»

«Das was?»

«Die Chlorleitungen vor der Heizung für dein Schwimmbad. Alle schön nebeneinander, da brauchte man nur darauf zu warten, dass etwas passierte. Eine unglaubliche Dummheit. Wie wir das übersehen konnten, ist mir schleierhaft. Natürlich wurde das Gebäude gründlich gecheckt, bevor ich eingezogen bin, aber das Schwimmbad haben wir erst nachträglich eingebaut, als du noch im Krankenhaus lagst und klar wurde, dass du eine Rekonvaleszenzzeit benötigen würdest. Wir haben nicht genug nachgedacht, und das ist der Preis dafür.»

«Es war kein Terroranschlag?»

«Die Polizei möchte es gern so sehen. Dann könnten sie endlich ungestört im Gebäude herumschnüffeln. Ich kann es ihnen nicht verbieten. Sonst würde es aussehen, als ob ich etwas zu verbergen hätte, und die Aktionäre bestünden auf einem Bericht. Immer diese Aktionäre.»

«Aber du bist davon überzeugt, dass es kein Anschlag war?»

«Ach, sicher. Ein dummer Zufall. Es wird nicht wieder vorkommen. Ah, da haben wir Sammy.»

Babels Augen leuchteten auf, als Lichtenstern den Raum betrat.

Alice schaute zu Hans. Fand er diese Reaktion normal? Der Mann, der ein schweres Attentat überlebt hatte und sich seit Jahren auf das nächste vorbereitete, ein Mann mit einem solchen Argwohn, dass er sogar überlegt hatte, einen Vorkoster anzustellen, dieser Mann kam noch vor dem Ende der Untersuchungen zu dem Schluss, eine gigantische Explosion in seinen Räumen sei nichts als ein dummer Zufall gewesen.

«Ich würde mir gern die vorläufigen Untersuchungsergebnisse anschauen», sagte Hans.

«Ach, das geht, das geht, nicht wahr, Sammy?» Babel ging auf Lichtenstern zu und legte ihm seine Hand auf die Schulter. «Sammy beobachtet die ganze Angelegenheit für uns.»

«Ich besorge dir gern eine Kopie der zwischenzeitlichen Befunde», sagte Lichtenstern.

Hans nickte.

«Deine Kollegen werden von deiner Rückkehr erfreut sein. Sie waren die letzte Woche ununterbrochen im Dienst.»

«Ach ja, richtig», sagte Babel, «die Ferien sind vorbei, Hans. Ab jetzt heißt es wieder arbeiten.» Hans verstand den Hinweis und verließ das Zimmer.

«Wie geht es dir, Großvater? Du siehst müde aus.»

«Unsinn, Alice, ich habe mich seit Jahren nicht so gut gefühlt.»

«Du bist nicht verletzt? Die Explosion hat hier offenbar wenig Schaden angerichtet.»

«Ja, die Explosion.»

Bei einem Tisch blieb er stehen und blätterte in einem alten Atlas.

«Weißt du, dass unter dem Polareis reiche Bodenschätze liegen? Öl und Mineralien. Ein Geschenk verpackt in Eis – für denjenigen, der weiß, wie er die Sache angehen muss.»

Es war nicht klar, ob er zu Alice sprach oder lediglich laut dachte.

«Großvater! Was kümmert mich das Polareis? Im Turm hat es eine Explosion gegeben!»

«Ich weiß, Kindchen, du brauchst nicht so zu schreien. Die Detonation war schon laut genug.»

«Aber du bist unversehrt?»

«Natürlich bin ich unversehrt, das siehst du doch. Wir hatten einigen Blechschaden. Lichtenstern hat die ganze Woche gebraucht, um die Bibliothek aufzuräumen. Das hättest du sehen müssen. Bücher überall, und die Leuchtreklame lässt sich nicht mehr reparieren. Die Buchstaben sind jetzt in die Wand gebrannt. Lichtenstern meint, so sei es ein noch authentischeres Kunstwerk. Zum Glück wurde nichts Unersetzliches zerstört.»

«Ausgenommen meine Räume», sagte Alice.

«Ach, du hast die Zimmer gesehen?»

«Ja.»

«Es tut mir leid, Alice. Sobald die Untersuchungen beendet sind, bauen wir die Zimmer wieder auf, wie sie gewesen waren. Das sind natürlich die Risiken, mit denen wir leben. Es war eine Unachtsamkeit. Es wird nicht wieder vorkommen, nicht wahr, Sammy? Aber es war durchaus vielversprechend.»

Er grinste.

«Unachtsam? Vielversprechend?», rief Alice. «Ich verstehe dich nicht. War es denn kein Unfall?»

«Was habe ich gesagt? Habe ich etwas gesagt, das ich nicht hätte sagen dürfen, Sammy? Nun ja, ich habe in letzter Zeit auch so viel um die Ohren. Ich habe die Geschäfte vernachlässigt.»

Babel seufzte.

«So viel Arbeit und so wenig Zeit. Und dann dieses Fasten, das fällt mir schwer. Und die rituelle Reinigung.»

Lichtenstern trat einen Schritt vor.

«Vielleicht ist es besser, wenn Sie etwas ausruhen.»

«Meine Kräfte schonen? Du hast recht. Es ist jetzt nicht mehr lange. Ich darf nichts überstürzen.»

«Großvater, wo ist Naomi?»

«Naomi?»

Er starrte von Alice zu Lichtenstern.

«Naomi war Alices Gesellschaftsdame, Herr Babel.»

«War?», rief Alice.

Babel ging zu ihr und fasste ihr Kinn zwischen zwei Finger. «Es gibt andere Belange, Alice. Wir können uns nicht darüber aufregen, was mit Fremden geschieht. Wir müssen an unsere Familie denken. Mein Mädchen, wie werden sie sich freuen, wenn sie wieder alle beisammen sind. Es geht nichts über die Familie.»

«Großvater, kannst du mir bitte sagen, wo Naomi ist?»

Er schaute sie mit einem so eigenartigen Blick an, dass ihr schauderte.

«Du bist noch so jung. So unschuldig. Nicht zu ändern. Unschuld ist der Schlüssel. Er wird sich beugen. Diesmal kein Widder und kein Mitleid. Kopf hoch! Alles wird gut.»

Er verließ das Zimmer.

Sie wandte sich zu Lichtenstern.

«Ist es die Erschöpfung? Ist es der Schock? Oder ist es schlimmer?»

«Er steht unter großem Druck», sagte Lichtenstern.

«Ist er noch klar im Kopf, Lichtenstern?»

«Ihr Großvater ist das größte Finanzgenie dieses Jahrhunderts. Er weiß sehr genau, was er tut.»

«Was hat er da von Widdern und Opfern gefaselt?»

«Für ihn wird das wohl irgendetwas bedeuten.»

«Er hat sich noch nicht einmal erkundigt, wie es mir geht.»

«Darf ich dann nach Ihrem werten Befinden fragen, Fräulein Alice?»

«Nein, das darfst du nicht. Du, du bist die Ursache von alledem hier. Du hast ihn verhext.»

«Das sind schwere Anschuldigungen, Fräulein Alice.»

«Ja, und dabei wird es nicht bleiben. Ich weiß, wer du bist,

Sammy Lichtenstern. Oder soll ich sagen: Henry McKenzie? Ja, schau mich nur an mit diesen Unschuldsaugen. Ich habe dich überprüfen lassen. Ich bin gespannt, was Großvater sagen wird, wenn er erfährt, dass du ihm eine falsche Herkunft vorgelogen hast.»

Lichtenstern kam auf sie zu.

«Erpressung, Fräulein Alice? Was muss ich tun, um mir Ihr Stillschweigen zu erkaufen?»

«Verschwinde. Lass Großvater in Ruhe. Damit er wieder er selbst wird.»

«Das ist alles?»

«Ja, das ist alles.»

«Gesprochen wie eine echte Prinzessin. Verschwinde. Verrecke. Was aus dir wird, kümmert mich nicht. Du irritierst mich, also sieh zu, dass du Land gewinnst. Krieche zurück in den Schmutz, aus dem du gekommen bist. Gib dein Lebenswerk auf, denn du störst mich.»

Er beugte sich über sie.

«Ich habe Neuigkeiten für Sie, Fräulein Alice. Während Ihrer Abwesenheit sind einige Dinge geschehen. Ein Wachwechsel wurde vollzogen. Ich genieße das vollste Vertrauen Ihres Großvaters. Wer ich war oder woher ich komme, ist nicht mehr relevant. Geben Sie ihm ruhig Ihre Ergebnisse. Er wird sie wegwedeln wie ein lästiges Insekt. Er kann mich nicht entbehren, denn ich kann ihm das geben, was er schon immer gewollt hat.»

«Was denn? Doch nicht diese Ursprache, über die er sich letztes Mal so ausgelassen hat?»

«Arme Alice. Arme, lahme Alice, die kaum imstande ist, sich selbst zu waschen, aber dennoch eine dicke Lippe riskiert. Zu spät. Die Rollen haben sich umgekehrt. Wenn du bleibst, dann nur, weil ich es so will. Also hoffe lieber, dass ich nicht derjenige bin, der sagt: Verschwinde, verrecke.»

«Großvater wird ...»

«... tun, was ich ihm sage. Daran kann niemand etwas ändern, auch du nicht. Die Dame ist vom Brett gepurzelt. Das Land hat einen neuen König, und du tätest gut daran, ihn dir als Freund zu bewahren. Eines von Babels Gästezimmern wurde für dich vorbereitet. Sei ein braves Mädchen und rolle dein Stühlchen dorthin und bleib dort, bis wir dich rufen.»

Wütend wendete sie ihren Rollstuhl und fuhr aus dem Zimmer.

«Ach ja, was deine kleine Freundin betrifft», rief er ihr nach, «wir haben sie noch nicht gefunden. Aber sobald sich die Ermittlungsbeamten sowie die Pathologen einen Weg durch die Trümmer gesiebt haben, bekommst du ihre Gebeine zum Geschenk, das verspreche ich dir.»

Sie dachte zunächst, sie wäre in das falsche Gästezimmer gefahren. Das Bett war nicht an ihren Rollstuhl angepasst, es lagen auch keine Bücher bereit und es gab keine Vase mit Blumen. Aber Anika kam mit einem Teil der Koffer herein.

«Ein Glück, dass wir genügend eingepackt hatten, als wir ins Krankenhaus fuhren. Die ganzen schönen Kleider ... Ach, Fräulein Alice. Und die Schuhe. Ich darf gar nicht daran denken.»

«Die Schuhe sind mir egal.»

«Und der Schmuck. Der kann doch nicht verbrannt sein. Ich werde Hans bitten, ein Auge darauf zu haben, wenn dort aufgeräumt wird.»

«Du hast es dir noch nicht angesehen? Da gibt es nichts mehr aufzuräumen.»

«Ist es so schlimm?»

«Alles ist weg.»

«Alles?»

«Alles. Ich habe nichts mehr.»

Sie begann wieder zu weinen.

«Kommen Sie. Nehmen Sie sich zusammen. Bestimmt ist Ihr Großvater versichert. Außerdem ... Geld spielt für Sie eine geringere Rolle als für andere, wenn ich das sagen darf. Sie kaufen sich einfach neu, was Sie benötigen.»

«Ist denn alles mit Geld zu kaufen? Naomi war hier, als alles in die Luft flog.»

«Naomi? Aber mit ihr ist alles in Ordnung. Lichtenstern ...»

«Der sagt, was ihm am besten in den Kram passt. Und es passte ihm in den Kram, mich eine Woche länger im Krankenhaus zu halten.»

«Wenn Naomi etwas zugestoßen wäre, dann hätten wir das doch in den Nachrichten gehört!»

«Warum? Sie hat keine Verwandten oder Freunde. Was mit ihr geschieht, kümmert niemanden.»

«So etwas können sie aber doch nicht verschweigen?»

«Wie lange arbeitest du hier schon?»

Anika schwieg.

«Sie haben sie umgebracht, Anika.»

Anika legte die Kleider, die sie in den Armen hielt, auf das Bett.

«Ich hole frische Bettwäsche. Dann können Sie sich hinlegen. Die Reise hat Sie erschöpft.»

Naomi tot. Sie konnte es nicht glauben. Sie sah Hans wieder in diesem verrußten Zimmer, mit einer Rippe in den Händen. Sie hatte Naomi kein einziges Mal angerufen. Hatte sie neben dem Telefon gesessen und gewartet, allein, in diesen leeren Räumen?

Nein, sie durfte die Hoffnung nicht aufgeben. Anika hatte recht. Warum sollte man ihren Tod geheim halten? Aber wenn sie noch lebte, wo war sie dann?

Großvater konnte sie nicht danach fragen. Der befand sich

völlig unter dem Einfluss Lichtensterns. Sie hatte den Bericht des Privatdetektivs bekommen. Es gab viele Unklarheiten in Lichtensterns Lebenslauf, aber klar war dennoch, dass er nichts Gutes vorhatte. Er wollte Babel vernichten, so wie Babel seine Familie vernichtet hatte. Mit ihr würde er ebenfalls kein Mitleid haben. Aber wen sollte sie um Hilfe bitten? Großvater hatte keine Freunde. Seine sämtlichen Bekannten waren Geschäftspartner, und die würden aus seiner Lage bloß Profit schlagen. Verwandte hatten sie nicht, außer Tante Myriam, und die war eine alte Frau. Hans wiederum befolgte brav alle Befehle.

Sie musste es selbst tun. Aber wie? Sie war ebenso allein wie Großvater. Sie vermisste Naomi. Was würde sie nicht dafür geben, wenn jetzt Naomi mit ihrem wütenden Blick und den schönen Augen einfach so hereinspaziert käme. Alle Kussfantasien würde sie sich aus dem Kopf schlagen, wenn sie damit Naomi zurückholen konnte, aber mit wem sollte sie eine solche Vereinbarung treffen? Wer würde ihr Opfer zu schätzen wissen? Ihr Himmel war leer.

Sie weinte sich in den Schlaf.

In den nächsten Tagen zeigte sich, dass Lichtenstern im Turm das Sagen hatte. Anika war noch immer eine B1, aber offenbar bedeutete das nicht mehr so viel wie zuvor, und in der straffen Hierarchie gab es Hunderte von Möglichkeiten, ihr klarzumachen, dass sie zum Hofstaat einer in Ungnade gefallenen Prinzessin gehörte.

Ach, sie waren nicht unhöflich, nicht zu Anika und erst recht nicht zu Alice, sie waren so höflich wie nötig, denn man konnte nie sicher wissen, ob die Prinzessin nicht wieder Gnade fand, und keiner war so verrückt, sämtliche Schiffe hinter sich zu verbrennen. Sie nickten nach wie vor, aber nicht mehr so eifrig; sie verbeugten sich, aber nicht mehr so tief. Die Macht hatte sich verschoben. Lichtenstern war der Mann. Alices Hofstaat schrumpfte, seit sie keine eigenen Zimmer mehr besaß. Anika und Betty blieben, die übrigen wurden anderenorts zur Arbeit eingeteilt. Aus dem Unterricht für sie wurde kaum mehr etwas. Die Ereignisse hatten Frau Holtby zu sehr erschreckt, und Alice war nicht in Lernstimmung. Was interessierten sie die Unglücksfälle und Katastrophen alter Völker? Die Physiotherapie übernahm Großvaters Masseur. Mit einer halbstündigen Massage war auch das erledigt. Das Schwimmbad wurde natürlich nicht mehr benutzt.

Sie hatte also Zeit, sich eine neue Garderobe zuzulegen, aber es fehlte ihr an Lust, in Begleitung von Hans und seinen Kumpanen zu shoppen. Anika kaufte alles Nötige. Warum die vielen Kleider, wenn sie doch nirgendwo hinging?

Großvater kam ab und zu vorbei. Er war angespannt, so als stünde etwas Großes bevor. Machte er sich Sorgen über den Abriss des Barrio? Sie versuchte, die Beziehung zwischen ihnen wiederherzustellen, aber es schien, als hörte und sähe er sie kaum. Sie vermied es, etwas über Lichtenstern zu sagen. Das würde ihn nur noch weiter von ihr entfernen.

Sie lieh sich Anikas Mobiltelefon, weil sie befürchtete, dass ihr eigenes abgehört wurde, und rief Babels Leibarzt an. Der sagte, er könne nur dann vorbeikommen, wenn ihr Großvater es wünschte. Er könne nicht einfach so auftauchen, auch nicht, wenn sie darauf bestand.

Sie überlegte, Lichtensterns Akte zur Polizei zu schicken. Aber was konnte die tun? Vorläufig blieb ihr nur die Hoffnung, dass Großvater einen klaren Moment bekam.

Sie hatte beschlossen, dass Naomi nicht tot war. Etwas anderes würde sie nicht überleben. Naomi hatte aus irgendeinem Grund die Räume verlassen und war nicht mehr zurückgekehrt. Vielleicht war sie mit Lucy spazieren gegangen, hatte die Türschleuse herabsausen sehen und beschlossen, so lange unterzutauchen, bis die Luft wieder rein war. Es war wenig wahrscheinlich, aber Alice klammerte sich an den kleinen Hoffnungsstrahl, den dieser Traum ihr noch gönnte.

Ein paar Tage später kam Anika abends in ihr Zimmer, als sie schon im Bett lag. Die Vorhänge waren geschlossen, sodass sie den Sturm, der draußen wütete, nicht sah. Aber sie spürte den Wind, der wild tobte und den Turm schwanken ließ.

«Was ist?»

«Schlechte Nachrichten», sagte Anika.

«Gibt es in letzter Zeit etwas anderes?», fragte Alice.

Anika zögerte.

Sag es mir nicht, dachte Alice. Solange es nicht ausgesprochen ist, existiert es nicht. Ich weiß nicht, wie ich ohne Hoffnung überleben soll.

«Sie haben Knochen in den Trümmern gefunden», sagte Anika.

«Das sind die Walfischknochen», entgegnete Alice schnell.

«Manche Knochen waren nicht von dem Wal.»

«Das besagt noch nichts», sagte Alice. «Die Knochen können von jedem sein.»

«Ach, Fräulein Alice ...»

«Was?», herrschte Alice sie an.

«Wir wissen beide, von wem die Knochen sind.»

«Du weißt gar nichts.»

«Es tut mir leid, aber welcher Hund sollte sonst in Ihrem Zimmer gewesen sein?»

«Hund? Du meinst Lucy?»

«Ja», sagte Anika erstaunt.

«Es sind Lucys Knochen? Gott sei Dank.»

«Okay», sagte Anika. «Schön, dass Sie es so gut auffassen.»

Arme Lucy, hoffentlich hatte sie nicht zu sehr gelitten. Arme Lucy, offenbar war sie also nicht gerade mit Naomi spazieren gewesen. Und wo war Naomi? War sie zusammen mit der Türschleuse vom Turm gesprungen? Hatte sie sich wie das Rentier in der nächtlichen Dunkelheit aufgelöst? Wusste Lichtenstern mehr davon? Es war so schwer zu glauben, dass ihr Großvater keinen Anschlag vermutete. Als wüsste er sehr gut, was geschehen war. Aber was hatte Naomi damit zu schaffen?

Zwei Wochen nach ihrer Rückkehr kam Lichtenstern sie besuchen, als sie noch im Bett lag.

Er war piekfein herausgeputzt, in einem teuren, aber einfachen blauen Anzug mit blütenweißem Hemd. Als ginge er in die Oper. Unter dem Arm trug er einen Laptop.

«Was machst du hier so früh?»

«Es ist halb zehn», bemerkte er knapp.

Er klappte den Laptop auf und stellte ihn auf ihr Bett.

«Ich bringe gute Nachrichten», sagte er.

«Gute Nachrichten für wen?», fragte Alice. «Für dich oder für mich?»

«Kann es nicht für uns beide sein?»

«Das bezweifle ich», sagte Alice.

«Schau her», sagte er.

«Was soll ich mir ansehen?»

«Das ist eine Überwachungskamera aus dem Flur im City View Restaurant.»

In den grauen Bildern sah sie Ströme von Menschen, die das Restaurant betraten oder verließen.

«Na und?»

«Achte auf das Datum in der Ecke.»

«Vor drei Wochen.»

«Am Tag der Explosion. Die ungefähr ... jetzt stattfinden wird.»

Auf den Kamerabildern sah Alice, wie sich die Münder der Besucher öffneten. Sie schrien wortlos ihre Panik hinaus, manche schwankten und stürzten, während ein Kronleuchter auf dem Boden in Stücke zerschellte.

«Rumms!», sagte Lichtenstern.

«Und was noch?»

«Warte, ich spule ein wenig vor. Hier. Kommt dir da vielleicht jemand bekannt vor?»

Die Bilder waren nicht scharf, aber sie brauchte das Gesicht des Mädchens, das jetzt im Bild erschien und sich unter die in Panik durch den Flur hastende Menge mischte, nicht zu sehen, um zu wissen, dass es Naomi war.

«Du hast sie also erkannt.»

«Sie lebt!»

Was für eine Erleichterung nach all den Nächten der Angst und Verzweiflung. Naomi war nicht tot!

«Ja, die liebe Naomi lebt. Sie hat deine Räume verlassen, ohne Erlaubnis und ohne dass der Sicherheitsdienst es bemerkt hat. Just nachdem ein Teil des Turms in die Luft gesprengt worden war. So ein Zufall.»

«Was willst du damit sagen?»

«Ich sage nichts. Ich zähle lediglich die Fakten auf.»

«Behauptest du, Naomi hätte etwas mit der Explosion zu tun?»

«Wo mag sie jetzt sein, frage ich mich.»

«Ich glaube dir kein Wort!»

«Natürlich nicht.»

«Falls Naomi etwas von der Explosion gewusst hat ...»

«Oder dafür verantwortlich war.»

«Naomi hat meine Räume in die Luft gesprengt? Willst du mir das sagen?»

Lichtenstern zuckte mit den Schultern.

«Das ist absurd. Woher sollte sie den Sprengstoff genommen haben? Und warum sollte sie das tun? Was gewinnt sie dadurch?»

«Wer kann schon in die Hirne dieser Fanatiker blicken?»

«Naomi eine Terroristin? Das glaubst du doch selbst nicht.»

«Warum nicht?»

«Du kennst sie.»

«Kenne ich sie?»

«Sie wurde wie alle Arbeitnehmer genau durchleuchtet.»

«Du meinst, genau wie man mich durchleuchtet hat?»

Alice schwieg.

«Was mich am allermeisten wundert, ist, dass sie den Überwachungskameras der Aufzüge entweichen konnte. Man könnte fast denken, sie hat die Treppen genommen, was aber nicht sein kann, denn nur du und Babel haben den Code. Oder kannst du mir dazu etwas mehr erzählen?»

Alice schüttelte den Kopf.

«Das habe ich mir schon gedacht», sagte Lichtenstern, während er den Laptop zuklappte.

«Mir fehlen die Worte.»

«Gib's zu, Alice. Sie hat dich um den Finger gewickelt.»

«Ich glaube es nicht!»

«Möchtest du die Bilder noch einmal sehen?»

Sie traute sich nicht zu sagen, dass sie diese Bilder noch hundertmal sehen wollte. Es waren die einzigen, die sie von Naomi hatte.

Die nächsten Tage kam sie nicht mehr aus dem Bett. Die Vorhänge blieben geschlossen. In dem dunklen Gästezimmer flimmerte nur das Licht des Fernsehers. Manchmal aß sie im Bett. Meistens aß sie nicht. Anika nahm die vollen Tabletts wieder mit und ersetzte sie durch neue. Eines Morgens brachte sie

Alice einen Umschlag. Das Ergebnis ihrer Untersuchungen war da. Alice warf ihn achtlos auf das Bett.

«Möchten Sie denn nicht wissen, was darinsteht?»

«Ich weiß, was da steht. Schlechte Nachrichten. Gibt es denn noch andere?»

«Das können Sie doch nicht wissen. Vielleicht steht hier ja, dass sie irgendwann wieder laufen können?»

«Laufen wohin?»

Alice schob den Umschlag vom Bett.

«Ich habe einmal gesagt, ich hätte keine Angst vor dem Unglück. Das hätte ich alles schon hinter mir. Für diesen Hochmut werde ich jetzt bestraft.»

Anika hob den Umschlag auf.

«Wohin soll ich ihn legen?»

Alice scheuchte sie mit einer Handbewegung davon und ließ sich vom Fernseher mitreißen. Erst jetzt sah sie, was in der Welt los war. Aus dem Bildschirm ergoss es sich über sie: Mörder und Verbrecherjagden, Shampoo mit echter Seide, lachende Kinder mit Lollys, Schmuck für Hunde, Quizsendungen mit Fragen, die so dumm waren und doch keinen einzigen Kandidaten beleidigten, sie sah Mauern zwischen Völkern, Schießereien und Verfolgungen, Bären, die Lachse fingen, religiös motivierte Kriege und unzählige Bilder von schreienden Menschen, wütenden Menschen, toten Menschen in fernen Ländern.

Als Frau Holtby zurückkehrte, versuchte diese, den Fernseher auszuschalten, aber Alice verbot ihr, das Gerät auch nur anzufassen.

«Das ist besser als Ihr oller Kram, Frau Holtby. Da, sehen Sie: In Afrika ermorden sie Schulkinder im Namen Gottes.»

«So viel TV ist nicht gut für dich, Kindchen.»

«Ist der Gott Baal denn zurückgekehrt?»

«Ich weiß nicht ...»

«Haben Sie Ihre eigenen Lektionen vergessen, Frau Holtby? In Karthago verlangte der Gott Baal die Erstgeborenen, das haben Sie mir selbst erzählt. Die Kinder bekamen ein Tuch über den Kopf und wurden dann in das Maul eines riesigen Bildnisses geworfen, einen großen Ofen, in dem sie lebendig verbrannt sind.»

«Aber das ist eine Legende, Kindchen. Die Ausgrabungen haben das nie bestätigt.»

«Es läuft gerade jetzt im Fernsehen, Frau Holtby. Sehen Sie das denn nicht? Habe ich übrigens nicht selbst gesehen, wie die Frau ihr Kind durch das offene Fenster ins Auto warf, in das offene Maul des Götzen?»

«Du darfst derartige Dinge nicht denken.»

«Sie haben recht. Die Kinder müssen die Erwachsenen in Schutz nehmen. Ihnen vorlügen, die Welt wäre gar nicht so schlimm. Hören Sie die Meeresspiegel steigen, Frau Holtby? Keine Sorge, wir wohnen im höchsten Gebäude der Welt.»

Eine beunruhigte Frau Holtby bat um eine Unterredung mit Herrn Babel. Statt seiner fand sie Lichtenstern vor. Der nickte verständnisvoll. Er werde das Problem angehen. Was er auch tat. Noch am selben Tag durfte Frau Holtby ihren Dienst quittieren.

Die Einzige, die noch vorbeikam, war Tante Myriam.

«Was ist los? Du schmollst doch nicht, weil du dein Spielzeug verloren hast? Sie wird schon wieder auftauchen. Dein Großvater hat eine Belohnung für denjenigen ausgesetzt, der sie zurückbringt.»

Tante Myriam goss sich eine zweite Tasse Tee ein.

«Ich würde eine solche Undankbarkeit nicht auch noch belohnen. Wenn sie beschlossen hat davonzulaufen, dann würde ich sie gehen lassen. Zucker? Nein? Du hast recht. Es ist ein Dickmacher. In meinem Alter brauche ich zum Glück nicht mehr auf meine Linie zu achten. Die Zeiten, ich denen ich meinte, mich nach Männerblicken richten zu müssen, sind vorbei. Es ist so befreiend. Die Stadt füllt sich in letzter Zeit mit Frauen, die sich von Kopf bis Fuß verschleiern. Eine gute Idee, meinst du nicht auch? Kein stundenlanges Zögern mehr vor dem Kleiderschrank, kein umständliches Make-up, du wirfst dir ein Tuch über den Kopf und fertig. Es ist demokratisch. Wir wurden nicht alle mit einer perfekten Figur geboren, aber der Mantel der Liebe bedeckt alle Unvollkommenheiten und zaubert jede Frau in eine potenzielle Schönheit um. Ach, das Mysterium eines solchen Stück Tuchs! Die Männer müssen ja durchdrehen, wenn sie durch so einen Wald aus verschleierten Frauen laufen. Das ist ja wie jeden Tag Weihnachten, mit Straßen voll unausgepackter Geschenke.»

«Ich denke nicht, dass ihre Männer Weihnachten feiern», sagte Alice.

«Nein, das wohl eher nicht», sagte Tante Myriam. «Schade eigentlich. Der religiöse Aspekt hat uns nie daran gehindert, es zu feiern. Das ganze Tamtam um dieses Baby haben wir einfach gestrichen. Es ziemt sich nicht, zu viel Lärm um eine Geburt zu machen. Kinder, die zu viel Aufmerksamkeit bekommen, werden später alles tun, auch weiter im Mittelpunkt des Interesses zu stehen.»

«Ich denke, Jesus hat nicht nur deshalb beschlossen, an einem Kreuz zu sterben, weil er im Mittelpunkt stehen wollte.»

«Aber hat es funktioniert oder nicht?»

Tante Myriam schaute zu Alice, die tief in ihre Kissen versunken dalag.

«Liebes, dein Großvater macht sich Sorgen.»

«Bist du deswegen hier, Tante Myriam? Um mich zu bewachen?»

«Zu bewachen? Mein liebes Kind, als ob ich nichts Besseres zu tun hätte.»

Die Teetasse klirrte leise, als sie sie wieder auf den Tisch stellen wollte.

«Du musst deine Übungen fortsetzen. Wenn du immer nur im Bett liegst, steigt die Wahrscheinlichkeit von Thrombosen, das weißt du doch? Ich verstehe, dass du nicht alle Tage fröhlich sein kannst, aber immer deinen Launen nachzugeben bringt dich auch nicht weiter.»

«Warum hat sich Großvater letztlich für Großmutter entschieden und nicht für dich?»

«Was? Was sagst du da?»

«Du hast mich schon verstanden.»

«Wie kommst du denn bloß darauf?»

Alice schwieg.

«Hat Abraham etwas erzählt? Nein, das ist nicht sein Stil.»

«Hast du ihm verziehen?»

Tante Myriam seufzte.

«Manchmal wird man von Menschen enttäuscht. Erst recht, wenn man sie besonders mag. Dann verletzen sie einen. Man kommt sich benutzt vor und dumm, weil man auf sie reingefallen ist. Du gibst dir Mühe, damit dir das nie wieder passiert. Du fragst dich, was du falsch gemacht hast. Die ganzen Fragen machen dich verrückt. Manchmal weißt du nach all den Jahren immer noch nicht, was dein Fehler war. Dir dämmert allmählich, dass es vielleicht gar nicht an dir gelegen hat. Wer weiß schon, was im Kopf eines anderen vorgeht? Wir sind Mysterien füreinander. Verborgen wie die Frauen unter ihrem Schleier. Sie haben Glück. Sie haben zu Hause einen Mann, der sie so sieht, wie sie sind. Aber wer hilft uns dabei, uns selbst zu finden? Wer sieht uns so, wie wir sind?»

Die Detonation erschien dramatisch, war alles in allem aber nur halb so schlimm gewesen. Das Feuer konnte in den meisten Räumen rasch unter Kontrolle gebracht werden. Feuerschutztüren hatten sich automatisch geschlossen. Großen Schaden hatte es nur in der Orangerie und den benachbarten Räumlichkeiten gegeben. Zum Glück jedoch war niemand schwer verletzt worden.

Das war natürlich das Erste, was alle verdächtig fanden. Eine Explosion dieser Größenordnung und doch keine Toten? Entweder logen die da bei Babel, oder sie hatten schon im Vorhinein gewusst, was auf sie zukam. Besser, die Feuerversicherung bestand auf einer sehr sorgfältigen Untersuchung. Ein abgekartetes Spiel? Ein Husarenstreich von Babel, um sich mit der Solidität seines Turms zu brüsten? Wozu war das nötig? Weil er in Geldschwierigkeiten steckte. Räder, die ineinandergriffen, byzantinische Pläne. Niemand wusste genau, was gespielt wurde, aber dass dahinter ein Plan steckte, schien sicher.

Den Fans des terroristischen Szenarios zufolge war es eine Vergeltungsaktion, der x-te Versuch, Babel in den Himmel oder wahrscheinlicher in die Hölle zu katapultieren. Die Kontrollen in dieser Stadt seien viel zu lasch, desgleichen die Einwohner. Genau wie das alte Rom es mit der Toleranz zu weit getrieben und einer fanatischen Religion Einlass gewährt habe, ohne zu wissen, was ihnen da bevorstand, genau so würde dieses Land an den Fanatikern zugrunde gehen, die immer öfter freies Spiel hatten, die ihre Agenda mithilfe ihrer Ölmilliarden und des Arguments von der freien Meinungsäußerung durchsetzen, während sie gleichzeitig die Demokratie von innen her aushöhlten. Keine trojanischen Pferde, sondern trojanische Bärte seien es. Niemandem sei zur Genüge klar, wie gruselig die Visagen hinter den Bärten waren. Das hier sei ein Anschlag auf den freien Westen. Das hier sei ein Attentat auf das finanzielle Herz der Stadt.

Die Theorien, in denen Babel selbst entweder Opfer oder Täter war, gewannen die Oberhand, aber abseits dieser beiden großen Lager tauchten weitere Theorien auf: Verschwörungen, Freimaurer, Illuminaten, ein rachsüchtiger Gott, unzufriedenes Personal, ein Selbstmordkomplott, ja sogar eine unglückliche Liebe der Enkelin. Natürlich fehlten auch die üblichen Verdächtigen nicht: die bulgarische, albanische, italienische, türkische und mexikanische Mafia, die Staatssicherheit, der Geheimdienst, die religiösen Splittergruppen, die Kabbalisten, die Tierbefreiungsfront und die Neonazis. Erweiterte man die Liste noch um Babels persönliche Feinde, dann wurde sie endlos.

Die Frage, was genau geschehen war, zählte dabei weniger als das Bewusstsein, dass es geschehen war. Die Restaurants im Turm hatten gedröhnt. Teller hatten auf den Tischen getanzt, und das Wild war noch ein letztes Mal aufgesprungen und im Schoß seiner Esser gelandet. Schaufensterpuppen hatten sich endlich gefunden und waren in inniger Umarmung in irgendwelche Kleiderhaufen gesunken, Spiegel waren zerborsten, Wände gerissen. Botschaften hatten gezittert und Regierungen gebebt. Gut situierte Bewohner zeigten sich in den Grundfesten ihres Glaubens erschüttert: Geld war also doch nicht allmächtig.

Verwirrt und verloren, seit sie ihre Religion machtlos wussten, richteten sie ihren Hass auf den Oberpriester, den Mann, der sie in die dunkle Nacht der Machtlosigkeit geworfen hatte. Sie verlangten eine Erklärung von Abraham Babel. Sie verlangten Genugtuung. Sie verlangten Trost.

Leider war Babel, der sonst schon allein mit seinem ironischen Blick die Gemüter besänftigen konnte, nicht mehr der Alte. Wo er früher mit einer hochgezogenen Augenbraue die

Absurdität unbequemer Fragen hatte durchschimmern lassen, woraufhin Journalisten, Aktivisten und andere irritante Fliegen sich schüchtern verkrochen, schien er jetzt zu Zusammenhanglosigkeit und leeren Worten zu zerbröckeln. Das durfte nicht sein. Wenn er fiel, dann fielen sie alle. Babel war die Spinne inmitten des Netzes, das mit seinen unsichtbaren Fäden die ganze Welt verband. Die Explosion war die Ankündigung eines größeren Bebens, eines Tsunami der Panik, der die ganze Gesellschaft mit sich reißen würde. Babel musste dringend die Risiken minimalisieren. Nur ... wo war er?

Lichtenstern und seine anderen Marionetten waren für Kommentare erreichbar, aber niemand bekam in letzter Zeit den großen Mann selbst zu Gesicht. Also kam unvermeidlich die Gerüchtemühle in Gang. Babel sei schon eine ganze Zeit lang nicht mehr klar im Kopf. Seine rätselhaften Äußerungen bei den Aktionärsversammlungen, seine unfundierten geschäftlichen Entscheidungen, das alles deutete auf einen Mann hin, der abbaute. Da schien es vernünftiger, das Schiff zu verlassen. Schon bald gab es, undenkbar, aber wahr, leerstehende Wohn- und Geschäftsräume im Turm.

So begann Babels Fall.

Die Obdachlosen, die Stadtstreicherinnen, die Alkoholkranken und Jugendlichen in den Hauseingängen, zitternd unter ihrem Pappkarton, blieben dem Turm treu. Schon seit Baubeginn hatte der Turm sie angezogen, ihr Leben war zu leicht, um der Schwerkraft des Turms zu widerstehen. Ihr Leben bestand großenteils aus Warten, und wo konnte man das besser als bei diesem Turm, der Himmel und Erde verband, einem Leiter von Naturkräften, einem Sendemast, einer Batterie voll magnetischer Energie, einem Pfeil, der Wunden in die Wolken zog wie ein Schwert, das Furchen in einen Drachenbauch schnitt. Das Blut konnte jeden Moment vom Himmel fallen und sie unverwundbar machen oder das Ende dieser Welt ankündigen. Es machte keinen Unterschied. Hauptsache, sie waren dabei, wenn es geschah.

Die Gerüchte beschäftigten sich nicht nur mit Babel, sondern auch mit dessen Enkelin. Wo war sie jetzt? Die Gefangene des Turms war Babel zufolge zum Zeitpunkt der Explosion nicht in ihren Räumen gewesen, aber stimmte das auch? Oder war sie zum Opfer seiner geistesgestörten Pläne geworden?

Manche behaupteten, man habe ihre verkohlten Gebeine zwischen den Trümmern gefunden. Andere meinten, sie lebe noch, habe aber lebensgefährliche Verbrennungen erlitten und rolle als maskiertes Monster durch die Katakomben des Gebäudes. Dieses Gerücht wurde von denjenigen beiseitegeschoben, die behaupteten, ihr Leben werde durch Transplantationen lebenswichtiger Organe von weniger privilegierten Kindern aus Entwicklungsländern verlängert. Nein, sie liege in einem Zimmer ohne Sonnenlicht, ohne menschliche Zuwendung und werde nur wegen ihrer DNA noch am Leben erhalten. Irgendwo in einem neuen Krankenhaus am Meer liege in ebendiesem Moment ein schreiender kleiner Alice-Klon in einem Brutkasten. Babel habe vor, sich eine neue Enkelin zu machen; eine, die laufen konnte. Er wollte nicht auf das biblische Versprechen warten, dass seine Nachkommenschaft so zahlreich wie der Sand und die Sterne sein würde, und schuf sich selbst eine Armee von Babeln. Alice sei schwanger von Lichtenstern, schwanger von Geschäftspartnern, die er sich warmhalten müsse. Schwanger von Babel selbst. Kein einziges Gerücht wusste etwas von einer glücklichen Alice zu berichten.

Aus: Babel, ein Traum von Macht, Thomas Rosen & Aziz al-Kashani

Änderung der Lage • Erneuerung • Ergebnis

«Aufwachen, Schönheit!»

Sie öffnete die Augen. Die Pappstücke, die sie abends vors Fenster klebte, waren so wie jede Nacht heruntergefallen, und das Sonnenlicht stach ihr in die Augen. Draußen versprach das helle Blau des Himmels einen warmen Tag, aber der Schatten des Babel-Towers fiel schon ins Zimmer. Sie rutschte von der Matratze.

«Komm schon, es gibt Toast», sagte Mimsy.

«Toast? Haben wir denn wieder Strom?»

«Das musst du ausnutzen. Wer weiß, wie lange es dauert.»

Mimsy drehte sich um und ging aus dem Zimmer. Naomi schaute ihm hinterher. Auf seinem nackten Rücken tanzten die Muskeln. Heute hatte er sich die Mühe gemacht und eine Unterhose angezogen. Das hieß, er hatte gute Laune. Über dem Gummi der zu engen Unterhose las sie wieder seine Tätowierung: *There's glory for you.*

Sie hievte sich in ihre Jeans und folgte ihm zu den Überbleibseln einer ehemaligen Küche. Alle Geräte waren daraus verschwunden. Die Einbauschränke hatten keine Türen mehr, nur einige schiefe Regale mit ein paar geborstenen Tellern und Tassen, einer Schachtel Cornflakes, einer Flasche Milch, Konservendosen und wenigen Flaschen Bier. Die Wasserhähne waren aus den Wänden gerissen, und jemand hatte sogar Fliesen aus dem Fußboden gestemmt, es auf halber Strecke aber offenbar wieder aufgegeben. Auf einem Brett, das über zwei Getränkekästen gelegt war und als Tisch diente, stand der Toaster und schimmerte wie der heilige Gral im Sonnenlicht.

«Darf ich?»

«Nur zu.»

Naomi nahm sich zwei Schnitten Weißbrot aus der Tüte auf dem Tisch und dazu einen Teller, ein Messer und ein halb volles

Glas Erdnussbutter. Als die Schnitten aus dem Toaster hüpften, war das ein derart häusliches Geräusch in diesem Trümmerhaufen, dass sie beide lachen mussten.

«Willst du auch einen, Mimsy?»

«Iss, Kindchen, iss! Ich muss auf meine Linie achten.»

Mimsy schob einen leeren Kasten herbei, lehnte eine Spiegelscherbe an eine Kaffeetasse und begann, sich die Augenbrauen zu epilieren.

«Tut das weh?»

«Klar tut es das. Wenn es nicht wehtut, dann machst du irgendwas falsch. Merke dir diese frühe Lebenslektion von Tante Mimsy.»

«Aziz und Tommy?», fragte sie.

«Liegen noch in den Federn. Junge Liebe.»

«Tommy mag mich nicht.»

«Lass ihm Zeit.»

«Er hat recht. Ich bin ein Eindringling. Bleiben darf ich nur wegen Aziz. Tommy will, dass ich möglichst schnell wieder verschwinde.»

«Er kann dir schwerlich verbieten, hier zu schlafen. Das Gebäude gehört ihm ebenso wenig wie dir. Außerdem will Tommy immer das, was Aziz will.»

«Ich habe noch nie jemanden gesehen, der derart verliebt ist.»

Mimsy hob kurz den Kopf, machte dann aber weiter mit seinen Augenbrauen.

«Er folgt Aziz überallhin. Mich würde so was verrückt machen.»

«Aziz macht es auch verrückt», sagte Mimsy. «Oder hast du das noch nicht bemerkt?»

«Ich schon. Aber Tommy?»

«Bemerkt es natürlich auch. Aber es ist stärker als er.»

«Ich dachte immer, die Liebe würde die Menschen glücklich machen.»

Mimsy zog eine Grimasse im Spiegel.

«Von welchem Planeten bist du denn gerade heruntergepurzelt?»

«Kein Wunder, dass Tommy mich nicht mag. Er will, dass Aziz seine Vergangenheit hinter sich lässt, und dann tauche ich auf.»

«Aziz schleppt seine Vergangenheit auch so mit sich herum. Dazu hat er dich nicht nötig.»

«Heute nehmen sie mich mit nach draußen.»

«Und du bekamst gerade diese begehrenswerte weiße Gefängnishaut, die sich nur die reichen Weiber von der Upper East Side leisten können.»

Mimsy warf die Pinzette hin und malte sich neue Augenbrauen auf. «Was meinst du?», fragte er.

«Ehrlich?»

«Nein, lass gut sein.»

Mimsy betrachtete sich in dem Spiegelscherben.

«Okay, raus damit. Ich kann damit umgehen.»

«Mit diesen hohen Augenbrauen guckst du die ganze Zeit erstaunt.»

«Aber das ist perfekt, Schätzchen. So muss ich nun mal gucken, wenn sich meine Sponsoren die Hose aufknöpfen. Als wäre ich erst mal geschockt beim Anblick ihres Turms von Babel. Erstaunen ist mein Trumpf, mein Brot, meine Handelsmarke. Das und mein großer Mund natürlich.»

Er schnappte sich den Toast von ihrem Teller und stopfte ihn sich zwischen die Zähne.

«He!», rief sie.

Er grinste bloß.

«Darf ich dich was fragen? Die vielen Muskeln ...»

«Ja?» Er streckte die Arme und spannte beide Bizeps.

«… und dann die Augenbrauen und das Make-up. Es ist verwirrend.»

«Ich bin ein Monster, Schätzchen. Wie die Zentauren oder die Sphinxe von früher. Diese Verwirrung bringt Geld ein. Starke Männer können es sich so erlauben, Mimsy, der perfekt frisierten Frau mit dem leicht erstaunten Blick, ihre schwache Seite zu zeigen.»

Mimsy zog die Augenbrauen hoch, und Naomi lachte.

Er rieb ihr einen Toastkrümel aus dem Gesicht.

«Zerbrich dir bitte nicht den Kopf deswegen. Das tue ich auch nicht.»

Tommy kam barfuß in die Küche, in schmalen schwarzen Jeans und weißem T-Shirt.

«Toast!»

Er setzte sich.

Aziz kam jetzt auch herbeigeschlurft. Seine Hand glitt in Tommys T-Shirt.

«He, du Besessener, ich esse gerade!» Aber er strahlte.

Aziz schaute zu Naomi.

«Bist du bereit?»

«Nein», sagte sie.

«Es muss sein. Wir brauchen Geld.»

Sie versuchte, nicht auf die vereiterten Einstichstellen auf Aziz' Armen zu starren.

Eine halbe Stunde später gingen Tommy und Aziz durch das Barrio, gefolgt von Naomi mit einer großen Tasche über der Schulter.

«Geht es auch etwas weniger paranoid?», rief Tommy.

«Entschuldige», sagte Naomi. «Ich bin schon so lange nicht mehr draußen gewesen. Was, wenn mich jemand wiedererkennt?»

«Schau dich um. Wer sollte dich hier noch kennen?»

Die meisten Häuser und Wohnungen standen leer. Die wenigen Leute auf der Straße scheuten es, sich anzusehen.

«Trödle nicht so. Es ist noch ein ganzes Stück, bis wir bei den feinen Läden sind», sagte Tommy. «Mittags ist der beste Zeitpunkt des Tages. Dann schlagen sich die Wachleute nämlich die Bäuche voll.»

Sie manövrierten zwischen den ausgebrannten Autos hindurch.

«Wann fangen sie hier mit dem Abbruch an?», fragte Naomi.

«Eigentlich sollte der schon angefangen haben. Die Häuser sind längst abrissbereit. Alles von Wert wurde schon vor Zeiten gestohlen, und die meisten Leute sind weg. Ich weiß nicht, worauf sie noch warten.»

«Es gibt kein Geld mehr, um zu bauen. Der alte Babel ist pleite», sagte Tommy.

Naomi schwieg.

In das erste Geschäft, das Aziz zeigte, trat Naomi ziemlich auffällig mit ihrer großen Tasche. Sie spazierte zwischen den Kleiderständern hindurch, schaute sich verstohlen um, dem Anschein nach mehr an den anderen Kunden interessiert als an der Kleidung. Sie folgte den Jungs aus den Augenwinkeln. Schon bald merkte sie, dass eine der Kundinnen, eine ältere Frau mit zu blonden Haaren und langen Ohrgehängen, ihr unauffällig folgte, während sie an den Ständern entlangschlenderte. Naomi holte zwei Hemdchen von den Ständern und öffnete ihre Tasche. Sie drehte sich mit dem Rücken zu der blonden Frau, hängte die Hemden zurück und hastete dann zum Ausgang. Die Frau schnitt ihr jedoch den Weg ab und bat sie, doch einmal kurz mitzukommen.

Naomi schluckte. Sie spürte die Blicke der anderen Kunden auf sich, während die blonde Frau sie freundlich, aber entschieden aufforderte, ihre Tasche zu öffnen. Aziz und Tommy waren weit und breit nicht zu sehen.

«Mach deine Tasche auf, Mädchen.»

Naomi schüttelte den Kopf und presste die Tasche an sich.

Schon bald kam ein Wachmann mit hinzu. Sie wurde nach hinten in ein kleines Büro mitgenommen. Sie versuchte, sich möglichst lange dagegen zu wehren, gab zuletzt aber nach und öffnete ihre Tasche.

Der Wachmann und die Ladendetektivin fanden auf deren Boden keine Kleider oder Hemden, sondern nur eine schwarze Plastikpuppe, die sie mit aufgerissenen Augen anstarrte.

Zehn Minuten später fand sie Aziz und Tommy auf einer Bank in der Einkaufsstraße, wo sie sich eine Cola teilten.

«Was habt ihr mitgehen lassen?»

«Siehst du das nicht?»

Sie hatten ihre alte Kleidung gegen neue eingetauscht.

«Und die alte?», fragte Naomi.

«Die haben wir dagelassen. So sparen wir uns die Wäsche», meinte Tommy lachend.

«Mit diesen guten Sachen fallen wir weniger auf, wenn wir die besseren Läden anlaufen.»

«Naomi, du bist ein Naturtalent. Die Panik in deinen Augen! Und dann diese Empörung. Wir waren so beeindruckt, dass wir fast zu lange in dem Laden geblieben wären.»

«Was, wenn ihr gefasst werdet?», fragte Naomi.

«Was können sie uns tun? Geld haben wir nicht», sagte Aziz. «Eine Nacht in der Zelle ist kaum schlimmer als eine Nacht in unserer jetzigen Höhle. Du brauchst dir keine Sorgen zu machen. Puppen durch die Gegend zu schleppen ist bisher noch nicht verboten. He, was ist? Du brauchst keine Angst zu haben. Die kriegen uns schon nicht!»

Aber Naomi war bereits losgerannt und in ein Geschäft verschwunden.

Durch das Schaufenster sah sie eine Frau durch die Straße gehen. Die Frau war stark verschleiert, aber das kleine Mädchen, das sie fest an der Hand hatte, war das nicht ...?

Aziz hatte sie jetzt auch gesehen. Er blieb stehen, versteinert, wie es schien, während die Frau an ihm vorbeiging. Sie würdigte ihn keines Blickes. Das Mädchen drehte sich um, aber ihre Mutter zerrte sie weiter.

«Mama!», rief das Mädchen.

Durch das Fenster las Naomi dasselbe Wort auf Aziz' Lippen. Sie sah, wie er einige Schritte in ihre Richtung machte. Die Frau ging nicht langsamer.

«Nadjma!», rief Aziz. Das Mädchen drehte sich nochmals um, aber ein kräftiges Zerren von ihrer Mutter ließ sie schließlich weitergehen.

Die Cola rollte zu Boden. Aziz rannte durch die Einkaufsstraße, nicht hinter ihnen her, sondern in die entgegengesetzte Richtung. Tommy, der das Ganze mit offenem Mund beobachtet hatte, blieb einfach stehen, bis Naomi wieder zum Vorschein kam.

«Tommy.»

Er schien sie nicht zu hören.

«Tommy! Wir müssen hier weg!»

«Was war das denn? War das seine ...?»

Sie nickte.

«Sie geht einfach an ihm vorbei? Warum? Was hat er ihr getan? Was kann er dafür, dass er ist, wer er ist?»

Naomi zuckte mit den Schultern.

«Und das ist dein Volk? Na, herzlichen Dank!»

«Es ist nicht mein Volk», sagte sie.

Sie hasteten zurück ins Barrio, aber Aziz war nicht da. Tommy lief gehetzt durch die Zimmer.

«Das ist nicht gut. Ich muss ihn finden, bevor er dumme Sachen macht.»

«Wohin gehst du? Wie willst du ihn in dieser Stadt finden?», fragte Naomi.

«Was soll ich machen? Ich kann nicht hier sitzen bleiben und nichts tun. Aber das verstehst du nicht. Du weißt nicht, was Liebe ist.»

Er deutete ihren Blick falsch.

«Ja, Liebe. Ich sehe genau, wie du uns anschaust, so als hätten wir irgendeine Krankheit. Du brauchst keine Panik zu haben, es ist nicht ansteckend, du wirst es nicht bekommen. Du kannst problemlos auf uns herabschauen, obwohl wir dir ein Dach über dem Kopf gegeben haben. Ich verstehe nicht, warum du immer noch hier bist, wenn du uns für so widerlich hältst. Hängst du hier so lange herum, bis wir auseinandergehen, und nimmst du den verlorenen Sohn dann wieder mit zurück nach Hause?»

«So denke ich überhaupt nicht.»

«Bitte, ich kann auf deine Lügen verzichten. Ich habe andere Dinge um die Ohren. Mein Mann läuft da irgendwo mit einem Loch in seinem Herzen herum. Er hat sich noch nicht mal umgedreht, als er davonlief. Er braucht mich offenbar nicht. Weißt du, wie sich das anfühlt?»

Sie ging zu ihm und legte ihm ihre Hände auf die Schultern.

«Ich weiß es», sagte sie. «Es tut weh.»

Er fluchte.

«Was soll ich denn noch tun? Immer wenn ich mich ihm nähere, schubst er mich weg. Weiß er denn nicht, was er tut?»

«Er hat es schwer.»

«Er hat es schwer? Und ich? Glaubst du, ich liefe immer singend durchs Leben? Glaubst du, ich müsste mich nicht abrackern? Was bin ich, ein Hund zum Schmusen oder zum Wegschubsen, wie es ihm gerade passt?»

«Du bist kein Hund, Tommy.»

«Haargenau das bin ich für ihn und auch für dich: ein heidnischer Hund. Er mag zwar von seiner Familie weggelaufen sein, aber diese Familie steckt immer noch in ihm. Ihre Stimmen stecken in seinem Kopf. Sobald er glücklich ist, tauchen sie auf. Ich sehe es in seinen Augen. Ich kann die Stimmen beinahe hören, so laut schreien sie in seinem Kopf. Widernatürlich! Sündhaft! Ich dachte, es würde sich mit der Zeit bessern, aber es wird immer nur schlimmer. Und jetzt das wieder ...»

Er schüttelte ihre Hände von sich ab.

«Sag es mir ehrlich: Es wird niemals gut, oder? Du hörst sie auch, die Stimmen, die dir das Leben vermiesen?»

Naomi stellte zwei Tassen mit warmem Wasser in die Mikrowelle.

«Er kommt wieder zurück.»

Sie holte die Tassen aus der Mikrowelle, stellte sie auf den Tisch und löffelte etwas Instantkaffee in das kochende Wasser.

Tommy setzte sich.

«Ganz verstummen werden sie nie», sagte Naomi. «Aber er braucht ihnen nicht zu gehorchen.»

«Du sagst einfach irgendwas daher. Was weißt du, wie es sich anfühlt, wenn alle auf dich herabschauen, als ob du Straßendreck wärst? Als ob du die Pest hättest? Vogelfrei. Jeder darf dich ungestraft anspucken, und niemand wird dir helfen.»

Er schob den Kaffee von sich.

«Ein Scheißkaffee ist das. Ich weiß nicht, warum wir diese Plörre trinken.»

Aziz kam spät nach Hause. Er wollte nicht sagen, wo er gesteckt hatte, schob Tommy von sich und schloss sich in sein Zimmer ein.

Tommy klopfte an die Tür und flehte ihn an, ihn hereinzulassen, bis er es schließlich aufgab. Er ging in Mimsys Zimmer, warf Naomi einen wütenden Blick zu und ließ sich auf die Matratze fallen.

Als Mimsy am frühen Morgen nach Hause kam und Tommy von seiner Matratze schubste, versuchte der wieder, zu Aziz ins Zimmer zu gelangen, aber Aziz rührte sich nicht.

«Aziz, Baby, mach auf, oder ich schlage die Tür ein, das schwöre ich dir.»

Die Tür gab nach wenigen kräftigen Tritten nach, aber sie mussten zu dritt einen schweren Schrank beiseiteschieben, bevor sie ins Zimmer konnten. Aziz lag auf der Matratze. Aus seinem Mund tropfte Erbrochenes. Tommy sprang auf ihn zu, ignorierte die Nadeln, die in der Matratze steckten, und rüttelte ihn durcheinander.

«Aziz. Baby. Sprich.»

Mimsy schob Tommy weg und hob Aziz hoch.

«Ruf den Rettungsdienst.»

Tommy hörte ihn kaum.

«Baby, sag doch etwas!»

Er ergriff Aziz' kalte Hand.

Naomi war diejenige, die den Rettungsdienst anrief, die Adresse durchgab und den Mann am anderen Ende der Leitung vom Ernst der Lage zu überzeugen versuchte, während Mimsy Aziz auf den Küchentisch legte.

«Sie kommen nicht», sagte sie kurz darauf.

«Was?»

«Tut mir leid, Tommy. Sie kommen nicht mehr ins Barrio. Es wäre zu gefährlich. Offiziell wohnt hier niemand mehr, und wer noch hier ist, kann ihrer Meinung nach die medizinische Hilfe nicht bezahlen.»

«Aber … das geht nicht. Er kann hier nicht so liegen bleiben! Mimsy!»

«Wenn sie nicht zu uns kommen, dann kommen wir halt zu ihnen», sagte Mimsy und warf sich Aziz über die Schultern.

«Zu Fuß?», rief Tommy. «Das schaffen wir doch niemals rechtzeitig.»

«Hast du eine bessere Idee?»

Sie gingen durch die verlassenen Straßen, Mimsy vorneweg, Aziz wie eine schwere Boa um die Schultern, und dahinter ein jammernder Tommy. Naomi versuchte, über Mimsys Handy einen Rettungswagen zu organisieren, der am Rand des Barrio auf sie warten würde. Nur das Versprechen, diesen sofort zu bezahlen, konnte die Krankenpfleger zuletzt überzeugen.

«Was, wenn sie merken, dass du das Geld nicht hast?», fragte Mimsy.

«Das sehen wir dann», sagte Naomi.

Wunder über Wunder erwartete sie der Rettungswagen. Naomi steckte den Pflegern ein silbernes Schlangenarmband zu, und schließlich konnten sie sogar mit Aziz mitfahren, der schon im Wagen an ein Beatmungsgerät angeschlossen wurde. Im Krankenhaus fuhren sie ihn zur Notaufnahme.

Tommy bekam eine Menge Papiere zum Ausfüllen. Er fand Naomi in einem der muffigen Wartezimmer wieder. Außer ihnen war niemand im Raum. Er schob ein paar abgegriffene Zeitschriften mit vergessenen Berühmtheiten von einem Stuhl und setzte sich.

«Wir haben das Geld nicht», sagte er.

«Ich weiß», sagte Naomi.

«Ohne Geld werden sie ihm nicht helfen.»

Naomi schwieg.

«Ich kann ihn nicht gehenlassen, Naomi.»

Er umfasste ihre Hände. Sein schönes Gesicht war vor Trauer wie versteinert.

«Wenn er geht, dann ...»

Sie nahm ihn in die Arme und fühlte sein Herz, das in dem mageren Körper hämmerte.

«Alles wird gut.»

«Du musst ihn retten.»

«Ich?»

«Du musst zu seinen Eltern gehen. Du weißt, wo sie wohnen.»

«Ich?»

Sie ließ ihn los.

«Zurück dorthin? Aber Tommy, du hast selbst gesehen, wie seine Mutter ihn ignorierte. Für seine Leute existiert er nicht mehr.»

«Das kann ich nicht glauben. Egal, wer er ist und wie schwer sie es damit haben, sie werden ihren eigenen Sohn doch nicht sterben lassen!»

«Du kennst sie nicht.»

«Bitte, Naomi! Seine Eltern sind unsere einzige Chance. Du bist seine einzige Chance. Mach ihnen klar, dass es hier um sein Leben geht. Flehe sie an, belüge sie, sag ihnen, dass es ihm leidtut, sag alles, was sie deiner Meinung nach hören wollen, aber bitte, versuch es.»

Sie schüttelte den Kopf.

«Das geht nicht. Ich kann es nicht.»

Er ergriff ihre Hände.

«Ich würde selbst gehen, aber mich lassen sie gar nicht erst ins Haus. Du bist eine von ihnen. Auf dich werden sie hören.»

«Du verstehst es nicht», sagte sie, «ich kann nicht zurück.»

«Warum nicht?»

Sie seufzte. Sie war so müde. Sie war es so leid, alles für sich zu behalten.

Sie erzählte ihm, wer sie war. Wer ihre Mutter gewesen war. Nachdem sie einmal angefangen hatte, konnte sie kaum mehr aufhören.

Tommy unterbrach sie nicht. Er war selbst so fertig vor Trauer, dass ihre Geschichte ihn kaum noch erstaunte. Er fasste ihre Hand, als sie erzählte, wie sie mit einem Schlag die Mutter und die kleine Schwester verloren hatte, und ließ sie nicht mehr los, bis sie zum Ende gekommen war, mit der Einschleusung bei Babel und der Entdeckung des Treppencodes. Wie sie geglaubt hatte, Alice wäre eine Freundin, und wie sie sich darin getäuscht sah, wie sie nichts als ein Gebrauchsgegenstand gewesen sei, etwas, das die reiche Enkelin sich zu ihrem eigenen Vergnügen angeschafft hatte. Wie sie der Explosion über das Treppenhaus entkommen war. Was sofort ihren Aufenthalt in Babel unmöglich machte. Sobald Lichtenstern bemerkte, dass sie nicht bei der Detonation umgekommen war, würde er wissen, dass sie über die Treppen entkommen sein musste. Er würde den Code ändern und die Treppen zusätzlich sichern lassen.

Ihre Arbeit als Sub und die Tage mit Alice, es war alles umsonst gewesen. Und jetzt saß sie hier, in einem Wartezimmer mit abgeblätterter Tapete und schmutzigen Vorhängen.

Sie fühlte sich leer. Nackt. Und plötzlich war ihr kalt.

Tommy kniff ihr in die Hand.

«Umsonst? Willst du denn, dass es ein neues Attentat gibt?»

Das erste Mal, seit sie zu erzählen angefangen hatte, schaute sie ihn an.

Dann schüttelte sie den Kopf.

«Du willst dich nicht rächen?»

«Ich bin nicht meine Mutter. Ich will niemanden büßen lassen. Selbst Babel nicht.»

«Selbst Alice nicht?», fragte Tommy.

«Alice?»

«Ja. Alice. Das Monster von Babel. Die dir gegeben hat, was du nur wolltest. Die dich bedingungslos in ihr Leben gelassen hat.»

«So war es nicht. Nicht bedingungslos. Sie hat mich geküsst.»

«Geküsst? Wie konnte sie es wagen! Ans Kreuz mit ihr!»

«Ja, spotte du nur. Natürlich findest du das nicht schlimm.»

«He, du trittst für deine Familie ein, ich für die meine.»

«Sie wollte keine Freundschaft, Tommy. Sie wollte etwas anderes. Sie hat mich benutzt.»

«Sagt die Unschuld selbst. Was hast du mit ihr gemacht?»

«Nichts!»

«Nein? Kein Vertrauen missbraucht? Nicht geflirtet oder deine Brüste ganz zufällig ihren lahmen Leib berühren lassen?»

«Stopp! Hätte ich gewusst, dass sie das von mir verlangen würde, dann ...»

«Hat sie das von dir verlangt? Wer hat denn kein Bedürfnis nach etwas Zärtlichkeit und Zuneigung? Selbst wenn sie mehr gewollt hat, du hättest nur Nein zu sagen brauchen. Wegen eines Kusses gleich ein ganzes Stockwerk voller Menschen in Gefahr zu bringen, erscheint mir ziemlich drastisch. Wie viele Silberlinge hast du noch mal dafür bekommen?»

«Ich wusste, du würdest es nicht verstehen.»

«Ich frage mich im Gegenteil, ob du es verstehst. Wovor hast du eine solche Angst? Vor diesem Kuss? Oder davor, dass jemand dir ihre Freundschaft anbietet?»

«Vergiss es. Ich habe dir das nur erzählt, damit du verstehst, dass ich nicht zurückkann. Nicht zu Babel und nicht zur Familie.»

«Natürlich kannst du zurück zur Familie. Du bist eine Heldin. Du hast genau das getan, was du tun solltest.»

«Nein.»

«Bitte, Naomi. Bitte!»

Sie konnte förmlich zusehen, wie er kaputtging. Sie entwand ihre Hände aus seinem Griff und verließ den Raum.

Mimsy war zu Hause, als sie wiederkam.

«Wie geht es ihm?»

«Wenn wir nicht schnell Geld finden? Nicht gut. Hast du etwas auf die hohe Kante gelegt?»

«Ich? Ich habe nichts, Schätzchen. Du?»

Sie zog eine silberne Haarnadel aus ihrer Tasche.

«Das hier ist das Letzte, was ich noch besitze.»

Er nahm sie von ihr entgegen und hielt sie ins Licht.

«Ein schöner Vogel.»

«Ja. Aber ist es etwas wert?»

«Nicht genug, um das Krankenhaus zu bezahlen.»

Er legte es in ihre Hand zurück.

«Und was sollen wir tun?»

«Auf Gott vertrauen.»

«Das ist leicht gesagt», erwiderte Naomi.

«Das ist nicht so leicht, wie du denkst. Manchmal scheint mir nichts schwerer zu sein, als mich einfach zu ergeben.»

«Du bist wenigstens gläubig.»

«Du nicht?»

«Ich weiß nicht. Eher nein, denke ich. Es war mehr etwas für meine Mutter, eine ihrer Launen. Mittlerweile ist mir klar, dass ich die ganze Zeit darauf gewartet habe, dass sie es leid sein würde und sich ihr etwas anderes anbot.»

«Glauben ist keine Laune. Das solltest du wissen, nachdem du einmal von Gott angerührt worden bist.»

«Was bedeutet das?»

«Magst du zusammen mit mir beten?»

«Geht das denn?»

«Du kennst die Worte?»
«Natürlich. Aber geht das?»
«Warum nicht?»
Sie wuschen sich. Mimsy kniete sich auf die Gebetsmatte, und sie folgte ihm.

Später saßen sie in dem Wohnraum.
«Darf ich dich etwas fragen? Warum glaubst du? Nein, das ist eine dumme Frage. Wie? Wie glaubst du? Bei deiner Arbeit? Wie reimst du das eine mit dem anderen?»
«Ich vertraue auf Gott. Er hat mich gemacht. Er wird schon wissen, warum.»
«Du bist ein guter Mensch, Mimsy, und meine Mutter war voller Hass. Wie könnt ihr zu ein und demselben Gott beten?»
«Du stellst dir zu viele Fragen. Wir haben im Moment andere Probleme.»
Sie schaute auf die Haarnadel in ihrer Hand.
«Tommy will, dass ich zu Aziz' Eltern gehe.»
«Das ist keine schlechte Idee.»
«Das ist eine katastrophale Idee. Aziz will nicht, dass sie wissen, wo er ist. Er befürchtet, dass sie ihm etwas antun.»
«Etwas, das schlimmer ist als das, was ihn jetzt vermutlich erwartet?»
«Du verstehst es nicht.»
«Nein, ich verstehe es nicht.»
«Ich kann nicht dorthin.»
«Warum nicht?»
«Ich habe sie enttäuscht.»
«Und darum lässt du Aziz sterben?»
«Es ist nicht so simpel.»
«Hast du Angst vor dem, was sie mit dir tun werden? Das darfst du durchaus.»

Sie stach sich mit der Nadel in die Fingerspitzen, bis ein kleiner Blutstropfen zum Vorschein kam.

«Tommy verlangt viel von dir. Aziz ist immerhin ein Fremder für dich.»

Sie drückte auf ihre Fingerspitzen und presste das Blut heraus.

«Ihr seid noch nicht einmal miteinander verwandt.»

«Hör auf! Ach, Mimsy!»

Er nahm sie in seine breiten Arme. Das Schluchzen kam von so tief.

«Es ist okay, Baby. Es ist okay.»

Er wiegte sie. Sie weinte eine Ewigkeit lang.

Aziz' Eltern wohnten in einem Viertel im Süden der Stadt. Hinter den Tischen der Straßencafés wurde sie von kaffeetrinkenden Männern beobachtet. Sie ging die Hauptstraße hindurch und bog in die kleine Gasse ein, die hinter den Gärten entlangführte. Die Gasse war voll mit Müllsäcken, verrosteten Fahrrädern und alten Papierwindeln. Aziz' Haus war das vorletzte der Straße, also probierte sie es an der vorletzten Tür in dem Zaun zur Gasse und befand sich kurz darauf in einem Garten mit einem Trampolin. Ein junges Mädchen stand zwischen den Sträuchern und gaffte sie an.

«Naomi?»

«Nadjma? Bist du das?»

«Naomi, was machst du in unserem Garten? Komm rein.»

Nadjma drehte sich um.

«Mama!»

«Nein, Nadjma, nicht rufen. Du musst still sein.»

Das Mädchen wandte sich misstrauisch wieder zu ihr.

«Nadjma, ich muss dir etwas erzählen. Etwas Wichtiges.»

«Ist es ein Geheimnis?»

«Ja, es ist ein Geheimnis.»

«Ach», sagte das Mädchen, «aber das kenne ich schon.»

«Tatsächlich?»

«Ja, heute ist der große Tag. Sie glauben, ich wüsste es nicht, aber ich weiß es doch!»

«Nadjma, hör mir jetzt gut zu. Ich werde dir etwas erzählen, aber das darfst du nur deiner Mama sagen. Nicht deinem Papa, nur deiner Mama.»

«Papa ist nicht da. Er ist weg, zusammen mit den anderen Männern.»

«Nadjma, du musst deiner Mama sagen, dass Aziz …»

Sie unterbrach sich. «Nadjma, was hast du gerade von dem großen Tag gesagt?»

«Deinetwegen ist heute der große Tag.»

«Meinetwegen?»

«Ja, Papa sagte gestern, ohne dich hätten sie es nicht geschafft. Du hast die Türen geöffnet. Der Weg ist frei.»

Naomi kniete sich vor das Mädchen und fasste es bei den Armen.

«Nadjma, welcher Tag ist heute?»

«Der große …»

«Nein, welcher Tag? Welcher Tag?»

«Dienstag», sagte das Kind plötzlich verängstigt.

«Welcher Tag?»

Sie ließ Nadjma los.

«Wann sind sie fortgegangen?»

«Vor einer halben Stunde.»

«Einer halben Stunde!»

Sie schaute dem Mädchen geradewegs in die Augen.

«Du musst etwas für mich tun, Nadjma. Merk dir gut, was ich sage. Wort für Wort.»

Das Mädchen nickte ernst.

«Du musst deine Mutter suchen und ihr Folgendes sagen: Aziz

liegt im Krankenhaus. Es ist sehr ernst. Er braucht Hilfe. Er braucht seine Familie. Ja? Kannst du dir das merken?»

«Aziz?»

«Ja, Aziz liegt im Lennox-Hospital in der Notaufnahme. Deine Mama muss so schnell es geht dorthin. Es gibt keine Zeit zu verlieren. Kannst du dir das merken?»

Nadjma nickte.

«In welchem Krankenhaus liegt er, Nadjma?»

«Lennox.»

«Sehr gut. Los, geh jetzt. Schnell!»

Prüfung • Opfer

Anika zog einen Kamm durch Alices Haar, während Betty ein Kleid aus einer Schutzhülle holte und Unterwäsche bereitlegte.

«Das kurze weiße Kleidchen ist doch wohl nicht dein Ernst?», sagte Anika, als sie das Kleid sah. «In dem Ding sieht sie wie aus wie zwölf!»

«Anordnung von Babel selbst. Er besteht darauf, dass sie das trägt.»

«Was meinen Sie, Fräulein Alice?»

Alice antwortete mit einem Schulterzucken.

«Wenn sie kein Problem damit hat, warum dann du?», fragte Betty.

«Ich verstehe es nicht, das ist alles. Ich kapiere nicht, warum er ihr neue Kleider kauft, wenn er sie ohnehin nicht mehr besucht.»

«Los, Fräulein Alice, machen Sie bitte mit.»

Alice streckte gehorsam die Arme aus, und Anika schob den BH darüber. Betty steckte Alices Beine durch den Slip, und fünf Minuten später saß sie angezogen im Rollstuhl. Anika und Betty warfen einen kritischen Blick auf ihre Kreation, zwei herrische Kinder mit einer lebensgroßen Puppe.

«Was meinst du? Etwas Blush?»

«Der Alte mag kein Make-up.»

«Ja, aber sie ist so weiß.»

«Das ist sie doch immer.»

«Es ist ein ungesundes Weiß. Und zu mager ist sie auch.»

«Da wird auch etwas Blush nichts helfen.»

«Du hast dich gehen lassen, Mädchen», sagte Anika. «Und das hast du jetzt davon.»

Sie wendete den Rollstuhl, und Alice sah sich im Spiegel.

«Du bist nichts als Haut und Knochen.»

Alice fuhr sich mit den Fingern über ihre Wangen und ihre über den Backenknochen viel zu angespannte Haut. Ihr Arm war ein weißer Stock.

«So, lange genug geschmollt. Zum Glück hat dein Großvater endlich eingesehen, dass er deinen Launen nicht länger nachgeben darf», sagte Anika.

«Raus aus dem Bett und wieder hinein in die Welt. Er hat dir sogar ein neues Kleid gekauft», sagte Betty.

«Dass es ein Kleid für eine Zwölfjährige ist, haut allerdings nicht ganz so hin», flüsterte sie, schwieg dann aber, als Anika ihr einen Stoß verpasste.

«Es wird wieder so wie früher. Dieses Essen bei Babel ist erst der Anfang. Nicht mehr lange, und deine eigene Etage ist wieder fertig.»

«Ich halte das eher für dein eigenes Wunschdenken, Betty», sagte Anika. «Hast du schon mal unten nachgeschaut?»

«Nein. Man darf noch nicht hinein. Die Kripo ...»

«... ist längst zur Tür hinaus.»

«Du bist unten gewesen? Wie das? Hans?»

Anika zwinkerte.

«Ein leerer Raum hat seine Vorteile. Romantisch ist es nicht, wohl aber ruhig.»

«Leer? Und was ist mit dem Umbau?», rief Betty.

«Welcher Umbau? Selbst die Leitungen wurden bisher nicht ersetzt. Wenn du glaubst, du dürftest wieder schnell zurück in dein Königreich, dann muss ich dich enttäuschen.»

«Ach», sagte Betty. «Ich dachte, seit er wieder etwas Aufmerksamkeit für sie übrig hat, da ...»

«Da würde alles wieder so wie früher?»

Sie schauten zu Alice, die ihre Unterhaltung kaum zu beachten schien und fasziniert auf ihr Spiegelbild starrte.

«Ich denke nicht, dass alles wieder so wird wie früher.»

Anika ging zu dem Rollstuhl.

«Fräulein Alice. Sind Sie bereit für das Essen?»

«Spielt es eine Rolle, ob ich bereit bin oder nicht?»

«Nein, nicht wirklich», sagte Anika.

Sie rollte Alice aus dem Zimmer und durch die Flure bis in den kleinen Salon, wo der Tisch bereits gedeckt war.

«Da wäre sie also.»

Lichtenstern erhob sich, und auch Babel mühte sich kurz aus seinem Stuhl, ehe er sich wieder auf ihn fallen ließ.

Anika fuhr Alice bis an den Tisch, aber Lichtenstern schüttelte den Kopf.

«Keine Rollstühle heute.»

Zusammen hoben sie Alice auf einen Stuhl und schoben sie mitsamt dem Stuhl an den Tisch.

«Danke, Anika», sagte Lichtenstern. «Du kannst gehen.»

Anika schaute zu Babel, aber der hatte nur noch Augen für seine Enkelin.

«Na los!», sagte Lichtenstern, und Anika drehte sich um und verschwand aus dem Zimmer.

«Kindchen, schön, dich wiederzusehen», sagte ihr Großvater. Nur schaute er sie dabei nicht an.

Sie hatte wochenlang in einem Zimmer gelegen, das noch keine drei Türen von diesem Salon entfernt war. Wenn er sie hätte sehen wollen, dann hätte er dazu einfach nur ein paar Schritte gebraucht. Die hatte er nicht getan. Sie wollte zurück in ihr Zimmer. Es war zu kalt hier. Sie fühlte sich beobachtet. Sie wollte in Ruhe gelassen werden. Wie lange musste sie hier sitzen, bevor man sie wieder gehen ließ?

Zum Glück übernahm Lichtenstern die Gesprächsführung. Ihm brauchte sie nichts zu erwidern, als er losschwadronierte, wie froh er sei, sie zu sehen. Hoffentlich werde Alice sie ab jetzt häufiger mit ihrer Gesellschaft erfreuen. Als ob sie krank gewesen wäre und jetzt auf dem Weg der Besserung. Er verstehe, dass die Zerstörung ihrer Räumlichkeiten sie getroffen habe, aber letztlich sei das ein materieller Schaden, und zum Glück habe sie einen Großvater, für den Geld kein Problem sei, nicht wahr, Herr Babel?

Großvater nickte, hielt den Blick jedoch auf die Gläser auf dem Tisch gerichtet. Der Wein war merkwürdigerweise schon eingegossen, sah sie.

«Die Zimmer sind mir gleich.»

«Was ist Ihnen denn nicht gleich, Fräulein Babel?»

«Nichts», sagte sie. Ihr konnte mittlerweile alles gestohlen bleiben. Sie hatte genug gekämpft.

Sie merkte, dass Großvater sie beobachtete. Früher hätte sie es schrecklich gefunden, den Mann zu enttäuschen. Aber sie empfand nichts mehr für ihn. Er hatte sie nie gerne gehabt, oder lediglich den Teil von sich, den er in ihr wiedererkannte.

«Nichts, Fräulein Alice? Muss ich glauben, dass ein junges Mädchen, dem die Welt zu Füßen liegt, zu nichts mehr Lust hat?»

«Du kannst glauben, was du willst, Henry McKenzie.»

Lichtenstern und Babel tauschten einen raschen Blick.

«Das ist schrecklich, Fräulein Alice. Ein Mädchen in der Blüte ihres Lebens, die dergestalt den Kopf hängen lässt, wie schade.»

«Sammy, lass sie», sagte Babel.

«Aber Herr Babel, Ihre Enkelin hat keine Lust mehr am Leben. Da müssen wir doch etwas tun.»

«Lass sie, Sammy. Es ist gut so.»

«Wir müssen ihr die Schönheit der Welt zeigen: die aufgehende Sonne, die Vögel in den Bäumen, das Lachen eines Kindes.»

«Genug, sage ich!» Babel schlug mit der Faust auf den Tisch, dass die Gläser tanzten.

«Sie haben recht», meinte Lichtenstern lachend. «Wir wollen die Stimmung nicht verderben.»

Er nahm sein Glas.

«Einen Toast!»

«Auf was!», höhnte Alice. «Auf das Leben?»

«L'chaim? Warum nicht? Oder auf den Tod?»

«Lichtenstern!»

«Lasst uns auf einen Neustart trinken. Auf Veränderungen. Der Tod ist nicht das Ende, sondern ein Neubeginn.»

Babel nahm sein Glas.

Alice regte sich nicht.

«Trinken Sie, Fräulein Alice.»

«Ich habe keine Lust.»

«Trink, Mädchen», sagte Babel. Er schaute sie flehend an.

Sie war es so gewohnt, auf seine Wünsche einzugehen, dass sie auch jetzt nicht anders konnte als zu gehorchen. Sie nahm das Glas und goss es in einem Zug in sich hinein.

«Zufrieden?»

Babel nickte betrübt.

Lichtenstern schmatzte mit den Lippen und stellte sein Glas ab.

«So. Das hätten wir hinter uns.»

Ein Bediensteter kam mit einem Servierwagen herein und tat die Suppe auf. Nur Lichtenstern ließ es sich schmecken. Babel und Alice starrten auf ihre Teller.

«Langen Sie zu, Fräulein Alice, es schmeckt wunderbar!», rief er zwischen zwei Löffeln.

«Ich habe keinen Hunger.»

Babel schüttelte den Kopf.

«Anika sagt, dass du schon eine ganze Weile nicht genug isst. Ich mache mir Sorgen.»

«Das habe ich gemerkt.»

«Alice, Kindchen! Es gab so viel zu regeln, so viel zu überdenken. Wollte ich denn überhaupt weitermachen? Wenn ich nicht vorbeigeschaut habe, dann deshalb, weil mir der Abschied so schwerfällt.»

«Abschied? Willst du denn verreisen?»

«Manchmal muss man Opfer bringen. Das ist nicht leicht. Besonders dann nicht, wenn einem das Unmögliche abverlangt wird. Der Kontrakt muss mit dem eigenen Blut unterzeichnet werden.»

Er griff nach ihrer Hand, aber sie entzog sie ihm.

«Immer ein Pfund von deinem eigenen Fleisch. Habe ich denn noch nicht genug bezahlt?»

«So ist es nun mal», sagte Lichtenstern, während er sich den Mund abwischte und seine Serviette auf den Tisch warf. «Sie tun, was getan werden muss. Das Opfer ist groß, aber die Belohnung wird umso größer sein.»

Babel griff wieder nach ihrer Hand, und diesmal ließ sie es zu, nicht weil sie es wollte, sondern weil sie die Kraft nicht mehr hatte, sie wegzuziehen. Ein Gefühl der Mattigkeit hatte von ihr Besitz ergriffen. Seine Worte verwirrten sie. Es war einfacher, nicht hinzuhören, sondern nur auf seinen Mund zu blicken, der sich öffnete und schloss.

«Sie fehlt mir so sehr», hörte sie ihren Großvater sagen. «Und auch dein Vater. Es ist nicht fair, Alice, dass sie ihn mir in genau dem Augenblick genommen haben, als er endlich aus diesem stinkenden Afrika zurückgekehrt war. Hier hatte er zu sein, an meiner Seite. Gemeinsam hätten wir die Welt erobert. Ihn und Sarah an ein und demselben Tag zu verlieren, das war zu viel. Es ist genug gewesen. Immer nur nehmen und dann noch Dankbarkeit erwarten. Diese Arroganz! Es wird Zeit, neue Regeln einzuführen. Sobald ich die Macht habe, hole ich dich zurück. Das musst du mir glauben.»

«Sie hört Sie nicht mehr.»

Lichtensterns linke Hand senkte sich in den Brotkorb.

«Doch, das tut sie. Ich sehe es an ihren Augen. Sie verfolgt, was ich sage. Ich will, dass sie weiß, dass ich es nicht tun würde, wenn es eine andere Möglichkeit gäbe. Lieber würde ich mir die Hand abscheiden, als dass ihr etwas zustößt.»

«Sie weiß das. Sie sind immer ein vortrefflicher Großvater gewesen.»

«Die letzten Wochen bin ich ihr ausgewichen. Das war egoistisch von mir. Mit dem Wissen, was ich tun muss, konnte ich sie nicht um mich ertragen.»

«Sie wird es Ihnen verzeihen, Herr Babel. Sie dient einem höheren Ziel.»

«Ja, einem höheren Ziel.»

Alice fiel es zunehmend schwer, die Augen offen zu halten. War es der Wein?

Hans trat ins Zimmer.

«Was gibt's?», fragte Babel barsch.

«Es tut mir leid zu stören, aber ich bekam gerade die Nachricht vom Sicherheitsdienst, dass ...»

«Ja?»

«Sie wissen, dass der Anschlag vor genau drei Jahren stattfand und heute ein Tag der erhöhten Alarmbereitschaft ist.»

«Das weiß ich.»

«Und dass wir alles Notwendige tun, um ihre Sicherheit zu garantieren.»

«Und?»

«Unseren Quellen zufolge können wir dieses Jahr einen Anschlag erwarten.»

Alice zwang ihre Augen in die Richtung ihres Großvaters, aber es war Lichtenstern, der Hans antwortete.

«Ihr seid vorbereitet?»

«Natürlich, Herr Lichtenstern, aber das hier ist eine ernste Bedrohung, und so halte ich es für angebracht ...»

«Alarmstufe Rot, meinst du?»

Hans nickte.

Lichtenstern wandte sich an Babel.

«Herr Babel, sind Sie einverstanden mit Alarmstufe Rot?»

«Macht das noch einen Unterschied nach heute?», fragte der alte Mann.

«Wir wollen nicht gestört werden.»

«Alarmstufe Rot», sagte Babel.

Hans hastete aus dem Zimmer.

«Anschläge», murmelte der alte Mann. «Was für eine Anmaßung.»

«Die Wege des Herrn sind wundersam.»

«Als ob mir derlei etwas anhaben könnte.»

«Seien Sie vorsichtig, Herr Babel. Sie sind noch nicht allmächtig.»

«Dann wird es Zeit, dass ich es bin.»

Babel schob den Suppenteller von sich.

«Wie fühlst du dich, Kindchen?»

Alice suchte nach Worten, doch sie entglitten ihr. Es waren schlüpfrige Fische, die zu allen Seiten davonschossen. Sie konnte keinen Gedanken formulieren, was war ein Gedanke noch mal, eine Schlange aus Wörtern, ein Zug von Raupen, die alle in eine andere Richtung krochen, sie zwang sie wieder in Reih und Glied, was nicht gelang, ein Glück, denn die Zunge wurde ihr so schwer, es war eine immense Anstrengung, diesen Lappen Fleisch in Bewegung zu versetzen, und sie schaffte es kaum, ihre Kiefer auseinanderzubekommen.

«Alice?»

Lichtenstern beugte sich über sie. Seine großen Augen füllten ihre. Seine Stimme kam von weit her, sein Gesicht war so nah, zu nah, zu groß, die Nase zu fleischig, zu bedrohlich. Sie wollte ihn wegstoßen, war jedoch außerstande, den Arm zu heben. Er öffnete den Mund, sie sah die scharfen Eckzähne, hatte sie so noch nie gesehen. War es das erste Mal, dass sie diese Zähne sah? Großmutter, warum hast du so große Zähne?

Großvater hatte sich auch erhoben, und jetzt standen sie beide vor ihr. Sie spürte Lichtensterns kalte Finger auf ihrem Gesicht. Er zog ihr ein Augenlid auf. Sie versuchte, scharf zu sehen, aber auch das war zu schwer, und sie ließ sich fallen.

Wo hatte Naomi die ganze Zeit gesteckt? Abgetaucht in einer Falte in der Zeit, einem Unterwasserrausch. Jetzt rannte sie durch die Stadt, nichts war schneller als ihre Beine in dieser staugeplagten Stadt, unter und zwischen den Schatten der Waldriesen, durch den Dunst der Imbissbuden und Motorabgase. Aus allen Himmelsrichtungen strömten die Menschen, aber sie huschte zwischen ihnen durch. Sie hatte keine Zeit zu verlieren. Heute würde es geschehen, auf den Tag genau drei Jahre nach dem ersten Attentat. Unmöglich, dass sie es vergessen hatte, war sie an diesem Tag doch selbst zum Opfer geworden. Heute drangen sie in Babel ein, und sie, Naomi, hatte es ihnen ermöglicht. Sie hatte den Mördern die Tore geöffnet und anschließend die Augen geschlossen. Wo war sie? Sie drehte sich um die eigene Achse, und die Stadt drehte sich mit. Die Leuchtreklamen grinsten ihr entgegen. Die Frauen, die sich orgiastisch um ihre Parfümflaschen wanden, öffneten ihre riesigen, roten Münder. Verrat, riefen sie im Playback.

Warum funktionierten die Codes noch? Lichtenstern wusste doch, dass sie die Treppen genommen hatte. Sie war nicht an einer langen Haarsträhne hinuntergeklettert. Unglaublich, dass er die Codes nicht abgeändert hatte. Als ob er selbst den Anschlag auch wollte. Sie schrie es hinaus. Außer Atem. Ein Angriff auf den Turm von Babel! Die Passanten starrten sie an, ein Wesen in schmutzigen Kleidern mit ungewaschenen Haaren und einem gehetzten Blick. Sie schüttelten ihre Worte von sich ab wie den Speichel eines Betrunkenen. Sie rannte weiter, zwischen den Autos und Fahrrädern hindurch. Der Turm kam einfach nicht näher.

Aus: Babel, ein Traum von Macht, Thomas Rosen & Aziz al-Kashani

Sich bewegen kostete Mühe. Also blieb sie liegen. Es war schön, einfach nur dazuliegen. Die quälenden Rückenschmerzen, die sie immer begleiteten, waren endlich verschwunden, und auch das war schön. Über ihr war es dunkel. Sie schaute in einen Himmel ohne Mond und Sterne. Sie sah Wände um sich, aber diese Wände trugen keine Decke. Wohin war diese verschwunden? Und wo war die vierte Wand? Was befand sich rechts von ihr? Sie könnte es herausbekommen, aber dazu müsste sie den Kopf drehen, und das ging nicht. Sie konnte ihren Körper nicht bewegen. Dass sie ihre Beine nicht spürte, war keine Überraschung, aber auch ihre Arme wogen hundert Kilo.

Vielleicht war sie tot. Das müsste sie eigentlich beunruhigen. Schlägt dein Herz noch, wenn du tot bist? Sie glaubte, nein. War sie im Himmel oder in der Hölle? Wohin kamen die Ungläubigen? In ein Zimmer mit drei Wänden?

Unter großer Anstrengung bekam sie den Kopf nach rechts gedreht und sah einen Nachtschrank. Das orangerote Licht kam von einer Plastikrakete, die darauf stand. An die Rakete gelehnt war ein Foto von einem lachenden Jungen in einem Hemd mit langen Schößen und einer orangefarbenen kurzen Hose. Sie kannte ihn von irgendwoher.

Ob es ihn störte, dass sie in seinem Bett lag? Sie durfte nicht im Bett eines anderen einschlafen, wie verführerisch es auch sein mochte. Das nahm nie ein gutes Ende. Da fanden einen die Bären.

Es roch hier nach warmem Brot und Pfannkuchen. Sie hatte keinen Hunger. Zum Glück. Ihre Zunge war ein plumpes Stück Fleisch.

«Sie ist wach.»

Zwei Männer in schwarzen Mänteln beugten sich über sie. Der

eine hatte den Kopf eines Hundes, der andere den eines Stiers. Der Hund sprach, ohne die Lippen zu bewegen. Sie verstand die Sprache der beiden. Sie meinte ihre Stimmen zu erkennen, aber genau wie bei dem Jungen auf dem Foto war die Erinnerung zu weit weg.

«Ich kann es nicht, Sammy.»

Das war der Stier. Auch er redete, ohne die Lippen zu bewegen. Als er sich umdrehte, sah sie auf seinem Rücken die Abbildung eines Turms, aus dem ein Blitz himmelwärts zuckte.

«Wo bin ich?»

«Sie ist wach. Du hast die Dosis nicht richtig eingeschätzt.»

«Nein, Herr. Sie muss wach sein.»

«Was?»

«Das Opfer muss wissen, was geschieht. So muss es sein.»

«Das hast du mir nie gesagt.»

«Sie hätten dem niemals zugestimmt.»

«Natürlich stimme ich derartig barbarischen Praktiken nicht zu.»

Der Stiermann warf etwas weg. Es fiel ein Stück weiter klirrend zu Boden.

«Wenn Sie jetzt einen Rückzieher machen, sind all unsere Opfer vergeblich gewesen.»

«Das ist mir egal. Ich kann das nicht. Sie schaut mich an.»

«Wenn das hier helfen kann …»

Der Hund zog das Kissen unter ihrem Kopf hervor und schüttelte den Kissenbezug ab. Dann zog er ihr den Bezug über den Kopf, und alles wurde dunkel.

Nach einer Weile bemerkte sie, dass das Licht in Form orangeroter Sternchen durch die weiße Baumwolle sickerte. Das Kissen roch nach Äpfeln.

«Es ist zu grausam.»

«Es ist nur vorübergehend.»

«Du verstehst es nicht. Du weißt nicht, was es heißt, auf den Tod zu warten. Meine Familie ... sie wussten, was passieren würde. Sie wussten es alle. Ich habe es tausendmal wiedererlebt. Ich war in ihren Köpfen. Ich hörte, wie sich die Schritte näherten, wie der Revolver gespannt wurde, wie der Lauf sie aussuchte, einen nach dem anderen, und wie sie hofften entgegen aller Hoffnung. Wie sie beteten.»

«Genau, Herr! Wie sie beteten! Wie sie Gott anflehten. Hat Er ihnen geholfen? Er ließ Sein eigenes Volk wie Vieh abschlachten, ohne einen Finger zu rühren. Er hat Sein Versprechen gebrochen. Die Henker waren lediglich Seine Handlanger. Sie folgten Anordnungen. Aber Er, Er gab die Befehle. Jetzt ist die Zeit der Vergeltung gekommen. Lassen Sie sich jetzt nicht von einem Moment der Schwäche leiten. Tun Sie es, und die Welt liegt Ihnen zu Füßen!»

«Bist du der Teufel, Lichtenstern?»

Lichtenstern. Den Namen kannte sie.

«Bin ich der Feind dessen, der sich der Allerhöchste nennt? Ja. Es wird Zeit, dass an Seine Tyrannei ein Ende kommt. Ein Wachwechsel.»

«Das hat man schon einmal versucht. Die Rebellen haben ihren Aufstand teuer bezahlt.»

«Sie taten es aus Hochmut, Sie aber tun es, um die Welt in ein Gleichgewicht zu bringen.»

«Ich habe Angst, Lichtenstern.»

«Wollen Sie Ihren Sohn zurück? Und Ihre Frau?»

«Mehr als alles in der Welt.»

«Dann handeln sie! Seien Sie ein Mann!»

«Wo ist das Messer?»

«Es kann nicht weit sein.»

Sie versuchte, sich aufzurichten, aber eine kalte Hand drückte sie zurück.

«Ruhig, Mädchen, es ist gleich vorbei.»

«Ich habe es.»

«Du brauchst es nicht abzuwischen. Gib es her.»

«Kennen Sie die Worte noch? Sie wissen, ein falsches Wort, und die Sache endet fatal.»

«Du bist dir sicher, dass es funktioniert?»

«Haben wir nicht genug ausprobiert? Das Rentier?»

«Ein Kinderspiel im Vergleich zu dem, was wir vorhaben.»

«Sie haben den Turm mit ein paar gut gewählten Worten erbeben lassen.»

«Was bedeutet das jetzt, wo wir den Himmel selbst erstürmen wollen?»

«Vertrauen Sie mir. Alles ist bereit dazu.»

Alice hörte, wie sich die Männer ein paar Schritte von dem Bett entfernten und etwas murmelten. Sie musste weg. Ihr Körper wusste es. Aber wie? Sie hatte keine Ahnung, wo sie war, und sie konnte noch nicht einmal ihren Kiefer bewegen. Sie würde hier sterben.

Sie zwang ihren Kopf in die Höhe. Zu schwer. Sie ließ ihn auf die Matratze zurückfallen. Unsichtbare Teufel hielten ihre Handgelenke umfasst und zerrten sie an den Haaren. Durch die Kissenhülle hindurch sah sie, wie das orangefarbene Licht verblasste. Mit jedem Wort der Männer wuchs das Dunkel, bis es das Zimmer füllte. Jeden Augenblick konnte etwas ins Zimmer gehuscht kommen, ein Wesen aus einer Welt des Gräuels und Verderbens, ein Geschöpf, das sie mit seinen heißen Klauen betasten, sie wiegen und wägen würde. Die Müdigkeit schwappte über sie hinweg, und sie sank.

«Wie kommst du hierher?»

Die Männer hatten mit ihrem Gemurmel aufgehört.

«Sie suchen oben nach dir, Abraham Babel.»

Diese Stimme! Sie kannte diese Stimme.

«Du! Du hast sie hereingelotst! Lichtenstern, schließ die Tür!»

«Bleib dort, oder ich schreie, bis sie hier unten sind.»

«Mir fehlen die Worte. Wir sind fast am Ziel, Babel. Tu es. So tu es schon!»

Diesmal brauchte sie nicht zu graben. Sie erkannte die Stimme, obwohl sie durch den Kissenbezug nichts sehen konnte. Endlich. Jetzt kam alles in Ordnung, denn sie war zurückgekehrt, wegen ihr, wegen Alice. Sie versuchte, den Namen zu sagen. Ihr Kiefer wollte sich nicht öffnen. Es blieb bei einem Schrei in ihrer Mundhöhle. Einem Summen. Nnnnn. Das m war unmöglich, weil sie ihre Lippen nicht zusammenbekam. Aber den Namen zu denken genügte schon. Eine Woge des Glücks durchströmte sie.

«Siehst du es denn nicht? Das hier ist nichts mehr als Rache. Er hat dich so verrückt gemacht, dass du deine Enkelin mit eigener Hand ermordest, die Letzte der Babels.»

«Sie lügt! Sie ist eine von ihnen!»

«Du kannst mir nicht drohen, Mädchen. Deine Bande hat keine Macht mehr über mich.»

«Denkt Lichtenstern das auch? Sie knallen ihn ab wie nichts, wenn sie hier einfallen.»

«Ich bringe ihn wieder zum Leben.»

«Hörst du das, Lichtenstern? Kein Problem. Du wirst wieder zum Leben erweckt.»

«Ich glaube nicht, dass sie hier sind. Du bist allein hier.»

«Dann höre hin.»

Der Himmel donnerte. Die Wände bebten. Ja, der Himmel kümmerte sich um die Teufel. Der Herr war erzürnt. Er grollte. Die Donnerschläge folgten einander.

«Der Wachdienst ist einer derartigen Übermacht nicht gewachsen, Babel. Es wird nicht mehr lange dauern, und sie stehen hier unten.»

«Lass sie, Lichtenstern. Wir haben andere Dinge zu tun.»
Sie schlief ein und erwachte wieder.
«Nimm mich.»
«Was?»
«Nimm mich an ihrer Stelle. Es ist eine Sünde, sein eigenes Blut zu opfern.»
«Wie kommst du denn darauf?»
«Hör nicht auf sie, Babel. Was weiß sie schon davon?»
«Was wäre stärker als ein Opfer, das sich selbst anbietet?»
«Geh weg, Mädchen, du weißt nicht, wovon du sprichst.»
«Nein, sie hat recht, Sammy. Wir haben darüber gesprochen.»
«Das war theoretisch.»
«Aber hier steht sie jetzt, unser Widder, bereit, einen neuen Bund mit ihrem Blut zu unterzeichnen. Das kann kein Zufall sein, Sammy, denk nach, hier wirkt das Schicksal!»
«Es ist eine Falle, sage ich Ihnen. Töten Sie Alice. Töten Sie sie jetzt!»
Alice. Das war sie. Dieses ganze Aufhebens ihretwegen.
«Sammy, fessle sie!»
«Nein.»
«Du verweigerst mir den Gehorsam?»
«Das ist nicht das, was wir vereinbart hatten.»
«Vereinbart? Was ist das? Ein Klub von Freunden? Das hier ist keine Absprache, sondern ein Befehl. Ich dulde keine Widerrede!»
«Bedenken Sie doch, was Sie tun! Unsere sämtlichen Vorbereitungen zunichte gemacht!»
«Sie hat recht. Sie ist ein stärkeres Opfer.»
«Sie versucht lediglich, Zeit zu gewinnen. Siehst du das denn nicht? Sie weiß, dass du nicht den Mumm hast, deine eigene Enkelin zu opfern.»
«Lichtenstern!»

«Was? Töte sie jetzt, Babel, töte das Kind auf dem Bett, oder ich ziehe mich zurück.»

«Ist das ein Ultimatum?»

«Tust du es oder tust du es nicht?»

«Ich lasse mich nicht gern befehligen.»

«Nein, und genau darum hast du in den letzten Monaten nur katastrophale Entscheidungen getroffen.»

«Was sagst du da?»

«Gib mir das Messer. Ich tue es selbst. Ich bin zu weit gekommen, um jetzt aufzuhören.»

«Bleib mir vom Leib!»

«Gib mir das Messer, alter Mann!»

Sie hörte Schüsse. Geschrei. Fremde Sprachen. Sie wurde vom Bett heruntergezerrt. Ihr Kopf schlug auf dem Boden auf. Sie spürte keinen Schmerz. Hände fassten sie bei den Schultern und schleiften sie fort.

Die Erde donnerte. Der Himmel schrie. Dann ward es Licht.

«Ist alles in Ordnung?»

Naomi beugte sich über sie, den Kissenbezug in der Hand. Schärfer als ein Messer war der Stich des Glücks.

Sie konnte es nicht sagen.

«Alice, bist du okay?»

Sie konnte nicht einmal nicken.

«Was haben sie mit dir gemacht?»

Sie zitterte.

«Ist dir kalt?»

Naomi nahm sie in die Arme.

«Wir müssen hier weg. Wenn sie wiederkommen und hinter diese Wand blicken, finden sie uns. Und sie werden wiederkommen. Sie sind gründlich.»

Sie schaute wieder zu Alice.

«Es ist alles meine Schuld.»

Alice versuchte, den Kopf zu schütteln. Eine Träne tropfte ihr aus dem Augenwinkel. Sie spürte, wie sie ihr über die Wange rollte.

«Ich weiß nicht, was in mich gefahren war. Ich war wütend. Ich kam mir benutzt vor. Das ist kein Grund. Das ist keine Erklärung … für das hier. Ich weiß es. Ich habe keine Entschuldigung.»

Sie rieb die Träne von Alices Wange.

«Ich war panisch. Liebe. Was sollte ich nur damit?»

Der Turm donnerte vor Detonationen. Alice hörte Flüche und Schreie.

«Hörst du das? Der Wachdienst ist zum Gegenangriff übergegangen. Wir müssen nach oben, bis zu ihnen. Das ist unsere einzige Chance.»

Lass mich hier, dachte Alice. Ich kann nicht nach oben. Ich bin dir nur ein Klotz am Bein. Wir schaffen es nie, und das ist auch egal. Vielleicht sind es die Tabletten oder was immer sie mir in meinen Wein getan haben, aber ich habe keine Energie mehr. Keine Schmerzen. Leises Glück. Ich will wieder sinken, wegsacken. Fallen.

«Halt dich fest.»

Naomi hob sie auf und trug sie in ihren Armen. Das Zimmer war lediglich eine Kulisse, sah sie jetzt, drei dünne Wände in der Mitte einer großen Halle. Naomi ging zu einer Tür in der Wand, direkt auf den Lärm und die Schüsse zu. Sie stieg über den Körper eines Mannes in einem schwarzen Cape und mit einer Hundemaske hinweg.

Naomi merkte es nicht, aber Alice sah, wie die Augen hinter dieser Maske flackerten. Sie sah, wie sich der Mann mühsam aufrichtete. Sie wollte Naomi warnen. Die Worte blieben ihr im Hals stecken.

Naomi verschwand mit ihr ins Treppenhaus. Stufe um Stufe stiegen sie, während der Lärm über ihnen immer lauter wurde. Nach jeder Treppenbiegung konnte Alice den Hundekopf sehen, der ihnen mühsam nachkroch. Dann hatten sie die letzte Biegung hinter sich gebracht und stiegen weiter, höher hinauf zum Licht. Sie sah die Wolken schon, die Sonne und ab und zu große, summende Insekten, Riesenkäfer mit zitternden Flügeln, die vor das Loch aus Licht flogen.

Endlich gelang es ihr, den Mund zu öffnen.

«Naomi.»

«Halte durch, Alice, noch etwas, und wir sind da.»

Durchhalten? Das hier kostete sie keine Mühe. Sie lag gut in Naomis Armen. Sie konnte da noch hundert Jahre liegen, unterwegs zum Licht, immer unterwegs, noch etwas, und sie würden aus der Dunkelheit auftauchen, nach Luft schnappend.

Dann stolperten sie. Alice fiel auf die Treppen. Sie hörte ihre eigenen Knochen brechen. Naomi lag unter ihr, der Länge nach hingestreckt, und bewegte sich nicht mehr.

Der Hundekopf erhob sich hinter ihr, das Messer in der Hand. Er kroch über Naomi hinweg und kam auf sie zu. Sie war selbst überrascht von ihrem Schrei. Der Hund zögerte. Ein Schatten tauchte aus dem Himmelsloch auf und fiel über sie hinweg, der Donner knallte, und der Hund verschwand im Dunkel.

Sie rutschte von den Stufen, bis ihr Kopf gegen den von Naomi stieß.

«Da.»

Du bist wieder da, das wollte sie sagen. Jetzt wird alles gut.

Woher kam nur das ganze Blut?

Naomi hob den Kopf.

Alice rutschte weiter nach unten. Es waren die Schwerkraft, die Treppen, es war ihr reiner Wille. Bis ihre Lippen einen Seufzer voneinander entfernt waren.

Diesmal gab es kein Zögern. Der Kuss dauerte ewig. Sie spürte Naomis Lippen, eine rote Flutwelle war es, die ihren gesamten Leib durchzog, die Trägheit vertrieb, und dann der plötzliche Schmerz. Sie wurde an ihren Beinen, ihren gebrochenen Beinen weggezerrt, die Treppe hoch, weg von Naomi, Naomis Kopf auf der Treppe, die Augen, die sich schlossen, nein, sie wollte sich festklammern, doch ihre Arme verweigerten ihr den Dienst. Sie schrie, schrie, und schreiend zog man sie, ihre schmerzenden Beine voran, in die höllische Welt des Lichts.

Erfolg • Reise • Emigration • Ortsveränderung

Missing Link endlich gefunden?

*Aus: The Nairobi Standard, Lydia Mugawe, 12. Februar 20***

Frau Gloria Mundy, die berühmte Archäologin, empfängt mich herzlich an ihrem aus einem Zelt, einem Tisch und zwei Klappstühlen bestehenden Arbeitsplatz. Ein Stoffsegel schützt uns vor der Mittagssonne. Wir befinden uns auf einem Hügel, einem Ausläufer des Morassi-Gebirges. Zu unseren Füßen liegt das Tal. Säuberlich mit rotem Plastikband abgesperrt das Gelände, auf dem die Ausgrabungen stattfinden. Hier liegen die Präsente der Prähistorie und warten auf Frau Gloria und ihre Arbeiter. Letztere sind heute abwesend. Ich bin hier an einem Sonntagmorgen, und alle Tätigkeiten ruhen.

Gloria Mundy ist vor sechzehn Jahren nach einer Reihe von aufsehenerregenden Ausgrabungen in Äthiopien und dem Südsudan nach Kenia gekommen. Sie ist die Autorin eines Standardwerks über den Homo habilis. Einen Erfolg beim breiten Publikum erlebte sie mit ihrem Buch «Mehr als nur Knochenarbeit», einem Bericht von ihren Ausgrabungen inmitten von Flutwellen, Bürgerkriegen, Brüllaffen und einer Delegation der Vereinten Nationen.

Sie war bereits eine Legende, als sie in unserem Land eintraf, und wie das mit Legenden so ist, kursierten schon bald viele Gerüchte über sie, das eine unglaubwürdiger als das andere. So soll sie einen Arbeiter, der einen bedeutenden Fund veruntreut hatte, lebendig begraben haben. Auch habe sie weiße Aufseher mit Peitschen angeheuert, um die Grabungen schneller voranzutreiben. Sie sei geradezu eine Heilige, die nur von Kaffee und Schokolade lebe. Sie habe Krankenhäuser gebaut, sie habe Kinder verschwinden lassen. Sie sei eine Spionin der Westmächte, die Kenias Rohstoffe kartiere. Sie habe einen Bart. Sie hinke.

Mit diesen Geschichten im Hinterkopf hatte ich mich auf eine in einen Jutesack gekleidete Einsiedlerin gefasst gemacht oder eine Art Bergarbeiterin mit Händen wie Kohlenschaufeln, und nichts hätte mich mehr in Erstaunen versetzen können als die elegante Dame, die jetzt neben mir sitzt, in einer blütenweißen Bluse, die einen Schimmer ihres schlanken Halses erahnen lässt. Sie ist, wie jeder, der unserer gnadenlosen Sonne trotzt, tief gebräunt, und ihre hellblauen Augen leuchten. Ich weiß, dass sie jenseits der Sechzig ist, aber wenn ich sie so dasitzen sehe, während ihre schlanken Finger das Nackenfell ihrer Hündin Lucy kraulen, ihrer unzertrennlichen Gefährtin, dann würde ich sie kaum auf vierzig schätzen. Eine distinguierte Dame, die man im Nairobi Palace Garden beim Brunch mit dem Botschafter erwarten würde, aber nicht unter einem Sonnensegel in einem entfernten Winkel der Welt wie diesem. Aber für einen Brunch ist sie vielleicht doch nicht die Richtige. Ihr Smalltalk versiegt rasch. Wir tauschen ein paar Worte über die Hitze der vergangenen Wochen und verstummen dann. Zum Glück bin ich nicht zu einem Gesellschaftsbesuch gekommen. Ich bin hier, weil Frau Mundy letzten Monat den Fund ihres Lebens gemacht hat.

Sie fragt mich freundlich, ob ich ihn sehen will, wartet nicht auf meine Antwort und steht auf. Ihre Hand greift nach ihrem Stock, und kerzengerade, jedoch nicht mühelos verschwindet sie in dem Zelt, das als Schlafraum, Büro und Hauptquartier der Ausgrabung dient. Eines der Gerüchte stimmt also: Diese Frau mit der aristokratischen Haltung eines Massai-Kriegers hinkt.

Als sie in das Zelt verschwindet, erhasche ich etwas von dessen Innerem: ein Feldbett, ein Regal mit Pappkartons sowie auf dem Boden einige Stofflappen für den Hund. Der kleine Tisch, an dem wir jetzt sitzen, ist vermutlich ihr Arbeitstisch, und die an einem Pfahl hängende Öllampe ist keine Deko, sondern eine

Notwendigkeit in dieser Region, in der die Stromversorgung ein Eigenleben führt.

Was treibt eine Frau mit dem Charisma eines Filmstars dazu, ihr Leben lang den Erdboden zu durchwühlen? Mit dieser Frage bin ich bis hierher an diesen Ort gereist. Ich erhalte meine ersten Antworten, als sie wieder aus dem Zelt kommt, in der Hand einen Schädel. In ihrem Blick ist Stolz zu lesen. Befriedigung. Zielstrebigkeit.

Natürlich ist das hier nicht das Fossil, das die Aufregung der vergangenen Wochen verursacht hat. Das liegt bereits sicher im National Museum, wo es von einem Team von Wissenschaftlern untersucht wird. Was sie hier auf den Tisch stellt, zwischen die Teetassen und den Kuchen, ist ein Abguss, selbst angefertigt, bevor sie das unbezahlbare Fossil hergab.

Ich betaste das Ding, weil das von mir erwartet wird, aber zum Glück nimmt Frau Mundy es mir rasch wieder ab. Sie rollt den Schädel in ihren Händen, als wäre er ihre Lieblings-Bowlingkugel. Jede Einkerbung, jede Verdickung, jeder fehlende Zahn hat offenbar etwas zu erzählen. Eine Ausstülpung zeigt, wo sich Muskeln anheften konnten, ein Höcker wiederum macht die Stellung des Kopfes in Bezug auf den restlichen Körper ersichtlich. Die Schädeldicke ergibt einen Anhaltspunkt für die Körpermasse, und die Höhlungen verraten das Maß an Intelligenz. Eine tiefe Furche lehrt uns sogar, dass dieser Mann (es ist der Schädel eines Mannes) vermutlich über eine einfache, von Gesten unterstützte Sprache verfügte. Aber da ist noch mehr. Die zwei kleinen Einkerbungen auf der Schläfe erzählen uns etwas vom Leben dieses von Frau Mundy auf den Namen Hans getauften Individuums.

Anfangs gönnt sie mir die vollständige technische Erläuterung, aber als sie bemerkt, dass sie ihre Perlen wohl eher vergeudet, erklärt sie in einer Sprache, die sogar diese arme

Journalistin versteht, dass die Einkerbungen Narben seien, die von einer sehr ernst zu nehmenden Verletzung herrühren. Der Abstand zwischen den Einkerbungen und ihre Tiefe im Knochen ließen vermuten, dass es sich dabei um den Biss eines Tieres mit sehr kräftigen Kiefern handle. Hans hat offenbar einen Löwenbiss überlebt. Und bei einem Mann, der seinen Kopf in ein Löwenmaul steckt und das überlebt, wundert es kaum, dass er nicht einfach klein beigibt, sondern nach zwei Millionen Jahren noch einmal auftaucht, um die wissenschaftliche Welt in Erstaunen zu versetzen.

Der Fund ist äußerst wichtig für die Wissenschaft, darüber haben die Zeitungen und Zeitschriften schon ausführlich berichtet. Ich will jedoch wissen, wie wichtig dieser Fund für sie persönlich ist. Natürlich sei sie begeistert, sagt sie. Wissenschaftler seien auch bloß Menschen, vielleicht noch eitler als andere, weil sie selten die Aufmerksamkeit und Bewunderung erhielten, die ihnen ihrer Meinung nach zustehe. Wenn diese Entdeckung zu neuen Einsichten führe und der Forschung nach den Ursprüngen des Menschen eine neue Wendung gebe, dann erfülle sie das mit Stolz. Das bedeute jedoch nicht, dass die Arbeit, die sie vor dem Knochenfund verrichtet habe, weniger sinnvoll gewesen sei. Ebenso wenig bedeute es, dass die Arbeit, die zu diesem Zeitpunkt von Hunderten hingebungsvoller Unbekannter getan werde, nicht relevanter sei als so ein einzelner Knochenfund, wie bedeutend dieser gegebenenfalls auch sein möge.

Wissenschaft sei Teamwork, bestehe gnadenlos aus dem Sammeln kleiner und weniger kleiner Fakten, die letztendlich ein Bild des großen Ganzen ergäben. Ohne all diese stetigen Grab- und Denkarbeiten, die nie die Aufmerksamkeit der Medien erlangten, würde dieser Schädel nichts bedeuten. Wenn überhaupt, dann stehe sie auf den Schultern anderer Männer und

Frauen ihrer Profession, die wiederum auf anderen Schultern stünden; ein menschlicher Turm aus Geduld und Hingabe. Nein, es seien nicht die Schultern von Riesen. Sie misstraue Riesen, sagt sie. Diese hätten die Neigung, auf ihre Umgebung herabzusehen.

Dann schweigt sie, vermutlich in dem Gefühl, schon zu viel gesagt zu haben. Einen Moment lang taucht das Bild von der Einsiedlerin der Morassi-Berge vor mir auf, aber dann lächelt sie und fragt, ob ich ein zweites Stück Kuchen mag.

Ich frage sie, was sie noch erreichen will. Hat sie nicht genug getan? Wird es nicht Zeit, diesem spartanischen Dasein Lebewohl zu sagen und ihren Erfolg zu genießen?

«Ich träume manchmal von einem Bad», sagt sie. «Nicht von einer Wanne, in der ich mich kurz abspülen kann, sondern von einem luxuriösen, großen Bad. Manchmal werde ich übermütig und träume von einem Schwimmbad. Wasser ist mein Element.»

Unter dem Schatten des Sonnensegels sitzend, blickt sie über die in der Hitze zitternde Ebene.

Hier haben Sie es, werte Leser, das große Geheimnis der Gloria Mundy: Ihr fehlt ein Bad. Mehr scheint sie nicht zu vermissen, auch nicht, als ich die Trümpfe des Großstadtlebens aufzähle. Weder Kultur noch Musik, noch Opern- und Restaurantbesuche vermögen sie hinzureißen. Was bedeute das im Vergleich zu der Stille, die das Land bietet?

Jetzt spricht sie von Nächten unter dem Sternenhimmel. Steckt in dieser schüchternen, nüchternen Doktorin der Archäologie eine Romantikerin? Wissen wir nicht alle, dass die Sternennächte aufgrund der Mücken und anderen Ungeziefers kaum zu genießen sind und dieser Traum von Afrika sich längst verflüchtigt hat? Aber als ich sie erzählen höre, beschleicht mich plötzlich die Lust, es noch einmal zu versuchen, mich noch einmal in das abenteuerliche, das wilde

Afrika hineinzubegeben, in das man aufbricht, um letztendlich sich selbst zu begegnen.

Ich wage mich an gefährlichere Orte als ein unzivilisiertes Afrika, indem ich an das Thema Beziehungen rühre. Eine alleinstehende Frau …

«Ja», sagt sie. «Das bin ich. Eine alleinstehende Frau. Man muss im Leben Entscheidungen treffen. Das hier ist das Leben, das ich gewollt habe. Ich habe nie den Partner gefunden, der dieses Dasein mit mir hätte teilen wollen oder können.»

Hat sie diese Entscheidung denn niemals bedauert?

Sie lächelt. Diesmal sehe ich die Falten in ihren Augenwinkeln. Und auch den Schmerz.

«Welches Leben ist ohne Bedauern, Frau Mugawe?»

Mit dieser Frage erhebt sie sich und beendet damit das Interview.

Sie steigt den Hügel hinab und geht zu dem nahe gelegenen Dorf. Ich folge ihr in der Hoffnung auf etwas, das mir das Geheimnis dieser Frau zu enthüllen vermag. Denn trotz ihrer Freundlichkeit lässt sie sich nicht in die Karten blicken. Ab und zu begegnen wir jemandem aus dem Dorf. Die Frauen bleiben fast alle stehen und wechseln ein paar Worte – nicht mit der berühmten Archäologin, sondern mit einer Nachbarin, auf deren Meinung sie Wert legen. Frau Mundy kennt die Namen sämtlicher Kinder, und diese kennen sie. Es ist eine feste Gemeinschaft, zu der auch Gloria Mundy gehört. Einsam unter den Sternen, nun gut; aber gar so allein ist sie wiederum auch nicht.

Ich betrachte sie von der Seite, während sie sich mit ihrem Stock einen Weg über den staubigen Pfad bahnt. Nein, ich sehe sie nicht durch die Einkaufsstraßen der Hauptstadt flanieren. Hier hat sie alles, was sie will: ein Ziel im Leben, eine überwältigende Natur zu ihren Füßen und die Wärme einer Dorfgemeinschaft in fußläufiger Entfernung. Der Mensch lebt nicht vom Brot allein, aber man besorge Frau Mundy ein Schwimmbad, und ich würde schwören, die glücklichste Frau des Landes gefunden zu haben.

Das Schwimmbad braucht übrigens kein unerreichbarer Traum zu bleiben. Der Schädelfund wird ihr Gelder und Fördermittel einbringen, und vielleicht kann sie sich dann auch diesen Traum erfüllen.

Ich sehe, wie sie sich durch das Dorf bewegt, kerzengerade, lachend, durch den Stock kaum behindert, und ich vermute, dass das Schwimmbad, falls es jemals dazu kommt, nicht auf dem Hügel gebaut werden wird, sondern hier, am Rand des Dorfes.

Wir gehen zu der Kirche. Wir hören die Stimmen bis nach draußen. Die Messe hat schon angefangen.

«Sie gehen nicht hinein?», frage ich.

In der betrüblich dünnen Pressemappe über sie – so dünn, als habe sie ihre Vergangenheit systematisch ausradiert, bevor sie nach Afrika kam – habe ich nicht die geringste Information über ihre religiösen Überzeugungen gefunden.

Sie schüttelt den Kopf.

«Sie sind nicht katholisch?» An was sonst glaubt sie denn?

Wir setzen uns auf eine Bank unter einem Frangipani-Baum.

«Ich glaube an das Leben», sagt sie.

Eine wirklich ausweichende Antwort. Wir lauschen dem immer höher ansteigenden Chorgesang.

«Ich kann mir vorstellen, dass Wissenschaftler mit manchen Aspekten unseres Glaubens ihre Schwierigkeiten haben», sage ich. «Den Wundern zum Beispiel.»

«Ach, aber ich glaube an Wunder!», sagt sie.

Sie lacht, als sie mein erstauntes Gesicht sieht.

«Ich bin der lebende Beweis dafür, dass es Wunder gibt.»

Die Hündin Lucy liegt zu ihren Füßen und schnappt nach einer Fliege.

«Ein Wunder?»

«Sie müssen wissen, dass ich als junges Mädchen von der Wissenschaft schon aufgegeben worden war. Ich würde nie mehr gehen können. Und sehen Sie mich jetzt.»

«Ein Wunder?»

«Genau.»

«Dann glauben Sie also doch an Gott.»

«Vielleicht. Nur hat mein Gott einen anderen Namen.»

Sie dreht sich zu mir und flüstert mir ein Wort ins Ohr.

Meine Wangen glühen.

«Was mich befreit hat, ist stärker als Gott, Frau Mugawe. Es ist stark wie der Tod.»

Sie wiederholt das Wort, doch die Sänger überstimmen sie und erheben sich mit jedem neuen Ton in immer höhere Himmel.

Mit Dank an Joke Struyf und Wim De Winne
die sich uneigennützig durch ein
chaotisches Manuskript gekämpft haben.

Sowie immer für Ives. Für alles. Für immer.

Für meinen Vater Marcel De Leeuw (1937-2014),
den indirekten Schöpfer dieses Buchs.

Die Originalausgabe mit dem Titel *Babel* erschien 2015 bei
Uitgeverij De Eenhoorn bvba Wielsbeke, Belgien

Dieses Buch wurde mit Unterstützung der Flanders Literature
herausgegeben (flandersliterature.be).

FLANDERS LITERATURE

1. Auflage 2018

auch als eBook erhältlich

Verlag Freies Geistesleben
Landhausstraße 82, 70190 Stuttgart
www.geistesleben.com

ISBN 978-3-7725-2278-9

Fotos: Tarotkarten
Umschlagfoto: © www.istockphoto.com/instamatics
Satz: Katja Schüch, Kirchheim unter Teck
Druck und Bindung: Druck: GGP Media GmbH, Pößneck
Printed in Germany

Gebunden mit Schutzumschlag
232 Seiten
ISBN 978-3-7725-2764-7
ab 13 Jahren
Auch als eBook erhältlich

Ist er vielleicht gar nicht der Verlierertyp, für den ihn bisher seine Kameraden gehalten haben und in dessen Rolle er sich selbst fühlt? Auch seinen Vater sieht Daniel auf einmal mit anderen Augen an. Und am Schachbrett sitzt ihm plötzlich kein männlicher Kontrahent gegenüber, sondern ein selbstbewusstes, spontanes Mädchen namens Liu … David Klass' Roman über ein außerordentlich intensives Turnier spürt dem Geheimnis nach, wie Schach den Spieler selbst verändern kann. Und es ist eine überzeugende Geschichte von Ausgrenzung und Anerkennung, Selbstverleugnung und persönlicher Zielfindung.

Gebunden mit Schutzumschlag
224 Seiten
ISBN 978-3-7725-2863-7
ab 14 Jahren
Auch als eBook erhältlich

Wessen Erwartungen meine ich erfüllen zu müssen? Warum glaube ich mir eigentlich selbst nie? Tess, theater- und empathiebegabt, rutscht in eine Krise, als der Traum zerplatzt, in dem sie restlos aufgegangen war: Kabarett + enge Freundschaft mit P (= Parzival, ihr Lehrer). Aber Songs schreiben, das kann sie im Grunde viel besser selbst und allein.
Locker, emotional und selbsthinterfragend lässt Erna Sassen – und das kann sie unvergleichlich gut – Tess selbst zur Sprache kommen. Lässt sie von ihren Begeisterungen, Enttäuschungen und ihrer Wut erzählen. Widerspruch und Anstoß findet Tess ausgerechnet bei der trauernden Mutter, um die sie sich eigentlich kümmern wollte.

Verlag Freies Geistesleben